黄河安澜

甘肃生态文学作品集
编委会

主 任
苏 君　葛建团　王登渤

副主任
白志红　王正茂　王向机

主 编
胡晓明　滕 飞　鲁学悟

副主编
吴玉萍　王 熠

编 辑
冯丽君　张 燕　赵 喆　王 倩

特约审读专家
李少君（《诗刊》杂志主编）

黄国辉（中国作协创联部副主任）

朱 钢（中国作协网文中心副主任）

陈 涛（《人民文学》杂志副主编）

郭晓琦（《飞天》杂志副主编）

黄河安澜

HUANGHE ANLAN

甘肃生态文学作品集

甘肃省生态环境厅
甘肃省文学艺术界联合会 编

甘肃人民出版社

甘肃·兰州

图书在版编目（CIP）数据

黄河安澜：甘肃生态文学作品集 / 甘肃省生态环境厅，甘肃省文学艺术界联合会编. -- 兰州：甘肃人民出版社，2024.6
ISBN 978-7-226-06096-4

I.①黄⋯ Ⅱ.①甘⋯ ②甘⋯ Ⅲ.①中国文学—当代文学—作品综合集 Ⅳ.①I217.1

中国国家版本馆CIP数据核字(2024)第104633号

项目策划：原彦平
责任编辑：袁　尚
助理编辑：李舒琴
装帧设计：马吉庆

黄河安澜：甘肃生态文学作品集
HUANGHE ANLAN
GANSU SHENGTAI WENXUE ZUOPINJI

甘肃省生态环境厅　甘肃省文学艺术界联合会　编
甘肃人民出版社出版发行
（730030　兰州市读者大道568号）
甘肃宏翔文化传媒有限责任公司印刷
开本710毫米×1020毫米　1/16　印张29.5　插页4　字数390千
2024年6月第1版　2024年6月第1次印刷
印数：1~1500
ISBN 978-7-226-06096-4　　定价：108.00元

黄河湿地阿万仓(摄影:刘瑞祥)

碌曲洮河尕海湿地

齐哈玛湿地（摄影：贡扎）

黄河两岸（摄影：陈瑛瑛）

草原牧马（摄影：雷本立）

黄河远上（摄影：花明池）

黄河母亲乾坤湾（摄影：贡保加）

玛曲湿地（摄影：才旦加）

序 一

黄河，这位古老而又年轻的母亲，她承载着中华民族的厚重历史和璀璨文明，像一首永不停息的赞歌，在华夏大地上缓缓流淌。她见证了无数风雨的洗礼，也见证了中华民族的崛起与繁荣。黄河以其丰饶的资源和生机盎然的环境，孕育了无数生命，谱写了一曲曲壮丽的生态乐章。

今天，我们站在新的历史起点上，用文学的笔触讲述黄河的沧桑变迁，为黄河安澜和生态和谐献上最真挚的赞歌。我们深知，文学艺术具有独特的力量，能够唤起人们对生态环境保护的关注和行动。因此，我们特实施"黄河安澜"生态文学创作计划，并荣幸地推出《黄河安澜：甘肃生态文学作品集》。这部作品集汇聚了众多优秀作家的心血与智慧，他们用文字描绘黄河的壮丽与哀愁，用故事传递对黄河生态环境保护的呼唤与期许。

作为中华民族的母亲河，黄河流域的生态环境与中华民族的历史进程紧密相连。从上游的雪山冰川到下游的平原湿地，每一处自然景观都承载着丰富的历史信息。在历史的长河中，黄河沿岸的人们与自然环境形成了独特的相处模式，既有对自然的敬畏和依赖，也有对自然的改造和利用。在中国传统文化中，尊重自然、保护生态的思想源远流长，黄河作为中华文明的发源地之一，其历史进程中不乏对生态保护的探索和实践。

甘肃地处黄河上游，是黄河流域重要的水源涵养区、补给区，黄河干流流经甘肃的长度为913公里，占黄河全长的16.7%，甘肃沿黄流域人口和生产总值占全省比重都在80%左右，是陇原儿女的生命之源、生产之要、生态之基。同时，甘肃黄河流域横跨青藏高原、内蒙古高原、黄土高原、祁连山河西走廊等四大地貌单元，拥有黄河天然生态廊道和甘南黄河上游、祁连山、陇中陇东黄土高原、渭河源等多个重要生态功能区域。

面对沿黄流域生态环境的严峻挑战，政府和社会各界已经采取了一系列积极有效的措施。从加强水土保持到实施退耕还林还草政策，从推进生态修复工程到倡导绿色生产生活方式，这些措施的实施不仅有助于改善黄河的生态环境，更体现了人类对自然生态的深刻认识和尊重。同时，我们也应该意识到，黄河安澜和生态和谐离不开每个人的参与和付出。只有当我们每个人都认识到自己与自然息息相关时，才能真正地保护好这片土地上的一草一木、一江一河。

《黄河安澜：甘肃生态文学作品集》不仅是对黄河生态环境的一次深情致敬，更是对生态文明建设的一次有力推动。我们希望这部作品能够成为思考环境保护的催化剂，激发更多的人对自然的热爱和敬畏之情。同时，我们也期待更多的作家和读者能够加入到生态文学的创作和阅读中来，共同为黄河安澜和生态和谐贡献自己的力量。

最后，我们要感谢所有参与"黄河安澜"生态文学创作计划的作家们，感谢他们为这部作品付出的辛勤努力；也要感谢每一位读者，感谢你们对生态文学的关注和支持。让我们携手共进，为实现美丽甘肃的美好愿景而不懈努力！

甘肃省生态环境厅党组书记

序 二

大美甘肃、壮阔陇原，是国家西部生态安全屏障，黄河上游重要的水源涵养地。党的十八大以来，在习近平生态文明思想指引下，甘肃省生态环境保护发生重大转变、取得重要成果、实现历史突破。这其中，涌现了"让绿色长城坚不可摧"的当代愚公八步沙"六老汉"等先进典型，流传开"黄河之滨也很美"的动人评价，描绘了全域无垃圾的绚丽画卷，出现了祁连山治理大见成效的可喜局面，美丽甘肃建设令全国瞩目，大美陇原让游客为之赞叹。

在美丽甘肃建设的过程中，有许多值得挖掘的动人故事，有诸多值得书写的感人场景，还有无数值得礼赞的文化内涵。写好新时代甘肃生态文明建设的故事，是当代甘肃作家的重要责任，也是可以诞生经典佳作的宝贵富矿。为更好贯彻习近平生态文明思想，2023年5月19日，生态环境部和中国作协共同发布了《关于促进新时代生态文学繁荣发展的指导意见》，从传播生态文明主流价值观、书写生态文明建设伟大实践、讲好生态环境保护感人故事、赞颂人与自然和谐共生之美四个方面明确了新时代生态文学创作方向，并从六个方面提出了发展新时代生态文学的具体举措。为积极贯彻这一意见，并结合甘肃实际和中心大局，由甘肃省生态环境厅、甘肃省文学艺术界联合会统筹，甘肃省生态环境宣教中心、甘肃省作家协会实施的"新时代"甘肃生态文学创作计划，于2023年6月5日"世界环境日"正式启动，并开展为期一年的"黄河安澜"大型主题采访和创作活动。一年来，甘肃作协积极组织全省骨干作家深入黄河甘肃段开展了三批次的实地采访，推出了一批优秀的文学作品，并向全国征集相关题材的文学作品，经过严格筛选后正式结集出版《黄河安澜》一书，《飞天》杂志也适时推出"黄河安澜——甘肃生态文学小辑"。

这是我省第一次围绕生态环境这一"省之要者""国之大者"开展的专题文学创作活动。今后，我们将持续围绕黄河甘肃段、祁连山、陇东南主题等开展相关生态文学采访创作活动，推出更多的文学佳作，以手中之笔写出甘肃之美、以锦绣文章描绘陇原山川，为陇原人民建设幸福美好新甘肃书写可敬的奋斗颂歌。本书的出版是一个很好的开始，希望更多作家投身到甘肃生态文学创作之中，共同为山河立传、为人民书写、为家园礼赞。

是为序！

甘肃省文联党组书记、主席 王登渤

目录
Contents

卷一 散文

- 003　兰州黄绿
- 007　甘南之美
- 011　黄河路过玛曲（大地风华）
- 015　黄河的心情
- 020　黄河之水天上来
- 024　黄河的颜色
- 028　黄河二题
- 033　黄河经白银而过
- 039　高峡出平湖
- 049　给黄河两岸画像的人
- 061　在玛曲观黑颈鹤
- 069　三千弱水取一瓢
- 075　野狐和小黑狗
- 089　耤河上下
- 102　传奇的绿

110	黄河守望
119	白塔山下黄河谣
125	洮河边的期待
134	黄河两岸生嘉木
141	从渭水到黄河
147	南山播绿记
151	甘南记（散文诗组章）
167	如彼泉流
184	黄河流过兰州城
188	黄河岸边秧歌情
195	五月槐花醉黄河
202	梦中的喀秋莎
206	一条河的秘密
212	古镇依旧词韵里
219	古风古韵的汭河

卷二 小说

影视解说

229	三集纪录片《青绿甘南》解说词
266	所有的开始就是结束

卷三 诗歌

293　黄河过兰州

295　甘南的雪（组诗）

300　黄河故事

309　群鸟飞过悲喜交加的河流

315　露水带走的诗歌

329　黄河之上，或者更远（组诗）

338　藏地诗篇（组诗）

344　黄河跋（组诗）

351　玛曲（外一首）

354　从未见过你

356　913公里

357　在黄河岸边（组诗）

361　我这样爱上秦州区（组诗）

370　兰州的蓝（组诗）

380　黄河三峡湿地，一个时代的生态传奇（组诗）

385　黄河在上（组诗）

397　黄河之滨，写一首绿色之诗给兰州（组诗）

402　长河密语

407　云朵像牦牛驮过的雪（组诗）

422　黄河之滨（组诗）

425　沿着黄河走（组诗）

433　张掖，行走在河西走廊的绿洲

437　在黄河之滨，听从美的召唤

446　择水而居（组诗）

450　黄河首曲（外一首）

453　黄　河

459　黄河之滨，青铜的词汇或者本身（组诗）

卷一 散文

SANWEN

兰州黄绿

马步升

兰州人因为黄河穿城而过,而倍感自豪;兰州城因为黄河的穿城而过,而灵气沛然。黄色是黄河的本色,黄色是黄河的本性,大约因为黄河所流经之地,以及所有黄河流域,水流大多都要流经黄土地带吧。黄河如果不黄,便意味着广袤的区域里已经很长时间处在干旱少雨状态了。所以,经典的能够总括兰州概貌的全景图,城区的正中间总是被一条黄线隔开。

不过,兰州的全景图有着新旧之分,山河大势是没有多少改变的,变化的是颜色。说是旧图,放在兰州两千多年的建城史上,也不算太旧,也就是几十年的光阴吧。旧图上的兰州,黄河依然是黄色的,是那种从图片上都可感知到的黄泥滚滚的黄,南北二山当然也是黄色的,黄河北的土山还是整个黄土高原土层最深厚的地方,厚三百多米。旧图上少许的绿色都集中在黄河两岸,断断续续的两条绿线夹河而走。

生活在兰州的人，一般对旧图上的景色视若无睹，本来就是这样嘛。没有来过兰州的人，旧图成为他们对兰州的全部印象。其实，对于兰州城在颜色上的变化，久居兰州的人也未必会即时即刻意识得到。大约十年前吧，央视直播一项兰州举办的体育赛事，赛道绕着南北滨河路转一圈，镜头囊括了兰州的主城区。我也在家里观看电视直播，镜头中的兰州是真实的兰州吗？是的，确实是的。南北两条滨河马路是我工作生活的主要区域，那时候我还喜欢体育锻炼，每个黄昏都要在黄河边流连两个小时。

眼睛盯着电视屏幕，我不由得一惊一喜。惊的是，兰州如此翻天覆地的变化，我却身在其中不自知；喜的是，我原来生活在一个巨大的水上公园中。接着，一个又一个电话打进来，都是外地朋友打来的，开口第一句话几乎都是：你们兰州这么漂亮啊？那一刻，我的自豪感油然而生：那当然了，这是我居住的地方嘛！

说真心话，此前，兰州不过就是我工作和生活的地方，一切都是为了生存。我曾悉心研究过兰州的历史文化，出版过关于兰州的几部学术专著，但我认为那是工作需要，查阅资料时，心情客观而冷静。当我通过局外人的目光重新打量兰州时，我真的爱上了兰州。两山逶迤南北，一河纵贯东西，雄踞祖国大陆版图几何中心，勾连东西南北中，三大高原于此触角相会，众多民族一城融合。

新的兰州全景图，南北二山原来的土黄色枯黄色都消失了，换上了绿色。因为拍摄技术上的局限，图片的涵盖范围只能如此，实际上，走进南北二山的任何一条山谷中，也都换上了绿色。这多年，我几乎走遍了兰州南北二山的大多数山谷,每一座黄土山包,都铺上了一层绿色。兰州人为了这层绿色,真的是不遗余力。据老兰州说,解放后的几十年间,每到春季,无论工农兵学商,都得行动起来,从黄河里挖出冰块,背上山,种草种树。我定居兰州时,已经是世纪之交,每到春季,都得上山种草种树。

兰州的颜色就是几代兰州人用汗水改变的。在城区,最让人心动的还是黄河风情线。河南河北各一条绿色长廊,夹河而走,各长四十千米,各宽几十米到几百米不等。

贯通兰州的南北滨河公园,也成为兰州市民的全天候休闲娱乐场所。一年四季,人们徜徉在绿树花草中,耳听黄河涛声,目送河水滔滔东去。兰州城区,无论新、老城区,都是夹河而建,每个方位距离河边都很近。两岸城区靠河一侧,密布着牛肉面馆、茶馆、咖啡馆、酒馆,秦腔的曲调、西北"花儿"的旋律,不时从某个场所响起,随黄河水荡漾飘扬。

兰州是国内在校大学生占居民总人口比例最高的城市之一,三百七十万常住居民中,有着五十多万在校大学生。我居住在安宁区,这里高校云集,在这一区段,黄河河谷格外宽阔,南望南山,北望北山,南北二山,影影绰绰,难辨真容。南北滨河公园的宽度也都在百米以上,有些区段,宽度达数百米。这里还有一块利用黄河滩地开辟的湿地公园,公园里水网纵横,鸟类翔集,花草茂盛,树木掩映,栈桥勾连,视野开阔,走完一圈,需要大半天时间。这里是大学生们的乐园,三三两两,大树下,凉亭间,学习,交流,游玩,终日弦歌不绝。这里也是老年人的福地,散步,锻炼,修身,养生,安度晚年。无论是湿地公园,还是兰州的整个黄河区段,都已成为鸟类的天堂,众多候鸟已经变身为留鸟,永久栖息在黄河岸边。

早年的兰州是瓜果城，白兰瓜、安宁桃，名闻遐迩；现在河边耕地越来越少，但仍然保持着瓜果城的风范。安宁区向来以十里桃园著称，现在没有那么多了，留下的一片桃园，成为都市里的村庄，每到节假日，人们从各个方位云集于此，在每块桃园里，人们约上亲朋好友，坐在桃树下，品尝着盖碗茶，吃着农家饭，在鸟雀声声中，散去生活的劳烦，积蓄精气神，再上生活的征程。

黄河以黄色的本色西来东去，纵贯兰州全城，昼夜不息，现今的黄河水，一年四季，除了冬季枯水期河水清澈外，大多数时间里，水色也由原来的黄泥色变成土白色，泥沙含量已经很小了。南北二山，以及南北滨河公园，仿佛四条绿色长龙，两条在外围的高处，两条在内圈的低处，将兰州城紧紧围拢。

有黄河的调温，兰州冬无严寒，夏无酷暑，加之居住环境的逐步改善，现在，只要在兰州生活过一年以上的人，都会真切感到，这是一座四季宜人的宜居之城。

原刊于《人民日报》

甘南之美

王正茂

我大学毕业参加工作，第一次出差就是去甘南，从此，铸就了30年不离不弃的情缘。

那时的甘南州府所在地合作就是一个小镇子，高原的阳光照耀下，静谧而祥和，一条主街，蜿蜒曲折，人少，车也少。太阳一落，暮色伴着一股凉气迅速合围。其时正值1990年亚运会，夜深时，我们品尝着甘南特有的地产酸奶，坐在沙发上看亚运会的比赛，没有感觉到有什么高原反应，也没有想到自己之后30年会和这样一个地方长久牵绊。

那一次，沿着309国道走走停停，我看到了真正的草原，山峦起伏，大地辽阔，绿草如毯，箭旗猎猎，羊群在大地上缓缓漂移，白云安静地卧在山坳里，分不清哪是羊群，哪是白云。雄壮的牦牛瞪圆眼睛和汽车队对峙，一声喇叭响，就扬起尾巴跑走了；一匹马站成油画中的静物，仿佛一千年前就站在那里，站成一道独特的风景。偶尔会遇到背水的卓玛，她莞尔一笑，洁白的牙齿与高原红的脸庞形成鲜明的对比。这是我初涉甘南秘境所感受的风景和人物，这种感觉从此烙印在脑海里，如影随形，魂牵梦绕。之后，每年的夏秋季节，总觉得有一件事没有完成，那就是"今年还未去甘南草原，还没有喝甘南的青稞酒哩"。

岁月如梭，光阴似箭。经历时间的洗礼和生活的磨砺，我从青涩少年变成老成持重的中年，不变的是对甘南的迷恋，如一壶老酒，历久弥新。30年来，我和甘南草原的约定从未错过，年年岁岁，风雪无阻。

我曾在甘南州计委办公楼的单身宿舍里和两位在甘南工作的大学同学夜饮；我曾打马桑科草原，因骑术不精而摔落马下，眼镜也不知去向；我曾驱车穿越扎尕那的万山千壑，感慨大自然的鬼斧神工；我曾与朋友们夜宿大峪沟，晚霞中听松涛阵阵，朝晖里看波光粼粼；我曾多次到藏族朋友家"走亲戚"，感受酥油奶茶、蕨麻米饭的浓香，笨拙地捏糌粑，看他们善意地笑；我曾深入车巴沟的百年藏寨，在下午慵懒的阳光里，与不相识的藏族中年汉子比画着手势交流；我也曾受邀参加香巴拉旅游节，见证一城空巷、千人马队、万人锅庄的盛况……我的记忆中已被烙上太多的甘南印记。无数个喧嚣的城市黄昏，我从黄河边走过，也会想起甘南草原，想起这条大河的上游宛如洁白哈达一样曲折蜿蜒。

甘南的美，在于四季变换。四季轮回在甘南来得热烈、深刻而彻底。白雪皑皑之中，甘南的春天已从草根上生发，牛羊刨开积雪，用唇齿感知大地的苏醒和春草的气息，第一朵格桑花不经意间就开在藏族老阿妈经过的路上。

夏天是短暂的，正因为短暂，所以更加热烈而不管不顾，草原就像盛装的新娘，柔软、妩媚、多情，天蓝得像蓝宝石，草绿得像绿翡翠，五颜六色的梅朵自在地开，随着微风争奇斗艳。人们穿上节日的盛装，扶老携幼，呼朋唤友，浪山浪水，载歌载舞，享受大自然的赐予，洁白的哈达献上来，开锅羊肉吃起来，婉转的酒歌唱起来，奔放的锅庄跳起来。秋风起，寒霜降，绿草黄，仿佛一夜之间，大自然给草原换上另一套衣裳，秋雨如注，秋气氤氲，山河肃穆，草木安详，大地沐浴在骤雨初歇的晚霞中，青稞上架，牛羊转场。转眼间严冬来临，没有任何前奏，甘南的雪，如十万白衣仙女翩翩降临，封山阻路，千山鸟飞绝，万径人踪灭。即使是同一个季节、同一天，甘南草原的天也是说变就变，冬阳如春，六月飞雪，东边日出西边雨，南天上乌云翻滚，北山上长虹贯日，这些壮丽的景象，是多么新鲜的体验啊！

甘南的美，在于敬畏自然。且不说那鬼斧神工的扎尕那、则岔石林，也不论那如梦如幻的黄河首曲、美仁草原，更不表那有小瑞士之称的郎木寺、大峪沟，还有那闻名遐迩的拉卜楞寺、冶力关、尕海、冶海等数不胜数的美景，如宝石缀在甘南的巨大身躯上。这么多的美景，甘南人始终怀着敬畏之心，景区建设只作轻微干预，没有大拆大建，没有让商业气息弥漫。而另一方面，为大地装扮，为山水洗尘去污，甘南人也做到了极致。新时代开启，全域无垃圾这一战略性、革命性的举措，改变的不仅仅是甘南草原的人居环境，更重要的是一种思维模式、生产方式、生活定式的熵变。甘南干净的程度让所有去游览的人都觉得不可思议、不可能实现，但这样的事的的确确在甘南发生了、完成了。在这让人叹服的背后，是所有甘南人的参与和努力。曾有这样一个故事：扎西像往常一样骑马前行，走着走着，马突然停止不前，任凭扎西怎样驱使，马就是不肯前进半步,扎西下马一观,原来前面有一垃圾,扎西将垃圾捡起来丢进垃圾箱,马儿又愉快地上路了。

　　甘南的美,在于纯静祥和。这一点在藏族的文学艺术作品中有很好的呈现,对自然的敬畏,对英雄的礼赞,对家乡的眷恋,对生活的热爱,歌唱善良,向往美好,是文艺作品表现的主基调。多少人走近甘南,爱上甘南,他们常年往返于甘南,从甘南高原汲取日月山川的精华,然后返回,平静地生活于大都市。

　　甘南,扎西德勒!

原刊于《甘肃日报》

黄河路过玛曲（大地风华）

马宇龙

古老的黄河从巴颜喀拉山而来，越过青藏高原，像一台蒸汽列车，冒着白气驶入陇原大地，开始了陇上的漫漫行旅。此刻，我就坐在这列火车上，我就是黄河的一朵浪花、一波微澜。河水一头扎入甘南，却猛地掉转方向，拐出一个一百八十度的大弯。

这里是甘肃省甘南藏族自治州玛曲县。玛曲，在藏语中的意思就是黄河。在我印象中，以黄河命名的县只此一家。

耳边回响着歌唱玛曲、歌唱黄河的民歌，我登上这片草原的制高点之一——像剑一样直插天边的尼玛梁山梁，远眺黄河蜿蜒曲折，柔美地迤逦远去。想起少年时，一个朋友第一次去兰州看黄河，回来后逢人就念叨：黄河一点都不咆哮，就跟咱家门前那条河一模一样。可见，《黄河大合唱》是何等深入人心，使人们忘记了黄河还有舒缓温柔的上游。在草原捧着云朵的地方，黄河像一条细细的白色飘带缓缓地舞动，安详、静谧、旷远。要是当年朋友来到这里看一脉清流的黄河，他一定无法将它和想象中那条咆哮浑浊的黄河联系在一起。

这个一百八十度的大弯，是河流遭遇了群山的阻挡，折向西北而形成的。自古河水东流，玛曲的黄河却颠覆了人们长久以来对大江大河走向的一贯认知。黄河在这里不仅西流，而且来来去去，不断往复，由此滋生出一片广阔而美丽的湿地。

顺着蜿蜒流淌的黄河行走，我觉得自己的血脉也开始升温，对于黄河"母亲"一般的感觉在我心中不断滋长。由源头的涓涓细流一路抵达玛曲的黄河，经过宽阔草原的滋养补给，渐渐变得湍急，变得清澈明亮起来。因为河流不断复回，玛曲的土地大多是湿地。无数的支流，还有支流的支流，再加上丰茂的水草、肥壮的牛羊，点缀出草原的原始生态之美，广袤而苍凉。有人把这块湿地形象地称为"黄河之肾"。肾，是清除体内代谢产物，排出废物、毒物的重要器官。它还具有再吸收功能，可以保留住水分和其他有用物质，调节人体内部的平衡。湿地的作用正与之相若，它维护着自然环境的稳定，在吐故纳新和新陈代谢中绵延福祉，造福于人。这种种的功用，赋予了湿地生态之美和精神之魂。

河水流过玛曲黄河大桥，仿佛忽然停滞不动了。它左顾右盼，频频回首，像有什么放不下、舍不得。

湿地辽阔，长河曲折。从襁褓中走出来的黄河，保留着本真的模样，就像一个新生的婴儿。她惺忪眼里的一切都是新鲜的、梦幻的、神秘的。她一边走一边摸索，一边成长，一路吸纳各个支流，在这里终成大河。终成大河的她，在柔美尚多于壮美之时,与玛曲黄河大桥相遇。这是不是她遇见的第一座大桥,我不清楚。但她的欢欣、她的激越,早已被那不停歇的哗哗声响表露无遗。以后的千里之行,她将走过更多的桥,面对更大的山、更深的谷,遇见更美的风景,但这一次的邂逅,注定烙在她的心里。源源不竭的水源补给赐予她巨大的力量,从此她再也不用惧怕下游那些传说中的崇山峻岭、高峡低谷了。

站在桥上,我望见成群的牛羊,互相交错的雪山与湖泊,还有目光所及处那些红色屋顶的房子。云层低垂,阵阵风起,让一片辽阔苍茫多了秀丽与妩媚。不用问,那一定是牧民们生活的村庄,那里一定有好多身穿长袍的卓玛,弯腰弓背,在劳作,在歌唱,不紧不慢地维系着人与自然的关系。这样想着,果然看到两个穿绛红长袍的女子俯身从河中取水。她们先将水弹向天空,再弹向大地,最后抹一下头顶。她们感恩黄河,将黄河时刻呵护在手心,捧上额头,百般怜爱疼惜。她们是一群真正热爱黄河的人。

当地的一名青年告诉我,在玛曲的乡镇,但凡是有黄河和其支流流过的地方,每一段河流都有一名乡镇干部来担任河长。青年是尼玛镇的干部,也是一名河长,每周都要巡河。巡河,听起来威风,实则是辛苦事。他必须发现细节,查补漏洞。他要想方设法拦住垃圾,不让一滴污水流入黄河,把一河清水放心地交给下游。黄河的下游,多到无以计数的地方、无以计数的人,与他素未谋面,此刻却与他的心相牵挂。在这里,人与河的关系,人与大地的关系,人与人的关系,跨越辽阔的空间而变得更加紧密。

千百年来,因为河流的阻隔,岸边百姓各自谋生,风俗殊异。人们要想渡河完成贸易或交流,常用的方法就是揪着马尾巴游过去。四十多年前,玛曲黄河大桥飞架河上,从此结束了玛曲人世代揪着马尾渡河的历史。一轮朝阳下,拱桥托日,美轮美奂。黄昏时分,夕阳渐渐西沉,坠入黄河,长河落日之景凝结起亘古的乡愁。四十多年后，又一座玛曲黄河特大桥横空出世。这座上千米长的大桥，让玛曲驶入了开放发展的快车道。桥通世界，桥连文明。因为桥，河水也收敛了不羁。我在桥上站了太久，裤脚被风鼓鼓吹起，我知道黄河已经翘首远方，催我出发了。

那么，走吧！与这条壮阔河流一道，且行且回顾，在一往情深地投身于苍茫群山间的谷地后，重新回到青海的怀抱。黄河以一颗奔赴之心，莽莽撞撞，在跌宕坎坷的旅途上，于此处以退为进，难道是为了给这片土地留下一个命运与共的生态湿地吗？

草原的尽头，峻拔的高山绵延起伏，与牦牛群和羊群相伴而生，好像已连上了天边涌动的白云。黄河就是一个丹青高手，左勾白云，右挑山脉，笔墨所到之处，画下一条条曲线，描摹出一片片水草丰美的牧场、一个个原始古朴的本真天地。我使劲地招手，黄河的背影漫漫汤汤、一望无际。她走了，我成了广袤草原上一个白色的点、一抹亮晶晶的水。

我久久站在甘南，站在玛曲的湿地，期待西去的她再次东返，在另一个路口再一次与我相遇。

黄河的心情

陈宝全

在玛曲草原,我见过黄河年轻柔软的身姿。她匍匐在茂盛的草地上,像赤脚走在绿色的天鹅绒毯上一样开心。对于一条古老的河流来说,那一段相当于随心所欲、除了欢乐再无事可干的年纪,清纯的眼神里有着对新鲜事物的热望。蓝天、白云、牦牛、羊群、格桑花,都是她格外喜欢的,为此,她为它们献上了银色的哈达。

离开青藏高原巴颜喀拉山脉后,黄河一路蜿蜒东流。巴颜喀拉山脉看着心爱的孩子走远,一定百感交集,以为她不回来了。让它没有想到的是,黄河像只嘴馋的羊,窜到玛曲大草原吃几口青草,在四川若尔盖草原遇到她的第一个好朋友白河,并勾引她一起又折回了青海。

在大草原上,牧草丰美,鸟鸣雀跃,牛羊成群,奶油飘香。草长得太美了,羊舍不得吃，可牦牛不这样想，它们繁衍生息，想啃个精光。黄河，这个年轻的歌手，时而唱起牧歌，时而哼着藏族民歌，跳着锅庄舞。著名的黄河九曲中的首曲倒流奇观就是她甩出去又折回来的长袖；她和白河联手打了一个漂亮的花结……她一定听到巴颜喀拉山脉的呼唤，左顾右盼，迟疑不决。人在自然面前是如此短视，如果不是借助飞行器或一定的制高点，我将无法看到它迂回反复迟迟不肯离去的心迹。草长得长长的，也想把黄河拦住。

回到青海又如何，即便青海有世上最好听的"青海花儿"，还是留不住黄河奔腾的心。她最终还是选择了出走，在临夏回族自治州积石山保安族东乡族撒拉族自治县大家河镇再次进入甘肃境内。我看见黄河是站着从积石峡跑出来的，峡路漫漫，她跑得心急如焚，气喘吁吁。站在大河家镇，我闻到了黄河没有其他混杂味道的纯正气息，体会呼吸空气的快乐。即便背过身，仅凭这气息，我知道身后就是黄河。

大家河镇与青海省民和回族土族自治县仅一河之隔，一侧是青藏高原，一侧是黄土高原。一边是黄色的镶边（春夏之季是绿色的镶边），一边是褐色的镶边。正是黄昏时分，夕阳的余晖洒向河面，岸边有人抛掷渔线，鱼在水里等待鱼饵，岸边挤满了等待过河的石头。大家河镇对面的大山，像印堂发红的汉子，它身上的衣服看上去有点古朴。但凡土地，都发自内心地想长点什么，可是这山却什么也长不出来。当黄河看到辽阔的黄土高原上庄稼摇曳，炊烟袅袅，似乎把峡谷里的孤独无奈抛到了九霄云外，发自内心地高兴起来。

"左面是黄河嘛噢哟，右面是石崖嘛噢哟……一对对鸽子，青天里飞来……"在临夏花儿会上，歌手们高亢嘹亮的花儿再次撩动了她。黄河是天生的歌手，因为高兴，欢快纯朴的"临夏花儿"被她唱得婉转动听。

别看如今，她如此平静，要不是人们对她流经的地域加以整治，变了脸的黄河，一声怒吼，就令人头皮发麻。为了让我们的黄河有一份好心情，生活在甘肃大地上的人们，不管是远在深山，还是近在岸边，都在尽力美化着大地的容颜。穿越临夏州康乐县、和政县、临夏县、积石山县28个乡镇，全长286公里的沿太子山旅游风情大通道就是一幅如诗如画的斑斓美景。即便在暮秋，太子山草长沟里仍有羊群在觅食，远看草色枯黄，一点生命的迹象也没有。但近看，星星点点的绿意还在挣扎着从枯黄色中站起来，让饥饿的羊得以看见。

在康乐县的水源地，看到"康乐的眼睛"鸣鹿水库时，我的内心无比震撼。深秋的鸣鹿水库，层林尽染，云朵在碧蓝的湖水里漂洗得白白胖胖。如果站得更高一些，我将会看到那两只深蓝色的眼睛，一定是好看的双眼皮。溯源而上，在青翠茂密的树林深处，一条弯弯曲曲的小溪哼着小调独自奔流，路两边铺了一层厚厚的松针，踩上了又软又滑。

"花儿本是心上的话，不唱是由不得自家；刀刀拿来头割下，不死就是这个唱法。"在临夏州永靖县，黄河呈"S"形流经，形成炳灵峡、刘家峡、盐锅峡三大峡谷景观，人称"黄河三峡"。旖旎的黄河风光、灿烂的黄河文化，都是"花儿"歌唱的主题。也是在这里，黄河长大了，她带着极度放纵的神情，和洮河对起了情歌、唱起了野曲："天上的星星星对星，天河口里的亮星；尕妹妹眼睛毛墩墩，尕嘴红，模样儿咋这么心疼。"唱着唱着，她们就走在一起，出现了"黄河清，洮河黄"的神奇景象。在刘家峡，黄河也有了干点什么的想法和冲动，不能这么无聊地流下去。于是，她干了几件大事，比如发电、水库养殖。

在进入兰州之前，黄河在西固达川，与湟水河见面了，看湟水河的架势，不是像洮河那样来对情歌的，倒像是来干架的，但最终还是被黄河以温和之躯降伏了。这里水面平静宽阔，沿岸有大片湿地，芦苇丛生，满目苍翠，水鸟嬉戏觅食，怡然自得。

黄河到兰州时好像困了，时不时犯迷糊。但当她看到羊皮筏子时内心无比柔软，筏子是羊皮囊，她想起了在玛曲草原上见过的那些羊，心疼地把它们抱在怀里。就在她的心情变得忧伤的时候，听到筏子客唱起了高亢的花儿白使鸽子令《黄河谣》中的几句："黄河的铁桥呀抬高了！满载的游船呀启航了！羊皮筏子呀忙坏了！"她一下子来了精神，在兰州的短暂时光里，她学会了花儿、兰州鼓子、西北小曲，却不敢大声唱出来，南北滨河路上人来人往，车轮滚滚，她之前没见过这么大的城市，遇到这么多人，她有些紧张。但看到五泉山、白塔山渴望的眼神，她呷一口盖碗茶，轻声地哼唱起来："兰州的小吃呀有名哩！热冻果、软儿、牛肉面！"在夜色朦胧的夜晚上，我在黄河岸边的梦幻灯影里，听到了这种近似于小时候，母亲在耳畔吟唱的催眠曲。

对，就是在兰州，黄河俨然变成了"母亲"。自此，她把母亲般的疼爱馈赠两岸人民，人们都叫她"黄河母亲"。

人们也是带着无限的热爱对待这位母亲的。距离黄河相对较远的白银市区最大的公园——金岭公园，原来是一个臭水沟，垃圾遍地，时有洪水成灾，并非金沟河蛮不讲理，而是垃圾严重影响了她的心情。经过对金沟河的综合治理，这片荒芜之地，变成了"橙黄橘绿"的调色板，漫步金沟河畔，水清岸绿、河畅景美。在与黄河贴身的白银水川镇，人们硬是把黄河岸边的乱河滩建成了水川湿地公园。荷花、睡莲差不多霸占了三分之二的水域，野鸭游窜其间，传来柔和悦耳的、充满野性的嘎嘎声。喜鹊在岸边的白杨树上筑巢安家，即使离它们很远，也能领略到喜鹊歌声的力量与庄严。这歌声惹得我们的黄河母亲，唱起了白银曲子戏。这古老的民间小调，风趣诙谐，多么圆润与纯真。

站在景泰黑山峡，目送黄河离开甘肃时的不舍背影，我仿佛看见她回头望了一眼巴颜喀拉山，望了一眼甘肃大地，也仿佛听见她在远方深情地唱着宁夏花儿、内蒙古民谣、陕西秦腔、河南梆子、山东民歌。大海的生日大概快到了，在盛大的生日宴会上，黄河作为著名歌手，她总得唱点什么，花儿、秦腔或者梆子，都是大海乐意听的。

黄河之水天上来

陈学仕

黄河之水哪里来？到哪里去？"黄河之水天上来，奔流到海不复回。"你知道黄河有多少湾？"黄河九曲十八湾，湾湾里面有神仙。"说起黄河，我们的脑海中总会浮现许多壮丽的诗句、奇幻的想象和说不完的故事。

但要问起黄河从什么时候开始姓"黄"，相信很多人都会懵圈。

是啊，黄河是什么时候开始姓黄的？黄河水又是从哪里变黄的呢？

在先秦典籍中，黄河的名称都是"河"，这是因为在汉代以前，黄河中上游地区还都山清水秀，遍布森林和草原。"关关雎鸠，在河之洲。"中华民族第一部诗歌总集《诗经》中的第一首诗《关雎》，一个美丽动人的爱情故事，就是在水汽氤氲的黄河沙洲诞生的。但是，历经几代王朝大兴土木和无度垦荒，特别是秦朝修建阿房宫，造成严重的水土流失，河水中挟带大量泥沙，变成后世所谓"一石水，八斗泥"的泥水，"黄河"因此得名。"蜀山兀，阿房出。"杜牧《阿房宫赋》开篇的这个句子，就是沿岸植被遭到破坏、黄河变黄的一个间接例证。三十年前在兰州上大学，看见泥浆一样的黄河水穿城而过，我们还以为她一直流的是黄色的血液。更不知道，祖国母亲已经流了两千多年浑浊的泪水。

立冬前一天，去参加"黄河安澜"首届甘肃作家生态文学创作采风活动，我在出门时遇上沙尘天气。癸卯之秋的最后一天，老天爷又粗暴地演示了一遍秋风扫落叶的景象。只是这秋风，不仅缺了些秋高气爽的意思，而且肺管中满是滚滚黄沙。

"黄沙远上白云间。"脑海中闪出王之涣《凉州词》中的诗句。

"黄河远上白云间。"另一版本中的这诗句，几乎同时从脑海里跳了出来。

不管是传说中"黄沙"是"黄河"误写后的以讹传讹，还是其他什么情况，此时，两个版本的两句诗之间，似乎有了一种冥冥的联系。而两种意境之间的巨大差异，在我心中产生一种剧烈的阵痛。

入冬后第二天，我们来到临夏州积石山县大河家镇。这里是黄河日夜兼程，从青海二进甘肃后的第一站。

虽已立冬，但天气并不冷，阳光洒在水面上，跳跃着温暖的光芒，和河西的沙尘飞扬形成鲜明对比。清凌凌的河水，洁净得像晴朗的天空。虽已流入甘肃，却还保持着"青海"的原味。

群山寂静，静水流深。在大河家镇的临津古渡，我们看见两个少年坐在河边悠闲地钓鱼。长长的钓竿举起在半空中，钓线顺着水流方向划出细微的波纹。两个人不紧不慢，河流的时光，仿佛也被他们的深情给拉长了，不声不响地流淌着。

这就是那个自天而降、壮怀激烈的黄河么？这就是那个九曲连环、万古奔流的黄河么？这就是那个狂放不羁、雷奔电泄的黄河么？如果不是事先知晓，真的难以置信眼前这条清澈、安静的河流就是黄河。

看着少年，就想起临夏民歌《花儿与少年》，想起黄河上游流传的浪漫迷人的爱情故事。

黄河，流出一路的草地、鲜花、牛羊和神话传说，流出一路的部落、村庄和人间烟火，流出一路的桥梁、舟船、城市和繁华。

一部黄河史，就是一部中华民族的文明史。

黄河，有时候是善良的母亲、娴静的女子，有时候却又是桀骜不驯的野马，脾性暴躁，泛滥成灾，给周边地区和百姓造成无数灾难。过去民间流传着"黄河一泛滥，拉棍去要饭"的歌谣，说的就是这种情形。

一部黄河史，又是一部人民群众与黄河水患不屈搏斗的奋斗史。

积石山，传说中的大禹治水之地。据《尚书·禹贡》记载："大禹治水，导河自积石，至龙门，入于沧海。"大禹用十多年的时间，将黄河这匹怒吼的野马驯服，使之造福于百姓。河岸边那铁青色的积石山，仿佛就是沉着脸、凝神思考如何治水的大禹。忽然间明白过来，黄河为何在此变得清澈和安静。

流水无意，岁月有痕。在积石山，流传着禹王爷治黄河、大禹赶石、大禹王斩蛟龙等大禹治水的故事，也留存着大禹洞、禹王宝座、禹王祭祀台等大禹治水的遗迹，似乎都在深情诉说大禹治水的功绩。

我们对黄河的思念，被一条长长的线牵着，从遥远的古代拉扯到现在。只是在这中间，横亘着一道"黄河远上白云间"到"黄沙远上白云间"的天堑。

我们治理黄河，造福两岸，但有时也篡改黄河的生命密码。从一路欢歌笑语、碧波粼粼的"青海"，到泥沙俱下、浊浪排空的"黄河"；从"清香型"的黄河,到"酱香型"的黄河……断流、污染、河流水资源开发利用率警戒线,每一个词汇,都是黄河母亲无法承受之重,都是沿岸百姓无法承受的灾难。

黄河安澜。

我们一边消除水患、跟脾性不好的大自然斗争,一边治理污染、建设良好生态。不过,与其说是和大自然作斗争,不如说是在跟人类自身作斗争;与其说是在治理生态污染,不如说在治理受到污染的人心。"绿水青山就是金山银山",只有保护生态才会有海晏河清,我们看到康乐县鸣鹿水库的水质达到国家二类水标准,可以直接饮用,而甘肃建投生产的环保新材料复合保温外模板誉满陇原;在白银水川黄河湿地公园,野鸭站在初冬的脖颈上眺望乡愁。一切都在改变。

黄河之水天上来。

那片天,在遥远的巴颜喀拉山脉,那儿有亘古的荒原、巍峨的冰川、涓涓的溪流,那是雄鹰飞不到顶的人间天堂。那片天,是华夏民族头顶的一方晴空,那儿有讲不尽的神话传说,读不完的英雄史诗。在那里,举头三尺可以看见神明,那是我们永远守护的精神圣地。

守护好那片天,就守护好了黄河之水,也就守护好了我们的现在和未来。

黄河的颜色

王若冰

对于中国人来说，每个人生下来最先知道并让人心向往之的大江大河，大抵应该就是黄河和长江了吧？

这不仅因为在尚不能独自出门远游的童年时代，小学《语文》课本里"不尽长江滚滚来"和"黄河之水天上来"的诗句所激发起的无边幻想，让原本就心怀童稚的少年浮想联翩，还因为从那一刻起，每一位黄皮肤、黑眼睛的中国人都深深地明白了这样一个道理：我们是炎黄之后、黄河长江养育的儿女。

我第一次近距离看到黄河，是在三十多年前。

1984年大学毕业，我被分配到地区文教处教研室工作。这年冬天，教研室接到省教科所通知，要求派员到沈阳参加一个语文教学会议。当时，文教处要抽调我到办公室当秘书，我不愿去，就提出以让我去沈阳开会为交换条件。

之所以以出差到沈阳为交换条件，我是有我的"小九九"的：一是可以趁转车机会逛逛北京；二是可以在陇海线河南境内从车窗看看黄河。

那时候，中国的火车不仅跑得慢，而且拥挤不堪。现在从天水到郑州，坐高铁仅四个小时，那次却跑了一天一夜。到了风陵渡，我就试图把自己挪到窗口，想瞅机会看一眼黄河的身影。可车厢里乘客挤得密不透风，脚下、头顶都是人，想挪动身子寸步难行，我一次又一次的努力都宣告失败。火车到了郑州，趁乘客上下车的机会，我在两排座位之间占据一个可以临窗眺望的位置，准备在火车过黄河的时候满足我已经贮藏了二十多年的愿望。

火车还没有出郑州城，一个大胖子一屁股挤到我前面，硕大的身体把整个窗户都占据了。就在我拼命挪动身子，寻找瞭望窗外的缝隙的时候，突然，车厢里有人惊呼："黄河！"

伴随一声长鸣，火车驶上黄河铁桥，车厢里骤然骚动起来。站在过道里的、坐在座位上的、躺在行李架上的乘客，拥挤着、相互踩踏着，纷纷把头挤向车窗。费了九牛二虎之力，我才在胖子腋下双手扒开一堆脑袋，争取到一点可以眺望窗外的缝隙。更多人则踮起脚尖，扒着别人肩膀，伸长脖子，寻找眺望黄河的位置。其时正值夕阳西下，火车已经行驶到郑州黄河铁桥中间，轰隆隆呼啸而过的窗外，一片金黄的洪流自北向南涌来。夕阳映照下，一川黄金流水如刚出炉的钢水，闪射着金灿灿的光华在天地之间奔流。

"这就是黄河啊！"

就在我趴在人头缝隙，痴痴望着金光灿灿的黄河，心旌飞扬、不能自已时，火车一声长啸，驶过了黄河大桥。窗外的田野、村庄，又陷入冬日的肃杀、灰蒙。

第一次和期待已久的黄河相遇，竟仅如此短短的一瞬间。然而，就是这转瞬即逝的匆忙一瞥，郑州附近金光闪射的黄河水和车窗外黄河流经华北平原时的浩荡气势，便让我终生难忘。

《幼学琼林》有句话说"圣人出，黄河清"，意思是说经年浊浪排空的黄河是很难变清的。但20世纪90年代，我在兰州看到的黄河却青碧如洗。

那次到兰州天色已暮，我投宿的宾馆就在黄河铁桥之侧。第二天早上拉开窗帘，一条清粼粼的河流跃然窗外。河碧水清，舒缓东流。我有些纳闷：明明就住在黄河边上，眼前哪来这么一条纤尘不染的河流呢？室友指着窗外一河清流告诉我，眼前这条碧水清流就是黄河。他还告诉我，黄河在兰州以上，都清澈如许。后来到了青海贵德，面对从玛多黄河源头起步，在青藏高原蜿蜒奔流500多公里后依然青翠如玉的黄河水，我竟感动得双目湿润。

彼时彼刻，我的感动不仅来自黄河上源清澈见底的黄河水，更缘于此前我在壶口看到的泥沙俱下、跌宕奔突的黄河的膂力与气势。

那是2011年。这年秋天，为写作《渭河传》，我驾车开始了在渭河流域的孤身漫游。为了追寻渭河支流北洛河身影，我从陕西蒲城北上，直抵接近北洛河源头的志丹县。返回途中，发现有条公路直通壶口，便情不自禁，一脚油门从陕北高原进入被滚滚南下的黄河劈开一道裂口的秦晋大峡谷。

从陕北黄土高原断裂带纵横交织的沟壑环绕而下，闪烁着金色波浪的黄河时隐时现。到了壶口镇，满河流水如凝结在一起的黄金黏液，闪射着耀眼金光在秦晋大峡谷深处舒缓南下。傍依只有零星细浪无声翻滚的黄河转过一个弯子，骤然间就有隆隆巨响迎面扑来。顺着震彻峡谷的喧响望去，茫茫水雾从峡谷中央升起。水雾升腾的地方，在西北高原奔走2000多公里的黄河带着已经与茫茫黄土地融为一体的颜色奔涌而来。一个巨大的石壶朝天敞开，因两岸层层叠叠的巨石阻拦冲击而顿时变得膂力震天的滚滚黄河，如身披黄金铠甲、冲锋陷阵的威武之师，手挽手，肩并肩，高举金光四射的团团巨浪，一排接一排，奋不顾身，朝巉岩高筑的壶口奔泻而下。飞泻而下的巨浪跌落壶底，似沸汤开壶，激流翻滚，声震如雷。堆堆巨浪飞溅而起，如竞相绽放的黄金，金光四射，璀璨夺目。

那一刻，黄河两岸被一种令人心旌飞扬金黄色映照着、笼罩着、拥抱着，犹如黄金锻造的宫殿。以至于此后多少年，只要一想起黄河，我耳际就回响起排排巨浪涌入壶口时排山倒海的隆隆巨响，眼前就浮现出壶口瀑布前赴后继、激情绽放的黄金浪花。

黄河二题

陆军

大河家

站在大墩峡高高的观景台上,身后的积石山雪峰将午后的阳光映衬得分外明亮洁净,县里陪同的同志指着远处的村镇说那就是大河家,是黄河从青海穿越积石峡进入甘肃的第一个村庄。但我没能看到黄河,只看到雾气升腾中安详宁静的村庄和高耸的清真寺及闪着银光的塔顶。远处的山峦挡住了我的视线,看不到行走在低处的黄河,但对面青海民和县的村庄却历历在目。整齐的二层民居依坡鳞次栉比,和眼前大河家的没什么两样,这多少弥补了我没见到黄河的遗憾。

对面的村庄在安逸中透着忙碌,村道上是三三两两的行人和车辆,时不时有满载货物的卡车进出村子,他们为更加红火的日子、和美的未来而劳作着。此刻,对于黄河的样子我只能靠想象了。

沿着宽阔但却曲折而下的观光风景线,我们来到前面的一个观景台,这时黄河的样子清晰起来,如一条绿油油的丝带随意放在大地上。对这遥远的眺望我还是不满足,要求到黄河边上去见黄河,来一次亲密的接触!

大河家就是黄河这条大河的家,她是黄河迈入甘肃大门的第一个村镇。大河家像迎接远道而来又要远行的亲人一样,背靠积石山蹲在谷地里等待黄河的到来,给予行囊的补给和亲人的温暖,归家而后远行,至龙门达沧海。

站在黄河边时倍感亲切,像见到久别的亲人心里涌出无名的激动来。黄河来到大河家时,清澈得像一条碧绿的玉带,连河底的小石子都清晰可见。仪态平和大方,一副雍容华贵的王后气象,没有一丝"黄"的色调,透出的是从高原和上游来的冷峻与草木之气,还夹杂着一丁点冰雪融化的冰凉和久经世事的练达与冷静。她像一位神的领袖带领众神一路向东恩泽两岸。此时,采风团一行人像孩子拢在母亲身边似的聚在黄河边,或站在河岸的石头间远眺,或坐在光滑的石面上遐思,或低头认真拣拾形状各异、色彩斑斓的石头,或拍照、聊天……沐浴在午后温热的阳光里,偎着黄河久久不肯离开。

没有听到时间走动的声音,仿佛就是一刹那,落日的暗影将我罩在积石山巨大的阴影里,初冬的寒意沿河道不断袭来,但这并不能驱散我对黄河的依恋,依然固执地静候在甘青两省的古渡边,依着身后缓慢抬升的谷地,与黄河对面险峻的红崖对峙着,想要逼它说出几千年来黄河古渡的秘史,但它用风声和水流声回答了我沉默而矜持的追问,它的密语需要自悟。

在黄河哗哗向前的脚步声里,我静坐在初冬的临津古渡口,对着清明如绿玻璃般的河流发呆。临津古渡这个黄河上游古老的渡口,曾有过很多名字,比如黄河上渡、积石渡……青海的民和人称其为官亭渡口。因为连接陇海,临津渡自秦汉以来就是黄河上游重要渡口和交通要隘。

联结两岸扯船摆渡的绳索还横在渡口的河面上，孤独而倔强，像一对相濡以沫的夫妻，手中牵着新婚时的红花带隔河相望成了化石，顺河而来的风声向过往行人默默地诉说着他俩几千年的荣光和风雨。从这里横渡黄河的千年爱恨情仇、烽火狼烟、商贾客旅……皆已远去，一桥跨通南北，将两省的生离死别的隔联彻底修改。一辆辆小汽车、农用车满载着两岸所需的商品急驰而去，桥下的黄河依然平静地流着，向省城兰州进发，她知道喧嚣只会浪费精力，没有一点好处。

接官亭孤独地站在大河家桥头民和县的那边，它已褪去了昔日的铅华和荣光，成为黎民百姓休憩的场所和谈天说地、谈古论今的场所，如今是"大军横渡地覆天翻，一桥飞架沧桑巨变。纳顿欢歌情满三川，土乡小康再谱新篇。"

在县里同志的一再催促下，我们意犹未尽地离开了河岸，暮色从河面上包抄过来。路边摆摊的大叔和我们一样打烊收摊，他的移动货架上满是各式各样的保安腰刀。沿街道两边的商铺门面上多是腰刀的招牌，比如"什样锦""雅王其""波日季""一刀线""双落"……听起来稀奇古怪。保安腰刀是我国少数民族三大名刀之一，与藏刀、蒙古刀齐名，是保安族人的传统工艺品。它不仅是生活用具，还是别致的装饰品和馈亲赠友的上乘礼物，成为时下大河家镇的一项重要产业。来大河家不带一把造型优美、线条明快、装潢考究、工艺精湛的保安腰刀回去，多少有点遗憾。平日里沉默寡言的大河家人，一谈到保安腰刀，马上像变了个人似的操着当地的土话停不下来，"保安腰刀好得很啦，你看刀把上镶着龙、梅花、手，这些图案都是区别腰刀的不同风格、不同式样的主要标志。我们的腰刀弹性好不易折断，刀体纹理奇特……刚柔相济！"听到卖刀人说出"刚柔相济"这个词时，让我惊讶，这本来用在人物性格上的词，他用在了一把寒光四射、锋利无比的钢刀身上，这让我对大河家卖刀人手中的刀生出几分亲切来。

水川湿地

因了黄河之水，处在兰州北面的白银市显得与众不同，多了几分傲然之气和工业城市的富足感，这里被坚硬突兀且苍莽起伏的群山包围着，是个白银遍山川的富庶之地。初冬的午后，迎着依然温暖的斜阳，站在白银区水川黄河湿地公园的北面高地上，长龙般逶迤东去的黄河尽收眼底，两岸的土地在奉献了一年的果实之后，显得疲惫而苍老，被一层灰暗的雾气笼罩着休养生息。我的脚下曾是强悍的西夏国勇士征战的地方，此刻或许我正站在谁的尸骨之上。深受西夏国独特历史文化影响的土地上，依然能够听到悠远历史的回响，建筑民居的风格、人们的语言是最为响亮的远古余音。在历史之河的高速行进中，先民的爱恨情仇、王朝的风云变幻被现代文明一次次洗礼、封存而所现无几，那些不断外溢出来的顽强团结与拼搏战斗的西夏国精神，成了当下民众提高生活质量、提升企业利润的重要原动力。

脚下的水川湿地公园是个占地3000余亩的人工湖，种着荷花，三分之一的水面被初冬干枯的残荷占据着，这些荷花的莲蓬和荷叶有的只剩了一个独立湖面的灰色杆茎，蓬和叶横七竖八躺在湖面上，随风萍聚、游弋，也有不多几枝勇士般高举着荷叶在空中摇动，像有成群的灰鹤在水中觅食，微风过处，鹤群骚动。这些残荷的枝叶在湖面上相映成趣，像谁挥洒绘画灵感，成就一幅灵动的印象派水墨画。水面还没有结冰，在水中游廊的下方时不时有睡莲绽着绿色的叶盘，像一只被剪去十分之一扇形面的盘子漂在水面上。如此大面积的荷园在这干旱的北方，确是不多见。

只要黄河在，两岸的子民从不缺水，风景也因此兴盛繁茂起来。比如这水川公园，这千亩荷园，已成为白银区和周边人们提升生活质量的重要去处，融入暮春初夏的绿叶花海中，享受着"莲叶何田田"的自然美好时光。白银水川湿地公园为主体旅游区，湿地水域平均水深2米，比黄河河面高出1.8米，地上渠系纵横，芦苇密布，是高原鱼类和水禽的理想栖息场所，每年夏冬两季都能吸引大量的鸟类栖息繁衍，已形成了一个和谐的自然生态圈。

公园的旁边就是气势汹涌的黄河，在白银区见到它时，像在异乡见到了亲人，是那么的亲切。黄河的对面就是榆中县地界，一道南山将黄河逼进了白银区，堵住了来自省城的繁华与热闹。

黄河从河口镇进入兰州时就变了颜色，成了黄色的水流，沿她的来路再往上探寻变色处，是在刘家峡水库的上游。从高空看，洮河带着从岷县临洮来的大量黄色泥沙汹涌而来，注入碧绿清澈的黄河中，在刘家峡水库交融流变成了世人眼中的黄河之色。

黄河以卑谦的姿态进入兰州，身处低位，静观两岸的喧嚣与灯红酒绿。她以混浊的外象接纳了生活中弱者的倾诉与自戕，鼓励了砥砺前行者的勇气和希望。她给狂妄自负者提供了海阔任鱼跃的平台，也为他们准备了"跳进黄河也洗不清"的归宿。黄河离开兰州之后，一直在西部的旷野里默默无闻地奔走，奉献着水的恩泽，赐予两岸风景和粮食；容纳一切污垢和泥沙，滋润着万物。站在水川湿地公园的黄河边，一股说不明道不清的情素涌上心头，黄河沿途施舍奉献、不求回报，渐行渐远却越来越丰富，从一条小溪变成汤汤大河，在天地间流过了几千年，不再改变她的颜色和初心，一心奔向大海。

黄河经白银而过

黄璨

我第一次见到这样一种姿态的槐树,在一些起伏不定饱含着柔情的小山坡上,它们像一阵轻风把几株茎杆纤长的花吹得枝头摇曳,清风明月般呈现出一种潇潇然,让人心中莫名有一丝触动。在它们不远处的那些钻天杨也是,像那阵轻风拂过那些悠然自得的槐树,继而又用多情的手臂将一群身着纱衣的女子轻轻一搡,于是她们各自曼妙的身体便呈现出千姿百态,且一个个都忍不住抿嘴笑,声音像银铃一般。

真的,我是第一次见这样姿态的槐树和钻天杨。在我生活的城市,所见槐树皆是枝干粗壮树冠伞一样矗立在道路两侧,样貌威严像在随时防备风沙来袭的驻守战士,且双眉紧锁生怕有一粒沙砸落于行人的肩膀,它们这一天的坚守便会功亏一篑。至于钻天杨,则完全像利剑一样地直冲向天,好似略微一点的弯曲都对不住那与生俱来的执着，它们是那样的兢兢业业而无有一丝的懈怠。

等自己终于明白一些人生道理的时候，才理解包括自然所有的一切，都是因各自环境的不同才铸造出内心的坚韧抑或是柔软。比如我所生活的河西走廊，因自来荒漠戈壁的底子，虽这些年生态已发生巨大的变化，但无人地带的风沙仍会在某个不经意的时刻悄然来袭，倘树木不那么笔挺坚韧，便很难在变幻不定的环境中生存下来。幸而有祁连山傍侧终年不怠的呵护，滋养出一块块夏季碧如翡翠的绿洲，才使生长在这里同样韧性十足的人们脸上多了盈润，情愿将心牢牢地攀住地深处的根，再也未曾想过离开。

但我仍免不了要羡慕这些我第一次见到的姿态悠然的槐树以及钻天杨，它们没有一株是紧绷着身体像时刻要防备什么的样子。相反，它们在金岭公园每一个自然而然流线型起伏的山坡上，毫无拘束地随心舒展着自己的枝叶，似乎从不担心有什么暴虐的东西忽而夺走它们由内及外的安然自在，这同样也是人生最好的一种状态啊，谁愿意整天紧张兮兮地活着。

我说的正是白银的金岭公园，曾经白银市郊一条藏污纳垢使人不敢近前的臭水沟，如今已华丽转身成为市民闲暇必来游玩散步的白银市最大的自然生态公园。

从前那个傍着臭水沟的白银是什么样子我不曾见过，那应是很久以前的事了。当彼时的市民低头掩鼻躲瘟疫一样竭力躲开那条臭水沟的时候，他们有没有想过很多年后的今天，这里会变得绿茵如织、鲜花似锦，金沟河像一条闪着荧光的玉带傍在城市一侧，用它潺潺的水声演奏着一曲节奏舒缓色调明亮的春之舞曲，从此城市多了一分飞扬的灵动，处处都是耀眼的光色。

这个世界能量是守恒的，生命包括自然的一切，当你给予的时候同时也就拥有了,当你用心呵护的时候就意味着你从此不会被薄待。作为甘肃中部城市,白银既是甘肃省"一核三带"中"一核"的重要组成部分,也是"三带"中黄河上游生态功能带的重点区域,分量可谓十二分足。而置身其间的黄河水,大概内藏什么神奇,在傍河而居的诸多女性美容词典里,又历来都有其独特的润肤功能,"黄河之水天上来",当真是天赐。人尚且如此,更何况浸融于天地精华的那些大地生物。那些槐树那些钻天杨,在黄河水常年不弃的滋养中,有那样柔软轻盈的姿态便不足为奇了。然而这绝不是仅靠黄河水自身的能量,白银姿态之所以如此柔软,更大程度得益于人在其间发挥的巨大作用。为改善金沟河生态治理,自2018年以来,按照"先行截污、再造驳岸、营造景观、促进产业"的要求,白银市大力实施金沟河生态综合治理,着力打造当地乡村振兴的示范带和旅游、生态与建设小康结合的示范带,集百万人之心,施千万倍之力,才将城郊排污沟两侧的那一片荒芜之地治理为如今眼前的豁然一亮,人们徜徉其中乐不思蜀,可见"人定胜天"这一句话绝非凭空而来。

  那天下午,我们采风团在白银一位女市长的带领下,亦步亦趋感受着金岭公园上空荡动着的一阵阵轻曼的风、金沟河两岸树木掩映下羞涩又安静的亭榭长廊,以及耸立在下午清薄日光下异常巍峨却是为城市老人安享晚年特意修建的医养院,内心格外平静和舒怡。尤其那位女市长还皮肤白皙,笑声明亮,与金岭公园彼时那一分精致与优美极为契合。她是放下手中紧忙的工作专门来陪采访团参观的,且全程都在不停歇地讲述白银这些年发生的巨大变化、在不可避免的工业污染环境下的排污治理中水利用以及城市生态环境保护等等,言语中无不透露着东道主对远方客人的一种热情和对自己城市源自心底的热爱还有自豪。正是在她这样不疾不徐又丰满的讲述中,我们如踏闲云,步履轻盈地游完了金岭公园所属全部的观览景点,然后在黄昏日落之际抵达公园另一侧入口，那处的小广场地面镶嵌着一张漾着微光的铜色浮雕地图，黄河穿越白银段的路径在其上一览无余。

从地面的浮雕地图可以看出，干流全长258公里占甘肃段28.3%的黄河白银段，从白银区南部水川镇西峡口入境，自西向东流经水川盆地，穿越乌金峡谷，进入靖远、平川、景泰，呈"S"形贯穿全境。作为城市排污泄洪主通道、横穿白银城区全长28公里已然成为景秀之地的金沟河，正是沿白榆公路，经王岘、强湾和水川3个乡镇流入了黄河。也就是说，水川镇有足够的理由打造白银另一个供市民留恋徜徉的自然生态圈——白银水川湿地公园。

相关资料对水川湿地公园是这样陈述的："这里临近黄河，渠系纵横、芦苇密布、山川壮美、乡风浓郁，拥有干旱、半干旱地区难得的黄河湿地，是高原鱼类和水禽的理想栖息场所，每年夏冬两季都能吸引大量的鸟类栖息繁衍，形成了和谐的自然生态圈。十里黄河风情线和十里樱花大道形成环路，湿地景区镶嵌其中，人工湖、曲桥、垂钓池、荷花池、景观长廊等多处景点，已成为人们春季踏青运动、夏季亲水娱乐、秋季采摘体验、冬季温泉养生的四季度假旅游休闲目的地……"如此之赞似过于繁华，但甘肃省会城市兰州之所以在它的滨河之路庄严端正地塑起一座名为"黄河母亲"的雕塑，皆因黄河甘肃段干流绵延913公里不但为沿经地区提供了生产生活必备的水资源、交通运输与迁徙的通道，同时也支撑着那些地区文明的生存与发展，而置身其中的水川镇既安然接受着黄河水丰沛的滋养，又利用自身优势极尽手段涵养黄河水使它不受劫难，两者相生相伴唇齿相依，以至于所属周边风景秀丽、民生富庶，让我这样身居河西走廊无从靠近黄河水的人不由得要连连的艳羡。

甚至，连水川湿地公园那一片微风中碧波荡漾的荷花池也扑入我羡慕的眼眸中。

我们全都驻足在了荷花池边。已是深秋初寒，虽然白银市区金岭公园的草坪还余留着浅浅一层绿，水川湿地公园的荷花池却遍铺秋败后的残荷。"菡萏香销翠叶残，西风愁起绿波间。"古人对残荷的描写多是一种寂凉。事实上，深秋之水川湿地公园也的确显得岑寂清冷，由于天渐冷的缘故，来这里游玩的人极少。然而这何尝不是一件好事呢，按照荷花骨子里的孤傲乃至清高，大概在它夏天尽展清叶捧玉瓣，使人们不得不惊叹它独有的优雅之后，更希望拥有一分繁花散尽的沉静与潜心，"月盈则亏，水满则溢"，这个道理它懂，任什么都不能太过。

　　很奇怪，秋荷的残叶在水中竟没有丝毫腐烂的气息，俨然荷是荷的枯干水是水的盈润，两者互不干扰又互为镜照。可见荷这种植物也真固执，你看它们枝干挺立全然不顾水的疼痛，顾自用枯褐色叶片锋利的叶缘刺着水面的平静，而水却始终以它博大的胸怀默默给予宽容，好似看自己顽劣的孩子为所欲为，哪个母亲眼里都是宠溺。可知自然一切的生物都在用它柔与刚的辩证来保持生命的平衡，包括浩荡之黄河水，在它咆哮之时没有谁能平息它心中骤然而起的愤怒，而当它彼时不想表达喜或是怒，只想安然享受这深秋清薄通透的日光时，我们从荷花池返回再次来到它的岸边，内心瞬时便被它特有的那种沉厚感动了。

　　黄河作为中国第二大河流，从它的发源地青藏高原巴颜喀拉山北麓的约古宗列盆地，自西向东流经青海、四川、甘肃、宁夏、内蒙古、山西、陕西、河南及山东9个省（自治区），最后流入渤海，其全长约5464公里，79.5万平方公里（含内流区面积4.2万平方公里）的流域总面积，每年都会携带着16亿吨泥沙恣意奔腾，并将其中12亿吨流入大海，剩余4亿吨长年留在黄河下游形成冲积平原，供人们种粮植谷。亦即黄河实则是顶着被人误解的心事负重前行，倾其所有保证人们的生活必需，仅这一分对人类的忠诚便足够使所有人震撼。

在我们视线里途经白银的这一段，虽目睹了人世诸多的颠沛流离，深藏了不为人知的辛酸苦辣，亦在它穿梭历史的进程中，始终如一地护佑着当地人民，使他们食能果腹居有定所，幸福安康地延绵着岁月，这一种上天的恩赐，人们是该牢牢记在心间的。

值得欣慰的是，白银并未辜负黄河这一种深情，无论它的金岭公园还是水川湿地公园，都在与黄河伴生并存的进程中，与自然一边抗争一边和解，在新时代呈现出一种令人惊喜的新气象。要知道，人间安定，黄河安澜，才是人类与自然共同的心愿啊！

高峡出平湖

王震

高高的山峦连绵不绝,一直铺陈到远方的天际处。在群山之间,汹涌的黄河咆哮着从峡谷蜿蜒而下,向东奔流而去。在火辣辣的太阳肆无忌惮的炙烤下,一块块荒凉、贫瘠的土地焦渴难耐,张大着嘴,无声地悲叹着。

在河岸边陡峭的山崖上,一些工人腰间系着细细的安全防护绳索正在开山凿石。他们有的穿着长衫,有的穿着汗褂,有的赤着上身,正干得热火朝天。一个穿汗褂的工人半跪着用双平手扶着粗壮的铁钎,另一个身材壮实的男人高高抡起铁锤,用尽浑身气力砸下,铁钎在瞬间与山石激烈碰撞,迸射出四溅的火花,巨大的反作用力将他的虎口震得发麻,但脚下的巨石似乎不为所动,只凿出一道浅浅的印痕。抡铁锤的男人毫不气馁,又将沉重的铁锤高高抡起,狠狠地砸了下去,钎头终于击进山石,撬开一道裂纹,抡铁锤的男人脸上露出喜色。

"一，二，三，砸！"震天吼地的声音掠过谷底黄河的波澜，响亮的劳动号子在山谷间久久回荡。人们一下下将铁锤高高抡起，又一下下将铁锤重重砸向铁钎，将巨大坚硬的顽固山石劈开。他们被炽热的太阳炙烤着，汗水不断地从额头、从脊背滚落，脖子上搭着毛巾，却顾不上去擦，任其肆意流淌，濡湿身上的短褂长衫，滴落在脚下晒得滚烫的石头上。

这是我在国网刘家峡水电站企业文化展厅里看到的一幅照片，所展现的是全国爱国主义教育示范基地、新中国第一座百万千瓦级水电站——位于甘肃省临夏回族自治州永靖县境内的刘家峡水电厂50多年前正在建设时的场面。这是条件极为艰苦、却令人不得不为之赞叹的磅礴的火热场景。哪怕只是通过一张照片，也能感受到当时电力人喷薄而出的建设激情。

我曾经不止一次地来到这里参观，而每一次，都会面对水电站建设时期一幅幅生动而珍贵的历史照片而驻足，回想起那一幕幕感天动地的建设画面，陷入深深的沉思。

刘家峡水电厂，是在中国乃至世界水电史上一个传奇的名字，是一项气势恢宏的工程，更是一座令人敬仰的丰碑。它是新中国成立后，自己勘测设计、自己制造设备、自己施工安装、自己调试管理的当时亚洲第一、世界第三的大型水电站，结束了亚洲没有百万千瓦级水电站的历史。刘家峡水电站年设计发电量57亿千瓦时，它一年的发电量，超过中华人民共和国成立前整个国家的发电量。这座以发电为主，兼有防洪、防凌、灌溉、养殖、供水、航运、旅游等综合功能的大型水利枢纽工程，驯服了黄河的洪水，有力地促进了西北地区工农业生产发展，惠泽黄河沿岸的广袤大地，产生了巨大的经济、社会和生态效益。

电站建成后，通过4条220千伏和1条330千伏输电线路将强大的电能送出，不但把甘肃省内孤立的永昌、兰州、天水等地区电网联系起来，而且初步形成以刘家峡水电站为骨干的陕西、甘肃、青海、宁夏四省区西北电网的构架。

电站建成后，奔流的黄河在此穿过深邃的峡谷进入雄伟的混凝土大坝，从出水口喷涌而出，气势磅礴，从容淡定地跃入下游河谷，流向远方。

一

黄河是中国第二条大河，是母亲河，也是多灾多难的河流。在有据可考的历史记载中，平均每十年就有四次决口，泛滥成灾，给群众生产生活造成极大困扰。

刘家峡水电站位于临夏回族自治州永靖县，这里紧邻黄河，历史悠久，为古丝绸之路和唐蕃古道之要冲。早在新石器时代，人类先民就在此地河流两岸繁衍生息，在境内留下了广泛分布的仰韶文化、马家窑文化和齐家文化遗址。5000多年前，传说大禹治水的开工典礼就在这里举行，开创了我国人民大规模进行水利建设的历史。

正是刘家峡水电站的建成，不光驯服了黄河这条桀骜不驯的水龙，还以汹涌澎湃的黄河水为动力，发出强大的电流，供应陕、甘、青三省的工农业生产建设，并调节黄河水量，发挥汛期防洪和农业灌溉的作用。

2023年9月，在刘家峡水电站建成近50年后的一个秋天，我陪同河北省作家协会的作家们又一次来到刘家峡水电站参观。它作为全国爱国主义教育示范基地，又是中国的工业遗产，同时还是中国电力作协文艺创作基地，河北的作家们对刘家峡水电厂充满热情和好奇。在工作人员的带领下，我们先后来到刘家峡水电厂的企业文化展厅、生产厂房、地下导流洞和升压站，实地感受刘家峡水电站的过去和现在。一幅幅图片，一件件实物，一幕幕场景，都将我们带入了过去那段艰难而辉煌的建设岁月。当我在生产厂房墙壁上看到毛泽东主席"要把黄河的事情办好"那几个激越豪迈的大字，倾听着地底水轮机组欢快的轰鸣，感受脚底隆隆的震颤，一种伟大而神圣的感觉瞬间充斥全身。

在地下几十米的导流洞里，抚摸着墙壁上当年的建设者斧凿钎锤的一道道纹路深刻的印痕，我禁不住思绪万千。忽然，一座名为《水电战线的王铁人》的雕塑吸引了我的目光。在刘家峡水电厂从事讲解工作21年的金牌导游胡素鸾老师讲解道，在刘家峡水电站建设时期，为了加快施工进度，要在峡谷右岸增开一条导流隧洞。参加了全国群英会的代表王进先率领他的钻工小组，更是勇猛作战。他们在人员少、任务艰巨的情况下，掘进速度总是领先。一天，正当钻机欢唱，一排炮眼打成的时候，水源突然断了，有的钻杆被卡在石孔里拔不出来。眼看就要影响到按时放炮崩岩，钻工们急中生智，双膝跪下，扒开石渣，用嘴吸取地上的积水，一口一口地吐在风钻的进水眼里。吐一口，转几圈，终于拔出了钻杆，争得了时间。"王铁人"的名号在建设工地上叫响了。这座雕塑展现的就是当时钻工们用嘴从地上吸水吐进风钻的进水眼里的场景。

胡老师告诉我们，刘家峡水电站建设期间，正赶上"大跃进""三年严重困难""苏联专家撤离""文化大革命"等事件，建设条件非常艰苦，劳动工具也特别简陋，刘家峡水电站曾被当时外国专家断言为"中国人不可能完成的任务"，而我国水电建设和机电制造业的100多家设计、科研、院校和制造单位，硬是以不服输的韧劲迎难而上，凭着一股苦干实干的劲头，最终成为新中国面向全世界亮出的第一张水电"名片",令世界刮目相看。

刘家峡水电站能够建成,靠的就是建设者不服输的精神和坚强的意志,胡老师的话音响亮又自豪。是的,尽管已经过去了半个世纪,但仍然能够感受到这些建设者身上所凝聚的中国人的骨气与志气依旧在黄河上空回响,好像在告诉我们这些后来人要继续奋发图强,积极作为。

当我们参观完地下导流洞和升压站回到地面,只见雄伟壮阔的大坝上,蓝天下的龙门架高高耸立,临风眺望碧波荡漾的绿水库,内心不禁涌起阵阵暖流,情不自禁地小声吟诵起郭沫若老先生为刘家峡水电站而写的词《满江红·游览刘家峡水电站》:"绿水库,高大坝。龙门吊,千钧闸,看奔腾泄水,何殊万马。一艇风驰过洮口,千岩壁立疑巫峡……"

除黄河上游的水以外,大夏河、洮河的水也流入水库内,湖水从大坝的进水口流入水轮发电机组,再从厂房底部涌出,翻腾着浪花向下游急速地奔流而去。水电站耸立的巍峨大坝将上游水位升高,造成100米的落差,让黄河水推动水轮发电机发电。大坝的溢洪道、泄水道和泄洪洞等每秒能泄水7400多立方米,这样即使上游出现特大洪水,也能确保安全。在峡谷两岸的山头,一座座巨人般的铁塔高耸,一条条舞动的银色输电线路翻山越岭伸向远方。

天高气爽,风轻云淡,我们登上一艘快艇,去领略面积达131平方公里的刘家峡水库的辽阔。快艇像一只大鸟自由而又欢快地掠过水面,越过洮河口,穿行在浩渺的水波上,欢快的浪花在船身后溅起,形成无数个大大的惊叹号。正是金秋时节,刘家峡水库碧波荡漾,宛如一块宝石,几只白色的水鸟扇动着翅膀,在水面轻盈地飞翔,时而俯身轻盈地掠过水面,时而昂首冲向高空,在水面划出一道道美丽的弧线。

二

三龙吐珠，辉耀黄河。当奔腾不息的黄河呈"S"形流经永靖县，在这里形成了炳灵峡、刘家峡、盐锅峡三大峡谷景观，当地人称之为"黄河三峡"。刘家峡水电站作为现代文明的重要标志，被人们自豪地誉为"黄河明珠"，已成为黄河三峡风景名胜区内的一大主要旅游景点。

最令人内心激荡的，是在水库大量泄洪时，黄河水从870余米长、宽出河床100多米的溢洪道冲出，其势如天河倒悬，白浪奔涌；似蛟龙腾空，喷云吐雾；若万马奔腾，声震寰宇。惊涛穿空，卷起千堆雪，令人惊叹不已。

高大坝，绿水库。无论是乘坐快艇在刘家峡宽阔的水域上飞驰而过，还是站在大坝上仰望雄伟的龙门吊，或是在水库泄水时欣赏并惊叹其万马奔腾的壮观场面，内心都会受到深深的震撼，心潮澎湃不已。

这个秋天，当我们的游船行驶在碧波荡漾的刘家峡水库，只见蓝天下的河水澄澈清亮，犹如一块碧绿的巨大翡翠，阳光煦暖，微风轻拂，刘家峡水库展现出它柔情的一面，近处的水面波光粼粼，闪烁着细碎的银光，远处水天一色，烟波浩渺，令人心醉神迷。

我们一边欣赏着醉人的水库风景，一边聆听着胡素鸾老师对于刘家峡水电厂和库区的讲解，这才知道刘家峡水电站不光有辉煌峥嵘的过去，更有令人骄傲自豪的当下。她说，刘家峡水库不光风景宜人，而且由于水质好、无污染，还是所处永靖县9个乡镇的主要饮用水源，并作为下游甘肃省会城市兰州市饮用水的第二水源地，已经开始向省城兰州市城区供水，远期年引水量可达8.3亿立方米。

而能取得这样的成绩，是和一代又一代"刘电人"的努力分不开的，是一代又一代电厂人精神传承下的无上荣光。

讲起电站建成后在防治水害和生态环境治理方面的故事，胡老师十分动情。

九曲黄河万里沙，浪淘风簸自天涯。黄河是世界上含沙量最高的河流。泥沙，更是黄河水电站面临的最大威胁。随着时间的推移，淤满坝前库区的泥沙将对大坝和电站的安全稳定运行造成致命影响，直接降低水电站的使用寿命。

进入新时代，刘家峡水电站着手研究解决黄河水库泥沙淤积问题，并提出了增建洮河口排沙洞及扩机工程的解决方案。2014年3月，工程正式启动。2015年，刘家峡水电站洮河口排沙洞岩塞定向爆破一次性成功，排沙洞顺利贯通。此举不仅通过"穿黄排沙"的方式截排了洮河的泥沙，减少了洮河泥沙对刘家峡水电站大坝和机组安全运行的影响，延缓了电站的使用寿命，还利用排沙洞装机发电，排浑发清，提高了电站水能的利用率，进一步提升了电站的调峰能力。

为了增强机组运行的可靠性，提高发电效率，自1986年起，刘家峡水电厂历时17载，积极采用国内外先进技术设备，联合国内多家科研单位和企业，对出力不足、频频告急的5台机组主辅设备陆续大刀阔斧地进行了全面增容改造升级，净增发电装机容量19万千瓦，相当于新建了一座中型水电站。2018年，作为甘肃省"十二五"规划的重点建设工程，刘家峡水电站7、8号机组相继并网投运，新增装机30万千瓦，年均增发电量3.81亿千瓦时，电站总装机容量跃升至165万千瓦，极大地提高了水电站的调峰能力，洮河口排沙洞及扩机工程全面建设完成。

经过这一系列举措，在防洪、灌溉方面，刘家峡水电站将百年一遇的洪峰由8080立方米每秒削减为6500立方米每秒，防洪标准由20年一遇提高到百年一遇，每年为下游补水8～12亿立方米，相关地区的灌溉保证率由65%提高到85%以上。水库蓄水后，形成高峡出平湖的美丽风光，吸引了大批游客前来观光。

胡老师告诉我们，在电站建成初期，由于这里地形沟壑纵横，气候干旱少雨，土壤含碱量大，生态环境非常恶劣，到处是乱石滩和黄土盖脚的土路，几乎看不见绿色。为防止水土流失，改变生态环境，从20世纪70年代起，刘家峡水电厂就专门成立绿化队，采取压沙、冲水等方法改良盐碱土壤，削平9座白土山头，填平16条沟沟壑壑，引水库之水上山提灌喷灌，在大坝南北两山和库区荒山上广植绿树200多万株，使黄河两岸植被、绿地覆盖面积增加了4650亩。功夫不负有心人，终于用了50多年的时间染绿了水库四周的座座荒山，给这片大地裸露的脊梁披上了绿茵茵的新装，不光有效防治了当地的水土流失，减少了滑坡等灾害，还保护了黄河流域的水质。

在刘家峡水电厂的带动下，水库周边各县也纷纷加入"植树造林、造福后代"的绿化事业中，先后在白塔寺、向阳码头、青草破等库区沿岸造林护库，地方政府和企业联合建成了多个大型蓄水池和绿化山水工程，让永靖县城的景色变得无比秀美，天蓝水绿花艳，景色堪比江南，成为兰州市的后花园。

历史上，古丝绸之路南线和唐蕃古道曾在临夏回族自治州永靖县交会，造就了这里璀璨的多元文化艺术瑰宝。因此，乘坐快艇从刘家峡水库出发，不光能观赏到青绿的黄河与裹挟着泥沙的洮河在峡谷间相撞时，黄绿两色"泾渭分明"的奇异景象，还可以看到壁立千仞的黄河丹霞石林，感受雄浑沧桑的水上石林魅力，甚至可以来到古丝路遗点炳灵寺石窟，欣赏自西秦以来北魏、北周、隋、唐、宋、西夏、元、明、清等历代泥塑佛像彩绘的艺术华光，领略东西方文化和多民族文化融会贯通之美。

黄河安澜，生态和美。如今的刘家峡四季如画，绿树成荫，太极岛湿地鸥鹭翔集，母亲河畔芦苇荡漾，郁金香花园绚丽多彩，紫色马鞭草浪漫热烈，生态养殖的奶油草莓和水果玉米甜美多汁，红艳艳的大枣挂满树梢……烟火缭绕的生活图景如诗如画，形成了一道道安逸、亮丽、独特的风景线，吸引着周边越来越多的游客前来休闲旅游。

三

快艇像一只大鸟在水面振翅飞翔，清凉的水汽拂过脸颊，令人倍感清新。在阳光的照耀下，远山凝黛，水天相接，面积达131平方公里的刘家峡水库苍远寥廓，碧波涌动，犹如在银河中闪烁的颗颗星子，呈现出"秋水共长天一色，落霞与孤鹜齐飞"的诗情画意。

在西北高原能欣赏到如此酷似烟雨江南的美丽景致，令人忍不住啧啧惊叹。然而，要保证水质清洁却不是一件简单的事。

刘家峡水库的库区漂浮物打捞工作负责人蒲良介绍，每年库区上游都有大量沿岸泥沙流入黄河，也有上游河道及库区沿岸居民生活、深处养殖、枯枝断木等形成的漂浮物顺流而下，最终汇聚在刘家峡大坝附近。若遇上上游暴雨，漂浮物几乎会覆盖坝前整个水面，不仅对水质和环境造成污染，更会对库区航运和电站发电机组正常安全运行带来严重威胁。

为有效应对上游漂浮物，刘家峡水电厂购置了机械化打捞船，24小时待命，时刻关注上游天气变化，采取机械化打捞船和人工打捞船相结合的方式随时开展坝前打捞工作，日均漂浮物打捞量在400方左右，年均打捞运输漂浮物量约1.5万立方米，做到了坝前水域漂浮物覆盖率小于坝前水域的0.5%，创造了干净优美的水域环境。而每年打捞出的各种漂浮杂物有多少呢？打个比方,如果要将这些漂浮物压缩在100平方米的房子里,能堆成1.6米高的高度,按照30吨的卡车承载20立方米计算,需要运输800次才能完成。

正是有了当地政府、百姓和水电厂员工在生态保护方面日复一日的细微之处的坚持,如今的刘家峡才形成一派美丽的青绿风光,不光因绿色清洁能源闻名遐迩,更因其独特的水库自然风光成为黄河金岸、田园典范、度假胜地和运动天堂。

祁家渡、水上训练基地、国际滑翔伞营地、临津渡、魏家坡等旅游景点遍布库区及周边,俨然一幅水美鱼肥、美不胜收的江南景致,令各地游客流连忘返。而环境优美的太极岛生态湿地,常年有30多种3万余只水鸟在这里栖息,更成为市民、游客和摄影爱好者的观鸟胜地。

在刘家峡水库建成蓄水前,黄河共有黄河鲤鱼等11种自然生长的土种鱼类。水库建成蓄水后,为发展人工养鱼创造了有利条件,结束了甘肃这个内陆省份无养鱼业的历史。而随着近些年黄河生态保护不断推向深入,刘家峡水库的水质条件不断提升,使这里的渔业发展成效显著,目前已成为甘肃省最大的水产养殖基地,带动周边不知名的小渔村变成火爆的网红打卡地。人们闲时也总喜欢来到这里散步、唱歌、跳舞、骑行、拍照、观鸟、戏水、野营、烧烤,度过一个松弛惬意的周末。

黄和平,天下宁。河水泛滥灾民流离的历史已成为过去,这条源自巴颜喀拉山脉的原本狂暴肆虐的河流,如今已经回归她母亲河的本色,养育两岸百姓,滋养中华文明,仿佛一条碧玉丝带飘逸地缠绕在临夏州永靖县,温柔地护佑着她的孩子们,滋润着峡谷里的每一寸土地、每一种生灵,和当地神秘肃穆的傩舞、高亢野性的"花儿"、沧桑厚重的古今文化交相辉映,形成一幅生态长卷、一首时代史诗,在西北大地闪烁着熠熠华彩,吐露着沁人的芬芳。

给黄河两岸画像的人

张子艺

从中山桥走到黄河母亲,他不常看天,也不经常看地,老刘的取景框饶有趣味地看着黄河边的人。

人有什么好看的?

嗨,你不懂,人是最好看的。

高矮胖瘦,男女老少,就分割出来不同的类型。胖老爷们跟胖老娘们是不同类型,有的胖子笑容满面,像个弥勒佛;有的胖子眼睛被挤成了三角眼,一看就透着奸诈狡猾。

要是美女呢?

"年轻娃娃们都好看的,再说,我一个老汉家了,盯着人看,弄不成。"

老刘是个正经的纪实摄影师,拍黄河的。

一切好像始于那场命中注定的大醉。

在黄河边，人们喝酒，人们吃肉，喝着三泡台看黄河上的羊皮筏子……一切都顺理成章，一切都可以发生，一切都可以被饶恕。

自从中山桥不让通车后，文艺青年们枕着中山桥听黄河的浪涛——其实上游的黄河极安静，很少听得到浪涛，但在文艺青年的梦境里，翻卷着涛声的黄河，成为终其一生都在逃离或者怀想的故乡。

那时老刘还年轻，还是一个穿着白衬衫黑西裤的金融行业上班族，每天打交道的都是枯燥的数字。但他不觉得，数字是最真实的，一个小数点对不上，意味着肯定出了错，这是一个严谨到极致的行业。

他自小在渭水河畔吃着血条面长大，这种农耕文明的基因使他终其一生都沉溺在碳水化合物的快乐当中——当兰州新开了一个陕西风味的"剔尖"面馆之后，流水的各种玉米面、荞麦面、高粱面使他如获至宝，不由分说向每个看起来喜欢面条儿的人推荐这个馆子。

除了面还有河。渭河自然也是很著名的一条河，在这条河边长大的娃娃，从小就知道"泾渭分明"这个成语，渭河上的浪花激荡在他的心里，也是一生。

最开始他在甘肃河西一个没有河的县城里工作，有山，祁连山。

祁连山在那一段儿并非水草丰美，甚至因为干旱隐约地露出白光光的脊梁骨，就算在夏天，在丰茂的植物铺天盖地遮掩住所有大地的夏天里，此地的山上都只有毛茸茸一层"草色遥看近却无"的绿。后来旅游热，倒是因地制宜打造了寸草不生的"火星基地"。别说，照片和视频上，孩子们穿着宇航服摇摇晃晃地走在基地里，真的有种科幻电影的神秘荒原气质。

但说归说，这里确实是跟河八竿子打不着的一个地方。

记不清什么时候，老刘有点语焉不详，或者他故意遮遮掩掩，是一次黄河边的酒局，至于几个人，是男是女，都已经记不太清楚了，总之那是一场横跨一天一夜的酒局。

从最开始的辛辣而冷冽，一直喝到泛起甜味——酒是好酒，这是喝大酒时人们味觉麻木的象征。下酒菜或许有花生米、猪头肉，或许什么都没有。总之，那一场对老刘而言刻骨铭心的大醉使他的人生分为"醉酒前""醉酒后"，醉酒后的他突然就对黄河着了魔。

他说，那个清晨，他看到了黄河。

薄雾笼罩着的黄河，人们的脸笼罩在薄雾里，像一帧老电影。

他颤抖的手按下快门，黄河从此就跟他有了羁绊。

黄河水不徐不疾地流淌，穿城而过的兰州，人们总是会将黄河与母亲这两个形象重叠。

20世纪，雕塑家何鄂创作了黄河母亲怀抱幼童的形象，健美年轻的母亲哺育着黄皮肤的孩子。敦煌文物研究所临摹文物的经验被她巧妙地融入这组雕塑设计中。母亲与幼童的雕塑线条柔和又具有流动感，侧卧的角度又和滚滚流淌的黄河方位一致。这巨大的隐喻将华夏文明的源头浓缩在黄河岸边的雕塑中，年轻的雕塑家声名鹊起。

如今，何鄂有时候也会到《黄河母亲》雕塑前转悠，虽然业界将她誉为《黄河母亲》的母亲，但游人很少辨认出这个衣着寻常的女性与伟大雕塑之间的关系，人们只是举着手机、相机兴奋地站在雕塑前，指挥着镜头那边的人，大声喊着："往中间走，再靠近一些，不要挡住胖娃娃了。"

拍照的人群中，就有老刘。

穿着蓝灰色的夹克，里面穿着一件白衬衫，灰黑色的裤子，要不是脖子里挂着昂贵的相机，他跟围观在黄河母亲塑像前的游客没有任何区别。不，那个相机，使他更像一个拉客"照相的"，黄河边有很多人都做这样的生意，从20世纪到如今，就算智能手机普及的今日，人们还是希望花上几十块钱，在黄河边留下几张角度经典的精美照片。

老刘也经常被人们使唤："那个老师傅，来拍张照。"听到这样的招呼，他小步跑过去美滋滋地端着相机，无论是飘洒的丝巾还是孩子们手里端着的水枪，都在他的取景框里水一样流过，后来有了微信，他会加了微信将拍摄的照片传过去，天南地北的都有，有些人收到照片说几句客套话，有些人收完图就一删了之。

拍了三十年黄河。

最初是爱，但摸到那个门槛，也是在黄河边的一个清晨。

鸟儿们在黄河两岸的树上开接力赛，一团鸟群过去，一团鸟群过来，黄河中间的小岛更是成为名副其实的鸟岛，是它们接力中途的栖息点。喜鹊藏在浓密的树荫里，看到一点白尾巴，人们心满意足地低下头，喜鹊叫了，铁定是有好事儿呢！

好事儿可大可小，小到吃牛肉面时抓肉的小哥多抓了几丁牛肉，这个清晨带来的喜悦可以蔓延一整天；大到，升职加薪吧，但是这种事儿少的呦，一辈子碰到的次数都屈指可数；或许是娃儿拿着100分的卷子来要钱买辣条……这时必须喜滋滋地掏出钱来，甚至还可以回味和憧憬美好生活。

总之，就在一个听到喜鹊叫声的早晨，老刘在中山桥旁边靠近黄河的步道上看到了围成一团逗鸟儿的人群——要不怎么说黄河是母亲河呢，喝着黄河水的人们闲下来最大的乐趣就是去黄河岸边走一走。牵着狗儿的要撒欢，捧着鸟儿的也要透气——鸟儿关在笼子里挂在阳台上已经很憋屈了，爱惜鸟儿的人每天早晚都要拎着鸟笼子在黄河溜达，要让黄河两岸的风和水汽把鸟儿浸得透透的，就像鸟群在黄河两岸飞过好几个接力赛那么透，才算溜达完了。但就算这样，他们也从未想过放生笼中鸟。

老刘举着的相机对准了逗鸟的人们，这是他的肌肉记忆，取景框在黄河边总要对准人，他作为一个严肃的纪实摄影师，镜头的主题只有形形色色的人，他虽然偶尔也学着风景摄影师的样子拍一拍黄河铁桥，但没有人的画面总使他感觉到轻，一种上浮的气质，他找不到镜头的锚点在哪里。

黄河边的一切都是司空见惯的，甚至跳广场舞的老太太都觉得他面熟得不得了。熟稔地举起相机后，他将一只眼睛对准了取景框，心里"嗡"的一声——那是一个笼子里面框着的人。人原本距离画面很远，但在相机镜头下，人和鸟都被轻巧的笼子罩住，没有反抗。

快门如常按下，那一刻他的心里泛起惊涛骇浪，整个早晨他虽然身在黄河边，但整个人的脑子里震惊地浮动着一排字——笼中人和鸟有什么区别？

他最后得出的结论是，没有区别。

这些年工作早已经调动到兰州的他，在每天清晨的光影中走向黄河，快速镜头扫荡之后，再快步前往自己从业的金融机构——他从未迟到过，单位的同事们甚至不知道他有摄影的爱好。

但是他自己知道，从那一刻开始，一切不一样了，这个世界陡然清明了起来，以前隔着毛玻璃看到的一切，突然纤毫毕现。

比如说，鸭子。

黄河边遇到水鸟，遇到鸭子，遇到鹅都不稀罕。

他遇到的是一个喂鸭子的人，穿得体体面面，背着大袋儿的面包和馒头，喂完就走，干净利落。

雷打不动喂鸭子和雷打不动拍照片的两个人经常打照面，老刘会蹲下来给喂鸭子的人照相，次数多了，也会有点头的交情。

有一次，喂鸭子的人主动开了口。

他扭捏地问老刘要照片，要喂鸭子的照片，他说："想看一看，以后留个念想。"

面对这个要求，老刘很郑重地选了几张"洗"出来，下次见面时客客气气地给他。

但好几天没见到人，照片又在怀里揣了好几天——周日，人露面了。老刘捧着怀里的照片给他，那一刻光线绝佳，阳光在水面上打出波光粼粼的沙金色，老汉和鸭子都被镀上了一层金边。

喂鸭老汉罕见地邀请他到家里做客——老刘思来想去，手里还抱着昂贵的相机，但对方看起来似乎也不是坏人，他让对方稍等片刻，将相机寄存在安全的地方之后，一路小跑，跟着喂鸭子的老汉到了他家里。

不在黄河边。

坐在公交车上摇晃了很久很久，久到要是老刘要还是个壮劳力，他会担心自己人身安全的程度。叮呤咣啷的破旧公交车上，座位上的人跟着车子一起晃动，这一幕像贾樟柯电影里的画面。公交车上了山，又走了一段盘山路，到了，这里是阿干镇。

阿干镇是兰州周边一处产煤的地方，历史很久远，从明洪武年间，就开始开采了。

资源型城镇的发展往往会是一个巨大的抛物线，从开采到出产到枯竭，每个节点都有着清晰时间线。这个大爷，就是阿干镇煤矿最火时的见证者，但同时也是资源耗尽后的亲历者。

很难用语言形容一个废弃掉的城,人会无端地在熟悉的残垣断壁面前感觉恐惧。那些四五层的楼曾经是被人羡慕的"住楼房"的生活,当人们搬离此地后,黑洞洞的窗户就这么面对这个世界,风吹过来,窗帘还会随风飘动,但看到的人只觉得冷——这是人类的本能,在熟悉事物面前的一种自我保护,甚至路上看到孩子丢弃的玩具和童话书,能狠狠吓一大跳的程度。

喂鸭老人住的倒是聚集区,小区里干净整洁,是此地为数不多还有人气的居住区。爬上四楼,打开铁门,老刘在如此生活化的一个环境里感觉到安下心来。这是一个普通的工人家庭,老式沙发上罩了白色的沙发巾,冰箱上罩着同样的罩子,甚至连饮水机上都盖着一个镂空的衬布——一种过去小心翼翼而又司空见惯的生活。

跟茶水一起端上来的还有一盘小苹果,果子皱皱的,茶水是温的,保温瓶不够保暖,这几乎是所有保温瓶的通病,所以年轻人几乎抛弃了保温瓶这个工具,他们用小小的烧水壶,现烧出滚烫的水,这些都是老刘的儿子告诉他的,在那一刻他奇异地想起这个说法。

喝了几口水,寒暄了几句,老刘对于自己这个鲁莽的行为感到后悔,跨越大半个城市来拜访一个彻底的陌生人,好在之前在楼下,他不由分说在小卖部买了箱牛奶提着,这才不算太失礼。不过这个人总归不会是坏人,一个每天喂鸭子的人,能干出什么坏事儿呢?

老人神神秘秘地喊他起身,同时打开了一扇卧室的门。在老刘向我转述这个动作的时候,我一下子想起小时候听过的一个恐怖故事《蓝胡子的人》,他严厉禁止新娶的妻子走到地下室去,按捺不住好奇心的少女到地下室后大惊失色——这使我对于关闭的门总会产生一些联想。

老刘说，一打开门，他看到了满屋子的面包。

不是半个屋子，不是大半个屋子，是真正满屋子的面包。这听起来更像一个童话故事了。老人神秘地给他看完后，这才又徐徐坐下，脸上露出一些笑容，开始讲述他的故事："我今年73岁了，是阿甘镇以前煤矿的工人。"

"有一男一女，孩子们都生活得很好，早早就买了房子，住在市区了。"

"前几年老伴去世了，老家的传统是去世要做馒头，亲戚们来祭拜也会带12个白馒头，那些馒头太多吃不完，我就切片晾干放在屋子里，吃了一日又一日，馒头不见少。"——他每天早晨还像以前一样去楼下买馒头，不过这些他是在很后来才想起来的，老刘补充道。

"屋子里馒头堆得越来越多，孩子们到家里来看到了都劝我扔了，但我不舍得扔，白面馒头是好东西，能天天吃上白面馒头是福气。"

那包装袋子里的面包呢？老刘反问。

"面包揉碎了鸭子吃得好，馒头太硬了，揉不碎。"

面包又是哪来的？

"面包是我买的，专门喂鸭子的，鸭子爱吃这个。"

你是怎么发现鸭子爱吃面包呢？

"最开始我用馒头喂鸭子，鸭子啃不动，我也没力气掰不碎了，面包一捏就碎了。"

是怎么开始的呢？

"娃娃们反对我喂鸭子，但我偷偷买面包，后来他们没办法了，反正我有退休金，他们也说不了啥。"

为什么喂鸭子呢？

"哦，你说这个啊，刚开始去晒太阳，顺手喂鸭子，它们围上来毛茸茸的，后来就专门去喂鸭子,顺便晒太阳。"

喂鸭子高兴吗?老刘问出了一句他这样务实的人绝对问不出口的话。

"喂鸭子啊,高兴,肯定高兴,我一过去,它们就扑棱棱围上来,小短脚跑得又快又密,有些鸭子就看着聪明些,每次都能跑到前面吃,我会拦住那些太聪明的,把后面笨一些的也喂喂,不然它们抢不上。"

人为地在自然界制造一些公平,老刘心里浮现出这句话,这种没头没脑的对话随着午饭降临而结束。老刘坐着摇晃的公交车下山时,他已经想不起自己要来的理由了。

第二天黄河边,他依旧遇到那个老人,老人只是点头微笑,昨天下午的那场相遇好像完全没有发生过,老刘也不知道凑上去该问些什么,他也同样微笑,就像完全忘记昨天的事儿。

黄河波澜不惊地往前流,赫拉克利特说,人不可能两次踏进同一条河流,那么老刘每天踏上的显然都是一条新黄河。

新的黄河有新的景致,也会有新的人,同样是一位老人。

这个很好理解,年轻娃娃们都在学校呢,年轻人都上班呢,只有老人,每天有大把的时间——他们不心疼时间,是因为他们的时间是完全掌握在自己手里的,或者说在他们的黄金时代里,工业化尚未如此发达时,时间没有显得那么值钱和珍贵,也没有人经常在耳边算"一小时的薪水有多少",他们的工资按月发放和计算,时间也是漫长而古典的。

但这次是一个半身不遂的老人,穿着中山装——这是很老旧的穿着,或许是年轻时的衣服,或许是他人馈赠的旧衣服,总之在2000年后鲜亮的黄河岸边,这种穿着的人是颇少见的。

他在某座黄河大桥下面,依据桥体的建筑,搭一个窝棚。

或许原本就有一个环卫工、筏子客留下的窝棚，他只是修葺一下——但这足够要了他的命，垃圾堆里捡来的彩条塑料布绕成一团，仅仅是将一块塑料布摊平，就能消耗掉他一上午的时间，好在阳光灿烂，无私而公平地照在大家和他身上。

老刘是纪实摄影师，这就决定了他的拍照底线是不摆拍，不打扰生活中的人，让他们在自然状态下，完全没有感觉到镜头的体现真实。

但在桥边这么走了十天半个月，窝棚上最顶上那块塑料布还是没搭上，老刘忍不住走上去摊开塑料布，还捡了几块圆乎的石头，压住塑料布的边角，这样一来，黄河边的风就不能随意吹开窝棚了。

也就是那天，老汉出于感激，邀请他在窝棚里一坐——这属于很高的接待规格，老刘不敢跟他对视，害怕他眼神里不由自主透露出的同情、怜悯抑或者其他，都会使这个脆弱的老人雪上加霜，他只好一边寒暄一边看着窝棚里的布置——有一张仅容纳一人的床，旁边放着暖水瓶和红双喜的脸盆，脸盆的图案他认识，他当年结婚的物件儿里，就有一对红双喜脸盆，这是当时年轻人们必备的新婚物品，有些工厂还会在工人结婚时作为礼物馈赠，这使他对这位老人亲近起来——同样的脸盆，都曾浸过热水、冷水，泡过脏衣服和娃娃们的尿布。

老人要给他倒热水——老刘不敢拒绝，任何的拒绝都会变成一种嫌弃，他眼睁睁地看着老人的手艰难地握住暖水瓶，抖抖索索地将水一段一段地倒进杯子里，最后一段水抖来抖去倒进去的时候，老刘也大大地松了一口气。

进屋喝一杯水，这是一种最基础的接待规格，是中国文化里萍水相逢的陌生人都能喝上一口水的亲近；再热心些，可能会管上一顿饭，所以历史上有过"一饭之恩"的很多故事。

但当这个老人哆哆嗦嗦地倒一杯水给他的时候，老刘的心不免被刺痛了。一种物伤其类的哀伤像一根丝线一样在他的心里绞动——老从一个词，一下子变成了一种场景和可以触摸的现实，毕竟他自己也距离退休年龄很是接近了。

而这个老人又是多么尽力整洁和体面，那些脸盆和暖瓶明显是过去的产物，但是它们都是简朴和素净的，甚至老人身上的衣服都尽力周正。到底是什么原因，让这样一个昔日明显有过体面生活秩序的人，在黄河边搭建这样一个窝棚度日？

老刘不知道，也不敢问，怎么小心翼翼地询问都可能是一种冒犯。

第二天他从家里拿去一床棉被，秋天虽然阳光灿烂，但夜晚的风是很凉的，一起被带过去的还有一摞白饼，这是兰州最日常的一种食物，巴掌大小，加榨菜加辣椒酱甚至加烤肉都可以，最不济，白饼也是能够果腹的。

那几天，脖子里挂着相机在黄河边"扫街"的时候，老刘总感觉阳光不清透，灰蒙蒙的。他的目光继续聚焦在黄河边的公交车上、唱歌跳舞的队伍里，甚至有几次还观察到扒手正在拿着一个夹子，试图把游人口袋里的钱包夹出来。

没有人会把一个忧心忡忡的照相老汉当回事，也无人追寻一个窝棚里栖息的老人的来路。老刘能做的，只是隔几天买一摞白饼送过去，悄悄地放在门口，他不想接受老人大张旗鼓的谢意，这显得，就挺庸俗的吧。

但有一次，老人试图跟他解释。

磕磕绊绊的，说不太清楚，嘴唇哆嗦着想要使劲，但使不上什么力气，句子含在嘴里说不出来，只能间或蹦出来几个清晰的字，其他的字变成省略号从唇齿间溢出了。

在这种段断断续续的表达中，老刘听出了这个老汉的来路。

是白银一个厂矿的老工人，跟着孩子在兰州生活。

又是一个老工人。阿干镇煤矿的老工人、白银某厂的工人，他们曾经在20世纪的某些年代里十分显赫，能穿上一双工厂劳保发的"大头皮鞋"，那几乎能承包一个半大小子一年的快乐。

但老到底还是抵达了。

一次口角，可能是常年积累的怨气，中风的老人哆哆嗦嗦在路上移动着，打算来跳黄河。

但真的到了黄河跟前，看了一阵子黄河水，又不想死了。

恰好又有一个窝棚，便这样成了他的栖身之地。

至于那些暖瓶脸盆，也都是老人过去的用品，他给孩子说，他借住在一个老工友家里。

此刻只有黄河庇护了他。

老刘不知道说些什么，他起身去小卖部买了两瓶啤酒，一人拿着一瓶，看着黄河水喝完了酒。

冬天还是来了。

有一天老刘开着车，正在等绿灯，看到老人脖子里挂着黄书包，一旁的年轻人手里提着脸盆和暖瓶，不由松了口气，他下意识地摸相机，但摸到后又迟疑了一下，踩了一脚油门，往前走了。

这些年的积累也着实可观。

老刘拍了17万张照片，这些照片最后结集出版了，名字很朴素，就叫《两岸》。那些年，老刘的镜头记下的时代，都在里面。

在玛曲观黑颈鹤

贾国勇

快乐了,黑颈鹤就开始跳舞。

甘肃黄河首曲国家级自然保护区是个值得快乐的地方,黑颈鹤可以没有理由地快乐起来。比如不远处的那只黑颈鹤,刚刚还在辛勤地筑巢,突然之间就停了下来,仰起头环顾四周,"嘎、嘎、嘎"快乐地鸣叫。在我的印象里,鹤的叫声应该是洪亮的、激昂的,这只黑颈鹤的叫声却是极度低调,情意幽婉。就像一位美丽的少女在面对情人时轻轻吟唱,诉说着思念,诉说着爱情的甜蜜。在这鲜花烂漫的春天,在这水草丰美的湿地,歌声如天上的云朵悠然悠扬,如水一般轻轻地流淌。不可思议的一幕出现了,在少女黑颈鹤声声的呼唤中,一只雄壮的黑颈鹤走了过来,高傲地仰着头颅,像一位高贵的王子,伸颈向上,利喙指向天空,边走边发出响彻天空的叫声,"嘎嘎、嘎嘎、嘎嘎……"

　　悠闲自在的云朵飘浮在甘肃黄河首曲国家级自然保护区的天空，脚步是那样的从容。中原地带的云朵脚步总是匆匆忙忙的，高高地悬挂在天空，一副拒人于千里之外的样子。更可怕的是那些厚厚的乌云，带来骇人的雷电，猝不及防地把人淋得湿透。甘肃黄河首曲国家级自然保护区的云朵非常低，闭上眼睛似乎可以感觉到云朵拂面，是那样的轻柔，那样的清爽。远处的雪山出奇地宁静，一只苍鹰在湛蓝的天空盘旋，阳光透过云朵洒出了一道道金色的光线，为雪山披上了金色的铠甲。苍鹰在这些金色的光线之间穿梭着，或自在盘旋，或奋力爬升，或疾速俯冲，或悠闲地滑翔。一声声悠长的佛号从远处的佛教寺院传了过来，带来了慈悲清凉；在管、笛、笙、锣的烘托下，低沉、苍凉、悠扬的铜钦声穿透了天地而来，沉浸于清净安宁、庄严肃穆的光明祥瑞，体验着"山含瑞气，水带恩光"的美妙境界，收摄浮躁涣散的心神，怎能不让人心生快乐？

　　看到王子黑颈鹤到来，少女黑颈鹤非常高兴，迎着王子黑颈鹤走了过去，其步态轻盈，欣喜若狂溢于言表。王子黑颈鹤围着少女黑颈鹤翩翩起舞，刚刚开始的时候，少女黑颈鹤似乎并不在意王子黑颈鹤殷勤的舞姿，它高高地仰起头颅，如故乡俗语所说"不拿正眼瞧上一眼"。面对少女黑颈鹤的矜持，王子黑颈鹤明白获得爱情必须付出努力的道理，更加卖力地跳起舞来。它边跳边向少女黑颈鹤靠近，时不时地用头颅在少女黑颈鹤的脖颈上摩擦，希望引起少女黑颈鹤的注意，似乎在说，"你看我跳得可以吗？"这个时候的鹤舞是粗犷的，王子黑颈鹤根本不会在意脚下的泥沼，深一脚浅一脚，脚步踉跄，张开翅膀拼命地舞动着，拿出了全部的力气，唯恐失去少女黑颈鹤的爱情。或许受王子黑颈鹤的感染，几只成年鹤也慢慢地围了上来，每当王子黑颈鹤舞动双翅时,它们都会齐声发出鸣叫,为王子黑颈鹤叫好。一只正在寻找食物的黑鹳停下了脚步,呆呆地看着这群黑颈鹤,莫名其妙,它怎么知道这里在讲述着爱情故事。大腹便便的斑头雁趁热闹似的想走近黑颈鹤群,看了好半天,突然张开了长长的嘴巴,"呱呱、呱呱、呱呱"地叫了起来,给人的感觉极度聒噪。一只壮硕的黑颈鹤虎视眈眈地走了过去,烦躁地拍打着翅膀,表示驱赶之意,斑头雁就拍着翅膀飞走了。

王子黑颈鹤的真诚打动了少女黑颈鹤的芳心,终于接受了它的求爱。两只黑颈鹤开始跳起"双鹤舞":它们先是边走边鸣叫着,声音高低起伏,琴瑟和谐,鸾凤和鸣。随着它们的距离越来越近,翅膀就慢慢地纠葛在一起,脚下好似踩着探戈的曲子,同进同舞,配合默契,足可以称为天衣无缝。它们时而双颈交缠,时而展翅偎依,时而引吭高歌,其修长的鹤腿、柔顺的羽毛,还有头顶红色的宝石冠,俨然是盛装出席舞会的伴侣,张开翅膀似舞裙衣带飘飘,旋转飞舞显风流倜傥,怎么不让人心生羡慕?这场鹤舞也就是十几秒二十秒的时间,由于其舞姿优美,竟然让我看得傻傻的,犹如观看了一场盛大而漫长的舞会。翩翩起舞中的少女黑颈鹤突然弯下了腰,两只翅膀抖动着发出了"哆哆,哆哆"的叫声。王子黑颈鹤非常高兴,抖动着翅膀"哆哆、哆哆"地回应着,同时从后面跳上了少女黑颈鹤的脊背,不停地扇动翅膀保持平衡。在众黑颈鹤的祝福鸣唱中,享受了"巫山云雨"之欢的年轻黑颈鹤夫妻双双飞起,在天空翱翔,或伸长脖颈平行而飞,尽显情侣同心协力;或一前一后你追我赶,尽显情侣恩爱无比。最后,是少女黑颈鹤在中心位置,王子黑颈鹤围绕少女黑颈鹤上下翻飞,可见其获得爱情后的喜悦之情。两只情侣黑颈鹤在飞行时你呼我唤,引吭高歌,让人不由得心中赞叹,真的是神仙伴侣!

这是我第一次见到黑颈鹤,不仅被它的美丽所倾倒,还有它们爱意绵绵的舞蹈，让我深深地陶醉其中。时间是2012年5月。那个时候，这里还不叫甘肃黄河首曲国家级自然保护区，而是被称作黄河第一弯景区。这年春节前，我刚刚从首都北京回到河南省的省会郑州市，在一家民营企业担任总经理。因为企业在甘南藏族自治州建设了两个水电站，我每年都要到这些水电站开展工作。在土门关水电站，办公室主任道宝对我说，到了甘南藏族自治州，如果不去玛曲游览黄河第一弯景区，会留下永远的遗憾。道宝是出生在甘南藏族自治州玛曲县的藏族同胞，到水电站工作前，在一家文艺团体工作，性格豪爽，还会跳热情奔放的藏族舞蹈。刚到土门关水电站的晚上，大家围篝火而坐，边吃用篝火烧烤的羊肉，边观看道宝的舞蹈，在我喝得非常兴奋的时候，道宝如黑颈鹤一样张开翅膀（双臂），围着我旋转跳舞，边跳边学着黑颈鹤的鸣叫。再后来，他拿来了一张唐卡，指着上面的"珠茉遣鹤送信"图案说："黑颈鹤送信，救了格萨尔王美丽的珠茉王妃。黑颈鹤，我们藏族人的神鸟！"放下唐卡，他动情地唱起了第六世达赖喇嘛·仓央嘉措所写的情歌："美丽的仙鹤啊，请把双翅借给我，不用飞得太远，转到理塘就回……"

玛曲，黑颈鹤，格萨尔王，珠茉王妃，仓央嘉措，一系列的词汇在我的脑海中集中，形成了一幅神秘的图画，我恨不得像黑颈鹤一样飞到玛曲，飞到黄河第一弯景区。这才有了和黑颈鹤的第一次亲密接触。

被称为鹤的鸟儿有很多种，黑颈鹤和丹顶鹤的外形和习性都十分相似，头顶部都有一块裸露的红色皮肤，丹顶鹤名称中的"丹"即来自此皮肤。不同的是，丹顶鹤的喉部和颈部为黑色，头部的耳至头枕为白色；黑颈鹤的头部除眼后和眼下方有一小白色或灰白色斑外，头部的其余部分和颈的上部约2/3全部为黑色。这就是人们称之为黑颈鹤的原因。和丹顶鹤不同的是，黑颈鹤的爱情故事一直被人们称颂：若夫妻一方死亡，另一方会选择绝食自杀。即使没有自杀成功，也会选择孤独一生，不会组成新的家庭。每年清明过后，冬天迁徙到亚热带高原的小黑颈鹤会回到自己的繁衍地甘肃黄河首曲国家级自然保护区，在这里寻找自己的"鹤生"伴侣。雌性黑颈鹤会担当起孵化黑颈鹤宝宝的任务，雄性黑颈鹤不仅要为孵化期的雌黑颈鹤提供食物，还要承担保护整个家庭的责任。我曾经见过一只狐狸因为靠近了黑颈鹤的巢穴被雄黑颈鹤频频攻击的情景：卧在巢穴中的雌黑颈鹤紧紧地护着腹下的鸟蛋不愿意起身，发出尖厉的叫声；天上的雄黑颈鹤不顾危险不停地向狐狸俯冲。曲高和寡，稍不留意就有可能被狐狸击中，但是，只要家庭的危险不解除，雄黑颈鹤就不停地发起对狐狸的攻击，直至狐狸悻悻地离开为止。

因为身形美丽，因为对爱情的忠贞不渝，黑颈鹤在藏族文化中有着非常重要的地位。据藏族长篇史诗《格萨尔王传》记载，王妃珠茉被巴扎那保国的霍尔王族黄帐王俘虏后，3只黑颈鹤带着王妃珠茉的求救信，突破黄帐王的层层封锁找到了格萨尔王，才有格萨尔王打败黄帐王救出了王妃珠茉的故事；黑颈鹤还是格萨尔王的牧马神，每当格萨尔王出征的时候，黑颈鹤就会发出锐利的叫声，呼唤百里之外的神马回到格萨尔王身边。因此，除了"忠贞之鸟"的美誉外，藏族同胞还称黑颈鹤为"高原仙子""高原神鸟"。

喜爱玛曲，喜爱甘肃黄河首曲国家级自然保护区，也喜爱黑颈鹤，从2012年到如今，已经有10多年的时间，每年的春天我都会在道宝的陪同下来到玛曲，来到甘肃黄河首曲国家级自然保护区和黑颈鹤相会。我不仅仅见证了黄河第一弯景区向甘肃黄河首曲国家级自然保护区的华丽转变，还亲眼看着这里的湖泊湿地保护、草原生态保护与修复、防洪治理等生态治理项目一个个落地建设，生态环境得到明显的改善，成为雪豹、猞猁、水獭、豺等野生动物频频出没，黑颈鹤、灰鹤、天鹅、雪鸡、蓝马鸡、胡兀鹫、白尾海雕等野生鸟类自由翱翔的"世外桃源"。如今，每一次到玛曲，我都会在甘肃黄河首曲国家级自然保护区感受玛曲草原的辽阔温婉，欣赏湛蓝的天空下，成群的牛羊自由奔跑，还有镶嵌在草原上的湖泊清澈透亮……

一位朋友问我，甘肃黄河首曲国家级自然保护区内有这么多的野生动物和野生鸟类，它们是怎么相处的。"想到这个地方每天都会发生血腥的屠戮，让人不寒而栗！"这是一种误解。按照标准的说法，自然保护区是指对有代表性的自然生态系统、珍稀濒危野生动植物物种的天然集中分布、有特殊意义的自然遗迹等保护对象所在的陆地、陆地水域或海域，依法划出一定面积予以特殊保护和管理的区域。在这里，对自然生态系统的保护是首要的，人们会采取相应的手段来保护珍稀濒危野生动植物。从野生动物的习性来讲，它们是不可能和野生鸟类和平共处的，弱肉强食的生存规则注定这里会发生血腥的屠戮。这正是自然保护区之美，我们因此可以感受到在自然界生态系统食物链延续和更迭，为自然界的生态系统科学地输入能量而充满勃勃生机。这里不需要人类过多的干涉，而是退居幕后，因为在物竞天择的原则下，野生动物和野生鸟类总能在生死攸关的生存环境中找到平衡的方法。甘肃黄河首曲国家级自然保护区典型的高原沼泽湿地和完美的高原湿地生态系统为野生动物、野生鸟类营造了适宜生存的环境，吸引着越来越多的野生动物、野生鸟类来到保护区生活。10多年过去，甘肃黄河首曲国家级自然保护区内的生物链变得更加科学，野生动物种类越来越多，野生鸟类也变得愈加丰富。其独特的自然条件，良好的生态环境和丰富的食物资源，也为黑颈鹤迁徙提供了得天独厚的条件。我第一次来到甘肃黄河首曲国家级自然保护区时，这里的黑颈鹤还是寥寥数只，后来的数量每年都是成倍地递增，越来越多的黑颈鹤选择在甘肃黄河首曲国家级自然保护区安家落户或作为迁徙途中的中转地，说明这里各项生态指标良好，生态环境保护工作取得了实效。

进入9月末，中原的气候还是闷热难耐，甘肃黄河首曲国家级自然保护区的气温开始降至零下，保护区的湿地边缘结上了薄冰，浓重的晨霜扑上各种各样的植物凝聚成冰，大地就变成了晶莹剔透的白色世界。往日里漫山遍野的格桑花已经不见了踪影，唯有俯下身来才能看到那些凋零的花朵，以及枯竭的草棵。在山坡上散步的时候，道宝辨认出冬虫夏草隐藏在杂乱无章的荒草中。这是一种神秘的生命，银灰色的头部，金黄色的身子，如一只胖胖的蚕蛹，直挺挺地从土中钻了出来，一副桀骜不驯的样子。道宝虔诚地念诵着佛号，待我拍照结束后，找来了几片干枯的草叶盖在冬虫夏草上面。道宝说，冬虫夏草是藏族文化的重要部分，承载着人们对自然的敬畏和对生命的敬意。星叶草非常倔强地生长着，尽管已经花落叶枯，却能看到有嫩嫩的芽叶从枝腋中生出。黄芪已经到了丰收的季节，一条条丰满的荚果里面是一粒粒褐色的种子。平日里爱撒欢的旱獭也变得极度懒惰，尽管太阳出来已经好久了，它才从草丛中钻出来，还没有待我举起照相机，它又隐入草丛不见了。

黑颈鹤也要踏上飞往他乡的迁徙之路了。在甘肃黄河首曲国家级自然保护区，两只成年黑颈鹤领着幼鹤学习飞行。在父母的示范下，两只幼鹤先是跟着父母在天空盘旋，然后又一前一后向远处飞去，很快就隐没在一朵朵白云之中。一群野牦牛边走边啃食着那些头顶着冰花的野草，旁若无人，还时不时地用鼻子打个喷嚏，非常傲慢。正在沼泽中寻找食物的黑颈鹤夫妻抬起头来，望着这群慢吞吞行走的野牦牛，傻傻的样子，似乎看得着了迷。一群白鹭鸶飞了过来，远远地跟着野牦牛，不停地用尖尖的喙搅翻着牛粪，似乎要从里面寻找出什么食物来。一匹枣红色的小马驹从沼泽边跑过，踩着水"啪啪、啪啪"作响，水花四溅，试图向站在沼泽边缘的黑颈鹤夫妻靠近。看到小马驹有挑畔的意思后，黑颈鹤夫妻非常不满，它们双双地飞了起来，在小马驹的上空盘旋，发出了尖锐的叫声，还不时地做出俯冲的姿势，显然是准备对小马驹展开攻击。刚刚开始的时候，小马驹不停地甩动着前蹄，显得非常兴奋，做好了跟黑颈鹤"玩一玩"的准备。随着黑颈鹤夫妻的叫声越来越尖厉，攻击的姿势越来越明显，小马驹退缩了，"恢、恢、恢"地叫了几声，撒着欢儿跑了。

把小马驹赶走后，黑颈鹤夫妻非常高兴，它们骄傲地扬起了头颅，手舞足蹈，引吭高歌。两只年轻的黑颈鹤也从远处飞了回来，一家人兴高采烈地跳起了舞蹈。可以看出它们是多么快乐，多么幸福。就在这个时候，一群黑颈鹤翻过雪山飞了过来，一阵阵鹤鸣声振九天。正在舞蹈的黑颈鹤家庭开始起飞，它们在甘肃黄河首曲国家级自然保护区天空盘旋飞翔，飞来又飞去，可以感受到它们"孔雀东南飞，五里一徘徊"的眷恋之情。待天上的鹤群飞过后，黑颈鹤家庭展翅高飞，追随着鹤群飞向远方……

三千弱水取一瓢

门晓峰

从兰州河口过黄河继续往西走，就到了祁连山支脉乌鞘岭。乌鞘岭是内流河与外流河的分水岭，站在海拔三千五百多米的岭上向西俯瞰便是一马平川的河西走廊，这条走廊是中原连接西域的纽带，因为地处黄河以西便称为河西走廊。

闻名天下的河西走廊有三条水系，由东向西它们分别是石羊河、黑河、疏勒河，在走廊上也还有不少有名字的小河小沟，如山丹河、讨赖河、党河等河流，大河是大动脉，小河就是毛细血管，它们共同孕育了河西走廊的武威绿洲、张掖绿洲、酒泉绿洲。其中最大的是张掖绿洲，这要归功于全国第二大内陆河黑河的浇灌，张掖才有了得天独厚的优势和广阔的绿洲，自古以来这里的农业就特别发达，是全国有名的产粮区和蔬菜种植区，现在张掖的高原夏菜直销东南沿海，是粤港澳大湾区的蔬菜生产基地。靠着黑河的滋养，张掖是全省少有河西唯一的水稻种植区，尽管水稻数量有限，但是品质上佳，相传在唐朝的时候它就是贡品，提供给少数人享用，可见在西北干旱地区水是多么重要，只要有了充足的水源，这方土地可生长出许多你想都想不到的物产。

明代诗人在追溯张掖历史的时候都在拿黑河说事，"黑河如带向西来，河上边城自汉开"，大江大河孕育了华夏民族，一条小河滋养着华夏民族的小家庭，大河小河息息相连，它们都是祖国版图上的一个整体，所以前些年把黑河的管理也纳入到了黄河管理委员会，这是国家层面统筹考虑黄河流域治理的科学之举，此举也让黑河分水管理纳入到了有序的轨道，使这条被各种文学典籍称为三千弱水的河流，能切实做到绿水长流。

黑河发源于青海省祁连县境内，它全长近九百公里，从祁连山鹰落峡出山后就到了甘肃张掖，这是它中游的开始，黑河的整个中游都在张掖境内。我们的先人逐水草而居，水是一个地方的灵魂，所以黑河对张掖人民异常重要，张掖人民对母亲河的热爱发自内心，像善待自己的母亲一样呵护着黑河，为了这一河清水，千百年来张掖人民植树造林涵养着黑河，也才有了张掖"半城杨柳半城塔影"的诗意和塞上江南金张掖的美名。

张掖人感恩黑河感谢黑河，他们用实际行动回报黑河的养育之恩。在黑河两岸义务植树的人和事很多，但是三代人接续用数十年绿化一个个沙丘的事例却不多见，在黑河灌区的朝元村有一位管姓老人，改革开放之初，农村家家包干到户，老人在种植责任田的同时又兼顾着养起了羊。他居住的居民点东边有一大片叫神沙窝的地方是连片的沙丘，每到狂风肆虐的时候，流动的沙子常常吹进屋子，久而久之房屋前后都被沙子包围了，老人起初最朴素的愿望就是怎么能让沙子不再进他的家门，唯一的办法就是多栽树，于是老人在放羊的时候，随身携带一把剪刀，随时剪下杨柳树枝见缝插针地插在他认为合适的地方，春去春来年复一年，老人无心插下的树枝有的活了下来，有的当成了柴火，活下来的有独立成材的，也有三五根捆绑在一起成长的，有水流过的地方小树已形成气候，离水远点的，树木显得孤孤单单。都说十年树木，老人的耐心改变了小气候，居住的房屋周围已是绿树成荫，流动的沙子再也没有穿过门缝吹到屋子里，不成规则栽植的树木在以居住点为核心的周围不断扩大，远远望去俨然一片小森林。老人在放羊和植树的过程中走了，他的儿子又拿起了剪刀继续着父亲的操作，一家人有心无心的绿化行动，却意外获得了全国植树造林先进个人的荣誉称号。这是国家对一个农民最高的褒奖，也是国家对黑河流域人民爱护张掖绿洲的充分肯定。祖孙三代人绿化家园的故事还在继续，白了少年头绿了沙丘的事迹在传扬，今天走进这个密林深处的院落，遮天蔽日的树木郁郁葱葱，肆意生长的树木按照自己的习性顺着阳光努力向上。潮湿的环境良好的原生态，脚下是枯枝败叶，行走在林荫小路上真有点到葱绿南国的感觉。老管的行动感染带动周围农户自发地加入到义务植树的行列，他们用实际行动绿化自己赖以生存的家园。

　　黑河岸边有栽树的老管，还有种花的老李。在黑河边有个大湾村，村里有一名姓李的农人，他喜爱花木种植，尤其是对牡丹的热爱已经到了痴迷的程度，他多年来从全国各地收集到牡丹品种有一百多个，上千株牡丹都种在自家的房屋周围，有的已有成人的胳膊粗，而他的房子距离黑河不到百米，这里是张掖海拔最低的地方，土质好湿度大光照足，非常适合牡丹的生长。老李种牡丹最初就是个爱好，养得多了便有了经济效益，每年初夏时节是牡丹的盛花期，慕名而来的游客络绎不绝，老李借此有了自己的农家乐，吹拉弹唱的音乐爱好者在牡丹园里尽展歌喉，摄影者在光影间抓取国色天香的娇容。老李种植牡丹的名气越来越大，前来购买牡丹种苗的人也找上门来，有心栽下的牡丹为老李带来了不菲的收入，老李感念时代给他的红利，欣然将自己精心培育的两个新品种命名为"改革好"和"开放红"。站在老李的牡丹园看着近在咫尺的黑河，偶有漂亮的雉鸡从面前飞过，这个景象真是最直观的锦绣河山图。

黑河冲出祁连山后形成了巨大的冲积平原，在携带泥土的同时，也带来了大量砂石。黑河有有底无邦之说，遇到夏天涨水的时候，从山上下来的洪水溢出河道在河滩上漫无边际四处狂奔，洪水过后留下的是一个乱石滩，即是在五年前这里依然是石头挨着石头的采石场，无序的采石把这里挖得千疮百孔。谁都没有想到仅仅用了三年多的时间，黑河乱石滩就种植了六万多亩的各类树木，成了市民休闲度假的公园，春花秋叶的美图通过互联网被发往全国各地的朋友圈，这一切的根源都是为了建设绿水青山的家园。政府利用高标准农田改造的机会，将多余的田土从各个乡镇拉到了黑河滩，在乱石滩上垫起了一米厚的土层，并铺设滴灌管网，采用先进的植树手段，引进适合本土的树种栽植，青松胡杨花草乔木结合，按照公园的模式规划、林场的标准管理，让市民一年四季都能切切实实感受到良好生态带来的实惠。昔日乱石滩今日后花园之类的标题屡屡出现在各大媒体的屏幕版面上，甘肃版的塞罕坝被高层领导认可，林场被评为全国植树造林的先进单位，全国十佳林场的桂冠也戴在了黑河林场的头上。让黑河水清又清，张掖人民用实际行动践行着"绿水青山就是金山银山"的理论，并在黑河两岸书写新的诗篇。在黑河林场的树林深处至今还保留着一块从前的地貌，就是让前来参观的人能直观地了解这个地方的过去。"为有牺牲多壮志，敢教日月换新天。"三千弱水取一瓢，张掖人发扬战天斗地的精神，为一河永续的清水，精心整理黑河两岸零乱的土地,让这条象征爱的河流永永远远静静地流淌。

出山的黑河是一头桀骜不驯的猛兽,经过草滩庄水利枢纽的驯服,它变得温顺了许多,在甘州与临泽交接的地段它竟然像个温柔的小姑娘,用它温和的小手拍打着岸边的小草,给柽柳一个轻轻的拥抱,弱水湾里你能常常看见这样的场景,黑河里独有的裸鲤在清澈见底的水中自由自在地游荡,远处的垂钓者抛下的鱼饵对游鱼没有一点吸引力,水中丰富的多样性水生物足够它们捕捉。如果是在冬天晴朗的日子或是雪后的上午,太阳刚刚升起,来到这里你会看见种群数量较多的大天鹅在这里游弋,慕名而来的摄影师拍下了许多经典的摄影作品,这个地方成了摄影的打卡地。为了留住这些姿态优美的候鸟,相关部门每年会在天气最寒冷的时候投下玉米,供过冬的鸟类觅食,夏天渔业部门还会投放大量人工繁育的黑河裸鲤增殖放流,以保持有足够数量的黑河裸鲤,使这个种群得以繁衍,这种做法已经坚持了好多年,维持黑河的生物多样性,使独有的鱼类能有一个良好的栖息地,生活在黑河中游的张掖人想了许多办法。

黑河在这里拐了一道弯,茂密的芦苇密密匝匝,芦苇是天然的净化水质的植物,庞大的根系扎在污泥里,吸收营养后拔节似的生长,黑河边的芦苇是一道不可不看的风景,蔚为大观的苇子是从《诗经》里走来的,它不仅有了诗的意象,更有了涵养水土的实际意义。很早的时候这里没有桥,但有个渡口,过往黑河的人只能通过渡船南来北往,据说古渡渡过高僧大德也渡过西征的将士,今天为了发展乡村旅游,村民们刻了一块黑河古渡的石碑立在那里,供人们怀古叹幽,还搭建了一个草亭,夕阳西下残阳如血的黄昏,黑河真有几分苍凉的古朴美。

黑河岸边稻花香,由于地势低,所有的地下水都从这里涌出,黑河的水量大增,种植了大面积的水稻,稻田给大地艺术家提供了创作的舞台,丝路飞天的稻田艺术画一时走红,吸引热爱航拍的飞手来这里寻找他们心中的黑河美。

海纳百川是一个基本的常识,几乎大多数的大江大河都会向东而去奔向大海;唯有黑河反其道而行之,它从祁连山走来就马不停蹄地一路向北,遇到合黎山阻隔便向西过临泽,又向北到高台正义峡,自此离开它的中游段归于居延海。黑河是有佛性的一条河,它滋养众生,所流经之处都是阡陌纵横良田沃野,出产的粮食蔬菜供养了两岸的芸芸众生;黑河养育的子民,无以回报黑河的恩赐,所能做的就是在母亲河的岸边植树造林,甘州、临泽、高台人用一道道绿色的屏障阻挡风沙的袭扰,让母亲河绿水常清。

祁连山、合黎山见证了黑河来到中游时的浩浩汤汤,到曲折蜿蜒走向下游的自由奔放,弱水三千用一瓢浇灌出了一个富饶美丽的金张掖,最终金张掖也还给了黑河一湾宽阔的清澈。

野狐和小黑狗

敏奇才

奶奶在世时常讲一些动物与人之间亲近友善的故事，也讲一些动物与动物之间亲近友爱的故事。

奶奶讲的故事里的那些动物主要是一些野生的。它们和人一样都有着一颗善良的心，尤其是讲到一只野狐住在我家堆放杂物的窑洞里，喂养大了一窝狗崽的故事，让人感动不已。其实，有时候人还做不到这一点，但一只野狐却恰恰做到了。

小时候听到这样的故事时，常常感动得流泪不止。听完后问奶奶那些让人喜爱让人感动的野狐去了哪儿时，奶奶却沉睡在了她的梦乡里，让人浮想联翩。翌日便和听了故事的人一道到那深山或是山崖下面的窑洞里去寻觅，或是在那山林里去偶遇。

她讲得最多的是一个狐母的故事，常常讲，常常让人感动不已，我怀疑奶奶讲的这个故事好像是我家养恋的一条狗而已，跟我家那条看家护院的狗故事是一样的，但当我后来向奶奶求证这个问题的很多细节时，奶奶早已离开我们沉睡在了地下。她把想象的无限空间留给了无限遐想的我们。

狐母生养

奶奶说，狐母是在一个夜深人静的春夜里生养的，我家的那条母狗也是在一个春夜里生养的。

奶奶说那窝野狐就出生在我家屋后那段白土陡崖下西头的窑洞里。恰巧，那段白土陡崖下的东头拴着我家那条母狗，崖畔下掏着狗洞。母狗是怀了狗崽的，随时有可能在狗洞里下崽。可怎么就有野狐在此下仔呢？确实令人想不通也想不明白。

但奶奶说，野狐就是在那里下仔的。

屋子后墙上装着一个很小的偏门，只能容一个人进出，出了偏门，走过一段菜地间留出来的小路，就到了崖下。崖上长着稠密的白刺，白刺丛里盘住着几窝红雀。在春天的早上，红雀放开嗓子像唱歌一样清凌凌地唱着"西湖水镜"，把人从清晨的睡梦中叫醒。崖头的白刺丛里也住了几窝铃铛雀，公雀一天到晚清脆地唱着歌儿，母雀静静地趴在窝里孕育着小铃铛，见了人不惊也不飞，像只死雀，有时候吹过一阵猛烈的大风，雀窝随着刺枝摇晃，它像荡在摇篮里，更不惊不飞。就是这白刺上的红雀也曾有人打过它们的主意，一只叫声优美的红雀卖好几千元呢。所以在崖畔下用粗铁丝扯了一条长长的浪绳，拴着我家的那条母狗，以此来惊吓打那几窝红雀主意的闲人。

在那陡崖下西头，奶奶还掏了一个能躬身进入的窑洞，是堆放杂物的，距离狗窝不是太远。

在那个空荡荡的窑洞里,奶奶堆放着一些不太需要的东西,用勩后卸掉的圆头铧片,磨成新月样的弯镰,吃土吃成弯月似的铁锨,刨土刨成秃刃的镢头,像弹弓杈样的枯杈,饱经沧桑布满裂纹的榔头,裂了筋骨的担子,秃骨爪样无梢叶的扫帚和用烂的背篼之类的农具,她舍不得将这些东西扔掉或是烧火,放在那里完全是为了一种久远的念想。

其实,那些废物放在那里是很挡路的。

但这些东西毕竟是她用顺手了的。过段时间,她都要过去看一眼的。从那些旧物上回想过往的日子,回味酸甜苦辣。

一天早上她过去看的时候,发现窑洞里那个破旧的烂背篼跑到了窑洞外面。奶奶很是奇怪,难道背篼长了腿会跑路?奶奶决定过去看个究竟。

奶奶穿过菜地到崖畔西头一把提起了那个破旧的背篼,见一只狗样的东西跑了出来,火红的尾巴长长地扫在地上,忽地蹿出了菜园子,像道火光翻过园子墙一闪就不见了踪影。

奶奶发现扣背篼的地方,有堆零零碎碎的毛发,像狗毛又不像狗毛。

几只红雀叫得很欢,声音清脆而空灵地在崖畔上荡漾,听着让人身心愉悦、心情舒畅。

奶奶看着堆在地上的毛发就想是谁家的狗可能要在我家的崖畔下下崽。可奶奶一想不对,除非是野狗,要不然它是不会跑到别人家去下崽的。

奶奶决定在第二天再过去再看个究竟。

第二天清晨,奶奶背着背篼到屋后去盛烧水做早饭的干草。突然记起了昨天看到的那条拖着长尾巴的狗的事。当时奶奶就想,昨天的时候,那地方扣着背篼呢,那今儿个没有扣背篼,看它到哪儿叼毛盘窝呢。奶奶找了一圈,发现那长着红毛的长尾巴狗竟然跑到那个堆杂物的窑洞里盘了窝。一夜之间,那长尾巴狗不知是从哪儿叼来的毛发,竟然粗糙地在窑洞的墙角盘了一个窝,周围用尾巴打扫得干干净净的,像用扫帚扫了似的。

奶奶远远地看了一会,就不敢靠前了。她知道动物都是有灵性的,也是和人类有距离的,如果有人动了它的窝或是动了它的崽,留下了人的气息,它们就会弃窝或丢下幼崽另觅新窝而去。这是一个残酷的选择,也是一个无可奈何的抉择。

有天清晨,奶奶又去抱烧火的柴草时,那只狗样的东西像团火球蹿出了窑洞,依然拖着长长的大尾巴。奶奶终于看清,原来是一只野狐,灵巧地窜跃过墙头,像阵风火红火红地刮过了崖畔,钻进不远处的树林里不见了踪影。

野狐在崖畔下窑洞里盘了窝,是准备下崽呢。那些年社会上还没有禁绝枪械,猎人们时常早出晚归,背一杆"老土炮"或钢砂枪,追兔撵鸡,猎狐打狼,用野生珍贵的皮肉来换取生活的必需品。在村庄附近是没有野鸡、野兔之类的野生动物活动的踪迹,更没有野狐、野狼之类的大个头野生动物的活动轨迹。野生动物都被猎人追撵到了无人烟的林眼里去了。其实,就是没有人追撵,它们也会逃之夭夭,因为农人要耕作,就养了牛马驴骡;因为要攒粪,所以家家都养有一群羊。每家一头牛或一匹马或一头驴子,每天放过来踏过去,山上的野草都来不及长,就被牛羊等家畜挨着地皮吃光了。不像现在,牛羊等不养了,山上的草长成了林,就连无人主的人家的门洞里都长了草,草根都长到了坚硬的路基下面,有种吃透路基的架势。

草木一茂盛那些远行的野生动物又都回到了昔日的故土,胆大的还进门窜户在无人的空地上筑巢盘窝,与人和谐共处了。草木长起来的同时,国家也全面禁绝了枪械,断了人类谋取野生皮肉的念头。

奶奶见到的这只野狐,是在村庄的植被恢复之后才进入村庄的。也许,在庄外的崖畔下下崽哺育后代对野狐来说有着无法预料的危险。昼夜乱蹿的野狼、野狗会时时刻惦念它的幼崽,让它无法安心养育后代。所以它选择了我家崖畔下现有的窑洞,而且不远处还有那条凶恶的母狗在看家护院,其他野生动物是不敢来的。野狐也许正是看中了这点,才在崖畔下的窑洞里盘了窝安了家。

奶奶不敢打扰野狐,不敢前去查看,只是远远地看了几眼就抱着柴草,就回到了灶房。

其实,那只野狐是一只雌狐,瞅准了我家窑洞的安全而产崽的。

不几日,奶奶再去抱柴草时,听到了窑洞里狐崽儿嗷嗷待哺的叽叫声。

奶奶老远地过去看了一眼,一窝七只狐崽挤在一起,眯着眼像我家那年春头上生下的几只狗崽一样,麻乎乎的,听见人的动静就叽叽地互相拥挤着叫了起来。看来是饿了,母狐一定是外出觅食去了。这时候的母狐一定是最辛苦的了,它得昼夜不停地出外觅食,将有限的能量转化为充盈的奶水喂给嗷嗷待哺的崽儿。

我家那条拴着扯了条浪绳的母狗也是巅着肚子,撕扯着身上的锈毛铺在了窝里,丢在墙角的那件破烂得不成样子的皮褡子被它拖回了窝里,它也准备下崽了。

一天清晨,奶奶去崖畔下的洋芋窖里掏洋芋时,发现扯着浪绳的母狗静静地卧在窝里,长长的浪绳上没有了铁环的摩擦声。奶奶心想,这狗儿也有安静的时候。见奶奶走近时它龇牙咧嘴,好像有些许的不情愿。

奶奶看见了它空瘪的肚子,于是笑着说,我家的狗儿坐月子了。奶奶转身走进灶房,给坐月子的母狗端了一大碗热食。见奶奶端来了热气腾腾的热食,母狗才收起了它龇牙咧嘴的态度。

奶奶乘空瞅了一眼，五只小狗肉叽叽地挤堆在一起，也都眯着眼。母狗边吃边回转身看它的狗崽，满眼的惬意，像生了孩子的年轻媳妇们充盈着满满的幸福感。

狗崽狐母

在狗崽还没有睁眼观望这个世界的时候，不知是谁家不堪老鼠的袭扰放了老鼠药，吃了老鼠药的老鼠越过了我家的院墙和场墙，慌不择路跑到了崖畔下，被母狗逮住了好几只。母狗正是需要营养的时候，逮一只吃一只，连续吃了三四只，吃了被老鼠药闹糊涂老鼠后的母狗终于中毒不支，最后寸肠俱断，死于非命。

母狗死时，鼓着眼盯着窝里的狗崽叫声凄绝惨厉，绝望至极地在狗窝里用前爪刨了个大坑，最后口吐白沫，卷着死在了那些狗崽面前。

母狗死后，嗷嗷待哺的五只小狗崽就成了没娘娃，饿得东倒西歪，蜷缩着挤在一起叽喳地叫着。它们还没有睁眼看到这个世界的美好，也没有正眼瞧过它们的母亲，却和它们的母亲阴阳两隔，成了断了狗奶的几只孤狗。它们的叫声弱弱地穿行在崖畔下的园子里，让人怜悯。

奶奶试着用喂婴儿的奶瓶装了羊奶去喂几只嗷嗷待哺的狗崽。可它们却簇拥着不吃羊奶，让奶瓶中滴下来的羊奶任意洒淌，也不咽一口。

奶奶实在是没有办法了，央人把它们抱养走。可谁会抱养一只连奶都不会吃的狗崽呢？没有人会操那个心。谁还有那个耐心去喂养一只既没有睁眼也不会吃奶的狗崽呢？

奶奶在村里转了一圈，没有人想着答应要领养。

奶奶在村里人前人后讨了个没趣。

要是那些狗崽再不吃奶,不饿死也得冻死。

奶奶搬了条凳子坐在崖畔上,看着冷冷的狗窝陷入在了沉思当中。她自从嫁到这个家里以后,还没有让一只羊啊鸡啊啥的饿死过冻死过。那些在腊月里下了羊羔的母羊,在开春的二月里吃了刚冒出地皮的草芽子,一时拿捏不住淌了几天黑屎,竟然突然卧倒在地上站不起身。可它的羊羔还在吃奶当中,奶奶就当羊羔的妈妈,嘴对嘴喂羊奶,还喂嚼碎炒熟的大豆,硬是把一只只看着活不过来的羊羔子救活了过来。

可现在这几只狗崽不吃羊奶,面食更不吃,她还真没有办法喂活这几只狗崽了。

那只野狐不时地翻过院墙跑进来,给它的那几只狐儿狐女喂狐奶。喂奶时几只狐儿狐女兴奋地叫着争着,争先恐后地吮吸狐母的狐奶。

那几只狗崽的叫声越来越弱,越来越小。

奶奶看着那几只狗崽可怜,拿了张羊皮铺在它们的身下。她想是它们已经饿着了,再甭叫它们冻着了。听天由命吧,奶奶说着,离开了狗窝。

那天晚上,奶奶就没有好好地睡着,一直处在半睡眠状态之中。

天刚亮,地上还麻乎乎的。奶奶赶紧到崖畔下的狗窝里瞅那几只狗崽。

狗窝里的狗崽全不见了。羊皮干干净净地放在狗窝里。奶奶在狗窝周围查看了一圈,还是不见那几只狗崽。它们自己爬出了狗窝还是被什么东西吃掉了?它们自个爬出狗窝的话,肯定是爬不远的。要是被什么东西吃了,那会留下痕迹的。可现在没有任何痕迹表明它们被什么东西吃掉了。

奶奶站在狗窝边想着,百思不得其解。

窑洞里野狐崽儿的叽叫声吸引了奶奶的目光。她决定过去瞅一眼窑洞里麻乎乎的狐崽。奶奶刚要迈步,只见下了七只狐崽的野狐,飞烟样地钻出了窑洞,迅疾地跨过园子墙消失在了田野里。

奶奶蹑手蹑脚地走过去,看到窑洞里的狐崽竟然多出了几只,乱乱地挤在一起,互相挤压着。

这就奇怪了,原来的七只狐崽竟然成了十二只。奶奶再一细瞧,原是狗窝里的那五只狗崽却跑到了狐窝里。那些肉叽叽的东西,才睁开眼,还没有见到这个世界的美好,狗母闹死后又饿了一天,它们连挪一下的劲力都没有,怎么就爬到了野狐窝里呢。肯定是被野狐叼到自己窝里的。

奶奶悄悄看个究竟。

野狼是家狗的老舅,所以把小狼崽放进狗窝吃狗奶时,狗会照看得一丝不苟。也有人见过野狼养大过土狗的事。但就是没有人见过野狐会养狗崽,这绝对是一个奇闻。

那只火红的野狐翻墙出去的时日久了,不知它丢下狐崽干什么去了。

吃过早饭,奶奶来到白土陡崖东面原来狗窝那儿,背了个背草的大背篼,倒扣着把自己悄然藏在了里面,坐在她给狗崽铺过的那张羊皮上,从背篼的竹缝里看窑洞里的狐崽。

外面的太阳从背篼的竹缝里斑驳地透进来,轻抚着奶奶的身心。

奶奶目不转睛地看着窑洞门口,她想看看那野狐到底是怎样喂养狗崽的。

奶奶知道,野狐是杂食动物,它饿急了啥都吃。不是太饿的时候,它会做些偷鸡摸狗的事,掏只田鼠,叼只野鸡,追只兔子,偷只家鸡。偷家鸡得冒一定的生命危险,要是被鸡主知道了,会在它经过的路上安几个夹子,放几条绊绳,有时也会故意丢一片鸡肉或一根鸡腿,上面抹上闹老鼠的闹药,想方设法闹死它。虽说野狐贼精,但在人类面前,它们都不是对手,难以逃脱人类的捕灭。不过这只野狐却从来没有叼过奶奶养的任何一只鸡。秋冬季节,肥肥胖胖的鸡们在后园子里漫步散心。在万物生长的春季里，几只母鸡领着各自孵化的小鸡，在后园子里的空地上捉虫刨食啄嫩草芽吃，也没见小鸡少过。假如小鸡少了，那一定是旋在空中的老鹰乘小鸡躲藏不及而叼走了。一窝小鸡要长大，让老鹰叼走几只那是再正常不过的事情。

奶奶坐在大背篼里面，窥探着外面的世界，窥探着狐母和它的狐儿狐女们，还有那几只嗷嗷待哺的狗崽。她要看一看狐母究竟是怎样喂养狗崽的。

后园子那堵墙的豁垭处一道红光一闪，那只野狐弓着腰嗖嗖几步就蹿到窑洞里，挨个嗅了嗅它的狐儿狐女和那几只狗崽，随后躺倒了地上，用嘴拢用蹄子刨，把狐儿狐女和狗崽都收拢在了它的身下，然后静静地看着它们吃奶。这时候的野狐像喂养了儿女的女人，用它长长的尾巴轻扫着身下的狐儿狐女和狗崽，闭了眼，沉浸在幸福当中。

奶奶看得浑身发热，阵阵激动，一行清泪哗地流在了胸前。伟大的母爱，就是这个样子的。人是这样的，动物也是这样的。而且眼前的这只野狐比有些人还要伟大，它竟然喂养了五只也许与它的家族终生为敌的狗崽。这就让奶奶百思不得其解。

她迈着小脚，挨门挨户求情下话要邻居们领养这些失去母亲的狗崽，没有一个人答应要领养，而这只野狐却无声地做到了人类做不到的一件事。

奶奶后来常给我们讲，并要求我们在今后一定要善待一切有气之物。她说一切有气之物都是有灵性的，不像有些人，白长了一颗心，既没有爱也没有情。

奶奶一颗紧悬的心总算放下了。

自从野狐在后园子里安了家，生养了狐儿狐女，一并喂养了狗崽后，奶奶就不让我们到后园子里去玩了。其实，那时候我们是不知道野狐在后园子里安了家并生养了狐儿狐女的事。

当那些狐儿狐女和狗崽快要喂养大了的时候，奶奶留下了一只黑狗崽，把其余的四只狗崽送了人。这回，奶奶抱着已睁开了眼睛，还能吃面食的狗崽送人时，再也没有人推辞说不要了。因为狗儿已经能在地上自由地跑着自己吃食了，不需要特别的照顾。用奶奶的话说是好养了。奶奶把这些狗崽送人的目的是让那些狐儿狐女快点长大，七只小野狐加上五只狗崽，野狐的奶水已供不应求了。野狐要有足够的奶水，那它就得不断地进食，它进不了食的时候很有可能要做偷鸡摸狗的事。这是奶奶最担心的事。野狐一旦做出了这些坏事，就会有人跟踪它的行踪，用人的智慧给它下绊子，置它于死地。

一些吃剩的鸡腿、羊肋，干馍馍，剩饭，奶奶悄悄地端来倒在了原来的狗食槽里。在野狐出处觅食，小野狐和小狗崽饥饿的时候，小狗崽竟领着小野狐走到狗食槽里吃奶奶留给它们的吃食。

在小儿们爬墙的豁垭处，奶奶砍了一捆酸刺罩住，不让那些闲得无聊的小儿们翻墙到我家后园子里来，只留了野狐进出的那处豁垭。那处豁垭已被野狐的皮毛刷得亮亮光光的，像我们时常翻越学校的那堵墙一样溜光溜光的。明眼人一看，就知道是有人时常翻越那里。

狗弟狐兄

那一窝小野狐和一只狗崽在奶奶和狐母的照看喂养下，长得很快。白天，天晴的时候，它们就在后园子里追逐、戏耍。

奶奶说，小野狐和狗崽出窝玩耍了几天后，狐母不是早上叼来了一只野鸡就是下午叼来了一只田鼠，扔在园子的空地上或是窑洞口，让小野狐和小狗崽撕咬着吃。小野狐和小狗崽也不顾鼠毛和鸡毛，用力撕咬，吞咽，填着肚子。

奶奶还说，小野狐和小狗自己能吃食，说明狐母要给它们断奶了。狐母一断奶，小野狐就得离开窑洞。这里只不过是它们临时的生养之地，它们的生存之地在远方的大山里。

那只小黑狗也得留下来，它跟着野狐将是一只异类，它的命运是终生和人生活在一起，生活在这个不大的后园子里，继续狗母的事业，看家护院，终老一生。

奶奶悄悄把它抱到前院里，用条小绳子拴了起来。被小绳子拴着的小狗不耐烦地叫了几天，叫得让人有点难过。夜晚，后园子里传来了阵阵像婴儿般哭叫的声音，那是狐母的叫声，它在寻觅，它在找寻，它在叫回小狗。可它哪里知道小狗从此将与它们天各一方，也许再也无缘相见了。

春天结束了。

后园子里的蔬菜也慢慢地起身了，绿旺旺地罩住了裸露的地皮。

小黑狗已习惯了被小绳拴着，吃了睡，睡了吃，安安静静地在那片小天地里成长。

后园子窑洞里的小野狐长得像模像样，草垛下躲了多日的几窝小老鼠被它们嗅着一个不剩地刨挖了出来，吃掉了。

奶奶后来念叨着对我们说，要是狗早就分窝了，但野狐还在我家的窑洞里住着，没有分家的意思，弄得我家把窑洞跟前那片地空了很久。母亲说要种几垄葱过冬时吃，奶奶不让种，说让它空着；父亲说起垅点种些绿头萝卜，秋后腌萝卜干，奶奶还是不让点。那片空地就长了些杂草，一直荒着，荒到夏天的时候，奶奶说可以在那片空地上种些东西了。父亲和母亲笑着说，荒着去，明年再种。今年再赶不上时候了，只能种些白菜了。可白菜种得够多的了。

奶奶笑了笑，算是默认了。

其实，奶奶一连好几天都没有见到狐母和那些小野狐了。原来，它们是分窝走了。小野狐一分窝，狐母有可能要孕育新的生命了。

后园子里一下子显得空荡荡的，没有奶奶的牵挂了。

奶奶只好把小黑狗牵了过来，拴在了原来拴它母亲的那个拴狗桩上。小黑狗被牵到后园子里来的时候，那种兴奋，那种愉悦，无以言表。

小黑狗被拴在拴狗桩上，直直地望着窑洞，像在召唤着与它一起喝狐奶长大的那些狐哥狐姐。可它们却一去不复返了，在大自然的深处寻找它们的幸福去了。

小黑狗就这样望着，成长着。有时候寂寞了的时候，它会似狗似狐狂躁地叫上几声，那奇怪的叫声在黑夜里传出很远很远。远山里，偶尔也有野狐像婴儿哭叫似的呼应着。听到野狐的呼应，小黑狗就兴奋地围着拴狗桩转来转去，想挣脱那根拴它的细绳。

日子一晃就到了秋天，万物成熟了。

庄稼地里的庄稼沉醉在秋天的喜悦里。这时候，奶奶突然生病住进了医院。拴在后园子里的小黑狗一直由奶奶操心，别人也就忘记还有那么一只狗在后园子里被拴着。拴着的狗没有人记着，那是非常可怕的一件事。一天两顿狗食，那是按时要给的。可奶奶一住院，谁也没有记起后园子里被拴着的小黑狗。

奶奶在医院里的时候，还对家里说起过被拴在后园子里她的狗。可家里人一边忙着操心奶奶，一边忙着收割庄稼，竟然把在后园子里拴着的小黑狗给忘了，忘得一干二净。

等到奶奶住了七天医院出院后，经提醒，一家人才记起了被拴在后园子里的小黑狗。

父亲和母亲赶紧到后园子里去看。他们当初的想法是，小黑狗肯定被饿死了，得赶紧过去解开埋掉，要不然奶奶知道后要大骂几天的。可当过去看的时候，小黑狗活得好好的，没有太挨饿。只见狗窝附近散落着一些野鸡和嘎拉鸡的毛。父亲和母亲就奇怪小黑狗被拴着怎么还能抓住野鸡和嘎拉鸡吃了呢。他们想：肯定是哪里的野狗给小黑狗叼来了野鸡和嘎拉鸡。

他们决定要看个究竟。

深夜里小黑狗发出了似狗似狐的叫声，远山里传来了野狐的回应。

小黑狗的叫声越来越激越，远山里野狐的回应也越来越近。

父亲拿了手电筒，站在后院的小门洞那儿，看着后园子里的动静。时候不大，只见一只狗样的野生动物嘴里叼着东西翻过后园子墙，把东西抛给了小黑狗。父亲拿手电筒一照，那个狗样的东西拖着长尾巴嗖地一下跃过墙头，一晃就不见了。这时父亲才看清楚，是一只野狐叼着一只嘎拉鸡喂小黑狗呢。

父亲感觉很奇怪，回屋向奶奶说起了野狐叼着野鸡和嘎拉鸡喂小黑狗的事。

奶奶听了，嘿嘿地笑个不停。"我家后园子的窑洞里就住着一窝野狐呢。是这窝野狐的狐母喂养大了那窝闹死了狗母的小狗。它们是一窝吃着狐奶长大的奶亲。"

父亲笑着对奶奶说道："怪不得您不叫我们在后园子窑洞前面那里种菜，原来是这种情况。您说那里有窝野狐住着不就得了。"

"我一说，你们这个过去瞧一眼那个过去摸一把，不就惊着野狐了？野狐本来就是小胆子野生，是惊不得的。再说人的气味也会让野狐弃窝远走的。"奶奶眯了眼笑着说。

奶奶慢慢挪下炕，挂了一根棍子，说她得看看她的小黑狗儿去，看饿瘦了没有。

一家人跟着奶奶往后园子里走去。

后园子里黑得摸不着东西,小黑狗卧在黑洞洞的狗窝里,一对狗眼明晃晃的,像两颗天上的星星。

奶奶蹲下身,摸了摸激动着跳跃的小黑狗,压低声音说:"是谁喂你的?是你的狐母,还是狐兄狐姐?"

"现在有人操心你了,你就多吃点东西。再不要被饿着。"奶奶抚着小黑狗的头,像对一个吃奶的婴儿说着话儿。

激动的小黑狗突然安静了,远山里传来了野狐的叫声,忽远忽近。

小黑狗的狐兄狐姐,惦念着它们的狗弟。

奶奶躺在炕上,闭上眼自言自语地说道:"这个世界上不单人类有血亲也有奶亲,动物也有血亲和奶亲。我原来不相信动物之间有奶亲,但我现在相信了,也亲眼见证了。"

谁能说清楚野狐和狗之间的这种关系呢?恐怕没有人能说清楚。

只有我奶奶。

耤河上下

丁永斌

昨天做了一个童年的梦,还在那个山村,赶着七十多只羊。圈了一夜的羊冲出栅栏时,头羊抖动身子,所有的羊兴奋起来,身上散发着难以入鼻的臊臊味。我一个响亮的鞭子声,羊群排好队形,朝着水草丰茂的山坡而去。山坡下,有一条葫芦河,蜿蜒着流向三阳川盆地,汇入渭河。明明是夏天,我紧赶着羊群,去洗澡。猛然间,就是冬天,云垂到山顶,不要山顶住云,要掉到地上。雪花飘飞,冷风如箭,我把腿伸进冰冷的河水里……梦这东西,是双重的,虚幻而真实,我对河的情感也是爱与恨交织。留在腿腹上的静脉曲张,如同镶嵌在橡子上的死蚯蚓。这些死蚯蚓,是冬天牧羊,要赶过葫芦河,让羊吃上更好的草,腿腹受河水冰渗的结果。在西北偏僻的山村,会游泳的孩子确实非常罕见,特别是我这个年龄的人。同龄人外出遇见水泊,我能大显神通,让他们羡慕得要死，是因为葫芦河。羊在葫芦河畔的草里埋着头，勤奋地啃着青草，我光溜着身子在河里玩水。不知不觉中学会了游泳。城市生活后，经常约朋友去游泳，知道我是偏僻山村的人，以为我不会游泳，大多是陪他们玩，当我一下水，才知道我的游泳，轻松，自如，惊叹不已。从这个层面上讲，我是爱河水的。

葫芦河作为渭河的一级支流，如果打个比方，葫芦河虽然传说是伏羲和女娲生活，结婚，抟泥造人的河，她和黄河一样，有凶残的一面。童年的记忆里，只要一发河水，河水汹涌，恶浪翻滚，黄稠的河水中，夹裹着人们日常生活的用品，什么椽子、被子、家具、当然还有人。河水退后，泥潭里就有尸体，吓得人几天不敢去河边。恰恰相反，渭河如同长江，性格温顺，平缓地从家乡另一角经过，在触目可及处，两河相遇，携手钻入秦岭山谷，向东而去。伟大的神话，女娲抟泥造人，为什么发生在葫芦河流域？柏杨在《中国人史纲》的一句话，用在家乡的葫芦河与渭河上，非常贴切："我们不知道什么契机使中国文明发生在黄河而不发生在长江，这恐怕是人类进化史上最大的困惑之一。"也许是善恶之间有着让人难以理解的道理，我们要有强壮的体格，就得吃苦锻炼，我们要得到大的智慧，就面对困难，思考解决困难的办法。在两河交汇处的三阳川，性格迥异的河，启迪了伏羲，他创立蕴含解读万物八卦，人类企图破解自然运行的规律，谋求生存之道。

河流是文明的诞生地，好多文明都依附在河流两边。著名的两河文明影响下，衍生的与人类发展有关的诸如医学、宗教、天文学，甚至在后两河流域出现的城市学、数学、物理学等，直观而现实。文明在进步的同时，通常带着战争，新旧对抗。人是非常奇妙的动物，特别是在情感上。对一件事物感兴趣，或者讨厌，都是感情在起作用。二十年前，我是非常排斥、讨厌，甚至有种敌意地对待这条河。我楼下的这条河流，是名不见经传的耤河，却成为天水市民的母亲河，本来，我是住在郊区的，为了儿子上个好的初中，从郊区搬到了市中心的繁华地段。

我怎么也想不通，一条被称为母亲的河流，竟然因为电脑输入时，出不了"耤"字，便叫了藉（ji）河。现在电脑能输入"耤"字了，但地理标识、路牌已经习惯地称为藉河。以上原因造成外地人的误读：藉（ji）河。这里面涉及到一个所谓的老学究，他是退休教师，喜欢民俗，也出了民俗与地理方面的书。我是早年读过的，因为年龄小，有文学梦，对他有敬意。后来我的认知增长了，渐渐觉得，他不是我心目中的文学标杆。把耤河定为藉河，就是他的业绩。天水籍天津作家秦岭写了一篇短文，认为耤（xi）河才是天水母亲河的正宗称呼。百度词条中，已定为耤河。中国作为农耕文明，耤的另外一个意思："（帝）亲祭先农，耤于千亩水甸"，更彰显了农耕与天水关系的密切。

楼下的耤河，现在叫风情线，也叫耤河公园。早些年，是条臭水沟。在启动建造耤河风情线之前，为了配合宣传，让市民从源头上认识耤河，2005年春末，天气渐次热起来，我和一名叫张凯的记者，去距离天水市区近100公里外的名叫古坡的草原，探索耤河源头生态与水文情况。因为古坡草原是耤河的源头，它位于西秦岭山脉。作为西秦岭人，对这里的山山水水还是有感情寄托的。古坡草原有两条河，一条叫艾家川河，一条叫古坡河。因为海拔高的原因，古坡的春末，如同天水市区的初春，花含苞，叶未展，风里有寒气。要步行在只能容得下一只脚的山石陡峭路，如进关隘一般，才到古坡草原，也就是耤河的源头。古坡草原的春末，青草才探出头，往年枯黄的草和新生的芽交错着，一群牦牛慢悠悠啃食着迟来的青草。有一洼洼水，是散开在草原的镜子，在阳光下发着亮光。牦牛蹄子踩出小小水坑，星星点点。应当说，在我们面前的古坡草原，是纯净的，广阔的，明亮的。人迹罕至的地方，都有天然的纯洁与静美。草原的主人是牦牛，是白云，是湿地，是清新的空气和飞鸟，人只是草原的点缀。

远离人群的地方，往往是最洁净的。古坡草原虽然没有完全与人隔绝，但驻在这里的村民，仍然以原始的生活方式，衣食简单，冬送迎春，怡然自得。有一户院落，不是很显眼，如果不细心很难发现。我们为探索古坡草原的耤河源头而来，除了对水文、湿地、山势地貌做一些调查外，对这里居住的人，同样要进行了解。我们也期望从他们嘴里知道一些古坡草原的传说，或者生态维护。同事张凯是个情商比较高的人，他看到半山腰的一抹红———一位身穿大红色夹袄的女人，站在篱笆围成的院子里，似乎在梳理，打扮着自己，这个景象引起了我们的好奇。于是决定去造访这一户人家。临行前，我们做了一些规划，在进山前，乡上的干部把我们用摩托带到山下，因为摩托车不能走陡峭的山路，乡干部也不想进山，给我们送了牦牛肉干，叮嘱道："山上人家的饭，你们吃不习惯，带上牛肉干，山上有洼洼泉，水质非常好，有水，有牛肉，就能撑到下山时间。有棵长了歪脖子的树，山嘴上的地方，就有信号了，你们打电话，我们再派人接。"我和张凯商量后，决定把乡干部送我们的一包牦牛肉干作为伴手礼，送给这户老乡。

在我们离篱笆院约有二十来步时，那个一身红夹袄的女人发现了我们，她以惊恐的目光看了我们一眼，然后跑了，钻进一间茅屋。随后，从茅屋里出来一位老者，看上去不是很萎靡，倒是有些山沟的人精明，他一边朝我们走来，一边笑眯眯打着招呼。在他的身后，一个十六七岁的女孩与红衣女人面带羞涩、好奇地看着我们，她俩手结实地捏在一起，捏着对陌生人到来的复杂心情。老者热情地邀我们进屋，并喊叫着："艳艳，烧水去。"茅屋确实很低矮，进门要弯腰，低着头，伸手就可以抓住房梁。窗口有半平方米大小，茅屋里光线暗淡，老者一边要我们坐，一边拉了开关，那个贴在房梁上的15瓦灯泡，挣扎着发出微弱的光。老者知道我们是记者，不是乡上干部，热情度倏然增加，让那个穿着红色衣服的女人去做饭，还特意把"这是记者"几个字叫得非常洪亮。在茅屋的正中间，有个新新的"喜"字，与茅屋不太相称。老者自称姓魏，红衣女人是儿媳，另外一个女孩是自己的女儿。儿子结婚后，出门打工去了，说是要给媳妇换一院砖房。同时，他告诉我，这个儿媳是换头亲，娘家就是对面沟边村子。自己的女儿年龄还小，但亲已经定下了，未婚夫也打工去了。老者让女儿再长两年就嫁过去。张凯头大了，不知道怎么着，突然问了句："那你们女儿两年后不同意了呢？"老者有些惊愕，坚定地说："不会的。如果不去，那在这个沟里，就没脸见人了。"他还告诉我们，两个不足百户的人家，之所以能保持到人口不减，就是保持了女儿不外嫁的传统。如果女儿外嫁了，自己的儿子就得打光棍。除非离开山沟，离开古坡，永远不要回来。在这里，我才感觉到礼教的控制与严肃，用现代的思想来说就是残酷与愚昧。但他们坚守得如此真诚，让人油然萌生了敬意。在聊天的过程中得知，老者的女儿叫魏艳艳，母亲在她五岁时，被一只野猪咬伤后，没有及时治疗，去世了。她从生下到现在十六岁，没有出过山，她目前最大的愿望就是看一眼汽车，看一眼柏油马路。她说出自己的愿望后，我心里五味杂陈，有种说不出的怜悯与同情，甚至觉得现在都是什么社会了，深山老林里的女人，离现代文明竟然如之遥远。

张凯说："我把你女儿带出去，看看山外的汽车和柏油马路。"老魏可能感觉张凯在开玩笑，只是善意地笑了。

山里清冷，风延着树梢指引的方向，柔柔吹进院落，也吹得茅屋微微抖动。滑过耳际的风声中，有树枝发芽，有青草探头。整个古坡草原起伏的山沟、树木、天空都彰显着，异彩纷呈。远处最高的山顶，一层薄薄的白纱，以雪的矫情依然坚守着冬天不想离开的样子。山的中间，枯草荒衰，除了一片一片的迎春花，看不出春的气息。到附近山村，就有杏花，山野桃开的开，苞的苞，散漫，丝毫没有争春的动力。在茅草屋的另一间，是厨房，那个一身红的女人，正在做饭。在她擀面的案板下，一头猪，躺着身子哼哼睡觉。而左手边一根横着的、手臂粗的木棍上，有三四只鸡也没下架，看到女人拌的面，在女人不注意时，快速啄一口。女人只是简单地用胳臂拦了一下鸡，用方言骂着。一头拴牛的绳子，打着结扣拴在鸡架上。牛和鸡的位置，大概占了厨房一半多，整个厨房发出的臭臊味，从厨房里散到院子。我故意以拍摄为名，叫出还在采访的张凯，让他看一下我们将要在中午吃的饭。张凯比我更惊讶，更不能理解、接受。他给我递了眼色，示意到走的时候了。我们以有事为名，说明没时间吃饭，老汉感觉没有招待我们，虽然说话不多，但从他脸上，搓手的姿态上，表现出非常歉意，诚意满满。临走时，我们给他们留下牛肉，还留了一百元。

张凯是纯正的城二代，他不能理解一个厨房，有牛，有鸡，还有猪。我是城一代，我也不能理解。但又想，在这里搭一间茅草屋，人徒步走上来都是不容易的事，要把搭建茅屋的材料运到山沟，一间茅草屋的代价，就是几年的光景。如果只给牛、鸡、猪建个栅栏圈养，野狼、黄鼠狼、豹子，就把它们吃了。在任何艰苦的地方，只要有人，就能找到他们的生存法则。古坡，这个远离城市文明的地方，牛、鸡、猪适应了与人一起生活，人也适应了它们散放的臊臭味。他们生活得如此和谐、协调，我非常敬佩生物界的彼此容纳。自然条件给了人与万物什么，人的力量，只是很小范围地进行改善，如同在浩瀚的宇宙间，我们在地球上干着惊天动地的事一样讽刺。生命降落在那里，在成长的过程中，就在那里生根、发芽、开花、结果，融入到与生俱来的地方。生命的落脚点或许艰苦，或许舒适，最终是亲切的，让人眷恋的。

时间在流动，记忆却停留着，保持原有的样子。在流动的时间里，古坡河流入天水市之前，有了新的名字，称为"耤河"——从字面意义上讲，她有了农耕文化的气息。至于"古坡"二字，虽然有古时的悠远，原始，终究没有耤河经历丰富且有内涵。当耤河在天水城区成为耤河公园，亦成为耤河风情线时，耤河与市民之间的亲密度，成为彼此的风景。

清晨的薄雾裂开一道缝隙，阳光便洒在耤河面上，泛起的金色鳞光在抖动，这是人工做成的风情线。我也感叹人力的伟大，创造力如此惊人。把一条一步能跨过的，面临干渴的，已经是臭水沟的城市之河，改造成公园式河岸，值得用心描述她对市民生活的影响力。耤河水是橡胶坝把河床分段，一段一段，阶梯形设计解决了自西而东不平的河沟，每一段都储了水，拓宽两边，用混凝土加固成河堤。于是，耤河在天水市流经时，显示出湖水应有的宽度与广度。沿着河的北岸，修建了长达6公里的风情公园，亭榭嵯岈掩于花草与树木，台阶曲弯，小桥流水，竹曳雀飞，鸭鹤成群或浮水面，或上扬低飞，炫耀技艺。每一段都有不同的区域，休闲、健身的市民络绎不绝。我的家安在郊区，要到城里上班，四年前冬天，突然想徒步去单位。坐公交时间太长了，冬天车上人多，挤得很结实，甚至喘气都困难，就决定步行。一则可以锻炼身体，呼吸新鲜空气，二则也把我显得肥胖，多余的赘肉减去一些。从家到单位，大约能走九千多步，其中八千步是沿着耤河公园步行的。天水虽然地处大西北，但整个冬天不是很寒冷，沿着耤河公园步行，冬天和初春的景色竟然有很多相似之处。落叶乔木，如榆树、柳、红桃等融入冬天，枝杆灰色，灌木簇拥着，在人工栽培与修剪的同时，有的形态是大型鸟类，如鸵鸟、白鹤。有些藤类植物如蔷薇、迎春等，虽然已经是深冬，经常有一朵朵花零星开放，花冠顶着雪白，衬托出别样的风情。到了四九天，天水就进入最寒冷的时节。耤河河面会结冰，一层薄薄的青玉，河面不是完全结冰，薄冰是顺着河面上的桥，向桥的两边延伸。离桥最近处，有白色的结晶，轻轻如纱幔敷盖着冰面，离桥远处，不结冰。这白如雪的，不是雪，是冷空气与水蒸气相遇，相拥而成的结晶。清晨的耤河公园，晨练的人三三两两，或跑步，或打太极，或快速步行。有些人，不打太极，不锻炼，从他们步子的走势，看得出散疏、清闲。也有几个中年男女，竟然对着南山的佛塔朗诵"山头南郭寺，水号北流泉""露从今夜白，月是故乡明"等杜甫的诗句。在公元759年，杜甫流寓天水（时称秦州）时，写了一组诗《秦州杂诗二十首》，成为天水文人墨客附庸风雅的资本。甚至，天水有个杜甫研究学会，借着这一组诗，花费大量的人力财力，成天爬在二十首诗里，翻阅着被史学家都翻烂的历史书。他们研究的层面，最终窄小成拼凑状，借鉴一些大家的观点，在很小的圈彼此吹嘘。站在橡皮坝上的白鹤、白鹭雕塑般站立，对着阳光开始享受一天早来的温暖。如果不是偶尔扭扭头，还真不知道它们活着。当然，有水的地方，有鸟，有树木，有花草，不经过人工修饰也能自然成为美丽的景色，人只是景色的过客。人有意建造美景，景色就是为人颐养耳目，便于人举行各种活动。鸭子、鹅、鱼虾，只是简单的生存，依着水草，保证有吃有喝。

  冬天的耤河，是比平常安静，政府组织放养的鱼，多是冷水鱼，并以观赏性为主。除了鸭子、鹅、鹤、白鹭等让水面泛起波澜外，一切都是安静的。天阴冷时，鸭子们也懒得下水，在岸边有人工放置的脸盆，里面拌好的饲料，不间断的供给，足够它们度过食物匮乏的冬天。在下午三四点钟，凑着强烈的阳光，冰面渐渐消退，鸭子们会下到耤河里，有种黑鸭子爱潜水。我总担心，在离冰面覆盖的水域潜水是有危险的。没过几天，这种危险终于演化成灾难。一只鸭子在潜水的过程中，进入冰面之下，它想换口气，企图把头，或者整个身子浮出水面。但被那层薄冰挡住了，它开始寻找没有冰面的水，因为惊慌乱了方寸，没有原路返回。最后，它葬身耤河。这是我想到的景象。因为在我徒步时，我看到冰面下有已经淹死的鸭子，黑得特别显眼。此后的两三年，我都会注意到这样的事发生，我也肯定了他们潜水时的死因，这和我的猜想是吻合的。我也相信，女人到哪里，哪里就是风景。她们本身潜在的气质和与生俱来的美，不管浓妆艳抹，还是素面朝天，都成为天然的优势——站在任何美景之中，都是主角。在一大片雪地里，单一的白是平常无奇的，如果让一个女人站在任何地方，拍摄出的照片，就有了灵魂。耤河岸边的风景里，总有女人一天忙碌在她们看来最重要的事中，就是把自己最好的一面，融入到她喜爱的任何角落。徒步二三年，我一直很用心地观察着所有的人。人与人，走着走着，就不来了，但总有新的人加入。耤河公园的人，好像没有变化。我也发现有三个女人，经常在一个角落，保持着一个姿态，用同样的背景拍照。三个人换着拍照，非常忙碌、认真。也是个冬天的清晨，整个晚上都下雪，落地雪大概有三寸厚。在我徒步时路过她们，她们非常客气地请我给她们拍照。在拍照的间隙，我也询问了她们拍照的目的。一年四季，同一地点，要留下四季，也要留下风雪雨露，阴晴圆缺。这就是女人，执着地在自然中寻找自己，留下自己的倩影，欣赏自己的存在。在古代，女人看自己，只能用镜子，"人与镜，两峥嵘（元好问《婆罗门引》）"。科技的发展，让女人有更多方式展现自己，表达自己。当然，我能见到的，只是女人爱美的冰山一角而已。

我一直怀疑中国的二十四节气天水是在天水确立的。因为每到一个季节，天水的天气就有明显的变化。有一次乘班车去兰州返回天水时，在进入天水市区大概六公里处，有个非常大的广告牌，上面写着：中国二十四节气之乡！立春第二天开始，"东风解冻，蛰虫始振，鱼上冰（《礼记·月令》）"耤河公园就有股风，吹在脸上，是柔软的，温顺的。蛰睡河里的鱼，白的、红的、金黄的、黑白相间的，不时把头探出水面，吹一口水泡，机灵地敲打一圈水花，钻进深水里。耤河岸边的花木树草泛起了生命的活力。当然，最早开花的仍然是迎春花，一片叶子都没有，只是青绿的藤条上，一串串金黄的花，让冬天剩余的寒冷渐渐散去。那些冬天不愿意出门的人，放弃寒冷的约束，本能地打扮自己，尽力和春天的气息保持一致。伸展着躬了整个冬天的腰，一声哈欠，把身体的僵硬打开，成为耤河公园的主人。我注意到一对老夫妻，他们头发花白，佝偻着腰，穿衣打扮干净时尚。男的穿一身舒展的燕尾服，和他脸上的皱纹形成反差，特别是一双锃亮的破鞋，散放着光束，和他胸前挂着的一架萨克斯管一样明亮。他的夫人，看上去比他更老，银发结丝，一枚拐杖捏得紧紧的，如果去了拐杖，一定走不了路了，身子会坍塌。她安静地坐在耤河岸边的连椅上，聆听老伴用萨克斯吹奏着《回家》的旋律。每当两位老人出来，在固定的地方，傍晚时分吹奏《回家》。听这曲子，我都会驻足，听那悠扬、真挚的旋律。我对这种旋律是敏感的，之前去新疆打工，迫于生计五年没有回家。在送朋友回家过年时，乌鲁木齐火车站就放着这种入骨的旋律，听得人悲情顿生，似乎是对我回不了家和父母团聚的指责。随着旋律的起伏，我对回家既胆怯，又思念。当我知道这首曲子名叫《回家》，泪水淹了我的面颊，千里之遥的家，如同巨大的石头，压得我喘不过气来。没有去过远方，不可能懂得对家乡思念的苦衷。时间长了，我零碎地知道了些两位老人的事：中华人民共和国成立初期，他们随着支援大西北的队伍，从东北来到天水。在单位，夫妻俩是文艺兵，男的是萨克斯手，女的是钢琴手。在天水他们安了家，有了一双儿女。随着儿女渐渐长大、成人，一双儿女都在科研单位工作，很少回家。就是这么简单的了解，我更理解他们对《回家》的深情与寄望。音乐，是伴随着灵魂入骨的东西。人在某个关键性阶段，遇到某种旋律，这种旋律会刻骨铭心地成为生命的陪伴。

耤河的热闹，不管是人，还是耤河之中的水，抑或是花草树木、鱼虫鸟禽，因为天气的向暖，成为最壮阔、最独特的风景。春风，夏荷，秋月，冬雪全聚拢在市民的身边，散发着西北小城的休闲与舒散。耤河在城市段还没有建成公园时，很少知道城市的文化有如此浓烈，唱歌、跳舞，表演各种技艺，从童颜到鹤发，从男人到女人，甚至连看热闹的人，都成为城市文化的重要载体。每一个人，都跟吹奏萨克斯的老夫妻一样，有着让自己回味的人生。

耤河下游，也是它经过城市的一段。再往东大概不到11公里，耤河就汇入渭水，给自己的历程画上句号，成为黄河支流的一员。耤河在城区这一段，是耤河最华丽、最人性化的。我也经常不分白天晚上，只要天气允许，就会出门散步，沿着耤河，有时向西走，在耤河进入城市有标志性的桥下，回头。有时候，朝东走，走到耤河要离开城市之前，有大片的荷花处，回头。正是初秋，荷花盛开着，微风下，一眼之地，显得壮观而澎湃。荷花散着诱人叶瓣，挺立河面。《诗经·秦风·蒹葭》中说："蒹葭苍苍，白露为霜，所谓伊人，在水一方"。这是《诗经》里的天水，也是最早描写秦地的爱情故事。荷花成为背景，经常有即将结婚的青年男女，来拍摄新婚照。由于女方大多着红色喜庆的衣服，我的敏感神经再次跨越了时空，脑海里显现出古坡河，古坡草原，古坡山沟里那个茅草屋的院落，身着红衣的新娘，在风中执镜梳妆。一河上下，天壤之别。在我们居住的地球上，只有河水是流动的风景。她流经的每一处，只要与人结缘，便有了波澜壮阔的故事，凄婉、美好都会浓缩成经历。在一条河的两边，红衣新娘想看看柏油马路和汽车的，只有十六岁的，古坡山沟里的魏艳艳，是不是成为我面对耤河的感叹、想象。近二十年的记忆里，古坡河进入天水市区，改了名，成为耤河公园，古坡那边，是什么样子？怀着再去古坡的想法，只要听到关于古坡的只言片语，会细心去关注。也常常想，有机会了，再次去古坡草原，看看那个内涵悠远，古意十足的天然之地，历经了近二十年，变成什么样子？

今年虽然立了秋，地方有俗语：立秋后，还有二十四个秋老虎。意思很显明地说仍然要高温二十四天，天气才会成进入秋天的模样，有凉风送爽，云高山低。因为耤河公园的繁华、热闹，让我对古坡有了兴趣，今天的它，是什么样子？这种心情日复一日，淡化不了，反而成了心结。乘着双休，约了朋友后决定去一趟古坡。

第一次去古坡至今已近二十年。临近古坡时有种故友重逢的激动，脑海里不停止浮现曾经的景象。到了古坡后，它的变化让我吃惊！在进入古坡草原的山下，建了门亭，设了收费站。门票倒是不贵，成人十元，一米四已经以下身高者只收半价，五元。通往古坡草原的路，已经是八米宽的水泥路，顺着山体蜿蜒而上。曾经只放得下一只脚的山路，淹没在树木草丛之中。古坡，年平均气温7.4℃，海拔相对高差大和地形影响，降水量多，是耤河主要的天然水源涵养地，也因光照较少，在盛夏时节，古坡草原也会透露出一丝一缕的清凉意味，这些得天独厚的自然条件，已经被当地政府列为纳凉，观光，亲近大自然的旅游区。在古坡草原随处可见蒙古包、烧烤摊和各类演出。这些旅游消费在全国大同小异，已经引不起我的兴趣，更何况我是带着另外一种心情来的。凭着记忆，我找到了那近二十前造访过的茅草屋所在地。那块地，已经重新打造，木质栅栏，刷了桐油，古意十足，新搭建的五顶白色的蒙古包分散在院子。这个曾经长满蒿草的院落，摆满了啤酒架、餐桌，还有奶茶等。听经营的主人讲，故主老汉已经去世多年，在城镇化进程中，魏艳艳和古坡所有的村民都已经搬迁到镇上，住上了二层小洋楼。听到他们讲古坡的前景与发展，喜悦之情压制不了对现实的担忧。对魏艳艳们来说，离开古坡就开启了新生活，但对古坡草原而言，由于人的介入，草原本质的安静与寂寞将被打破。草原天生是与牛羊、兔子、狐狸、鹰、阳光与雨水为伴的，奔跑的骏马与骑手，才是草原的主人。现在，旅游成了草原的重负，对草原来说，是非常痛心的革新。

让人感觉欣慰的是经营这家蒙古包的业主，也曾经是古坡山沟里的村民。当时古坡开发旅游，并拆迁山沟里居民住所时，政府承诺有原住居民考虑申报经营项目的，优先考虑。他家是和魏艳艳一起被迁建到新的村子，他有更多、更准确的信息传递给我。魏艳艳不但看到了柏油马路，看到了汽车，也拥有自己的小洋楼。而她的婚姻，并没有按照父亲的设计完婚。她的未婚夫打工时，认识了新的女友，这在古坡算是休妻，曾经引起非常大的震动。现在的魏艳艳，过着平凡的生活，已为人妻，已为人母。由于没有读书，只能守在家里，以务农为业。业主还热情地告诉我，你们路过古坡镇时，也要路过魏艳艳的家，并说了门牌号。

我并没有想着要去打扰魏艳艳，于古坡而言，她曾经是草原的主人；于自然而言，和我一样只是过客。人经历的和古坡河一样，走着走着，就变样了，成为另外一个自己。相距古坡草原、古坡河八十多公里，就是天水市，耤河、耤河公园就在境内。河耤河之上，有古坡，古坡之下，有耤河。我们奔波在它们之间，也在自己设定的路上，揣摩着日出日落。

传奇的绿

林文钦

一

一走出山丹站,迎面吹来的清风是甜的,夹着一缕淡淡的花香。那是只有在山间雨后,在林子中才能感受到的清新。这是首访西北红色圣地——山丹,她递给我的一张"名片"。

四月春光中,触目皆是"陇原绿",绿得雅致鲜活,绿得心生敬畏。这绿,首先源自山丹河,是用来膜拜的绿。顺着一缕暖风,我聆听着河水的呓语……

适逢农历丙申年三月十六。阳光、空气和河水,关系着城区所有生命的律动。早晨的阳光是金色的,傍晚是橘红色,整整一天都会抚弄着街道草坪上裸露的胴体,只是偶尔躲在几片云彩后面和你玩一会捉迷藏的游戏。山丹河边的空气好得让人忽视,它每天都让人吸吮得微醉。

山丹的绿，慷慨而大气，给了"金张掖"地区任何一座县城都近乎奢侈。一个西北小城，有南湖湿地，有如意花海，各种草卉覆盖焉支山和军马场；地处气候宜人的北纬38度，还有数万亩植被围护，河水润湿的冬暖夏凉，这些连南方城市也未必齐备的元素，它却集于一身，这座城真是太有个性了。

自步入山丹县城的那刻起，我便被眼前遮天蔽日的行道树和浓重饱满的绿色所吸引。看着绿廊外白花花的阳光，和不远处河上泛着银白光斑的层层碧波，再看看旁边谈笑风生的南北游客，我不由产生了一种错觉：这哪里是在城区里，分明是在生态园林里嘛。

山丹的绿，绿得有文韵，绿得长精神。河畔有树，林中有鸟，水中有鱼，天空则是鹭鸟的领地。沐浴着春光，从体育运动中心到南湖生态公园，有走不完的夹绿小道，虽显繁复却绝不疲累。原本旅途发困的烦躁感，竟在碧色葱茏中消除。

这是为何？绿影诱人，水润身心。

二

山丹的绿，绿得有气场，绿得有灵魂。

这里的每一章每一节，都是从戈壁绿化史卷中长出的传奇诗篇。远望城乡的绿树，谁能怀疑它没有沐浴过王昌龄的文泽，吮吸过岑参的诗露？瞩目大地，谁能保证脚下步子没有踏访过明清的记忆，叩问过民国的传奇？

这源自绿色的生命力，穿透历史、感天动地，激活了今日的山丹。近四成的绿化覆盖率，人均12平方米的公共绿地，一个被绿色点染的城区，"城在林中、人在景中、花在眼中"，这就是"彩虹山丹"的绿色格局。大到一片国有林地，小至一片树叶，都有着自己精确的内存记录。从原先水光淡淡、风沙满天的西部旱城，蜕变为新绿亮洁的绿洲新城，山丹县的四十年造绿历程充盈着长度和温度。

这浸润人心的绿意，我能写？显然写不尽，也道不完。

一城纯粹的绿，呼唤市民从狭隘的自我中心走出来，听从那环保学家的劝谕："一花一草皆生态，一虫一鸟皆有情！"由此，山丹人从城市主宰者的高位走下来，学会了俯下身与大自然对话，体恤了上苍造物的一番苦心。

城区到处都是树和草，街道是被树隔开的，房屋是被树围着的，连居民住房的构建也大多与树脱不了干系。县城就长在林子里，林子就住在县城中。城内树的种类很多，有些我不认识，但林子里主要是樟子松、云杉、国槐、金叶榆，当然少不了小叶黄杨、大叶女贞，还有金丝柳。树枝遒劲葳郁，高大挺拔直指蓝天，庄严得让人感到些许崇敬。

耳边掠过张掖西来寺广义法师的禅语，想象着"樵径纵横、篷勃丛生"的景致，他在《东方四威仪》里说"不伐常青树，永伴来生缘"。

三

住了三天后，同行的文友刘君突然问我：你看，咱山丹是不是有点像一座绿色染过的城？我补充说：这可是一个脱了尘俗的生态园林城。

你想，现代化城市应有的一切功能山丹均具备，否则它怎么保障城区二十万人的生活从容、活动有序，怎么接纳来自八方的到访者，怎么担当这个省级优秀旅游城市的大任，怎么能承办焉支山旅游文艺节等盛大活动？这里没有珠光宝气和浓妆艳抹，没有高分贝的喧嚣和令人窒息的拥堵，没有"时间就是金钱"的争先恐后，没有对生活品质有意无意的自我毁损，机器、汽车和电脑还没有对人类的生态举起屠刀。所以，我们在此能清晰地聆听大西北的田园牧歌。

连片的山丹河沿岸景观带,把绿色旖旎从城里伸至乡村,连续特写市民享受生活的场景。景观带里的林子像时间隧道,引诱你去寻觅一个野味十足的诗意桃源。草坪上,孩子追逐风筝,老人享受阳光,花间有人捧读,恋人呢喃低语,飞碟高手竞技。野炊区烤炉里飘出的诱人香味,让玩饿了的人到休闲椅小坐慢品,这时,鸟雀会成为你的邻座,接受你的馈赠。夕光中,在长达七公里的沿河风光绿道上慢跑或单车骑行,成了河滨全景式观光的最佳方式。人出一身臭汗或香汗之后,抬头会收获一条河滨天际线,它提醒你:人不在城中,又在城中。

面对这一城之绿,直让我想:可别辜负了它。

四

漫步晚春的山丹城乡,这方鲜血染成的红土地已变了模样。或许因曾受过战火的洗礼,这里的阳光格外励志,格外地催人奋进。

从"国家森林乡村"北滩村回到城区,一路上我聆听有关"绿"的生态故事。

阳春的乡村葱郁,鸟雀欢歌。中巴车在笔直的乡道上行进,两旁金灿灿的油菜花田,风一吹掀起阵阵花浪,像是当年西北野战军在集结队伍。倚窗远望那些春色中的花木,在呼吸、有灵魂。

村居的房前屋后,田间地头,到处可见浓荫密布的树林屹立,仿佛绿旗猎猎,迎风翻飞,将敬畏自然的仁厚之心昭告天下。

在城区造绿护绿的实践中,有更多的人自觉参与其中。城市生态文明建设,需要一群人共同参与,单靠个体力量是很难完成的;对于个人来说,护绿只有力尽所能，才是对大自然，对生命的尊重。

一代代山丹人秉承着绿色信念，其中有个故事感动人心。

县林业局工程师小李是这样说的：在2014年春季，有一京城地产开发商，渴望得到山丹河岸东乐村段的一块水保地来开发高档别墅区，竟开出了一棵树2500元的收购天价。但当地所有村民不为一时的利益所动，"宁守一寸河，不贪万两金"的优良传统一直延续至今。

山丹城拥有太多的绿色细节，绿得用心且细腻，其中有个创意拭亮了眼球。

是什么绿色亮点？这亮点出在县科技馆，其建筑做工并不奢侈，用材很环保、很别致。馆里的指示牌是用废弃的麦秆制作，前院花坛是用一堆木屑砌成，屋顶有太阳能光源，房屋上下四周通过窗户透进自然光。这种"变废为宝"的生态设计，让人身临时光隧道，在光影中体验了山丹人的绿色智慧。

山丹的绿，也荡漾在一片水声里。

沿山丹河岸边漫步，俯瞰河里的一泓碧水，映出一道楚楚动人的宝石绿，一如环保志愿者透亮而坦诚的心。在与当地文友杨君的交流中，我得知了山丹"母亲河"的来之不易。早在二十年前，因沿岸滥排造成第一时间深度污染，导致了"水畔芦荡少鹭鸦"的水体破坏。试想一个污秽不堪的水体，怎好供养城乡百姓？深爱家园的山丹人，不忍看见发展给生态环境造成的"硬伤"，决心以绿色深情回馈河流的恩泽。自2014年开始，当地政府引导民众打响治岸线护绿、生态复绿行动，实施"城区水景美化工程"建设。历经多年的持续奋战，山丹人抒写了水生态修复的绿色传奇，奏响城与水和谐共生的乐章。

有节制的索要和有序的打理，是人与大自然达成的契约。绿水青山、风调雨顺，是老百姓最大的收益。山丹人的生态建设在"破"与"立"中蝶变，把好了"取"与"赠"的辩证法则，在生态文明的应考中交出了优秀答卷。

五

是人，从四面八方汇集到山丹的人们，在齐奏城区的绿色乐章，展现出丝路文化的包容和河湖的大气。

山丹城区公共绿地有大小十多处，傍河分布、自然天成，编织成了一个大花园。从龙首路到东环支路，织成一个水景休闲带。休闲带深处是口袋公园，内设康养区或童趣园，是老人歇息和儿童嬉戏的地方。在任何一个公共景观带，方园不出三百米，就会找到这样的好去处。在此，孩子们聆听着安徒生和格林爷爷给的童话故事，在浪漫中度过纯真年代。

绿道是城里连接住所和商业区的天地。无论是骑车还是步行，无论春夏秋冬，市民都喜欢从绿道中穿行。因城建的超前规划，如今绿道已是草木葱茏，在车水马龙的繁华路段营造了闹中有静、安全舒适的出行环境。文友彭君说，住在宽敞整洁的商住小区，一出门无论走城区大道还是绿荫小路，都是绿意盎然、花团锦簇的生态景观，心中充盈着幸福感和获得感。

还有一种叫作"担当"的绿，能瞬间感知，却难以一一抒写。在城区，洁能集中供暖，限制燃放焰火、篝火烧烤，垃圾分类归集；县政府将行政办公区改造成市民休闲公园，官员们带头坐公交上班，率先选用新能源车出行……这些举措都潜移默化影响着城区生态，将原先城里的高碳生活引向低碳方式。在山丹城里，我也看到不少快乐的一家人，通过绿色骑行来锻炼身体，去南湖生态公园的次生林里自由呼吸，享受着大自然的恩泽。我想，通过系列洁净生活方式的引领，会降低大气中的碳排放。雾霾少了，城区空气定然会提高能见度。在这方面，山丹党政干部的担当作为极富含"绿"量，是足以打高分的。

当然，更有一群有强烈责任感的志愿者们，以其善举营造着绿色生活。捡拾垃圾、清洁环境的党员义工和"绿色蚁工"，义务巡河的"夕阳红护岸队"、宣传环保的"生态小公民"，越来越多的人加入生态公益行动，为保护河湖、洁净环境奉献力量，织成这个"甘肃园林城市"的亮丽风景。

宜居宜游的西北绿城山丹，令行者驻足流连、居者安心悠然。随着全域旅游的深度开发，会有更多的外地人造访山丹，同唱这舒缓乐章的绿色合声，感悟生态文明的真谛。

六

到如意花海去，到乡村踏青赏花去。山丹县向世界发出了一份春天的请柬。

而今，盈满生机的山丹既是生态文明城，也成了"希望田园"。放眼水光和花海，山丹构建成一个城市绿园。火红热烈的油桃花，自古象征着真爱和友情，寓意着繁荣富强。在天蓝水美的诗画背景中，山丹人谨记总书记"金山银山，就是绿水青山"的嘱托，一边开发着生态旅游，一边传承着千年乡愁。

沿着山丹河畔漫步，两岸绿树接连成片，沿岸麦田密集、杨柳依依，俨然一幅色彩斑斓的诗意画卷。不知道是河流碧波荡漾了思绪，还是桃花香飘飞了情愫，也不知道是千年历史拨动了心弦，抑或是陇原的质朴民风感染了心境，我多次解读着山丹的无尽诗情。在花香的浸润中，我不由折服于山丹县的绿色变迁：岁月就像青黄的嬗变，一切都在净化中获得升华，所有的思想和灵魂都在渐进中感悟。日新月异的乡村旅游气象在告诉我们，重塑时代的城乡风景在告诉我们：保护生态是一个百年大党的绿色担当，珍爱河湖湿地是每个人的责任，拥有和赞美河湖湿地是对一个时代的收藏。

城市取代了乡村，喧嚣替代了静谧，多年前与之同呼吸的那方自然天地，今与之偶遇，方知其是何等美好、何等遥远了。当你有幸邂逅山丹，且在这里留下吧。

"幸福，在这里生产"，这是山丹县乡村文化节的宣传语。生机满满的如意花海，正打造成户外摄影基地，引来各方驻足的脚步和回首的目光。在花荫下漫步，让身心在花香中浸润，扮一回浪漫大片主角，体验的是轻灵的快意。

这里有一种遇见，彰显了初心。

在花海行走，我偶遇了六旬台胞观光客樊仁雄。他和老伴是从台南来兰州观光旅游的，想在这里补拍一张婚纱照，以实践当年"牵手一生"的婚姻誓言。站在花丛中，他激动地说："年轻时想到内地名胜区拍婚纱照的心愿没实现，现在我们要站在绿洲花海中，在这幸福的仪式感中慢慢到老。"

"多少次从你的山丹河边走／是那可爱姑娘的情让我的魂儿丢／一口甘冽泉甜蜜了心窝／一眼关山月酥透了筋骨／丝绸古道上遗下多少尘烟故事／让我趟不出你的瀚漠沙海和绿洲……"歌谣飘飞的山丹，引来八方驻足的脚步和回首的目光。

在这涌动生机的绿洲大地上，花常开，情常在…… 在此，我切身感受了"石榴籽紧紧围抱"般的各族深情，领略了山丹创业精神和新长征精神的星火燎原。

黄河守望

马 健

志愿者是一种伟大的事业，它需要情怀与信念的支撑，它需要奉献与无私的心灵，它需要拼搏与友爱的精神。总之，它需要你去直面一切的挫折与苦难，在奋斗的青春岁月中重塑自我。

因而，从河流守望的志愿世界路过，我流浪的思想找到了最佳归宿。故我唯愿自己会是那个赶路人，而不是浅尝辄止的过路人；也唯愿世人都是这种赶路人，而不是那个仅仅渴慕的匆匆过客。

——题记

一

初识卓玛加布，是在甘肃省甘南州玛曲县工作期间，参与单位一次志愿活动。那魁梧的身材，近乎平顶的短发，坚毅的眼神，穿一身红马甲，不停地忙这忙那，一下子让我记住了这个捡拾黄河周边生活垃圾的志愿队队长。而了解他的河流守望故事，还是在这以后。

卓玛加布一名"七零"后，今年48岁。他并不是土生土长的玛曲人，只是二十多年前的一次闯荡玛曲，留在了这个青藏高原东端的城市，奉献了青春和热血。1996年，20岁的卓玛加布从青海海西老家来到玛曲打拼"追梦"。第二年，他加入社区治安队，成为了一名治安队员。

2003年，卓玛加布正式注册为一名志愿者，拿着人生中第一本志愿者证，他感叹"这是一份沉甸甸的责任和担当"。不仅自己从事志愿服务，还影响和发动周边的朋友加入。众人拾柴火焰高，卓玛加布在社区志愿者中的"知名度"越来越高。

巡河的想法，还是那次志愿培训中的一次河流守望者培训会中萌发的。台上，老师的讲解令他记忆深刻。水是我们的生命之源，是一切生命赖以生存的基本条件。保护水资源，造福子孙后代，是人人应尽责任和义务，开展巡河的重要意义就在于此。

返回的路上，他在公交车上特意选择了一个靠窗的座位坐下。从不断向后飞逝的树木缝隙间，望向那条清凌凌的河流。眼前闪过的河流，就是从史前的洪荒一路奔来的中国母亲河——黄河。

甘肃省甘南藏族自治州玛曲县被誉为"黄河之肾""中华水塔"，是黄河源头区和黄河上游重要的水源涵养区。玛曲县有着太多的标签，但它的标签不仅仅是蓝天白云，绿树红花异草，其实还有一抹"玛曲绿"，那就是河流碧道，是流动的玛曲绿。玛曲依山临河，尤其是流经全城的黄河，在玛曲境内曲折蜿蜒433公里。玛曲到处都是黄河流经之地，黄河是城市的血脉，宛如一条条美丽的"绿色飘带"，装点着玛曲县别样的城市风光。

几年前，流经玛曲县的黄河，也有过悲伤的历史，因为部分河流弯道冲刷严重，黄河河水浑浊黑臭、淤泥淤积，两岸草木杂乱，每次走过黄河流域都会离河岸远远的，玛曲县的黄河成了脏乱差的代名词了。近几年黄河流域综合治理工程作为一个项目进行整治和管养，通过系统治理工程和运营管养解决水污染等问题，如今污水治理初见成效，水质清澈、渠壁修葺一新，河道两岸种上了树木青草鲜花，一片绿意盎然，从污臭河到景观河的华丽变身，从"臭水沟"到如今沿河的风景，我们感受到了确确实实的变化。而玛曲人依水吃水的富庶与祥和，都隐匿在这条黄河河水里，带着遥远而古老城市的神秘。

卓玛加布望着车窗外奔流不息的黄河，深感自己肩负重任。虽然之前，他整合义工队，带领一些志愿者，协助社区开展各类公益活动，而真正巡河员的志愿活动却从未有过。而玛曲的母亲河，玛曲人赖以生存的生命河，应该要像保护眼睛一样保护好。他对黄河水情有独钟，这一湖碧水，也给了他水般的秉性和智慧。

他爱第二故乡，更爱第二故乡的河水。

二

卓玛加布是青海人，有着西北人的执着秉性，以及说干就干的冲动。他在公交车上，把目光送出车窗外，在回家的车上沿途开始了巡河。

沿途的河流，住户以城市居民为主，沿岸种了一垄垄菜畦，这里没有工厂，是天然氧吧。河水倒映着雄峻的群山，清澈碧绿，水质优良。就在不经意间，一种浮生草本植物浮现在卓玛加布眼前。这种植物有深绿色的圆形叶片莲座状排列，叶柄或长或短，这里一丛那里一簇，沿河岸铺排开去。

水葫芦，这可是水污染啊！卓玛加布不禁脱口而出。

大量的水葫芦霸占了水面，对于水生经济作物造成了危害，无法种植水生经济作物，包括莲藕都无法种植。而水产养殖，比如养鱼，也无法进行，层层叠叠，密密麻麻的水葫芦导致水中缺氧，其他水生生物无法生存，厌氧微生物大量滋生，有益微生物大量死亡，使水体富营养化，甚至变黑变臭。

一路上，卓玛加布默不作声，表情凝重，思索着。好在不远处岸边的水葫芦不成片，途中他发现有人站在岸边，用自制捞勺打捞水葫芦，到了工作地社区附近时，水面上没有看到垃圾漂浮物，水平如镜。

要是没有这些人的干预，河流或许成为一潭死水，必须要加强河流巡查，及时发现问题，再解决问题。他下定决心，将组织民间志愿者加入到保护母亲河的行列，发挥主人翁精神，开展河道日常巡查、河道垃圾清理、河道周边企业排污监督等活动，及时向河长办公室上报发现的违法违规行为。

卓玛加布这样想着时，顿时感觉自己浑身充满了力量。

三

卓玛加布有事没事的时候，喜欢到自己社区附近的黄河岸边转转，每天都要看看，是不是臭气熏天，河沿有没有垃圾或者杂物堆放。此时，卓玛加布总是会想起老家门口清澈的小河。闲暇之余，卓玛加布常到河边捡拾垃圾、清理堤岸，做一些力所能及的事情，这种付出的快乐让他与巡河志愿服务结下了不解之缘。

一个人的力量毕竟是十分有限的，应该像做志愿服务那样，引导号召更多的人来做这件事。于是，他拉上了同事，找到了领导，又联系上学校学生，组织成立了护河义工分队，通过集体巡河和个别巡河相结合，让巡河护河成为志愿者们每天都要完成的"必修课"。

志愿者巡黄河主要两个方面。一方面，严格落实工作责任，加强日常巡查，加大黄河河道沿线垃圾清理及污水排放监管力度，对存在的问题及时解决，严格保护好黄河周边生态环境，加强部门协作，全面整治和维护好河道管理秩序。另一方面，加强监督管理，充分调动群众参与治理的积极性，做到污水不下河、垃圾不倾倒、违章不搭建，彻底消除"四乱"现象，共同保护好水资源，改善水生态环境。

在巡河时间规定上，卓玛加布和大家商议，每周进行一次集体巡河，得到志愿者们的积极响应。暑假期间，家长带着孩子一起巡河，开展"大手牵小手 共创文明城"主题实践活动，共同清理河道周边垃圾，对污水乱排现象"随手拍、随时报"。

对于垃圾处理，卓玛加布他们分散在黄河岸边，各显神通。有的爬上树枝拾取攀附在上面的塑料袋，有的去到灌木林捡拾饮料瓶，也有的卷起裤腿钻进黄河水中捡拾腐烂的木材和沉入水底的编织袋……若干小时的仔细清扫，确认无一处垃圾死角和漏洞后，他们会将捡拾的垃圾装入编织袋、捆绑在牦牛背上，然后踏上返程。

在一个月的时间内，卓玛加布和志愿者们沿着玛曲黄河段徒步110公里，清扫了大量的动物腐尸、腐木、塑料制品、破旧衣物等垃圾，总共清理垃圾有28吨之多。由于山川连绵、沟壑相交，很多地方车辆无法行驶，他们就用牛马等牲畜托运清理的垃圾，绝不让一个垃圾污染黄河水……

自古付出必有回报，他们走过的黄河流域改变成了干净、整洁的面貌。随便走到黄河哪条路段，观察整个河床平整干净，河中的野生白鸟在水中觅食，河流的生态有序恢复中。河流沿线能感受城市的繁华，看看两岸"慢行景观"的走廊鲜花盛开，沿河两岸林立的高楼大厦，下游贯穿黄河最繁华的商业中心地带，打造了美丽的人文水系及生态廊道。两岸的公园、绿地、商业中心承载了玛曲的历史记忆，记录着玛曲的历史故事。

那一刻，卓玛加布的眉头才舒展开来，表情凝重变成了表情舒缓。河流相望，他要对自己的"领地"负责，为第二故乡"玛曲"守望，为艰辛但却美好的"志愿"努力。

四

卓玛加布的护河成绩斐然，他曾多次被各类媒体采访，他总是觉得保护黄河岸，营造干净整洁的生活环境，是每个志愿者乃至每个居民应尽的责任和义务，希望通过自身行动影响更多的人，呼吁更多人加入守护家乡环境的行动中来。

成绩的取得让他坦然，卓玛加布对于自己的河流守望，有种不一样的看法。

大自然好好地在那儿已有亿万年了，哪需要保护？最需要"保护"的是我们人，把人"保护"好，管理好，不要随意去破坏，我们的生态环境自然就好了。卓玛加布在巡河方面有他自己的一套方法，他要用言行去感化身边的百姓，从思想上教育他们自觉维护生态环境，建设文明和谐的玛曲城市。

夏日炎炎，10多名身着红马夹的河流守望志愿者，手拿劳动工具，携带环保宣传资料，顶着烈日，从社区出发，沿着河流北上进行义务巡河。

多年的护河志愿服务，卓玛加布总结出一套巡河要诀："一看、二闻，三拍、四传"，针对具体情况具体分析，完成护河任务。"一看"是看河道有没有垃圾，河水颜色有没有浑浊变黑；"二闻"是闻河水有没有发臭；"三拍"是对河流远景、左右近景进行拍照；"四传"是把所在位置跟河流照片传到"坪山护河义工微信群",如果发现排污或有垃圾需处理,就及时提醒群内相关部门工作人员。

巡河队伍到达一家玛曲县工业园区的时候,发现一家工厂施工的挖掘机挖断了排污管,污水直接排流到河道。

不管是有心还是无心,这样一定会对河流造成污染。于是,卓玛加布立即拍照上传至护河义工群并上报玛曲县生态环境局,生态环境局工作人员立即赶到现场查看,督促施工负责人立即整改,有效阻止了污染扩大。整治后的河水潺潺,略显清澈,他们这才放下心来。

这样发现问题,进行反馈整改的情况,卓玛加布不记得具体已经进行了多少回了,据不完全统计,他和城东护河义工队累计向水务部门反馈河道垃圾、污水排放、河道设施损坏等各类问题1000余宗,基本都得到了反馈解决。而他用实际行动践行"绿水青山就是金山银山"理念,一刻也没有松弛。

"只要大家一起坚持努力,一定可以让天更蓝,水更绿。"这是卓玛加布多年坚持的理念。

五

众多的黄河流经过巡查治理后,重新焕发了容颜。

河流是大地的母亲,她孕育了无数的生命,无限的生机,一直都是默默流淌,不求任何回报,小河缓缓流淌着,到处是一片清爽怡人的景象;小河缓缓流动着,到处是一片绿意盎然的景象。

如何保留这种纯真的自然之美?需要靠河流自己,不能仅仅依赖巡河员的天天行动,还要劝导那些两岸的居民遵守规矩。

卓玛加布不记得和志愿者们多少次这样,不厌其烦,苦口婆心,一家一户地劝导,看见了路边小件垃圾就随手用铁钳夹进袋子,看见路面成堆的废弃物就清扫,旁边的住户看见了,也拿着扫帚帮忙打扫、运垃圾。路人看到了,都说做好事功德无量。

志愿者还将巡查中发现的垃圾死角一一详细记录下来,给这些垃圾堆放点放置垃圾桶。志愿者的足迹踏遍玛曲的角角落落,在沿河岸的宰牛场、豆腐店、餐饮店、小区等地,对环境保护尤其是河流保护进行广泛宣传,并发放《公民生态环境行为准则》《环保领域公众诉求问题法定途径清单》《土壤污染风险防控》等环保宣传资料。卓玛加布他们呼吁玛曲广大市民要牢固树立"绿水青山就是金山银山"理念,人人要争做美丽玛曲建设行动者,共同守护洮江蓝天白云绿水青山。

市民们的环保意识在不断增强,志愿者队伍也在不断扩大。志愿者来自社会各个阶层,有机关干部,也有教师、工人和学生。其中年龄大的有七十多,年龄小的刚满八岁。

而令人可喜的是,在志愿者们努力下,玛曲人慢慢在改变乱扔垃圾的坏习惯,整个玛曲的环境面貌焕然一新。

六

卓玛加布的微信朋友圈有这样一段话:"所有的付出,为的是什么?是自己知道自己的人生价值观。"

他如此承诺,也是如此做的。日复一日高度相似的朋友圈,记录着他和志愿者伙伴的日常,从2003年开始,卓玛加布就投身社区公益服务,如今已到了第21个年头。他总是觉得自己做的是很普通平常的事,但是却又是鼓舞人心,令人钦佩不已的事。

这些年，卓玛加布先后获得了"最美生态环保志愿者""最美民间河湖卫士"等荣誉称号。我想，荣誉称号绝不是他可以炫耀的资本。我也十分渴望成为像卓玛加布一样的志愿者，在玛曲，每当单位有什么志愿活动我都会积极参与。我相信无论什么样的帮助方式都不会是微不足道的，我相信做志愿者一定会让生活变得更美好一些，我相信虽然万物皆有裂痕，但志愿者会是照向受助者未来的一束光。

或许，在未来的某一天，我做了一件微不足道的小事，是否也会像卓玛加布那样，影响了一个城市的发展，影响着人生的绽放。如果这真的实现了，那卓玛加布播下的志愿种子将会生出新芽，最终绽放出花朵。

千百年的光阴流转，玛曲的先民们没有想到，他们穷尽一生、历经百余代人的努力，战天斗地的这方滩涂，如今已成为人与自然和谐共生、美美与共的生态之都。

每当玛曲的人们感到疲累时，他们都会到黄河岸边走一走，与河畔的树林"林"（零）距离、自由"森"（深）呼吸。这些被黄河养育大的人们，个个拿着手机拍照留影。而我经常看到卓玛加布蹲下身子，双手捧起一掬河水从指隙间流过，他想有生之年一定要尽自己的微薄之力，继续保护好黄河，保护好母亲河。

黄河守望，城美水佳，任重道远。卓玛加布的眼神里闪烁着亮光，似乎在回忆，又像有无限期许。此时，世界如这河水般，无比安静而清澈。

白塔山下黄河谣

钟志红

一

"黄河的水不停地流,流过了家,流过了兰州,远方的亲人啊,听我唱支黄河谣……"黄河水铺陈的五线谱瘠薄深皱,婉转悠扬或激情澎湃的旋律与生俱来,以羊皮筏子的漂流方式,延伸或拓展真情的属性、挚爱的深邃。

彼时,当我站在白塔山下,在蓝天白云下凝望黄河,只觉得从不远处递来的高腔清唱,犁杖沟壑的锋棱,或曲直起伏,或宽窄陡缓;隐身在黄沙身后的一缕缕朔风,不知疲倦地雕刻着金城……

"再不见风样的少年格子衬衫一角扬起,从此寂寞了的白塔后山今夜悄悄落雨,未东去的黄河水打上了刹那的涟漪……"传奇故事的荡气回肠,不可或缺的升腾跌宕的情节,正如不求完美但求完整的人生,总会充积着凄风苦雨、三回九转的刻骨铭心。的确，谁又能定义究竟是黄河水的流淌，供给抑扬顿挫的灵气，还是黄河谣保鲜侠骨柔情的品质，窖藏千秋万岁的多舛与荣光？

流不尽的黄河水，听不厌的黄河谣，以低吟浅唱的余韵，保持头腔共鸣的惯性。征程中的河水，在此作了一次深呼吸，留白空灵深远的意境，给来自公元前的风沙供给一个小憩的驿站——从低海拔递来的一行行歌咏，稀释我长途旅行的疲惫，次第托举卓尔不群的音域，伸张我双臂的大弧度，让贯穿通体的热血与河流同频，任由无所拘束的风过滤我日渐疾患的心境，清除我在喧嚣市井沾染的尘埃，在原汁原味的清唱中护送乡愁回家，滋润心底那一抹最是清澈的柔软……

二

"想起那个小的时候，离开了家，离开了兰州，月亮藏在云背后，我一个人慢慢走，多少次睡梦里头，回到了家，回到了兰州……"缺少绿荫的黄土地是慷慨又真实的，无惧烈日的印烙和风雨的搜刮。至少，在清纯和真切的画面中，让我轻易地找回童年的自己，追怀韶华逐梦的字正腔圆。

那是一棵主演卫兵的古槐，在白驹过隙的日月下依然形销骨立。投目俯视，但见蜿蜒的黄河分明悬挂在树梢，丰腴虬曲苍劲的曲高和寡。这，不是我视角的错位，恰是人文与自然、历史与现实的交融，写实并非只有水木清华所主导的风景——当我在岔路口遇见这位兰州娃时，只觉得养尊处优的一帆风顺，轻淡如云。

兰州娃坐在不宽裕的树荫下小憩，裸着油腻、古铜色的上身，下身穿件三寸见方、本色褪尽的裤头。他耷着头，全神贯注地用一双小手扒拉着赤脚上的沙砾。我上前佯装问路,他抬起头,满头的汗把一张面孔"浇灌"得黑里透红,蓬乱的头发比起他的那双虾尾的眼睛来,实在为他争气很多。

"你是来看黄河水的,还是来游兰州城的?"话从他的虎牙间一颗颗地蹦来,有些被风吹日晒的干瘪。见我不置可否,他挠了挠眼角:"要我领你去看白塔吗?"我无意前行,只觉得能与他攀谈更是一道不可多得的景致。

与娃的闲聊没有任何客套和修饰。我递给他一听饮料,他迅速将它塞进身边的布袋,嬉皮笑脸的眼睛更是袖珍得可爱。他是一位留守儿童,虽然我不能完全听懂他的乡音俚语,但他的举手投足"译注"了他的原话:他说他每天都要路过这里,还说黄河每天经过这里时都要停下脚步。我想,他或是为了这一次的等待或守望……

我相信,会有一天的守望是心如所愿的,会有一种等待将否极泰来——只要内心有一个坚定和强大的自我,厚积薄发只是春暖花开的一首歌。

三

"西北偏北,羊马很黑,你饮酒落泪,西北偏北,把兰州喝醉……"流行于山岭河谷的歌声,在粗犷的版图上清晰着不老的美学逻辑:飞浪马蹄的沉雄悲壮,幺弦孤韵的元音,辽阔在瘦水瘠土的一串串驼铃,延展这片天空下的千百年人文情怀。

清风浮香,暗流淘沙。黄河这本线装书,日记江湖恩怨、烽火鼓鸣,正如每一粒黄沙,都是一本史记,日记下这个民族的多舛或荣光的点点滴滴。

白塔山下的黄河两岸,世代黎民春耕雨读、繁衍生息,却无法躲避铁蹄和硝烟的侵蚀,刀光剑影、马革裹尸的剪影,有如雪山的寒光戳伤每位人族,千疮百孔的河流从那一天起再现波涛汹涌。"风在吼,马在叫,黄河在咆哮"的玉振金声，惯力于红旗的猎猎作响，以抗暴击敌的鲜血大写黄河号子的刚烈剽悍、震天撼地，共产党人以前仆后继的勇气，书写下中华民族的扬眉吐气。

君不见黄河之水天上来，奔流到海不复回。炮火箭弩的留痕，血泪流淌的印迹，塑造无惧风暴与硝烟的挺立；不屈的气节，不疲的精诚，不屑红尘暧昧的诱引。没有老弱之分的兵民，弯曲的只是脊椎，直挺的确是背影，以一尊尊无字的碑林，记载繁衍生息、踏实生活的点滴，錾刻与水同舞、与山共情的音韵，固守纯正的乡音、暖心的乡情。

"黄河的水奔腾腾的奔腾的长，殷红的热血银的亮的汗，揉成了一样样的浑厚……"悲壮的日子太漫长，漫长的夜空总有流星闪烁。无论还有多少急滩和暗礁，响亮的黄河号子不改古老的小调响彻云霄，澎湃炎黄子孙的黄河情结——黄河水只要存在，歌谣就没有老去的一天；黄河水还在沉吟，情歌就不会远离麦苗笑语、果园硕黄。

四

"尕妹妹你要一身花衣裳，尕妹妹你要一根红头绳，尕妹妹你要一张红盖头，尕妹妹你想靠在我身旁……"在这片黄土地上，人们分享世间万物恩赐的福利，回馈敬畏和呵护的感激，以虚怀若谷的浪漫情调，沿袭敬畏自然、崇尚勤劳和智慧的传统美德。悦耳的风铃伴奏歌舞的原汁本味，笑若莲花的表情，尽展诗情画意的立体，诠释珍惜与感恩的心怀慈悲。

唢呐声声，青城古镇只是一枚胎记；锣鼓阵阵，母亲雕塑恰是一本诗集。又一阵旋风掀起的一抔沙砾、一鳞屑沫，宛如一颗颗纪实的甲骨文字，大写着荆棘或荣光的标题；压题的图案，是那黄河谣的若近若远，给人以无尽的所思所想。或者说，遍体鳞伤的黄河，如同一圈圈等高线，佐证了数百次箭弩火炮靶心的昔日，又或收藏下绚丽多彩的时代变迁；每一抹风雨的拭痕，缩影了我们父辈乃至父辈的父辈的身影，以一帧动态的黑白相片，用无声和单色的画面，把经线的时光与纬线的风云交织于此。这是动态和静态的组合，彩色和黑白的互融，讲述着一个个永无结尾的传奇故事，彰显的不仅是一条母亲河所能记载的图腾。

风恬月朗，致远宁静。当霞光呈现时，离我咫尺的山丘上坐着一位老人，委实令人揣敬意。他遥望远方的目光，不知夹杂了多少被岁月磨砺的思想，撰写一部线装书的电影剧本？

我不知道，老人是在守望家人的平安归来，还是欣赏游客的"到此一游"？我无法明辨他眼光的清澈或是迟滞，如同我不知他人生经历的风雨，可我分明察觉到，他抿嘴时忽高忽低、或近或远的声音，有着无以言状的韵律。我联想到兰州娃的质朴笑靥，湿润我的视野，也温润着兰州儿女不甘宿命、筚路蓝缕的背影。

是的，我可以忽略黄河之滨的兰州风情，但不可忽略黄河之谣的异口同声，尤其是苍茫广阔、诗意恬静的浪漫弦歌。

五

"关于兰州，是白塔后山亮起的光；关于兰州，是河流尽头吹来的风……"山有分岭，水有沉浮，接地气的高山流水，游弋在白驹过隙、林木傲立的结构中，彩画石楼山的原驰蜡象、浣洗黄河水的千里流沙。

鹰唳羊咩，安居乐业。从"花儿"到"太平鼓"，从《打兰州》到《刮地风》，喷薄吐艳的一串串音符，邀约歌手们在偌大的金黄T型台上高歌洋溢，脉脉涓流地讲述一个用生命与自然亲近的蹉跎岁月。无论再经多少风雨飘摇，还是风餐露宿，动摇不了已深入骨血的砥砺前行。他们在生息繁衍的征途上，依然终生保持蓬勃的活力、豁达乐观的精神，勇于登高，向往诗的远方。

"有一个人有一碗面，有一个兰州穿于两山间，有一条古路蜿蜒在黄土上面，有一种思念在你我心间……"或奔放粗犷，或深沉平缓的音域，沿袭黄河流水的基因，恒温兰州儿女的豁达豪爽：娇艳欲滴的玫瑰花，唇齿留香的软儿梨，布景的岂止是五泉山涧的金黄；大雁投下的注目礼，冰雪映像的白桦林，拔高的何止是铁桥身姿的不老。

百里黄河风情线，写一首情诗给兰州。当我与白塔山辞行时，晚霞的光芒披在河畔的一对情侣身上，保暖着那一句句喁喁私语。我默写着黄河水的长度和深度，注视着西北人走过苍凉荒漠的背影，他们以一种素面朝天、不亢不卑的表达方式，探索生命的意义，建设家园的美丽。

我无力梳理黄河水对兰州的情有独钟，只有在白塔山走马观花的墨迹，直笔我缱绻的回望，让即将迈入知天命的我深醉在无际的感动中，沐浴生活的崭新和人生醒悟，对人生有了正解的校勘：老去的只是沉浮的阅历，不老的是人生之基、人性之源的坐标——唯真而往，唯善而行，唯美而立。

"当你站在西关一言不发，当你走在东岗莫名忧伤，这座城市你想像不到，写上一句亲爱的……"

洮河边的期待

连金娟

我的故乡处在黄河上游最大的支流,洮河岸边。从阿尼玛卿山下喷涌而出了洮河,跑过草原,穿越森林,跌落到峡谷时它的身姿变得不再那么轻盈,有了气势磅礴的走姿。我的故乡陈旗听着它的流水声从远古一直走到了今天。

故乡的孩童时期遥远到开天鸿蒙的原始社会。据了解,人类经历了四个温暖期。第一个温暖期是前3000年—前1100年。那时候处于新石器晚期和夏商时期。而处于这个时期的故乡,洮河两岸都是郁郁葱葱的树林。那些世代流传在洮河两岸的地名铭记了曾经的生态良好。比如什么桦树林、大林坡、绿宝山、林眼里、白杨树下、香树台上……这些世代留下来的地名都在隐隐约约地告诉我们,曾经我们有一个青山绿水之乡。

那时候的故乡美得惊心动魄。密密麻麻的原始森林从山顶一直延伸到故乡的一级台阶上。碧绿的洮河水曲曲折折、缠绵绵从群山间穿过。在洮河的一级台阶上，在史前温润的气温里，齐家人正在安静地烧制着陶罐。它们烧制了两耳用来盛放谷物的大陶罐、稍小一些用来盛水的黑色陶罐，还有各种类似盛放果子的小碗碟。生活的细细碎碎没有远离过任何一个时代。人类总喜欢用自己制造的东西填满生活的角落。这些东西除了一小部分是用来方便生活的，多的用来装饰生活。这除了人类高于其他物种的审美，是不是归根我们灵魂深处的孤独。因为智慧让我们孤独，这是一种高处不胜寒的感觉。或许史前故乡人也是寂寞的。茫茫的天地，四下都是危机。原始森林里那些狼虫虎豹占据了大多数，而生活在洮河岸边的人类是多么的渺小。是有惶恐，是有孤独在史前人内心激荡。所以洮河岸边燃起了祭祀天地的青烟，燃起了制造陶罐的浓烟，也燃起了刀耕火种的黑烟。这都是人类文明开始启航的符号，它们就那样曾经充斥在故乡的天空下。那时候的故乡人，不明白这种符号留给后来生活在这片土地上的人是一种多么丰厚的精神养分。

后来一切都归于了厚厚的黄土，那些陶罐也深埋于亘古的黑暗之中，极其的黑暗或许是接纳一切不安灵魂的佳所。

故乡的孩童时期结束了，人类的阶级时代开始了。

羌笛的悠悠在故乡的天空飘荡。那时候故乡大山里的树被一根根砍伐下来，故乡的先民们已经不满足于半地穴式的居住。他们用砍伐来的木头在地势平坦之处搭盖起了简易的木屋。即便这样山里的那些大树还是生长得葳葳蕤蕤。所以让我们大胆地设想一下，那时的故乡几乎保存了史前应有的样子。青山绿水，羌笛悠悠。故乡的天地还是一副空灵的模样。

后来洮河两岸突然地热闹了起来。这种热闹里满是人间烟火。

六百年前的暮色时分。一群讲话轻清柔美，长相甜美的南方人拖家带口出现在洮河边。在洮河的一级台阶上，他们用忧愁及期待的目光打量着周边的环境。

还好，一切还没有想象中的糟糕。虽然群山险峻了些，虽然风中再没有吹来茉莉的清香，只有丝丝的凉风飘过。可也不是预想中的冰天雪地。人总是这样，做好了最坏的打算，所有稍好的出现都成一种预期之外的惊喜。

这群江南人在故乡的暮色里生起了火，支起了锅，安顿好了疲倦的马匹、卸下了一路携带的背囊。拍一拍上面的土，略带伤感地呢喃道："终是到了，再不用风尘仆仆，这里就是最后的归宿了。"孩子们围着篝火满地跑，他们还不懂乡愁是什么。反正这山里捡来的柴火还是一样的能煮熟食物，这满山的葱茏看上去和自家对面山上的也没什么区别。那碧绿的洮河里或许也有肥壮的鱼虾。孩子们更关心自己的童趣。他们跑累了，在父母的怀里睡去。奔波一路的大人心里也安然起来，那憋着一股子赶路的劲儿松懈了下来。他们在火边临时支起的帐篷里睡了去。洮河水哗啦啦在梦里一遍遍地响着，一遍遍安抚着这些远来的人。

第二天，太阳光亮亮堂堂洒在人们的身上。这些远来的人心底也无端地亮堂起来。他们打量着周围，觉得山上那些长势良好的树可以砍来盖起一座座结实的房屋。从安徽、从金陵来的人可高贵着呢。怎么可以露天席地。再说明天后天，近几年还有一些戍边的移民要来，先来的人总要为之后来的人预备些什么。

说干就干。满山传来"咔嚓咔嚓"树木断裂的声音，惊得满山的野兽四处地逃散，惊得惶恐的鸟儿惊叫着向大空飞去，树底下的苔藓被踩踏得血肉模糊。这些来自南方，善于伐木、善于制造的人是我们的先辈。凭着每个物种生存下去的本能"呦嗬……呦嗬……"地开始了伐木。一根根的大树从山下运下来。夯土、砌墙、柞木，故乡的天空下从来没有这样热闹过。

紧接着背山面水的房屋建成了，廊檐木雕都是江淮的模样。一院挨着一院，一个村落挨着一个村落。家里慢慢地也置上了桌椅家具。晨夕燃起的炊烟轻轻袅袅在湛蓝的天空下飘荡。

河岸边的树也被砍伐了，在一场一场的大火的焚烧下那些未被砍伐掉的草木被烧成了原始的肥料。河床边露出了黑色的土壤，这样的土壤用来播种是最好不过的了。其他稍微平坦的地方也被开垦了出来，撒上从南方带来的油菜籽、长势良好的小麦，屋前房后种上桑麻，梨杏。总之除了水稻不能种植，其他在春夏俨然一派江南田园风光。

农耕文明的气息在故乡的天空下浓浓郁郁地演绎着。这种生活模式一直延续了好几百年。

春来秋去，时光飞逝。人们突然发现山里的森林变得稀疏起来。山坡裸露出了黄色的肌肤，高山的坡地也被开垦成土地，曲曲折折的山路缠缠绕绕通向一块块砂砾状的山地里。我猜想此时烧制陶罐的史前人午夜梦回一定会被吓一跳。望着光秃秃的山一定会惊慌得要紧，他们觉得他们肯定要被饿死了。森林没有了，野兽没有了，可以采摘的野果没有了。他们一定会吓得再次躲进黑暗里去。

时间的经线再一次缩近。在父辈的时候，故乡的山上除了稀稀拉拉的几棵野杏树和梨树再无树木可寻。

我曾经问过父亲，问他小时候可见过桦树林里的树？问他香树台上香树的去向？父亲摇头苦笑，说哪来的树。连山里的蒿草都割光了，有时候还得半夜起身走很远的路去别村的山头偷着割。

父亲说他小时候觉得最辛苦的事情就是去割蒿草、产草皮、挖草根。小时候在故乡，麦子就是一年所有的指望。这不仅是人的指望，还有牲畜的。比如麦子磨了面粉,麦子的糠皮要用来饲养家畜。麦子的麦壳和着土冬天用来烧炕洞、麦子秆用来烧饭吃。

那时山里已经没有可以砍伐的树木了。冬天用来烧的炭也是从几十里之外的地方背回来的。所以用起来极其地仔细,只有在来客人的时候烧上一点,或者在老人的炕上煨上一些。年轻人就捂着一床被褥过冬了。可是用来填炕的东西也是极其有限的。光麦壳根本是不够用。所以秋天的故乡出奇地干净,每个角落都被扫得干干净净。先是扫树上掉下来的树叶,当第一场秋风飘下几片落叶后就有眼快心急的人拿起笤帚飞快地扫了起来。扫的时候,如果地下的扫光了,就伸起笤帚将树上未掉落的一通乱打。那些未掉落的树叶就被这样残暴地打落下来,通通进了扫树叶人的背篓里。当看到第一个人开始扫树叶后,村里的女人一下子就慌张了起来。就怕自己稍微迟钝害一家人一个冬天睡冷炕头。所以天还没亮"唰唰唰"扫树叶的声音已经打破了故乡的黎明。

有时候几个女人也会为了争夺扫树叶的场地而吵得唾液四溅。生之艰难让吴侬软语的江南后裔变得面目狰狞。村里的女人们都心照不宣地在心底盘算着明年的目标。她们已经掌握了一定的规律,清楚地知道村里哪棵树叶落得最早,哪棵树上的叶子最多。等来年一定第一个将它们扫回家。

村里最后一片树叶也被收进了背篓,晾晒在了院子里。一夜寒风,冬天到了。

冬天到了,人们变得更加惶恐。看着炕洞里那禁不起烧的树叶和麦壳,再看看草房里那一天少过一天的麦草和填炕的东西。人们觉得寒冷总在逼着自己要做些什么。

人们的眼睛盯上了高山上仅剩的一点草皮。一场霜降后,那些草皮变得干黄,连在一起的草根因为浸入了霜冻的缘故,因而和土地接连得不再那么紧密。这时人们拿了铁锹在草地一旁找了切口，然后将草皮一块块铲下来。一整个冬天，村里的人几乎扒光所有山头的草皮，那些裸露在外的山头估计都在寒夜里咒骂着可恶的人们。这还不够，人们连最后上坡边上剩余的草根也刨了出来，一堆堆晒在太阳底下。

晒干了的草根烧饭要比麦秆实惠得多。用"草芭子"烧得炕洞能将屁股烙熟了。可是那些裸露的山坡，那些千疮百孔的山坡一定在冬天的夜里气得发疯。人与自然的关系变得剑拔弩张。

一年一年山上的植被越来越少。天干旱得要紧。人们渴求着一场雨解救土地的干渴，也浇灭他们内心的焦虑。雨说来就来，可是来得是那么凶猛。倾盆的大雨从山坡上泼下来，挟裹着山上的泥沙从山坡从地头从河谷里冲了下来。涨起的洪水像一头发怒的怪兽一路狂啸而下，席卷掉了河堤两岸的庄稼、牲畜、住房、有时候还有未逃走的大人或者小孩。

一切来得很快一场暴雨就成了村庄里的一次灾难。而这样的灾难年年上演。一下大雨，奶奶就望着窗外的雨叹气。她担忧地说道："这样大的雨，不知又有谁家的田淹没了，但愿人没事。"瓢泼的雨声里故乡的哀愁和贫穷密不透风。

雨从屋檐上一滴一滴地滴下来，汇在院里流成了小溪。我趴在窗户上期待着一个晴天。毕竟庄稼、长势、收成不是一个孩子所要去盘算的事情。我盘算着一场夏雨后，离家不远的田地里就会冲刷出红色的陶罐。然后我会约上要好的朋友一起捡了回去。捡回去可以去大柳树下的池塘里捉了蝌蚪放里面，也可以掏了小鸟，拿陶罐给它安置个家，对了也可以去河边的泉水里抓了虾米放里面……我的这些盘算在一个个晴天都一一实现了。发生过的终将成为回忆。这些都成了我回忆的一部分，都成了我乡愁里的一个音符。总之那时候的故乡虽然会发洪水、村里的人会为了一年的生计而百般惆怅。可是一个孩子的心里都屏蔽掉了这些，留下的都是美好的回忆。所以有童趣的故乡还是美的。

不从什么时候开始，村里的街头巷尾都是铺天盖地的垃圾。故乡还是缺少填炕、烧饭的柴火。但那些垃圾却没人清扫。因为那些塑料袋既填不了炕也烧不了饭，燃起来还有一股刺鼻的味道。没有一个人会将那样无用的东西带回家。那些塑料袋越积越多。二月里的一场风，那些大的、小的五颜六色的塑料袋和着扬起的黄土张牙舞爪地在风里狂欢，它们的身影无处不在。曾经水光涟涟的池塘已经被张狂的塑料袋覆盖了一层。小孩子要掀开了那些塑料袋才能看见摇着小尾巴的蝌蚪，还未来得及伸手去抓已经被惊吓得跑掉了。

原本清澈的河道因为飘荡了可恶的塑料袋，人们渐渐地对它产生厌弃，女人们不再去河里洗衣服，渐渐地在人们的意识中河道两边成了倒垃圾的好去处。顺着河两岸，每天会看见背着破背篓、小板车往河道里倒垃圾的人。一直是这样，春天倒，夏天的一场山洪卷裹着一堆堆的垃圾冲进了洮河，那些未被冲走的，在夏日阳光的发酵下散发出一股股冲天的恶臭。这种臭隐隐约约飘散的满村庄都是。

第二年，春风一吹，暖阳一照，万物开始蠢蠢欲动，当然蠢蠢欲动的还有那满河道的垃圾。它们顺着涨起的春水，一股脑儿堆进了洮河。

可怜的洮河身体变得那样臃肿，像中了毒的人一样，整个人浮肿得不像样子。洮河低声地呻吟着，拖着臃肿的身体，带着一身的毒和满腹的怨气缓慢地向黄河流去。

洮河一定会说，怎么会这样，怎么会这样。我曾经给那些烧制陶罐的人跳过欢乐的舞蹈。我曾经给远来的江淮人唱过和他故乡相似的歌谣。我用我的乳汁哺育了几辈的人。可是这群人，现在生活在这片土地上的这群人，怎么就那么狠心。洮河这样想着，这样怨恨着，慢慢它就变得神经质了，它的水量一年少过一年。

洮河两岸的人也开始焦虑了，总觉得有些什么不一样了。也有些人开始给自己的故乡贴上"群山恶水"的标签。有的人也开始向外去谋生。其间就有自费去了张掖、新疆、酒泉开荒的人。而更多的人就生活在了一种抱怨中。故乡的人抱怨山上不但连烧的柴火都没有，山坡上那稀稀拉拉的几根草，连稀稀落落几只小山羊的肚皮都喂不饱。猪也快养不下去了，人们把山里的草都割光了，村里的猪估计也是饿疯了，直接去了庄稼地拱吃的。山上的地一年一年长不出庄稼来，河边的地收捞也没有保证。所以村里的强壮年，就被逼着去外面打工了。

那几年打工都是去了煤矿。二月里种上微薄的庄稼，女人们翻洗了家里的棉被，再替男人们纳上几双千层底的鞋在满心的期待和不舍中送走了自己的男人。

男人们走了，村庄变得空落落的。空落落的村庄里垃圾还是一如既往地乱飞，飞得女人们的心也跟着乱了。

期盼的冬天里，背着行囊的男人们从班车上走了下来。村里变得像过年一样热闹，可总也有几户人家再没有盼到她们的顶梁柱。女人接过黑色的骨灰盒，接过一沓抚恤金哭得惊天动地，孩子和老人的哭声更是让人听之心碎。这样的事每年都会发生，女人的眼睛在送男人们时多了一份惆怅。村里的男性在不断地减少，迷信的老人把村头塌方的一个山口堵了，说一定是那些无征兆坍塌的山土冲撞了村里的年轻人。贫穷时出现的灾难让人们变得神神叨叨，人们无力地只想用迷信寻得暂时的心安。

"过去后有房有地，而且还能就近打工。"午后的戏台根里几个从城里来的干部在给晒太阳的老人宣传着外迁的政策。

老人们眯着眼睛一时拿不了主意，毕竟这是生活了一辈子的地方。更何况现在家里也不是他们做主了。

干部们又一家一家地去做工作，说着引洮工程的意义，说着外迁的各种优惠政策，他们说得口干舌燥终于有年轻的人站出来说："树挪死，人挪活。而且国家的政策这样好，一定是替我们做好了盘算的。我报名。"洮河两岸又开始热闹了起来，夜晚还能听见人们窃窃的探讨声。

和六百年前的那次大迁移一样。离开的时候一样的哽哽咽咽，一样的荡气回肠。而少数未离去的人，依旧过着周而复始的日子。

"唰唰唰。"还是熟悉地扫落叶的声音，可是现在还没到秋天。接着又是铁锹铲土的声音。人们好奇地跑出家门，他们被眼前的景象惊讶到了，乡镇干部正在家门口清扫着垃圾。一车一车的垃圾像常年没有洗澡的人身上冲下来的污垢，一堆一堆看着让人恶心，看着也让人羞愧，毕竟这些垃圾的制造也有自己的一份。

扫过后的村庄看着就像新出浴的美人，看哪都舒服。人们发现村里的所有垃圾也有了固定的去处。河床变得异常地干净，银白色的水在阳光下欢快地流淌着。前几年栽的果树，也就是乡镇干部说的经济林不论是春天开的花，还是秋天收的果子都看着让人心生欢喜。村里安装了亮堂的太阳能路灯，明晃晃照得夜不再那么孤寂。

外迁去瓜州的人，在遥远的瓜州给留在故乡的人通过视频分享着自己种的西瓜、枸杞。还有人邮寄来了自己种的棉花纺成的棉被。故乡的人也骄傲地在朋友圈晾晒着一尘不染的村庄，稍有文化的人还喜欢晒上几张彩陶的图片。也会告诉遥远的乡友，村里又种了新的树苗，山坡变得青翠起来，有夜莺夜夜啼叫不停。这世上痛苦可以蔓延，快乐同样可以用来分享，而这个过程是多么令人觉得愉悦。

黄河两岸生嘉木

白晓霞

雪天在兰州读书写作是一种天地大白的澄澈幸福，有时甚至窗户可以微微地启开一道缝儿，让亮晶晶的雪意徐徐而入，当漫天的飞雪落在黄河两岸，临窗的绿植便也会突然灵动起来。在那样一个具有哲学意味的瞬间，如开天眼，让我们能更深刻地体会古代哲学家老子在《道德经》中所说的"知其白，守其黑"，是的，生活在兰州这座黄河之畔安澜之城的中年人或许确实已经应该具备"知白守黑"的人生智慧：不要羡慕浮夸的光彩夺目，应该低调踏实地做事。从某种意义上看，这正是一座有着悠长历史与多元人文情怀的文化之城赐给我们的智慧。

黄河的水日复一日地在兰州的家门口缓缓流过，黄河两岸的树便能够年复一年地荣枯再生，在平凡的岁月中做着不平凡的贡献：为城市和乡村提供着氧气，保持着水土，改良着空气，美化着环境，然而，它们从来都是静默的，不争不抢的，一年一年，只把根扎向大地的深处，稳一些，再稳一些。的确，应该写一写兰州黄河两岸的嘉木，柳树、槐树、杨树……嘉木无声，绿意却是不吝啬的，那些沉默的绽放，似乎是树木在以血肉之躯阐释着老子道家哲学中的"贵柔守雌"的理念，是啊，绚烂之极终将归于平淡，柔弱无言却有可能在日复一日的努力中逐渐走向盛大，所谓成功，就是如此辩证，所以，一切都在变化，烦恼皆可放下。在这样的冥想中，我常常不由自主地走向黄河岸边，看看树，听听风吹绿叶的声音，像面对着充满智慧的老者。是的，黄河岸边的树是静的，柔的，甚至是退的，让的，即便如名动江湖的旱柳"左公柳"，也时常隐匿在岁月的尘烟中默不作声。但是，那些树千百年来依然充满了勃勃生机，依然在西北边塞释放着光与温暖，在生态建设中发挥着重要作用。今天，越来越繁盛的树木家族装点着兰州城的美，诠释着古城的新面貌：据兰州市林业局统计，2019年8月以来，全市累计完成营造林40多万亩，完成城市绿地新增改造近400公顷。截至2022年底，兰州主城区城市绿地面积8000多公顷，绿化覆盖率超过42%。

植树造林是善举，是前人栽树，后人乘凉的奉献，我们常常不能忘记陇原大地上那些艰辛与光荣同在的植树造林史：20世纪50年代，响应党和政府"绿化祖国"的号召，甘肃拉开了防风治沙、营造沙区防护林体系的序幕；50年代的兰州人为了植树成功，用人工的方式艰辛地"背冰（冬天把冰凿成方块背到山上）造林"；70年代三北防护林体系建设；90年代兰州南北两山环境绿化工程……进入新时代，甘肃生态环境持续优化，山水林田湖草生态保护修复取得了好的成绩，陇原儿女正在齐心协力谱写中国式现代化甘肃新篇章。当我们徜徉在绿水之畔，青山之巅，会感念所有默默劳动过的治沙人、防风人、背冰人、植树人……他们用汗水诠释着甘肃人厚道包容、踏实肯干的品质，不争不抢、只做不说，这样的地域性格，不由得让我们再一次想起老子道家哲学的"贵柔守雌"的理念："人之生也柔弱，其死也坚强。草木之生也柔脆，其死也枯槁。"战国中期的唯物主义思想家宋钘和尹文在继承老子思想的基础上提出了"精气"才是构成万物的本源，什么是精气？古代的哲学家做了非常诗意的解读：精气在心就是圣人，精气之光耀像是高高地挂在天上，精气之微像是静静地沉入深渊，精气之湿润像是一片大海，精气之峭拔像是一座高山。是啊，骨子里热爱大自然的中国人常常从山川草木中得来知识，悟出道理，朴素却又恒久，充满了岁月沉淀之后的智慧，就像黄河两岸的树，就像千千万万的无名的陇原植树人，默默奉献，绿满大地，智慧绵延。

在兰州走着走着，有时候也会想到甘肃其他地方的树木和森林：崆峒山的紫果云杉孔雀柏，崇信的七叶木娑罗树，天祝章嘉一棵柏……还有被称为"绿色宝库""绿色水库""绿色屏障"的那些珍贵的原始森林和人工林：祁连山林区、小陇山林区、白龙江林区、子午岭林区……都一样的低调内敛，默默奉献，悲喜自渡，时间久了，绿叶的荣光与虬枝的甘苦便也不大为外人所知了。独处时，我常常为之感动，也曾在一首诗中小心翼翼地表达过自己的无限敬意：

这一棵，是白塔山的紫荆树

那一棵，是崆峒山的紫果云杉孔雀柏

这一棵，是崇信的七叶木娑罗树

那一棵，是天祝的章嘉一棵柏

远处望,是一片片的林

每一片林都在人们勤于稼穑的信念中长啊长

东西南北,唱着坚韧的歌谣

气象浩荡

绿如深海的,是祁连山一望无际的原始森林呵

每一棵树就是一枚历史的勋章

眼前又跃起铜奔马铜牦牛凌空而来的阳刚身形

筋骨慷慨

铜音铮铮

绿如广漠的,是陇中心意火红的万亩青年林呵

每一棵树就是一张青春的唱片

耳畔还响着首阳山二贤吟过的采薇歌

襟怀坦白

仁义声声

有的树与文字长在了一起,音色绚烂

伏羲画卦,是六十四株古柏的智慧

《武威军各营频年种树记碑》,讲的是千里一碧的左公柳

南郭寺树中有树的绿色奇观,杜甫说:"老树空庭得"

成县的"八柏一槐海",是另一组《同谷七歌》

有的树淡雅如手捧《诗经》的俏女子
她是皋兰什川的白梨树
她是庄浪紫荆山的紫丁香
一笑倾城

有的树壮硕如手持剑戟的好儿郎
他站在兰州天生丽质的吐鲁沟边
他站在甘南晶莹剔透的常爷池边
玉树临风

还有
景泰梧桐山上的梧桐树呵
渭源秀峰山上的五色竹呵
灵台百里乡的密城唐槐呵
树下谈禅：饭煮胡麻雪煮茶
……

岁月流动中，或许每个正直善良的人都免不了会遭遇恶毒的奸邪小人，但是，黄河穿城而过带来的宁静与温润让住在兰州的我始终觉得幸福仍然是生活的主流："上善若水，水善利万物而不争，处众人之所恶，故几于道。"黄河的流水如人间正道，养育了阳光向上的绿色树木，涵化了一切的恶，启示我们正直善良的人品底色终究会战胜那些见不得阳光的邪恶，福报终将属于好人。在甲骨文中，"福"字是和农耕文明发达后粮食丰收有关系的，这个象形字是一个人手捧酒器祭祀的形状，人们只有在粮食丰收有所剩余时才能酿造美酒，这就是古人对于"福"的自足简单却又内涵丰富的美好认知。处在黄河的上游，兰州的责任是重大的，除了以农耕文明保证百姓的丰衣足食之外，还有着国防军事的责任，今天正在承担越来越重要的生态修复、水土保持的责任。黄河流经兰州152公里，千载而下，时急时缓，时清时浊，时大时小，表面的变化只是相对的，赤诚的心意却从来没有变过，每一公里都在滋润着老百姓的幸福生活，如沿河逶迤生长的那一棵棵柳树、槐树、杨树……深深的根郁郁的叶，都不善言辞，却给予了人们最为真实的来自母亲河的幸福。一切都说明，在全面落实黄河流域生态保护和高质量发展国家战略过程中，黄河甘肃段正在真真切切地实现高质量发展，造福人民的幸福河正在新时代焕发新的青春。

在兰州的黄河岸边，你会突然发现，树木还在以别的多元形式奉献自己的力量，化身为城市的伟大守护神，躯体已变化，但精魂永铸。比如兰州水车，那不是一棵树，那是无数棵树，早已没有了树的形状，却依然有北方之树的挺拔风骨。我曾在冬日黄昏的荒草野径中，与兰州仅存的清代水车——下川水车惊喜相遇。目极处繁华早已消散，下川水车却依然身形高大，如人近晚年却依然威严沉默的父亲。相传由西固人刘功及弟子建造于清乾隆年间，它的大部分部件都是木制的，水斗、水轮、车身……是的，我看到的水车身上长满了树，多是兰州黄河两岸常见的柳树、榆树、槐树等硬杂木，在"倒挽黄河水"的过程中能够经得住岁月的腐蚀与风化，打击与伤害。如吃苦耐劳又口讷不能表白的西北汉子，在夕阳下骨骼清俊。明代发明水车的段续真的很了不起，把干涸的金城变成了瓜果之城。从史料我们得知，如宁折不弯的硬木一般性情耿直的段续仕途并不如意，嘉靖二十年（1541年）他辞官回乡，却并没有放下为民造福的热肠，于是一边教书一边制作水车。从方志材料只言片语的记载中，我们已经无法考证他无数个不眠不休的发明水车的夜晚在想什么，不知道在无数次实验制作水车的过程中，那些刚坚无比的柳树、槐树、榆树会带给他什么样又爱又恨的体验啊！一棵棵树，一片片木板，会让这个明肃王锦衣卫的后代产生什么样的体验我们不得而知，但是，可以肯定的是，那种坚忍不拔与矢志不渝却是人树相同，所以终成大事，水车的发明让兰州黄河两岸的高地也得到很好的灌溉，农业大发展，兰州因此而成为明清以来的西北重镇。段续出生地段家滩，如今早已变成了兰州重要的文化创意产业园区，生机勃勃，蓄势待发。

下川水车所在的黄河岸边，也是青石关渡口，旁边依然有着小小的村落，人家寥落，但芦苇深处依稀还是有几点人声传来，为古渡注入了生气。几百年的渡口积攒了太多的文化韵味，尽管它已经退出了现实的生活，但它的古朴与厚重还是会让我们联想到一些人生的沧桑况味，明代的马中锡在《晚渡咸阳》一诗中这样描写咸阳古渡："僧归红叶林间寺，人唤斜阳渡口船"，而那些百年古木为我们提供了足够的关心文化的理由，或许文化的传承就是一个一个的渡口，让我们在时间之河中所受的岁月枪伤，得到治疗，得到摆渡，得到归化。当然，伤口终究是无法痊愈的，但疼痛总能熬过去。正如在黄河岸边的潮涨潮落中，那些伤痕累累却从不曾根绝的树木，在风雨来临的时候还是会飒然有声，神采奕奕，它们长满故事的年轮启发芸芸众生还是要相信正义终将战胜邪恶，邪恶终将会得到惩罚。那天归来的夜色中，还影影绰绰看到了三河口的天鹅滩，三河口在兰州西固区达川镇，是黄河、湟水河、大通河的汇流之处，美丽的地名联系着底蕴深厚的人文地理价值，翩若惊鸿的候鸟是良好生态的鲜活注解，斑斓多彩的人间美学就这样在黄河岸边一点一点虚实相生，提醒我们住在这洒满阳光、树影婆娑的人间是多么美好呵。

从渭水到黄河

汪海峰

渭水是黄河最大的支流，发源于渭源鸟鼠山品字泉，全长818公里。黄河从甘肃玛曲算起，向北流经宁夏、内蒙古，又向南经山西至陕西，在中国版图上绕了三千余公里，形成了一个大写的"几"字。渭河则一路向东，终于在陕西潼关完成了两条伟大河流的拥抱。同属于黄河流域，从此我中有你，你中有我。中华文明在渭水流域、黄河流域蓬勃生发，灿烂辉煌。

仲夏夜晚，我伫立陇西渭水南岸，看古莱坞绚丽的灯光倒映出一派梦幻，想眼前并不存在的苍苍兼葭，心灵溯洄、溯游河之东西，纵横千里，穿越万年。

从此，往西有渭源鸟鼠山，往东有秦安大地湾。

十年前，我曾探访过渭水源头。在鸟鼠山麓，有一古庙"禹王庙"，庙前不远处就是渭水源头品字泉。当时禹王庙已经破败欲倾,品字泉也将干涸。据说禹王庙始建于西周初期,历经两千多年风雨,屡毁屡建,现存禹王庙修葺于清光绪末年。前几年,当地鼠山村有识之士上下奔走呼吁,募集资金,翻新了禹王庙,使文物古迹得到了保护,也突出了品字泉作为渭水源头的纪念意义。后来,在当地政府的全力支持推动下,渭水源大景区开发成形,成为了甘肃省的旅游品牌之一。

《山海经》称:"鸟鼠同穴之山,渭水出焉。"渭源县的名称也是与渭河源头相关。《尚书·禹贡》:"导渭自鸟鼠同穴,东会于沣,又东会于泾,又东过漆沮,入于河。"与各个民族的早期传说一样,古中国也经历了一次大洪水时期。大禹用疏导的方法治理水患,足迹直至渭水源头,可见当时渭水是一条大河,黄河水患与渭水密不可分。禹王庙当然是为了纪念大禹治水的功绩。站在此处,我仿佛听到了几千年前的滔滔洪水,看见了大禹率众治水"三过家门而不入"的忙碌身影。也仿佛听到了古中国第一首有史可稽的爱情咏叹——涂山氏"候人兮猗"的远古情歌。涂山氏支持大禹治水的事业,但由于难得见面,因而用一首"候人兮猗"的远古歌谣寄寓了对大禹的无尽思念。这首歌只有四个字,其中两个还是虚词,就这么一首短歌,断续抑扬、情深意长,我想涂山氏吟唱时千回百转、余音不绝,激荡回旋山林河谷,大禹肯定听到了涂山氏深情的歌吟。

在渭水源头处的支流莲峰河边,有山曰首阳山。当年伯夷叔齐宁死不食周粟,溯渭水而上到了首阳山,结庐定居,采薇而食,终于饿死此地。作为人格操守的典范,几千年来受到了封建时代士大夫的景仰。

如此宁静夏夜,我眼前的渭水无语东流,我的思绪也随之而东。她的第一大支流葫芦河从静宁蜿蜒南下,经庄浪,到秦安汇合了清水河,一路向东南在天水三阳川汇入渭水。这条伟大的河流流淌在古成纪大地上,也不知流过了几万年几十万几百万年。在她的滋养下,女娲部落、伏羲部落相继产生,绵延发展。女娲在渭水上游抟黄土造人的传说,不就是陶器的发明吗?葫芦河和渭水交汇处有卦台山,是伏羲一画开天之地,在此伏羲制定了初期的文明规范。女娲补天,伏羲画卦,华夏文明之光在这片神奇的陇中大地上生发。请你到秦安去看看大地湾吧,看看距今8000年前我们的先祖是如何创造了辉煌的史前文明。我惊讶于大地湾的彩陶人头罐,我惊讶于大地湾的大房子,那代表着当时世界上最先进的文化。我猜想,以人头罐为代表的大大小小形状各异的彩陶,就是女娲社会的日用器皿;那座大房子,就是伏羲社会的国会大厦。我们的先祖富于激情和创造,渭水上游呈现出繁荣昌盛热气腾腾的史前文明图景。在距今5000年到8000年之间,我们的先祖在此创造文明、开拓进取,文明的曙光沿着渭水东流,进入关中平原、进入中原大地,在黄河流域广袤的大地上,创造了辉煌的仰韶文化。曙光渐明,天色渐亮,此后黄帝和炎帝携手,从渭水上游出发,大踏步挺进黄河流域,逐鹿中原,合二为一,创造了华夏文明。

如果说黄河是华夏文明的母亲河,渭水就是华夏文明的祖母河。

大地湾在距今5000年时消亡了,也不知是由于气候的原因、还是瘟疫战乱的原因。但大地湾文化并没有消失,几千年时间里这一最初的原始文明沿着渭水河谷向东迁移扩散到渭水中下游和黄河流域,从而孕育出了仰韶文化。仰韶文化又回头沿着渭水河谷向西,影响了渭水上游直至黄河另一重要支流洮河以及更远地域的文化,马家窑文化的兴盛繁荣就是最显著的例子。

马家窑彩陶是彩陶发展史上的艺术巅峰,那妙曼的器形、精美的图案令人惊叹不已。马家窑文化距今5000年左右,那时还没有文字,只有各种纹饰图案附着在形态各异的陶罐上,令今人生发无穷想象。这些纹饰图案就是先民的语言，这些语言与先民生殖崇拜、农业生产、捕鱼狩猎、天地认知等相关。我曾惊叹于先民的技艺高超，是用何等的工具在球形的表面绘制出如此工致整洁的图案。尤其是网纹图案，交叉的每一根线条都是粗细均匀、边缘整齐、间隔相等。当我在洮河流域参观过一个彩陶工艺品制作者的绘制过程之后，我终于相信，新石器时代晚期的制作者，就是用柔软的毛笔进行绘制。你可以想象一下，先民拿着兽毛做成的毛笔，蘸上矿物颜料，在一件件陶坯上描绘的情形，那可不就是中国最早的书法绘画吗？彩陶的制作者可不就是当时的工艺大师、艺术家吗？真正的艺术家是通神的，他们总是掌握着人与天地万物交通的密码。彩陶艺术家是幸福的，他们在绘制社会生产祭祀、日用器皿的同时，尽情地抒情写意，他们也在艺术创作中获得了最广阔最深刻的自由。我们面对彩陶上流畅的线条和精美的图案感受到了这种自由，这就是艺术之源。

渭水上游的陇中是彩陶的故乡，这里广阔深厚的黄土在史前最适合烧制彩陶，在后来最适合生长土豆。人类发展的不同时代，我最钟情于彩陶时代，那是最温暖的时代。黄土的细腻温润，洮渭之水的含情脉脉，注定了彩陶的温婉迷人。马家窑文化延续了1000多年，之后在渭水上游和洮河流域又产生了齐家文化、辛店文化、寺洼文化。这时的中原大地，已逐渐进入了青铜时代。自从进入青铜时代，金属器皿都透着冰冷、带着戾气，几千年的历史大书，都在刀光剑影中翻过。青铜器上的图案多见象征权力的怪兽，狰狞恐怖，令人生畏。当然，社会进步了，人类成长了，但我们也为这种进步和成长付出了惨重的代价。我最怀念彩陶时代天真单纯的岁月，那是人类的童年。

就是这条汤汤渭水，为陇右直至关中广大地域带来了繁荣昌盛，这也是中国最早进入文明时代的地域。直至安史之乱之前，"天下称富庶者无如陇右"。这里曾经水草丰美，物阜民丰。还是这条渭水通道，是丝绸之路的必经之地，是历代中原王朝经营大西北、经营西域的重要地带。实际上，这条通道也被称为史前丝绸之路，也就是在史前、在贯通东西的丝绸之路之前已经有这样的通道。起先人类的足迹总是沿着河谷地带行进，在史前漫长的岁月里，文明的传播，人口的迁移，早就在渭水河谷踩出了这么一条便捷的道路。

白马驮经，翩翩西来，丝绸古道，云蒸霞蔚。佛教经丝绸之路传入中国，此后中国人有了儒释道三重哲学信仰。佛教遗迹也遍布丝绸之路甘肃段，最西边有敦煌莫高窟，渭水上游段有武山水帘洞、甘谷大象山、天水麦积山等著名石窟群。武山水帘洞石窟群因知名度未若莫高窟、麦积山，到访人数相对较少。其中有一处拉稍寺，为巨型摩崖浮雕壁画，高、宽均为五十米左右，所谓"砍尽南山柴，修起拉稍寺"，是目前中国最大的摩崖浮雕。到过此地，有幸见过这一佛教艺术巨作的人，无不叹为观止。十多年前，我与上海大学一位博导前往拉稍寺，先远看宏伟巨制，又走近细看局部，当他看到一尊真人大小、只剩胸像、被当地称之为"东方维拉斯"的塑像时，终于，用他自己的话来说"轰然一声，大脑中一片苍白，整个人都傻掉了"。拉稍寺的艺术魅力于此可见一斑。

丝绸古道，东接西连。早在先秦时期，秦就在陇右地域设置了陇西郡，郡治狄道，并筑起了中国最古老的长城，战国秦长城。秦统一天下后，陇西郡为三十六郡之一。后因羌人袭扰，在魏文帝黄初年间将郡治迁移至今陇西县。陇西县旧称巩昌，是元明清巩昌府府治所在地，也是当时陇右政治经济文化中心，康熙六年陕甘分省后一度成为甘肃省最早的省会。

丝绸古道上，渭水岸边有巩昌府南安书院，洮河岸边有临洮府超然书院，这两个书院因与明清时期两个著名人物相关而彪炳史册。明代杨继盛因谏诤被贬为狄道典史，他在此地募集资金建超然书院，手书"铁肩担道义，辣手著文章。"清代安维俊因谏诤被贬后回陇中执掌南安书院，被誉为"陇上铁汉"。无独有偶，这两个不同代的人却都是铮铮铁骨，为了国家民族的利益，直言敢谏，奋不顾身，体现了在其位必谋其政的作为。杨继盛以《请诛贼臣疏》弹劾严嵩，安维峻以《请诛李鸿章疏》弹劾李鸿章，都体现了知识分子人格的大义凛然。至今南安书院故址陇西师范院内的古松，临洮岳麓山超然台上的古塔，面对渭水、洮河，依然在宣示正道直行、舍生取义的爱国精神。

"蒹葭苍苍，白露为霜"。仲夏之夜，我徘徊在陇西渭水南岸，抚摸着想象中的苍苍蒹葭，耳畔仿佛传来两千多年前《诗经》中秦地民歌的吟唱，心随渭水的脉动而神游，抚今追昔，思绪万千。

华夏文明之脉，在水一方，源头之一就在黄河最大支流渭水流域。如今，渭水上游地域还较为贫困落后，在几千年的发展过程中逐渐失去了昔日的光辉。发达地区应对这一地域给予更多的关注，使得这一地域能够与经济发达地区均衡发展，使之通过自身深厚的文化积淀再次焕发青春。

南山播绿记

吴长波

一

黄河衔巍巍南北两山，贯穿丝绸之路重镇兰州，一路蜿蜒向东奔流……

滚滚黄河，夹岸青山，充满活力的石化新城，在这里构成一幅和谐恢宏的大自然画卷。久久为功，近四十年的持续接力，兰州石化人在寸草不生的黄河边绿化了一座大山，也为兰州人奉献一个三季有花四季常绿的森林公园。

二

兰州少雨是出了名的，且南山又是沙土层地质，水分流失极快，在山上种树全靠人工浇灌，每年浇灌期超过不可思议的250天。尤其夏秋之交，两天不浇水，成活的花草会枯黄，一周不浇水，新种的树苗定然枯萎。

当时，兰州炼油化工总厂和兰州化学工业公司在名义上是兄弟单位，其实是存在竞争关系的，而对于绿化南山这件事，两家公司的想法和行动却是出奇一致。他们携手调集职工，开着推土机，把山包推成梯田，同时修建简易泵站、小型变电所，铺设灌溉管线，一起把黄河水引到山上，为绿化南山创造了基本条件。对南山造林之难深有感触的南山林场经理宁欣曾这样说："30年前的南山，处处是裸露的黄土，寸草不见，尘土遮天，种活一棵树，比拉扯个孩子还难。"

是的，宁欣所言一点不虚，如果没有兰州石化人用养孩子一般的付出去绿化南山，经营南山，就没有今天花草争秀、蜂飞蝶舞的绿色南山，更不会有今日百鸟鸣唱、游人如织的南山森林公园。

三

三十多年前的南山，到底是啥模样？光秃秃的黄土山，别说树木了，连一丛绿草都难以见到。一刮风，尘土遮天蔽日，大人站在二米外互相都瞅不着。即使大晴天，山后的村民翻山进城也得准备两双鞋，一双用于行走蓬松的黄土路，另一双用于下山后进城穿，这并非相声节目里的哏，而是当年南山生态恶劣之真实写照。

1985年，兰州石化人加入"南北两山绿化"行列，在紧邻石化生活居住区的南山山麓，承担了156公顷的荒山绿化任务，将企业绿化与社会绿化相结合，雄心勃勃地拉开了建设南山生态防护林的序幕。他们以改善生态环境、建设和谐企业、提高职工群众生活质量和实现人与自然和谐共生为目标，坚持生态效益、社会效益和经济效益并举，着力开展南山生态防护林建设，持续推进南山林场公园化建设。

为此，他们在山上扩建变电所、水泵站，加强灌溉网管铺设，还设立了护林站点，修建了林区公路，架设了高低压输电线路，投入大量人力物力做的这一切，就是为了在南山多种树，在南山把树种活，在南山把树种好，在南山把树种美，在黄河边为兰州古城筑起一道绿色生态屏障，为兰州市民营造一个休闲健身的好去处。

四

根据公司"十二五"绿化整体发展规划思路，兰州石化按照职工家属对环境与健康的需求，坚持因地制宜、规模适度、资源节约、分步实施的原则，利用护林站点、苗木基地等相关基础设施建设门球场、地掷球场、登山步道等职工健康活动区，在地势平坦交通方便的区域，则结合苗木花卉生产，建设市民休闲健身活动区。

建设过程中，在提高绿化覆盖率的同时，尤为注重植物色彩搭配，以抗旱耐瘠薄、适应性强的乡土树种为主，乔、灌、花、草结合种植，实现林区主干环形道路林荫化，建设"常青林""红叶林""百果园"等不同季相和色相变化的植物景观，适量配置反映"石化人"特色文化的建筑小品，将南山建设成为一个层林辉映、鸟语花香、一山一景、特色突出的生态防护林体系，将昔日让人"晴天一身土，雨天一身泥"的南山，打造成基础设施完善、生态环境优美的森林休闲胜地。

五

当建设南山森林公园成为兰州石化人新的梦想，他们又克服困难筹集资金，对南山林场进行了大面积的改造升级，实行绿化、亮化、美化、净化、文化等"五化"措施，新建了林区主干道路、健身游览步道、小型植物游园、绿色文化广场、人文景观廊亭等,并安装了太阳能路灯照明设施,强化了南山林场的品牌化建设,使南山林场真正公园化,日益亮起来,美起来。曾经一步一扬尘,让人望而却步的不毛之地,而今一到双休日或节假日,总是游人摩肩接踵,一路欢声笑语。

种树,养树。兰州石化人几十年如一日,已在南山累计种活各类树木300多万株。

播绿,护绿。年年月月,精心养护,昔日的荒山秃岭而今绿化覆盖率达到了惊人的91.5%。

然而,已成为市民口里"绿色氧吧"的南山省级森林公园,兰州石化人却在2019年拱手移交给当地政府,纳入金城公园的整体规划建设。可以说,他们不仅持之以恒绿化南山的决心大,他们不忘初心造福一方的格局也是格外大。

阳光是通透的,空气是清新的,鸟语花香也是真实的。当我们徜徉在南山的绿色休闲步道上,享受着森林给我们带来的惬意时光,是不是该竖起大拇哥,给兰州石化人点个赞呢。

甘南记（散文诗组章）

牧风

甘南之上

一场梦覆盖陇上边陲雄奇的莲花山脉，穿越青藏东南部广袤的大地和空旷的原野，把五千多年的古老文明传播到巴颜喀拉脚下，横跨千里高原唐、蕃古道，一场场血性的战火与和平之音打破了公元七世纪初沉寂的吐蕃史。

解读甘南，从羚城红土尕庄撒落人间的层层瓦砾和奇特的夯洞、遗落的一千万年以前的古犀牛化石谈起，从十六万年前的丹尼索瓦人谈起，从甘加八角城城址和洮州磨沟遗址谈起，从迭部新石器时期的然闹遗址谈起。

人与兽交织在古老的羌戎之地，是云杉、松柏、红豆杉、青㭎、杜鹃、白杨和虫草、贝母、大黄等植物王国的繁衍栖息地，是河曲马、野牦牛、藏原羚、野驴群以及野鹿、黑熊、野狼、雪豹追逐嬉戏的灵魂家园，是龙胆花、雪绒花、雪莲花、达玛花、牡丹花倾情盛开的故土,是黄河、洮河、大夏河和白龙江奔腾不息的故乡……

是巴彦喀拉和西倾山脉的隔空长谈,是阿尼玛卿与措美雄峰的遥相辉映。

是草原湖泊的辽阔呈现,是拉尕山的叠峰耸秀。

是空旷草泽百兽的聚合共鸣,是鹰隼穿云而过的苍凉呼啸。

是洮州万人拔河兮浩气盖世,是舟曲摆阵舞声震山岳。

是格萨尔与珠姆的婚宴盛大开幕,是东方荷马史诗的惊世传奇纵横万里。

是吐谷浑涉足甘南的猎猎杀伐,是唃厮啰逐鹿甘青的战鼓阵阵。

是万里长征高光时刻的惊心动魄,是红色苏维埃政权吹响的嘹亮之歌。

是羌人无弋爰剑开疆拓土的灵光闪现,是"再造唐室"的李晟父子英名传世。

是侯显永乐外交风云的功绩赫赫,是虔诚弘法的俄昂宗哲万里跋涉的脚印深深。

雪域之问

是谁,在晨曦擦亮甘南之眼,把生命最美的赞歌唱给这片古老的人间秘境?

是谁,在正午打开阳光的神盒,把尘埃中鲜活的格桑染上古火的光泽?

是谁,在余晖甩出牧鞭之影,把暮归中苍凉的脚印涂抹上划破长空的绝响?

是谁,在月光照彻草原之夜,把酒歌和锅庄醉美的旋律荡漾在首曲青铜的皮肤上?

是谁，把格萨尔王的神箭从西梅朵赫塘的神话和弹唱中庄严的捧回？

是谁，从阿里高原神秘的消失，把吐蕃王室的血脉在甘青川辽阔的疆域上代代相传？

是谁，将西藏的古老文明在甘南大地传承，那藏文化的活化石从考证者翻动的手指间落满古藏文苯教文献的灵光？

是谁，在青藏东部竖起第一座城池，把庞大的文化工程留给后世惊骇的探寻目光？

甘南之春

我在初春的翅膀上贴近时光的驿站，空气里带着清寒和料峭的风。

一切的风景都沾满了泥土的清新和残冰的破痕。

我俯视甘南大地，春的消息在沉寂的夜色里粗犷地穿行，把黄河和白龙江的肤色涂满银子的光泽，森林和群山竖成伟岸，众兽的目光瞭望远处洮水在春梦中复活影踪。

有生灵在呢喃的春风中吹醒黎明，可爱的春，娇小的身躯在高原隆起的胸口打着一声声口哨，撩拨着谁的一片伤情？

严冬的衣衫已被春的玉指揭开，裸露出新生命的肌肤，那是众生今年的寄予吗？我在这空旷只剩骨头的缝隙里，瞅着不老的江河和花儿的芬芳进出大地的硬壳，一路奔腾而去。

触摸那片初春的衣衫，我和春天的内心只隔着一缕阳光的距离。

今夜我伫立在祖国的西部，厮守冷雪在一片片大野中逐渐消融，想象那首曲和桑曲河水涌动的咆哮，会在初春的挽歌里喷薄而出？

一群灵魂就这样被草原的残雪沉寂着，与牧帐前深浅不一的脚印对望。

我的眼眸堆满甘南春的身影，哪朵云会放弃与冬日的对话，把塬上的暖风在雪域空旷的深处痴情地捧出？

聆听时远时近的牛角琴声，我的内心被嘹亮覆盖，黑夜失去了宁静。

天空依然抖动迷人的花瓣，将我孤独的身影紧密地包裹。

去初春的时光里放牧灵魂，让内心对青山和绿水的渴念在风的缠绵中迅疾地燃烧。

独坐北方，执着于对一群飞鸟的怅望。

独坐草原，那清凉的遐思在春意朦胧中虔诚的表白。

遥望临春的甘南，残雪在解冻的风铃中化为春水。

雪域的恋歌，在水草的露尖上舞蹈、歌唱。

我面对袒露的春之私语，鸣动那狂放的心弦，在春的蝉羽上抒写爱的乐章。远望草原深处，我用一种久病初愈的目光，撩拨高原悸动的心跳。

绝妙的精灵呵，今夜你撩动一个游子的魂，用飓风的手掌托起月光一样的歌喉。

在辽阔的青藏腹地，一条古老的河流在昼夜倾诉……

首曲行

一束雪光覆盖了我穿越首曲的声音。

一场祭祀从远古的硝烟中让灵魂的摆渡和拷问成为现实。

一段黑暗中亮出的月光流泻成查干外香寺幽沉的诵经声。

一双布满风霜和幽怨的眼神，仰望阿尼玛卿淬炼的金身，被鹰隼和雪狐强劲的吟唱连成最后一句嗟叹。

草原上连绵起伏的山岗和迅疾而逝的马匹，带走了一群赤足逆行的生灵，那些活的精灵在天下黄河第一弯把众神的静寂和幽冥瞬间终结。

谁伫立在青藏最醒目的位置，面对震撼心灵的成吨语言的呐喊，亮起新世纪玛曲最美的传说，把喉咙的万千张力咆哮成这个夏日飓风吹动的号角。

我心飞翔如初，挟裹着秃鹫的誓言和飞鸟的证词，把曼日玛和齐哈玛的虔诚和福祉，抛进滚滚河水和尘沙卷起的波涛汹涌！

那暗含卓格岭地美誉的草原，在华尔贡、道瑞、三木旦的弹唱中把英雄史诗传承。那望空嘶鸣的河曲神骥，如一道闪电划过阿尼玛卿的周身。

一束光射向诗和远方的聚集，凝固了十万雪山的祈祷和十万雪花抖动的如歌散板。

阿万仓

在晨露中推开黄河桥头的迷雾，把冷峻的身影插进朝露闪烁的草泽。

挑开阿万仓的轻衫，二百平方公里鲜活的贡赛尔喀木道湿地，在贡曲、赛尔曲、道吉曲三条河流与首曲交汇之地旋动着，被飓风掠起牧歌，裸露辽阔的身躯。

沃特村寨如莲泛动，钟鼓声起，大鸟齐鸣，成群的牦牛挺起脊梁，在风雪中踏冰登高，伏瞻旷野，做着草原之王的美梦。

俯耳谛听的生灵竖起渺小的头颅，在正午的阳光下不屑于一群践踏者的吆喝。

在海拔三千六百米升起的阿万仓诸神的制高点，我被南北相望的珠姆和琼佩山神的盟约惊醒，这苍翠如玉的大野，只有清澈心灵的海子如繁星闪亮，照彻阿万仓湿地最美的部分，就连摇曳的八瓣格桑都发出天界临凡的爆绽之声，那是两座神山无限贴近中发出的海誓山盟吗？

雨水还原着一个游牧人前世的脚印，而我用残破的手掌握住牧鞭，在晨曦的草场里尝试做一位沉默的骑手。

河曲马场

一道闪电跨过尕玛梁雷雨来临前的暗夜，在河曲草泽上亮出惊悸。

一群岁月磨砺的影子，在辽阔的乔科湿地，惊悚一地睡熟的苏鲁梅朵，只有神谕才能改变它们绽放的姿势。

远望草丛稠密的缝隙，时有小生灵们合凑恬静的小夜曲，如同万千军队穿越死亡雪谷，如此孤寂的行动，没有集结号，没有旌旗猎猎，没有噪杂的脚步，只有死一样的沉闷和轻微的呼吸伴着雨夹雪。

与共和国同龄的河曲马场是一块养育神骏的灵地，上千匹青海骢蜂拥而入，这些河曲之外的神骏都在梦想，梦想成为广大河曲腹地的英雄，想拥有这片丰腴厚实的宝地。

像一团火焰瞬间划破前方摇动的静谧；

像一束箭簇眨眼中嵌入余晖中泛滥的霞光；

像一段时光之羽在疾驰中撩拨草原颤悚的神经。

欧拉秀玛

欧拉秀玛是格萨尔的五彩虹裳，是金色的灵鸟在花蕊之巅纵情歌唱。

西梅朵赫塘是佛的一道隐喻，透过远山的牧帐和袒露的格桑，传递一段部落的迁徙和演进。

一朵云中升起的欧拉秀玛，是众神栖居的天堂。

一场雪的迷茫中呈现的欧拉草原是最狂放的吟唱。

每当羊群布满视野，如云般飘荡自如，我就是悠闲自在的一只欧拉羊，一只专注于添食和亲吻欧拉鲜嫩肌肤的自由之神。

这狼肚花怒放的山岗上，雨水洗净的天空，不远处静如处子的黄河，饮酒踏歌的牧人，珍珠般镶嵌的牧帐，倏忽间在我的醉眸里如空气一般凝固，只有欧拉羊在努力睁大善目，唯恐失去警觉和灵动。

宗喀石林

一夜的雨雪，掠尽了宗喀石林山巅上沉积的云雾和初夏迎面吹动的风。

我用心抚摸着欧拉的每一块肌肉堆砌的河床，俯瞰着悬崖下沉静的黄河，在日夜积蓄着奔腾的力量。

在玛曲的腹地周游四百三十三公里，转眼间拐了第一个弯向西奔涌而去。

绕着宗喀石林鬼斧神工的造化，那尼玛之神用炽热的身躯和光芒将黄河锻造成一块跌落尘世的环形赤玉，发出熠熠夺目的光泽。

在海拔三千五百米以上的高山峡谷抡动时光之锤，敲响新时代青藏之上的生态文明的美妙乐章。

玛曲恋歌

俯瞰草原，夏日的阿万仓湿地，沉寂而宁静，远处鹰隼张开亮羽，如云朵里寄来的信笺，铺展在阿万仓空旷的胸膛上。

那风在鹰笛的歌吟中呜咽了，而牧帐里的酒歌随炊烟升起。

外香寺湮没在众僧的祈祷声中。大美玛曲，像阳光下撩开的古铜之躯，飓风中泛动神秘的传说。

落入眼眸的是河曲宝马矫健的身影，只有马匹，在沉思中迅疾地跃出山谷，望空嘶鸣，承载雪域最浓烈的生命恋歌，在格萨尔赛马大会上呈现一群王者的狂飙。

在海拔三千米以上的玛曲草原，我只选择对生命的敬畏。

穿越云雾，我们打开畅想的翅羽，向远方的欧拉秀玛飞翔。

沿途清新的草场和牛羊唤醒耳朵和眸光，那天边游走的畜群，寂寞的食草神，它们没有选择阳光和花朵的青睐。

在西梅朵合塘，在格萨尔说唱的韵律中，我与隐没在草丛的花瓣亲吻，成片的花海将我簇拥，浓郁的花香浸润我的心扉。一个游历雪域的人，今夜把头颅和灵魂安放在这偌大的草海，让游子的心沉入鹰隼的故乡难以唤醒。

抚摸阿尼玛卿浑厚的胸膛，我的思绪在连绵起伏的云朵里环绕不定，梅朵的身影在眼前晃动，一个忧伤的歌者在西梅朵合塘的心里沉吟不走？

在黄河南岸，远眺风卷云动的草原，牛羊如一串串诗意镶嵌的韵脚，在牧人仰望群山时，发出苍凉的嗟叹。

而鹰隼紧贴云层，在雷电中高歌，似摆布一场宏大的交响曲。

唯有马匹，在遐思中闪进峡谷，那急促的蹄音承载雪域最浓烈的眷恋。

在欧拉秀玛的心脏，牧者挥舞着响鞭，在牧帐外弹响牛角琴诱人的旋律。情歌和花草都喘着气，天空有些沉闷，我邀来草原的精灵，等一场盛会的到来……

尕海之秋

深秋的碌曲已寒意充盈，涂抹铁青凝重的草原肤色，那山林幽静，苍岭如黛，飓风吹动，随处响起金属的碰撞声。

草泽里隐藏着水鸟的翠鸣，尕海在晨雾中睁不开眼，谁的声音涟漪样掠过瓦蓝的湖面？好像是青藏的牧者，又似上个世纪在瓦尔登湖畔与红松鼠捉迷藏的梭罗，把我从那个非虚构文本《瓦尔登湖》中唐突地唤醒。

湖面起风了，五彩斑斓的湖草在水天相接的地方摇曳着，观湖的人形影孤单，那成吨的语言和辽阔的水域已无法在一个守望者的内心汇聚成海。

落雪之前，那一株株骨感玉立的野蒿的身段，正在湖水浸润中敞开灵动的嗓音，汪洋恣肆地发泄着，它们不懂得生命的扼杀与离别的痛感。

一个人徜徉在尕海湖畔，任凭萧瑟秋风弥漫，独自沉吟这一片梦里叫醒的名字，想象自己已鹰隼般伏瞻这一汪湛蓝的生命之水，唯有鼓羽飞翔的天鹅和环湖嬉戏的野鸭，它们才是这浩大水域王国的绝对拥有者，而人类只不过是匆匆过客，带不走什么。

行走黄河

面对青铜的色泽濡染的浩荡河水，品读了一生也没有读懂一条河流真正存在的含义。

我从20世纪90年代初就结识了它，整整二十多年的光影里我不断探寻，追寻一条河流像追寻一场久远的梦，全长四百三十三公里的首曲黄河，在我豪放而辽阔的诗篇中发出呼啸与嘶吼。

每当夜莺孤鸣，雪狐在远处的山岗游走，阿尼玛卿神山浑厚如苍龙升腾，牛羊和马匹在牧场上作梦，月光更像一柄银制的弯刀，瞬间就划破首曲寂静的神经。

一个牧者悄悄地在黄河边上打着口哨，心情忐忑不定，往返的步履沉重，被一个命题长期困扰着，牧者在思考，他显得有些惊悸，脑海里不时闪现着一句悠长的话语："是这条河流发现了我们上游逐水草而居的牧人，还是水源地广大的生灵发现了一条亘古不变的河流？"

虽然黄河发源于青海高原，但其成河于甘南玛曲草原，那九曲十八弯的一路豪歌是从玛曲才顺势而为、一展歌喉的，难道不是吗？

齐哈玛湿地

一个部落在彩霞覆盖黄河九曲十八弯的第一弯时，把英雄逐水草而居的历史穿越齐哈玛首曲蜿蜒曲折的四百三十三公里吟血赋诗，九曲回肠。

生命之河如胡笳十八拍的韵律荡气回肠，众生在齐哈玛首曲心逐浪高，沧海横流。

一曲撼天动地的凄美壮歌自西向东迂回奔突，在宽厚的臂弯里拼命西进，再次放浪形骸，一泻千里，完成一条河流百转千回的历史使命。

天际跃动，一片火光冲天，那色彩的热度烘烤着齐哈玛每一根跳动的神经。

在唐可湿地的内核，都是滚烫的水语贴近一个游牧民族最辉煌的曲调，在黄河上游，在诗人也寻不见源头的喃喃细语中，那力量的汇聚顷刻间四野纵横，如赤色云层跌落齐哈玛的身躯。

那赤铜沉重如鼓，在望空嘶鸣的神骏和踏石登峰的草原之王的呐喊声中，一幅隽秀的人间旷世版画，醒目地呈现，那是天神的大美之献，众鸟飞翔的栖息地，一个俗人为何如此震魂动魄？

玛曲：呜咽的鹰笛

谁的声音把鹰隼从苍穹里唤醒？

是那个站在黄昏里沉思的人吗？抑或是他手里颤动的鹰笛，一直在夜岚来临前悄悄地呜咽。

鹰笛在吹，我在风雪里徘徊，舞动灵魂。

鹰笛在吹，云层里鹰的身影携裹着冷寂落下来。

兄弟班玛的口哨充满诱惑，远处的冬窝子在早来的雪飘中缓慢老去。

山岗上飓风开始吹动，他还在回归的路上。

牧鞭在黄昏里发出响亮的弧线，牛羊沉默不语。

远处，阿尼玛卿浓浓的雨雪和恋人的背影让班玛的心思窒息。

他厚实的嘴唇僵硬如石，鹰笛在吹，就像吹动脑海里湮没的记忆。

夕阳迫近，青铜之光覆盖缓慢行走的黄河，班玛的步履更加沉重，余晖中他和草原融合在一起，成为夕阳下忧伤的风景。

八瓣格桑花

我黯然神伤，一个在草原上孤寂行吟的歌者。

八瓣格桑花，在晨曦的清明中浮动着身影。

一粒阳光飘曳而来，洞穿了我灵魂的全部。每个紫红的花瓣就像吉祥的云朵，缭绕在我倍感秋凉的内心深处。

格桑花的梦想很纯，就想躺在首曲黄河的身边，静静地谛听千年流水滚动时的喃喃低语。牧歌还没有亮起，酒杯还没有捧起，炊烟还没有升起，而我已经湮没在黄昏的余晖中，只有背影依偎着草原。

我的思绪疯长，就像梅朵合塘舞动不定的八瓣格桑花，在鹰隼的喧啸中飘荡自如。

落在心上的花瓣

首场雪，在灵魂的天空里洒落，芬芳着这个冬天唯一的念想。那是一个想我的人捎来的信笺，里面落满了忧思和哀伤，一如凋谢的花瓣，有些苦涩。

雪天的草原孤寂而淡静，远处有狼群出没，如同我只身放逐的灵魂，没有留下探寻的足印。

大野已被白瓷的花瓣覆盖。一切都呜咽了,那友人的问候温暖如春。当周山旁的折合玛藏寨进入冬眠,远望僵硬的格河,我的思绪凝固,背影在狂雪中站成一块冷铁。

今夜追忆,恍如前世,一段往事在月光下醉卧首曲。想那横卧天际的黄河,在熟睡的玛曲,亮出青铜之肤,于沉醉的梦魇里激荡。

映入眼帘的风景晃动着来世的倒影,在记忆的洪流中叹息。被目光钉在远方的鹰群,重如黑夜的翳云。

心上的花瓣落哪儿了,谁人告知?远处有鹰笛吹动,寂灭了一个牧神的梦,只剩游弋的灵魂,在大雪封河之前粗犷地行走。

印象尕秀

公元三百三十年前,东喀尔神山就镶嵌在漒川古城脚下,十六国时期前凉国闯入的身影,只是时光的一瞬,在战事的奋争中万劫不复。面对眼前的沧桑巨变和悠悠白云,我们只有沉下身子,敬畏生命的坚韧和信念的执着。

国道213线是天外飞来的哈达,穿越晒银滩的心脏,在飓风的吹动下插上两只神奇的翅膀,一路向西。那优美婉转的牧歌,在六十万亩广阔无垠的绿毯上,让梦想飞翔。那炊烟里缓缓升起的尕秀,如雕刻在碌曲草原上的版画,一张张舒展生动的幸福美图,生发出千人的欢歌和豪迈。

远远地便闻到奶茶的飘香和龙头琴的弹唱,索南藏家乐赫然展现眼前,生活的美景让一个游子忘却疲惫,让心灵回归家园。那敞开人文情怀的文化广场,锅庄舞的旋律飞动,牧民们长袖舞动,用阳光里绽放的民谣传递一种虔诚的心声。

五彩经幡在转经塔旁随风而动,南木特藏戏的神韵在百米文化长廊尽情呈现，《松赞干布》《文成公主》《诺桑王子》《智美更登》等民族和谐、大爱无垠的生动故事布满草原。尕秀，一个灵魂安居的地方，面对日新月异的时代变迁，如初嫁的新娘，娇美中掠过一丝浅浅的羞涩。老阿妈格日草深沉的眸光里透出的沧桑，晚霞抹红的脸庞和她有力摇动的经筒，映衬着分享福祉的时光。

五十七年不平凡的历程，尕秀从一个原始的部落脱胎换骨，涅槃重生为一个隽秀的草原新村，如一颗璀璨的明珠，在甘南的心脏熠熠生辉。海拔三千五百米以上人类只谈论生存的命题，而华丽转身的尕秀，用乡村旅游鲜活的脸颊和欢快锅庄的吉祥，用一种静谧和安逸迎来远方的客人。

一排排红瓦房披着朝霞的霓裳，宽敞干净的街巷，温暖如春的家居，现代化的设施，以及牧民掩藏不住的笑脸，都在内心吹响生态文明的号角。

夏日绿意盎然、牛羊成群的晒银滩，鹰隼划破沉寂的苍穹，清脆的鹰笛声弥漫草泽，牧人的响鞭亮过苍穹，一个藏区秘境，承载着一个古老藏寨的荣辱和兴衰。俯视苍茫大野，东喀尔山下，那张透着古老气息和现代文明的脸庞，镌刻在我夏日潮湿的记事簿里。

谁的身影在日光和星辰里忙碌着？他们挥汗如雨，不知疲惫和劳顿。那是才昂塔和段刘辉们的身影，四十多个志愿者的身影！没有谁能阻挡他们热忱的目光和坦荡的胸襟，不知走过多少次牧帐和定居点，不知搬运多少垃圾和污垢，甚至搬运掉牧民思想深处的守旧和陋习，那些起茧的脚步已无法丈量，唯一的见证就是离开时尕秀人感动的泪光和胸前飘动的哈达。

一个村庄的成长史都汇聚在这个草原博物馆里。

那散发着酥油和牛奶香味的各类器皿，在苍老故事的浸染中焕发尕秀村远古牧业迁徙的印痕，宛如一册厚重的吐蕃部落的游牧史，在崭新的陈列台上裸露着，遗留下一串串生存的慨叹。

一九六六年建立的小小尕秀，在晒银滩上已演绎五十七年动人的往事。一切与村史有关的文字和画面都在那面墙上，透过发黄的照片活灵活现，一些赋予浓浓乡愁的记忆瞬间已无法复制，它就是这个村最古老而真实的历史见证。

竖起时光的耳朵

这是大鸟驮来的风景。

在青藏的腹地，我常常聆听到鹰族和羚群把首曲的神韵踩动。可爱的甘南，用游牧的声音弹奏雪域的恋歌，迎着寺院的钟鸣和阳光下的经幡把生命的琴弦拨响。

一个游牧的民族，偎依着篝火把根系在逐水草而居的地方。牧歌随飓风拔地而起，我美丽的尕海湖，可亲的阿万仓，毡帽飞动的六月，牦牛的骨魂敲响西部奋进的号角。我万年敬仰的神骏，在这绿色的生命垒成的诗歌粮仓，我们永恒地相逢，在甘南的家园，我们默默地厮守。

竖起时光的耳朵，我谛听狂飙般席卷而来的是青藏颤动的心跳。

草原永远是游牧之魂的归宿。

坐落在阿尼玛卿的心脏，独自倾听鹰隼的呼吸和格桑爆绽的妙音。牛粪的灰烬独独飘来，恰似喃喃低语草原的空旷和苍茫。

今夜雪封古道，我留恋的草原依水而寒。牛角琴狂放的流水之音，弥漫着玛曲的古朴和沧桑。牧人达娃吉的歌声是我精神的月光，秀美的帐篷和迎风玉立的马帮，在我流泪的模糊里迢迢远去了。

盐巴和酥油换来的是青藏春天的温暖。面对热泪盈眶的阿爸，我打马驰过望眼欲穿的故乡……

黑力宁巴

听到这个名字的时候，一阵飓风突兀地掠过我的心脏。

在阿木去乎镇的前方，国道213线公路的旁边，从老远处便谛听到锅庄舞动的神韵顷刻之间在草原的深处响起。

黑力宁巴在海拔三千一百米的高度用巨硕的双臂擎起百亩花海，那好时光里摇动的八瓣格桑，在浅紫、粉红、淡玫和乳白中摇曳出一个崭新的观景胜地，一支五彩斑斓的神性之笔把黑力宁巴描述成青藏线上最靓丽的风景。

这是一片精灵养育的传奇之地，辽阔的十万亩丰美草场，和依山而建、错落别致的跨世蝶变之域，乡村集市、藏俗体验、骑马射箭、藏戏传承、高端民宿、手工制作，新时代藏乡文明的典范，霎时全景式宏大呈现。

村民拉毛草搬家新居，幸福之眼越发明亮，南卡东知经营的观景台，远远地循着栈道向前，满目的花海随一片片白云舒卷游走，远处的食草神在寂静的草场望天沉思，全然不理睬草原上生命力最顽强的格桑和矢车菊的抚摸，也许此刻这片神秘的栖息地正与神灵进行一场绝世的对白。

山冈上飓风开始疯狂地扫荡，山坡上逍遥自在的牛羊和马匹，在盛夏强劲的牧草上迅速收拢，把厚实的皮囊隆成山峦，任凭电闪雷鸣，风雨侵蚀。

目睹这广袤苍翠的大地，黑力宁巴像一块坚韧的灵石，盘踞在国道213线最璀璨的地方。

安果牧场

在夏河县南部草原和国道213线的融合处遇见了美如画卷的安果牧场。

在古老藏地阿木去乎与夏河机场的交汇点上邂逅了安果神奇的藏寨。

一幅巨大的画卷被草原的巨掌徐徐展开，在阿米贡洪神山的脚下，煨桑节在农历六月十三日拉开帷幕，一座座银白色的牧帐与安果牧场晨曦中飞动的云朵相遇，成为云上阿米贡洪最美的结合，是民众仰望祈福的眼神齐聚神山之巅，是插箭的祈愿和安祥之光的訇然呈现。

内心的情波荡漾，吹皱起一片片歌吟的涟漪：那是神的安果，在众生心灵的牧场吹动祥和的螺号，是跨越时空的畅神来了吗？

在海拔三千米神山脚下，在我眼睛里绽放的是千亩花海的激情展演和滚动的牛羊，是食草神和采花神的默契对望，是旷世的绝笔书写赛马、摔跤、拔河的壮观美景，更是九色花溪涓涓细流诉说的一场绝美的爱情。

那是甘南夏季牧场的神的休憩地，我与千年伫立的一块神域昼夜对话，与格桑、苏鲁、龙胆、马兰对话，与古老的格萨尔王的传说和夏河机场这个现代文明的地标对话，与四季环绕阿米贡洪的猎猎飓风对话，与那白雪皑皑的神山和远离尘埃的神秘净土对话。

黄昏里，我是安果牧场的一个驭手，骑着神骏，赶着余晖中身披霞光的牛羊和藏香猪，悠闲自在地歌唱。

暗夜里，我是阿米贡洪景区璀璨灯火中舞动的身影，是伸手承接满天繁星的执灯而立的使者。

一群缪斯的守护神穿越安果的心脏，穿越牧场之家与阿米贡洪景区的结合部，把对安果的无限眷恋与倾情讴歌镶嵌在草原之夜最神秘的典籍里……

如彼泉流

尚元

崇信是个多泉的地方，不起眼的路边崖下或者大地折皱的深处，说不定就潜藏着一处轰轰烈烈的水眼。天地造物，简直动人心魄。我曾无数次在乡野游荡，在溪水泉流之畔驻足徘徊，濯缨濯足已是过去，那些终日汩汩流淌的泉水，从破土落地的一刻算起，便流淌成了生命永恒的姿态。是它们流过时光，还是时光从它们身上流过都无从谈起，总之，泉水携带着初生的阳光和朝气，在皇天后土之间拍起一朵洁白的浪花，就足够令人震撼的了。它们穿越无名的沟壑和拦坝，聚于汭水泾水，汇入渭河黄河，最终奔向大海，此情此景曾在我的想象中多次出现，那如同一场跋涉，也如同一场逃离。

一

世人多望名生义者，有了名字的泉便有了一个堂皇的身世。崇信最有名的泉当属龙泉寺里的贯珠泉,如要多加几个,那不妨算上浓露泉、洗眼泉、晓日泉等等。龙泉寺有大大小小几十处泉眼,地理上称作泉群,它们从凤翥山半山的石崖上流出,日经月累,加之雨水千百年来的侵袭,冲刷出一条幽深的峡谷,名曰芮谷。以芮谷为中心,左右两个平缓的台地分别叫作东台、西台。从远处看,山势磅礴,如同一只展翅欲飞的凤凰,凤翥山由此而得名。芮谷尽处的断崖几乎全是红色的砂砾岩,高数十米,长约百步,上有石刻"芮谷深处",只可惜没有题款,不知何人何时錾凿。泉水是始作俑者,冲破凤翥山覆盖的黄土,让绝美的丹霞地貌呈现出来,久而久之,水滴石穿,石崖变得如同刀劈斧削般陡峭。站在崖下仰望,上部突兀的岩石,仿佛悬空的屋顶。凤翥山的泉水终年长流,时间可能比我们想象得更加久远。有一年,在西台的土层里,考古队发现了规模宏大的齐家文化遗址,有古老的窑口和石灰层,我想也许存在着这样一种可能,几千年前,人类就已经聚集在这座山崖下,开始用那些烧制得并不怎么规整的陶罐去泉边汲水了。

贯珠泉是所有泉中出水量最大的一个。"贯珠"的释义是成串的珍珠,顾名思义,水从包裹着藓衣的石乳流出,珠圆玉润,如同帘幕,落入澄澈的湫池。在时间的长河里,山与水,相响以湿,度过了无数个日出与黄昏。后来呢,一定是后来,瀑珠岩上才生出了那棵神形俱似蟠龙的侧柏。在古人眼中,有此圣灵,那崖下的泉水便不再是普通的泉水了,而是生津治疾的龙涎。

在民间,龙柏是一个神圣的存在。农历四月初二是龙泉寺的庙会日,民国之前,山下的村子盛行一项古老的习俗,那便是在龙泉寺里祈雨。如果遇上干旱之年,活动规模更大。乡亲们笃信,龙柏是泾河龙君的化身,掌管着本地的雨露甘霖。这大概源于一些古典文学作品的影响,《柳毅传书》讲泾河龙王的十太子因为虐待洞庭龙君的三公主,被钱塘龙君斩杀。《西游记》第一回写的也是魏徵梦斩泾河老龙。在很多作品里,泾河龙的名声好像并不太好,可对于龙的图腾崇拜,老百姓往往不问青红皂白。他们认为只要是条龙,就有呼风唤雨的本事,就应当被当做神灵供奉。所以,在当地的传说中,泾河龙王被斩杀后灵魂一路游荡,沿汭河逆流而上,最终隐匿在这山谷深处,化身树形,开始了造福人间的事业。龙泉寺旺盛的泉水便是这则传说有力的证据。

关于凤翥山最早的记忆是去贯珠泉里捞鱼,去芮谷深处的溪流中捉蟹,快乐总是来得容易去得也容易。那时候我才八九岁,一恍惚就已年届不惑。三十年前,龙泉寺还没开发成景区,几间庙宇,几座亭台,几个看山人,门票好像只要五毛钱,管理也很松散,经常被我这样的少年钻空子。因为龙泉寺离家很近,与崇信县城隔河相望,步行只需二十分钟,于是在很多个周末的下午,我和一群小伙伴相约到山上玩。我们一般会从后山蜿蜒的小道爬上去,在迷溪林游荡,用小刀在白杨树上刻下"某某到此一游"的宣言。我们从不关心龙泉寺的历史,也绝少知道龙与泉的渊源。清代崇信县令武全文所著《芮谷志》中记载了龙泉寺的诸多景点,像什么幕石洞、摩云顶、聚星窟、石穿处、兀坐石、覆壁凌空、悬崖浮雨、石穴藏书、贯珠听雨等等,这些对我们没有任何吸引。芮谷的溪水中每到夏秋季节繁衍着无数青蟹。那个年代,小县城里水产尚不发达,人们连吃鱼都是奢望,八爪的螃蟹在我们看来,简直不可思议。于是我们上山几乎都是冲着溪水中的螃蟹而去的,抓几只养在敞口的罐头瓶子里,如同饲养宠物一般。我们惊讶于螃蟹走路横行霸道的姿势,张开两只钳子,好像随时要和人干一架。伙伴们便商量好,找出各自最厉害一只放在一起决斗,但往往是,它们同类并不相残,即使被我们强行摁在一起,也会逃之夭夭。

终于有一天,我们的行径被看山人发现了。我记得那人是个小老头子,有一颗长方形的头颅,面相异常丑陋。我们下山被他拦住,他并未在意我们手里捉的螃蟹，而是向我们索要买门票的钱。我们身无分文。老头意识到这一点后询问了我们的学校、班级和姓名，并要挟道："如果一个小时后不能把五毛钱交到他手里，那么就等着老师来处理这件事吧。"他拿捏着我们的心理，嘿嘿，学生时代谁不惧怕老师呢。我们便各自回家去拿钱。返回时细雨朦胧，我把五毛钱交到老头手里，他露出了丑恶的笑意。他说："做个诚实的孩子是多好的啊。"

如今芮谷的螃蟹几乎绝迹，大概是那些年被我们这些孩子们给捉完了。我告诉我的孩子，那里有条蟹渠，他们却不相信，也不会对螃蟹有任何兴趣。我给他们讲龙柏的故事，他们不喜欢听，倒像当年的我们，宁愿在贯珠泉边嬉水打闹。他们的快乐也像我们少年时的快乐。

大多数时间，龙泉寺里游客寥寥。以前也曾常驻过几任道长，但早已作古，如今却总见一个卖茶人，承包了景区的茶水服务，生意还不错。每当这样的时刻，我便要来一杯茶，独坐在晴雨楼上，消磨闲暇时光。崇信不产茶，用的茶叶只有一种陇南的明前雀舌，水自然取自贯珠泉。贯珠泉水被当做龙涎，茶叶又是精心选用的上品，二者珠联璧合，是为绝配。晴雨楼依着瀑珠岩，与龙柏处在同一高度。凭栏眺望，龙柏鳞爪森然，浑然天成，不禁叫人暗自惊叹，世上真有神龙呼？

泉音潺潺，似乎永远不曾中断。雨落空谷，转眼只剩余生。此时，我想起宋人蒋捷的那首词。

少年听雨歌楼上。红烛昏罗帐。壮年听雨客舟中。江阔云低、断雁叫西风。

而今听雨僧庐下。鬓已星星也。悲欢离合总无情。一任阶前、点滴到天明。

一切都在变化。阳光偏过那块叫做摩云顶的巨石,卖茶人送来香茶,随手抓过一只暖瓶,嘱咐我慢慢喝。我便真的慢慢喝起来,喝一下午,听一下午的雨声。

二

1956年秋季,崇信的县治有过一次短暂调整,部分辖地被划入临县泾川。祖父参与全县干部招考,成为36个录用者之一,被分派到县人行,随即又被调往黄花乡当会计。祖父离开故乡,第一次来到黄花塬上的那一刻,我无法了解他的内心,只知后来不久,崇信恢复县治,他便留了下来,在这里度过了十余个春秋。他的人生多么像一条溪流,面对突如其来的变故,走向了另外一种可能。

祖父在世时,总愿意把这些话告诉我,他偏执地认为,我是一个好学的孩子,将来能念下书。对于读书的获益,他深有体会。他接受的是民国时期的教育,高中毕业后,社会形势尚不明朗,便回老家泾川县梁河乡茜家沟村务农。那年祖父已经三十出头,接到录用通知后,他的族弟劝说:"哥,你在家里干了十年的农活,你看你的手,去了怎么给人家摇笔杆子。"祖父端详着自己被农具磨损得粗糙的大手,也许有过短暂的犹豫,但在重大的机遇面前,他最终还是动了心。此时,祖父或许想起了另一件令他终身遗憾的往事,以此作为人生的参考,毅然踏上远行的道路。

祖父从国立泾川一中毕业,年方十九岁,风华正茂。受一位进步人士的影响,祖父与好友商量去天津参加革命。对于这样一个重大的决定,祖父不敢擅自做主,便回家向他的父亲也就是我的曾祖请示。曾祖是个谨小慎微的农村地主,一辈子没见过多少世面,只知道攒粮食攒牲畜。面对祖父突然的发难,曾祖一跳三尺高,训斥道:"我儿你还上天去呀。你要是敢去天津,我就从堡子上跳下来。"

堡子就在我家门前的山上，高不可测。祖父受制于曾祖的震慑，不敢再做过多反抗。他返回泾川县城，把最终的决定告诉了他的那位人生伯乐。祖父说起这件事时起码已经过了五十年，但他的记忆无比清晰，仿佛事发就在昨日。祖父说当时那人正在门扇后面洗脸，他站在他的身后。那人闻言深感痛惜，转过头抹了一把黑红的脸膛，往干燥的脚地上甩出两行细碎的水珠，发出一声长长的感叹。

最终，祖父的友人独自来到天津。半年不到就因水土不服，客死他乡了。之后，祖父打消了远行的念头，把一颗二十岁的雄心潜藏在春耕秋收的劳作之中。十年之后，命运再次眷顾，社会也已非旧时的兵荒马乱。祖父背起铺盖儿当干部的那天，我年轻的祖母站在门前的大枣树下含泪相送，子女尚且年幼，庄稼长在地里，眼前的生活有诸多不可预料的成分。祖父奔赴的也同样是一个光景未知的前程。他走过枣树下的缓坡，蹚过清澈的河水，沿着出村的大路攀上北山。在一块突出的山咀里，祖父坐下来木然地抽了几棵烟。看着熟悉的家园，望着代家洼山下的泉台，之间是条细细的如同草绳般的小土路。祖父似乎看到，在那条无数次走过的泉路上，大姑和二姑两个小小的身影正吃力地抬着一只水桶往家的方向走去。祖父顿时泪如泉涌。

祖父的离开如同要把扎进这片土地几十年的根拔出来。但人生走到这个地步，不得不往前。以后每次离乡，他都会在那个平常的山咀上坐下来，抽烟，望一望故乡。他来到新的住地，便又是人生的另一场开始。在与祖父的对话里，我听他讲起当年的故事。

那会儿，黄花乡四大班子机关只有七个干部。除了炊事员还养着一头毛驴。西北的黄土塬上，常年缺水，饮用水须要走三里五里山路到泉里取。毛驴的工作是每天从山沟里往塬上驮水，因此就有了"驮水沟"的地名。山里的野泉流淌得寂寂无声，周围是一片湿地，长满了芦子草，春夏时分，蜻蜓点水、蛇蛙出没，野花烂漫。山里的泉往往人畜分饮，人吃水的泉要保证绝对的纯净，而牛骡饮水的泉经常可见动物的粪便和蹄印。站在泉边，没有人不怜惜水的珍贵，白白流走的泉水，如同逝去的光阴，却不能多舀一瓢灌进水桶。我老家在大河畔，日常生活，用水阔绰。来到这里，祖父显然有过一段时间的不适，但很快便入乡随俗了。祖父一生衣履洁净，保持着一个读书人的气节，遵守整洁且有秩序的生活原则。塬上几乎家家都挖有水窖，汇聚起的雨水经过沉淀，用来洗衣喂畜，水中时常浮游着绿色的藻类以及细细的红色䗫虫。窖雨水在锅里煮沸后，人亦可饮用。在这里，祖父平静地工作生活着，他甚至觉得日子过得起码衣食无忧。回乡探亲是他生活里的一项重要内容，那时候出门几乎全靠步行。回家的路线大致是，从现在的黄花乡政府驻地油府庄出发，下到梁原乡的洪渠村，再上木林塬，过张老寺农场走疙瘩关，再经太平乡、黄家铺到高平镇，一路翻山越岭，负重而行。往往是早晨四点摸黑启程，等敲开故乡那扇厚实的木门时已是次日凌晨时分。"吱呀——"风雪夜归人，孩子们都睡着了，祖父的突然出现，让一家老小既惊又喜，仿佛做梦一般。

　　祖父是一位开拓者。他最终把远方变成了另一个故乡。许多年后，我的父辈们落户崇信，成家立业，有了一份安稳的工作。这就够了，祖父从来没有让他的儿女们失望过，哪里的水土不养人呢，我们又在新的地方团聚。

　　我曾问祖父，当年为什么愿意到条件艰苦的黄花塬工作。老人家说："有的事情还能由得了你？"

　　现在我方才领悟到这句话的奥义。我不如我的祖父勇敢，我蜷缩在一个小县城里苟安。

　　祖父最得意的是他在退休之际去了一趟天津。这被耽搁了四十年的梦想在他的心里依然充满梦幻般的色彩。彼时祖父已经从黄花乡辗转数个单位，兢兢业业干着自己会计的本分业务。1990年他被县政府办公室派往天津大沽码头接船。日本援助中国一批三菱吉普车，指标分配下来，崇信正好有一辆。祖父的出行隆重而盛大，几十辆清一色的吉普车一字长蛇行驶在祖国的大好山川之间，整整走了两天一夜。祖父说起当时的场景时，眼里有一种如泉水般明澈的光芒。

三

每个被上苍厚爱的村庄都有一眼泉。

泉与土地，组合成了人类繁衍生息所必要的条件：水土。井是另外一种存在，毕竟它的人为意志更加强烈一些。千百年来，人们往往把对故乡的思念寄托在一方青苔掩映的井台之上，而忽视了泉水才是天然的馈赠。

在我的印象里，获取井水的过程满含艰辛，而作为被获取的对象，深藏地下的井水则显得有些不情不愿。人们须在地面架上木质的辘轳，或者干脆什么也没有，只在箍好的井口处铺一层青石板，防止泥泞，脚底打滑。崇信县城的西街村有一口古井，它的生命如同崇信的历史一样漫长，据说是唐代名将陇右节度使李元谅筑崇信城时发动军民所掘。从此康王井里的水千年不绝，崇信城上空飘荡的炊烟便再也没有断过。凤翥山脚下也有相似的井台，当我还是个少年时，经常见梁坡村的人们挑着水桶去打水。他们娴熟地把水桶挂在扁担一端的铁钩上，再将水桶吊入井中，摆动手臂然后用力一扯，清滟滟的一桶水就出世了。与泉的温润大度不同，井在滋育人类的同时偶尔会表现出阴暗的一面。历史上，多少末路的英雄，抑或是山河破碎后帝王的嫔妃们选择一口枯井，纵身一跃，用生命的代价捍卫平生的清名与贞洁。井水不犯河水，井水与泉水老死不相往来，一口井水，幽深、冷酷、无情，你若不走近它绝少能感受到它的善意。远的不说，且说凤翥山下的村子里，有一家两个小孩，哥哥与弟弟在井台边玩木轮车，哥哥推着弟弟，一起冲入井中。这是一个悲惨的故事，据说负责看护小孩的老祖母不堪内心的愧疚，精神错乱，后来郁郁而终了。

泉的驯良却是深入人心的。在崇信大地行走，总会在不经意间被一泓泉流所打动。刘家沟的村泉在一处土崖下，县城向西扩张，柏油马路和绿化带直逼村庄。站在我家的阳台上，能看见每日拎着塑料桶去泉边取水的人们，三五成群，或是孑孑一身，俨然成了崇信城里一道特有的风景。他们以水友相称，互致问候，约好时间去提水。早起遛一圈、晨练、打太极、跳广场舞，傍晚再去，借机消食、散步、活络一下筋骨，只要手里拎上两只水桶，出门就有了明确的目的性。泉水毕竟要比添加了絮凝剂的自来水好很多，沏茶煮饭，养鱼浇花，生活在小县城里的人们身上有一种田园归隐的浪漫。

我不由想起二十多年前的一次出行。时间大约是1997年，国有企业改制的前夜，父亲所在的食品厂风雨飘摇。厂里有一群女工，每天围坐在生产车间的大案板前揉面团子，搬弄一些家长里短的是非话。恕我直言，那个年代，在一家国营工厂揉面团子并不是什么技术活，不像现在需要持证竞争上岗，因此大部分人都是走了门路进来的。她们对厂子的前景早有预判，但她们更关心接下来工厂解散后的改制政策，落实到每个人头上，能拿国家多少补偿款。风雨欲来，人心惶惶，我的父亲也一样。他用微薄的工资养活着我们一家四口，而且他是厂里的负责人，对食品厂有二十年的深厚感情。可即使这样，他也不得不为下一步的生活做出改变。祖父是个眼光长远的人，他认为我父亲如果下岗，今后生计恐将难以保障，于是四下打听后在距离县城二十多里的铜城街道相中了几间门面房，准备资助我父亲去乡下开一爿商店。铜城虽是崇信的一个下辖乡，但毗邻陇上四镇之一的安口窑，历史上商业发达，汉代时有个叫张骞的转运使曾在此炼石铸币，文化氛围也颇为丰厚。于是，在一个童话般的盛夏傍晚，父亲骑上一辆邮电绿的飞鸽自行车，货架上驮着我，迎着漫天的红霞向远处层峦叠嶂的峪口驶去。父亲肩背宽阔，我坐在他的身后，犹如仰望一座高山。我并不确定父亲是喜是悲的情绪，总之我们走了很久父亲都没有说一句话。他的身体随同双脚的蹬踏不停摆动，他一定很吃力，很想喝一口水。

于是那眼清泉就神奇地出现在我们前方。一道土崖下，裸露着红色的岩石，如同黄土地被切开的血管，好几处手腕粗的水柱喷涌而出，声巨如雷，在路边汇聚成一片绿色的池塘。我不记得当时还发生过什么，以及我和父亲有过怎样的交流，只记得当我们口渴难忍的时候，那泉像一面镜子，发出耀眼的光芒。父亲停下车子，我便飞快地奔向泉边。水是有亲和力的，弥漫着一种清凉潮湿的气息，当我奔向泉水的时候，父亲的心也得到了些许安慰。后来的事，似乎冥冥早已注定。父亲对乡下的生计并没有多少兴趣，因此在付出了一个傍晚艰难的骑行后便再无下文了。我们又回到出发的地方，夜色已暮，星如流矢。

当时，我并不知道那眼泉的位置，只知道是在去铜城的途中。那是一场令人振奋的发现，弥补了我少年时代所有关于泉的想象。它洁白，明媚，出其不意，如同遭遇了一场懵懂的初恋。江畔何年初见月，江月何年初照人，人生代代无穷已，江月年年望相似。月亮映照着世间的凡人，泉也一样。我相信泉也会像月一样亘古不变，深情地注视着每一个从它身边走过的旅人。他们的倒影扑在清亮的泉水中。

这倒影在时光里变得沧桑。父亲老了，我也不再年轻。但泉水从没有忘记给人类甘之若饴的馈赠。很多年后我才知道，少年时奔向的那眼泉在一个叫马沟的地方。它没有显赫的身世,也没有任何神奇的传说故事,它就是一处上好的清泉,一道路边的风景。人们谈起它时,往往会说:"铜城马沟的泉真不错哦,水很清,水量也足,那里有一处泉真的是很好啊。"

这就够了,评价一眼泉,也像评价一个人。好就是好,没有过多华丽的辞藻。

四

沐礼泉的水也很好。

"沐礼"一词出自《礼记》。相传清顺治年间,崇信县令武全文微服私访来到赵湾村,见一蓬头稚子独坐泉边。武全文本是崇信历史上有名的循吏,为除弊兴利,教化民风,作《劝民十事》《厘时四弊》等文章流传至今。他见此子肮脏不堪,旁边又是清水长流,心中一时岔愤。他走过去本想摆出官老爷的架子教育一番,没想到那孩子却说:"父母之丧,三月而沐。"这让县令大人大为感慨,想不到偏远之地竟有如此崇古尚贤的礼节,一子之仪,可观全村。于是泉被后世人称为沐礼泉,赵湾也因"礼行窝窝"而在铜城一带闻名遐迩。

水是从村子中心的石层下流出来的,村民们砌了四方的泉台,盖了偏厦防雨防尘,还供了水龙王的牌位,节日焚香燃裱,以作祷告。因为水量充沛,泉在周围造就了一片湿地。人们挖渠引流,将多余的水用作灌溉,村庄附近的田地因而异常肥沃。赵湾的泉年代久远,粗壮的树木便是印证。以前新农村还没有修起来,人们出村须经过双槐的树门,据说那是唐代的遗物。本地流传着尉迟敬德拴马望古槐的故事,那两棵唐槐便如两座门神,看护着整个村庄的子民。还有民国时的宅子,以及坐在门墩下晒着秋日暖阳的耄耋老人,村庄的历史如同一本无字的书,而这一切都得益于它千年不绝的泉水。

从客观上分析,那确是一眼好泉,集合了泉的所有优点:水质、水量、位置、名望都是出类拔萃的。我们这里常有暖泉一说，指的是无论多么寒冷的天气，泉水都不会结冰，气温越低，水面反倒弥散出洁白的雾气。这没有什么可神秘的，是水汽雾化的自然现象。村里虽然早就通了自来水，但上了年纪的人们宁愿多走几步路，也要去泉里挑水吃。家家户户都有洗衣机了，婆婆们却经常聚在泉边的水塘旁，在一块青色的石板上敲打着棒槌洗衣裳，孙子在水边玩耍。水里有泥鳅、蝌蚪、癞蛤蟆以及长腿的水蜘蛛，当然还有孩子的童年。

　　这有点像二十年前的光景。二十年前的水泉边上，挑水的男人和洗衣裳的女人是在用怎样一种暧昧不清的眼神注视着对方，早已说不清楚，他们藏在心底的话或许永远成了生活里的秘密。水利万物而不争，水泉旁年轻男女的爱情故事一年一年生长，如同被泉水滋润的野生草木，多少善缘良姻在这里萌发过新的种子。水泉也同样会把理想打回到现实，挑水的人们将生锈的马勺伸进水中，打碎一池明净的春影，也把自己沧桑的老脸抖动得七零八落。认清自己总是很重要，洗衣裳的婆婆在泉水中似乎看到了她们当姑娘时的娇羞："当窗理云鬓，对镜帖花黄，"粗黑的辫子，皎皎的脸庞，一张青春貌美的面孔如今衰败成裹满霜的驴粪蛋。一种悲伤不由得袭上心头，却听身后孙子的呼唤："奶奶，奶奶……"于是两个相爱过的人，在水泉边上，最终被生活消磨成了两个不相干的哑巴。水桶的吱扭声和棒槌的击打声还像当年一样熟悉。

　　因为驻村的关系，我曾奉命去村里采风，寻找一些传奇的故事。我的帮扶户叫张喜强，是个老光棍汉儿，住在村上的幸福院，分了一套两居室。幸福院里住的都是些不幸福的人，张喜强一辈子没讨过老婆，也就不懂水泉边上的浪漫。村上为了帮他脱贫，把自来水通进院子，还给他办理了农村三类低保，替他谋了份保洁员的差事。收入上去了，吃喝不愁，后来他干脆连麦子也懒得种，每天啃点馒头，吃碗挂面，就到村子里晒太阳，闲游闲逛，日子过得甚是潇洒。还有兄弟两个光棍汉，患有小儿麻痹症下肢残疾的弟弟却要照顾精神失常的哥哥，每次我去他家走访，弟弟都会拿出自个最好的红兰州香烟款待我。他走路跌跌撞撞，却把家里收拾得整齐干净，看不出是个缺少女人的特殊家庭。弟弟从不向我们诉说命运的不公，反而内心充满了感激之情。像我这样的人，也帮不了他什么，顶多是送一袋面粉两桶清油，而他已经很知足了。他怕我们嫌弃，特意准备了一次性纸杯，倒上茶水，非要我们喝几口再走。水是从泉里打上来的，村里人叫黄瓜水。

村里的传奇故事太多了，几乎每个上了年纪的人都能讲几个。村子处在五龙山脚下的古战场，说得最多的是浅水塬大战，李世民追击西秦霸王薛仁杲的残部来到这里。此地三面环山，一水穿流，隘口处有道石关门，易守难攻，是兵家常说的天险要塞。于是李世民命令将士在此地安营扎寨，从长计议。最终的结果便是史书中所记载的那段干巴巴的文字，李世民大获全胜，活捉了"万人敌"的薛仁杲，押解回长安城，于闹市斩首示众。数年之后，李唐江山肇启，煌煌国祚延续二百八十九载。期间也曾被胡儿安禄山迷惑玄宗搞出个"安史之乱"，盘踞在青藏高原上的番邦吐蕃伺机鲸吞大片河西之地，五龙山下再次响起战争的号角。这次对战的双方，一个是唐德宗亲封的陇右节度使李元谅，一个是吐蕃大相尚结赞，可惜人命终究敌不过天意，不如一眼清流绵长久远。贵为将相，终难逃一死。他们死后，这片土地上的战争和对峙仍在继续，直到吐蕃消亡，唐王朝轰然倒下，这前后竟然持续了一百二十三年。那些无名士兵的白骨沉入黄土，难以散尽的阴魂化作山谷深处呜咽的清风，历史里的春天从来都是短暂而冷酷的。

但到了民间，这些历史便被不自觉地演绎成温情的传说。一方面是对胜利者的赞美与歌颂，一方面是对战乱纷争的委婉表述。话说李世民骑着白蹄乌在五龙山上追击流寇，时值盛夏，天气炎热，正当他口渴难忍之际，白蹄乌嘶鸣大作，几番扬蹄，便在水泉岭上刨出一眼清泉。唐王感慨，赐名马刨泉。李世民在山野行军，一酸枣刺钩住了他的战袍，唐王怒曰："安敢生刺耶？"于是满山遍野的酸枣都缩回钩刺，至今都不敢再长出来。在老百姓的心目中，天子的威仪，九五之尊，足可以一言号令天下。除了上述传说，村里还流传铁板道人撒豆成兵、巨蟒与蛇阵的故事。中国历史上，士兵的生命从未受到过应有尊重，他们不是一个活生生的人，而是收割来的豆子，撒到哪里便是哪里，一模一样的士兵就像一模一样的豆子，就像被人操控的蛇阵，他们没有名字，没有情感，没有具体的形象，他们连史书中的一行数字都不配拥有。

泉水映照出历史的天空。这让人有点心疼，他们毕竟都是娘生爹养、长到十八才扛枪的一条条血气方刚的生命啊。可历史大多都是蘸着黎民百姓的鲜血写就的。赵咀的堡子在夕阳的闪耀下发出古铜色的光芒。

大地上，只有城与泉贯穿了岁月的沧桑。有生之年，它们目睹了一茬茬生命昂然不屈地倒下，一颗颗种子又在它们的注视下顽强地萌发生机，谁说像张喜强那种五保户的人生就不是人生呢。被人们记住的是赵湾的泉。任何一个人，无论贫富贵贱，走到泉边，都要俯下身子，做一个匍匐的大礼，如同忠实的信徒走在朝圣的路上。

那样子应该是俯视天下苍生的一种姿态。

五

草滩是黑河边上的一个小村子，行政上属原梁河乡管辖，现在划归高平镇。因为那里有一眼清澈的泉水，每次回乡途中，我都会特意停下车子，在泉边做以休整。父亲趁机抽几支香烟，母亲有晕车的习惯，赶紧站在路边透口气儿。我便灌桶水带在车上。下游三十里就是故乡的村庄了。

后来慢慢发现，停车也许仅仅是为了带一瓶水回去。

其实，按照地理上讲，这已经算是故乡了。在文学的意象里，这泉里的水终将流向生育过我的土地，虽相距三十里，两个村庄的人吃的却是同一条河里的水。

草滩是故乡一条清晰的边界。

很多次，从这里带回去的水都派上了用场。我故乡的村庄凋零得太快，即使最近几年省市县下派了驻村帮扶干部，花了很大力气搞建设，但村庄还是不可避免地走向了空心化。故乡的父老在四季的交替中纷纷走向衰老，像那秋日里挂在树上的最顽强的几片叶子，最终逃不过汹汹而来的降温或者流感。冬天是一道坎。他们的生命被挡在了年关之外。趁着大雪未降下，掘开大地的一丝缝隙，把他们藏进去。冬天万物都要藏起来的，他们的归宿是他们年轻时劳动过的那片山场。等雪降下来，新鲜的坟茔将与整个冬天融为一体。他们会像阳春白雪一样在来年的花开之际融入泥土。

我把一瓶五公升的泉水带回村庄，就够我和父母、孩子一天饮用了。家里虽然通有自来水，但供应很不稳定，隔三差五停掉。水费按年度收取，每月每户三方半的下限，就是说，即使你从来没有从水龙头里拧出来过一滴水，一年都必须缴纳一百六十八元的水费。

春秋时节，我送父母回乡小住，短则一两日，长则一旬半月。断水之后，父亲会去代家山的村泉里打水。连接我家与泉台的是田野上一条细细的如同脐带一样的小土路，多少年了从未变化过。当年祖父走出村子去崇信县当干部，站在北山的咀子上看见大姑和二姑抬水走过的就是这条路。这条路上有种复杂的记忆，父亲的欢声笑语，父亲的挥汗如雨，父亲的苦闷彷徨，都被这条路亲眼见证过。可真正读懂他内心的，却是路尽头的那眼泉。

1976年一个夏日的清晨，年轻的父亲迎着一抹朝霞行走在泉路上。他的内心里充满了对未来生活的想象，等挑满一缸水，把扁担挂进屋檐，反扣了水桶，就再也不用每日走上这条路了。父亲要追随祖父的足迹，走出村子去当合同制工人。他骑着自行车，走了一百多里路，来到崇信。当时的县城只有两条街道，但在父亲眼里这无疑是一个全新的世界。在新西街的国营食堂，他吃了一碗素烩面，然后又马不停蹄地骑上车子去黄花塬寻找我的祖父。

　　父亲就这样在他两眼一抹黑的地域安营扎寨，开启了青年时期的奋斗。彼时他刚二十岁，二十岁的我也曾同样面对过一个陌生的城市，我在那里读完四年大学，然后发现一个叫作故乡的地方在向我招手。那是祖父和父亲走了很远才抵达的地方，却是我挥手离去的一片沙洲。

　　我继承了祖父和父亲的脾性，我甚至继承了他们处理故乡与远方的关系时那种拘谨的态度。多年以后，当我回顾自己的人生，这一点，将显得尤为重要。

　　现在，对于故乡的回忆，除了父母，还有那些与泉水有关的日子。父亲四十多年后再次挑上两只铁桶去泉里打水，行走的姿势早已不如从前挺拔。他身上多了些许从容，心中那个一生都在催促他不能停下脚步的哨子消失了，没有人要求他必须得用最短的时间去干完一件事。这样就很好。他去泉台挑水，走得很慢很慢，时光在他身上来回摩挲，挑回来的水也只有两个半桶。我知道，他在回忆自己完整的人生。祖父，父亲和我走在这条泉路上，我们所回忆起的都是不同的故事。

　　我想起河坝下还有另外一处泉。

　　我四岁离开村子，之后偶尔回来。那泉在河床的裂缝处，是个三角形的大石口，水咕咚咕咚翻着白泡。山脚下的村泉水量小，只有一筷子细，每天要赶最早的时间去，否则泉里的水就被人舀完了。落这后头的人们只能多跑路，去河坝下挑水。可以说,河坝下的泉才是我们村庄赖以生存的气脉。那时候,我们小孩子在河里游泳,大人们来来去去,用架子车拉水,牵着牛骡饮水,河坝是20世纪60年代修起来的,早已荒废。河水从数米高的齐崖上跌落,声音响彻了整个村庄。

有一年,我回乡参加完一位长辈的葬礼,有点闲时间,突发奇想要去寻找儿时记忆里的泉。在河坝下,那里什么也没有了,一片荒草滩。水声喧嚣,逝者如斯。我知道我不会记错,但那眼旺盛的泉水却怎么也找不到。后来听村里人说,某年夏天的一场暴雨过后,河水裹挟着淤泥把泉埋了。以前也发生过类似的事,但大家为了吃水,总有人愿意扒开泥土,让泉眼重新裸露出来。可是那次,没有人再这么做,泉就永远地消失了。于是村里人又都去山脚下的村泉挑水,刚好那泉的水量又能养活一个村子的人了。

河坝下的泉选择了我们,却最终被我们抛弃。原来泉也是有生命的。

我在想,那些清泉涌动的涓涓细流,多么像一个人啊。不问出处,不舍昼夜,流向远方的大江大河。我们怎么说起自己波澜壮阔的一生,就像在海纳百川之际回想一眼泉水的源远流长。

黄河流过兰州城

程向利

黄河落天走东海，万里写入胸怀间。

黄河，一条生命之河，一条文化之河，以滔滔之力，塑泱泱大国。

巍巍黄河，从天际而来、从雪山而来、从草原而来，像是信守一份远古的承诺，或是赶赴一场神圣的约会，日夜兼程，蜿蜒东流，自西固区达川镇岔路村流入兰州。

有河流的城市是幸运的，有黄河的兰州是幸福的。

黄河，以优美而温暖的S型流向，亘古不变地守望着兰州，孕育着城市。河谷细长的八盆峡、雪涌涛飞的白马浪、峡谷深邃的桑园峡、平坦宽阔的什川盆地、蜿蜒曲折的大峡，处处有黄河不屈的信念，处处有黄河不息的奔腾。河流过处，山川一片葱茏，万物生意盎然。那涌动的金色，像飞扬的梦想，承载着不屈与进取的激情;翻滚的波纹,似层层麦浪般温暖;飞溅的浪花,如万家灯火般可亲;滔滔的水声,像劳动的号角催人奋进。兰州,在黄河的臂弯里,在河水的怀抱中,心怀感恩,蓬勃生长,诗意生活。

黄河到西固河口古镇一带时,仿佛放慢了脚步,变得开阔沉稳,静水深流,犹如一位久经战场的沉默的老兵,不急不躁、不争不羡。水光潋滟,波澜不惊,古镇倒影水中,影影绰绰。柳树、槐树错落有致,小草野花点缀其间,河边石子若隐若现,几只捕鱼的水鸟正掠过眼前。河水拍打岸边的啪啪声,水鸟的啾啾声,芦苇的哧啦声,在耳边回荡。微风徐徐,一股潮湿味儿扑鼻而来,带着土腥子味儿、阳光的味儿、草木味儿,亲切而自然。登上栈道往远处眺望,三山环抱,苍山如黛,山静水动,像巨幅的水墨画卷。

依河而立,驻足凝望。成群的天鹅、白鹭、鸽子和鸭子,扎堆于银滩湿地公园,嬉戏觅食,煞是可爱。一只调皮的鸭子,正使劲扯着一根水草,嘎嘎地叫着、扑腾着,在示威、在挑战。那根可怜的水草,扭曲着身子,艰难地摇摆着,紧紧地与河水抱在一起,绝不辜负每一滴水珠的期望,用坚强的毅力回报黄河母亲的恩泽,体现出一种生命不甘灭亡的伟大的顽强。一条条栈道曲径通幽,穿梭于公园深处,水、草、路、桥、石疏密有致,自成格调。荷花、芦苇、小香蒲、榆叶梅、丁香、黄刺玫等植物,争奇斗艳,你拥我挤,热闹非凡,黄河生态多样性在这里尽情展现。

百里黄河风情线犹如一条"绿色项链",三季有花、四季常青,水映城郭,如诗如画。行走在风情线,穿梭于光影斑驳的林荫路,生活的压力与枯燥会化作轻盈的浪花,随着眼前飞扬的柳絮,向四处缓缓飘散,顿时觉得耳目一新、神清气爽。百合公园、龙源、绿色公园、马拉松公园因河而生、因水而长、因地成形,沐浴着黄河的恩情、渗透着河水的润泽,每一根枝条都努力向上、每一朵花蕾都尽情绽放,在四季轮回、在风雨彩虹中,传递生存的意义、传承生命的伟大、传播生活的芬芳。悠悠的花香混合着淡淡的水汽弥漫于风情线,喝茶聊天的、跳舞健身的、谈情说爱的人们,两个一伙,三个一群,装点了风情线,点缀了黄河。

十里店码头摆渡的小船,船身为黄色,有白色透明的弓形船篷,可容八九人,船中视野开阔,弃岸上船,两岸的风景渐次后移。伸手窗外,便能触摸到河水,感受水的晶莹与温润。顺流而下,《黄河母亲》雕像、水车园、龙源、白马浪、金城关和兰州港码头近在眼前。身边不时有急速穿梭的快艇,悠悠飘荡的羊皮筏子经过,现代与传统交织,激情与自在碰撞,带给人们不一样的享受。羊皮筏子的掌舵者称"筏客子",大多为回族人,头戴白帽,皮肤黝黑,微闭双眼,哼着粗犷豪放的花儿:"太阳上来红又大/照亮了千家万家/好花儿一肚两肋巴/放开声嗓子唱吧!"

我与黄河的缘分,源于1999年9月。当时,我怀揣大学录取通知书,怀抱着青春梦想,从老家乘坐火车前往兰州。在火车站下车后,转乘131路公交车,行至七里河桥时,突然人头攒动,大家纷纷朝向车外,顺着大家的视线,我看到了黄河。夜色中的黄河,波光粼粼,款款而行,有点不舍,又有点神秘,正遐想间,公交车一晃而过,打断了我的思路,只剩下潮湿的空气和潺潺的水声——这是黄河给我的第一印象。近水楼台先得月,第二天我便出西北师大南门,穿过甘肃省委党校近观黄河,从此与黄河结下不解之缘。

人类对河流从来就有母子般的依存关系,凡是文明早发的地区,必有河流,必有人类。黄河是中华民族的母亲河,是解开人类文明奥秘的钥匙,每个人心中都有一条黄河,都有一份情结,都有一种信仰。

上古时期,相传大禹登城北九州台,安营扎寨,"导河积石",治理黄河,划定九州;诗仙李白满怀豪情,写下"黄河之水天上来,奔流到海不复回"的千古绝唱,展现黄河博大雄壮的气势;段续总结劳动人民的经验智慧,创造黄河水车,灌溉万亩良田;冼星海以黄河为背景,谱曲《黄河大合唱》,歌颂中华民族源远流长的光辉历史和中国人民坚强不屈的斗争精神;何鄂延续中华民族与黄河的历史情缘,塑造了《黄河母亲》雕像,表达了黄河儿女对母亲河的一往情深……

兰州是黄河的儿女,身体里挺立着黄河的脊梁,渗透着黄河的基因,流淌着黄河的血脉。

2007年,兰州市组织开展"兰州精神"表述用语征集提炼活动,我作为工作人员负责统计汇总,在征集到的众多用语中,"黄河"元素遥遥领先,拔得头筹。后经专家论证、评议投票、市政府常委会和市委常委会审定,确定"河汇百流、九曲不回、创新创业、和谐共进"为兰州城市精神。兰州的灵魂、兰州的情感,深植于九曲黄河,兰州精神与兰州民意借黄河之力,向更高更远处迈进。

为了提升城市形象,提高兰州的知名度美誉度,2009年,兰州市成立"兰州形象对外宣传战略研究"课题组,我有幸成为课题组成员,全程参与了城市形象的研究。课题从兰州自然、历史、文化、建筑、风俗等入手,结合以往形象宣传习惯和已经具有的形象认同感,同时和其他城市定位相区别,提出"黄河之都"为兰州城市形象定位。黄河在兰州是神圣的,不可替代的,"黄河之都"里,凝结着民族精神,铭刻着情感传承,描绘着美好愿景,饱含着黄河儿女对母亲河的深深眷恋。

晚上,枕着涛声入睡,我恍惚觉得,黄河是上天写在大地上的一部奇书,用一种神秘的语言与人类对话,述说生命的感悟,记录文明的足迹,续写未来的传奇。

黄河流过兰州城,也流进人们的心田。

黄河岸边秧歌情

李红伟

瞭高山下的春,总是先从黄河破凌的第一声响动开始,随后才是金沟河里一块块镶着太阳辉芒的流凌你追我赶地拥挤着奔向黄河。两岸最负盛名的芦苇、蒲草从矜持地吐出一丝新绿,到蒹葭苍苍、葳蕤地长满河滩却要羞涩地、扭捏着缓缓而来。

"言时较阳,春歌以乐。"按捺不住的人们顾不得脱下厚重的棉衣,只是把脚脖上的裹腿紧了再紧,生怕拾掇不利索,擦得锃亮的腰鼓用红绸系了朵盛开的大花,庄重地挂在胸前,大年初一的开门炮响过,扭着腰肢就上了街。于是,蓝的、红的绡头下各式各样的盛装在街头巷尾流淌,蓝头巾的是婆娘,红头巾的是女子,不论啥颜色的梢头下肯定是一张喜笑颜开的脸。还有那健硕的西北汉子,望见这五颜六色的大街,憨直地扠着头皮。

一声高亢嘹亮的花儿从悬在半空的山梁上飘来,一场"闹春秧歌"的狂欢开始了。

秧歌,是黄河岸边独有的群众性文娱项目,秧歌舞得好,也一直是瞭高山下黄河人家的骄傲。从抬着猪、牵着羊、敲着腰鼓欢迎亲人解放军,到舞着红绸庆祝改革开放,再到踩着高跷赞美脱贫攻坚,每到欢欣鼓舞时,总会扭着秧歌来欢庆。白银大秧歌,早就成了自豪与欢乐的代言。

瞭高山的春脖子很长,羞答答地暖一天,凉一天,就是不肯痛快地撩起面纱,奔放地撒个欢。至少要等清明节后春天算是真的来了,"吃了寒食包,才把棉袄撂。"这大概比黄河上游的兰州城要晚一个节气,应该也是为了人们尽情地狂欢腾时间。

兰州的春来得早,走得更快,夜来白塔山的杏花才开,盘算着去看一眼,等换上旅游鞋过了雁滩,却看见滨河公园里的槐花都开了,雪白的一片,中山桥上的行人满是短裙和热汗了。匆匆忙忙就过完了春天。

远没有瞭高山的春来的隆重,去的优雅:芦苇嫩芽先冒个尖,杏花、桃花次第登场,在风里摇摆够了,等扭秧歌的男人、女人扭乏了,才有红的、黄的,还有紫的山花繁盛地铺展开来,最有名的当然还是那山丹丹花,日头下红得耀眼。

这一场秧歌盛欢,一直要持续到头场透地雨落下,才会恋恋地歇了鼓音,因为谷子、洋芋都该下地了。

白银人做事仪式感特别强,农耕的事更马虎不得,要隆重地吃上大肉面和糁饭。麦面的饭味道太寡淡,鸡汤肉汤沓面,提味又提香;糁饭是劳累时饭食必配,老口味的香更提神。上好的小米一定是要在石碾上穿的,细网的箩箩过筛,这样的糁才爽滑,吃在嘴里才受活。

当然,这已经是老早的事了,现在石碾已经很难见到了,拉碾子的毛驴更难找，偶然遇见一头，稀罕得跟宠物一样，大人小孩都想去摸一把。想吃糁饭，有专门卖石碾小米面的，也有做好了卖成品饭的。但是人们还是怀念推碾子拉磨的感觉。

就像扭秧歌，既是一种念想也是传承。这十几年，三北防护林建设，原来秃光的崖坎土梁上长起了花花草草，裸露着底色的山峁峁已经长起来绿树。山顶松柏戴帽，山腰果树环抱，山脚梯田缠绕。等到秋天，漫塬苹果把山岭上的黄栌都染成红色，像天边的火烧云。金沟河修坝蓄起了水，建起了湿地公园。扭起秧歌来使劲跺脚竟也带不起尘土，气势上大不如从前，但参与的人却越来越多，每天刚擦黑，新老堡子的乡村大舞台前，早早地聚起大群的婆娘娃娃，就等音箱里铿锵的唢呐声一响，扭的、笑的，还有跟着音乐叫的都忘了一天的劳累。

最热闹的当属人民广场，人多，行当也全，有做健身操的、跳广场舞的，但人最多的还是秧歌群里，练伞头的、摇扇子的、甩红绸子的、手里啥也没有，跟在人屁股后面踢着十字步随伙的，各种娱乐活动争奇斗艳，真热闹。

高六，本家门里男娃排行老六，也没个官名。从会走路就会扭秧歌，除了吃饭、睡觉，只要脚着地，就在扭秧歌。扭成了远近闻名的秧歌王。

高六他爸就是个秧歌高手，我生的晚没见过，但乡党们只要是谝起秧歌就会提到他，说是人长得不算俊，但秧歌舞得好、花儿唱得调调也高。原先时兴"骚情秧歌"，画上个白眼窝，撅着朝天辫，丑人多作怪，竟然丑出了名。解放后改行演秧歌剧，代表白银到兰州参加过"闹秧歌"汇演，凭着秧歌剧《兄妹开荒》和《夫妻识字》，把皋兰后生心尖尖上的"人样子"闹到白银做了婆娘，叫周边的后生酸倒了后槽牙。

高六从小长得随他娘，出挑得重眼叠皮，又深得父亲教导，秧歌舞得那叫一个"嘹咋嘞",小场子,不论是二人场还是四人场,都能引得人瞪大了眼;大秧歌就更是当伞头,举着花伞、摇着虎撑走在最前头,腰在胯上随风摆,十字步腾挪得又高又飘,惹得女子们心都痒痒。实实地爱煞个人。

生产队干活,社员们大都一同上下工,劳作间隙,田间地头,就是秧歌的另一个舞台,真的成了秧苗丛里的欢歌,大家围坐在畦垄上,拍手打着节奏,嘴里念着鼓点,虽没有年里"拜门子"送福到家的喜庆,也没有元宵节时"灯火通明"的壮观,倒也是解乏驱困的好法子。高六那时年轻气盛,心里一热就挽袖子上场,也有耽误农活的事情,挨了队长不少批。

高六在秧歌行里名头越来越响,他不仅会先人传下来的"神会秧歌""二十八宿老秧歌",后些年才兴起的新秧歌舞得更欢实;还能即兴编唱花儿新词,根据场地气氛或各家的情况出口成章。演唱时,他领唱,众队员重复他最后一句,形式简朴、热闹,词句生动、易懂,唱得观众皆大欢喜。"能舍顿饭,要把六子看"。

高六名气越大,队长害了怕,担心位子不稳,就推荐到铜矿上当了工人,周围的后生们也长出一口气,被压制的心情终于得到释放。都寻思着咱白银的银矿、铜矿满山遍野,每个山疙瘩底下埋的都是,你娃慢慢挖吧。

谁也想不到,几年后,环保越抓越严,生态建设需要,矿山关了许多,高六也改行在废矿山遗址上栽了几年的树。

一个枣花开遍黄河滩的季节,高六回来了,还引着个南方养蜂的女子回到堡子,开始养蜂摇蜜,而且专做枣花蜜。黄河滩枣一直是当地的特产,谁也没想这蜜竟买到了兰州、西宁。又叫这货出彩了一回,家室有了,产业有了,第二年娃也有了,取名叫甜甜,背后地里人都叫这娃老七,因为娃太精灵了,随高六。

高六的枣花蜜越卖越远,蜂也越养越多,把黄河滩养成了中华蜜蜂保护繁殖区，黄河滩枣花蜜也成了绿色生态农产品。

甜甜娃出息，大学毕业又回来创业，把他爸的蜂蜜酿成了保健酒。从瞭高山出名出到了全国。

瞭高山到黄河滩，不管忙闲，秧歌就没停过，高六都当了"六爷"了，只要锣鼓响，手脚还发痒。

粗略算来，我也有几年没有回过瞭高山了，总是从电话里听闹秧歌的锣鼓声；视频里看依托黄河渡口建成的白银水川黄河湿地公园；每次肯定都少不了浊浪滔天的黄河那雄浑的身姿。

春天的一个丽日，终于有机会顺着新修葺的大峡公路黄河观光道跑了个痛快，原来在峻峭崖壁，奇峰怪石缝里连绵不绝，扭来扭去的山间小路，如今虽然还依着黄河大峡谷千曲百折，却宽敞平坦。一侧是高山耸立、峰峦叠嶂、壁立千仞的伟岸；另一边则是"黄河怒浪连天来，大响硔硔如殷雷"的母亲河。无论是山岗，还是河谷，都有新生的绿色，不时会有大片的花朵点缀其间，红的是桃、白的是李，有了这斑斓的色彩随了黄河翻卷着向东而去，从风景的角度已然绚烂了许多。

路拐过一个弯，眼前豁然开朗，两岸的山梁乖巧懂事地退却了很多，让出一大片平川沃野，被岁月熏染的青城古镇就在这山、河相夹的地方。水川黄河湿地公园就建在北岸的黄河滩上，水绿花红，在这万山从中却凸显得寥廓有余。有几位大人陪着孩子放风筝。花花绿绿、造型各异，在黄河波涛上的广袤天空中翻飞、舞动，风筝的缨子拖得很长很长，在拂过水面的风中，翱翔、纠缠。偶尔有个挣脱了线的束缚，从河的这边顺着黄崖口刮来的风，飞向对岸，越飞越远，越飞越高，最后成了一个点，消失在对面嫩黄尚未褪尽的绿色丛林里。那是瞬间的一道风景，从渺无涯际的黄色里，划过一道红的、绿的、或是花的彩虹。

路旁，不时会有十个、八个一抟冬暖式大棚闪过，红的圣女果、草莓，粉的桃子，这些原本在夏日才有的鲜物，如今一桶一桶地摆在路旁，诱人的味道还没尝到，这斑斓的色彩在春日的暖阳下，向每一个路过的人展示着娇羞与成熟。

停好车，很多年没跟黄河如此亲近了，小时候泡在黄河里，那时候还没有横跨南北的青城黄河大桥，一个猛子扎到对岸的壮举天天做，后来家长、老师管得严、盯得紧，很少有机会下河了，偶尔有几次还没脱衣服就被岸边巡河的哄走了。

现在站在河边依栏远望，青城大桥依然不失雄伟；再往北，越过仙境一般的水川湿地，就是瞭高山，还有那满山的宝藏。高耸的如彩虹般的桥在云端里，连接起了一河两岸，从岁月的青城古镇到山水生态的水川镇，再把美景带向远方。猛然想起刘禹锡那首著名的"九曲黄河万里沙，浪淘风簸自天涯。"后两句："如今直上银河去，同到牵牛织女家。"应该就是对"天堑变通途"的美好期盼，通向远方的遥遥坦途拉近了与外面世界的距离。

这时一阵铿锵的锣鼓声打断了我的沉思，急忙回头，原来是一位老者，指导着一群学生在广场上练秧歌，有敲腰鼓的、有打花棍的，整齐而又热烈，所有的孩子都穿着比鲜花还艳丽的衣服，天真可爱的脸上洋溢着灿烂的微笑。

老者满头白发，但精神矍铄，特别是明亮的双眸，透着睿智和坚毅，我认得：这是秧歌王。

孩子们身后有个带队的老师，关切地望着花枝招展的队伍。我急忙凑过去，原来，明天要进行全市秧歌舞大赛，今天是过来熟悉场地排练的；六爷是他们的指导老师，很多团体想请老人，都拒绝了，当听说小学里请他时，二话没说,提着腰鼓就来啦。

听完老师的介绍,我抬头仰望着近在咫尺的南山,漫山遍野的山丹丹花正在盛开,层层梯田上各种果树也欣然绽放着色彩不同的花儿,几处从久远走来的烽火台巍峨耸立,俯瞰着万里奔腾而来的黄河,汹涌澎湃地远去,眼前这块曾经汇聚抗战英雄"磨刀砺马"再出发的阵地,从烽火连天到眼前一张张如花的笑脸,这中间的岁月便是横亘天地间不息的黄河,还有瞭高山下势能传承的胜利秧歌,黄河谣、黄土谣到山水湿地里嫩黄乍现的尖尖小荷。应该让这些在孩子们心中生下根、烙下痕。

我猛然想起,在父亲炕头的柜里,还珍藏着一套月白色的秧歌服,用大红的包袱仔细地裹着。是穿起来的时候了。我急急地上车往家奔去。

这时,高高的青城桥上飘来一阵嘹亮的花儿:"黄河边,秧歌欢,绿水青山蓝蓝的天……"

五月槐花醉黄河

樊俊利

五月似一位天仙翩翩而至,脚步轻轻,悄悄地降临。我要去孤岛赶赴一场约会。

虽然相隔60多公里,却是"相近未必曾相逢"。已有十几年没有走进孤岛的槐林了。

一

在宽阔的公路旁,在酣睡的黄河故道边,在一起一伏、放歌吟唱的铁树周围,站立着一片片槐林,似忠诚的哨兵。远远的,远远的,一阵阵清香扑鼻而来,直入肺腑,清清爽爽,甜甜蜜蜜,天地醉了,摇摇晃晃。这沁人心脾的清香哟,涤荡着我灰尘覆盖的魂灵。

昔日孤孤寂寂的槐林,如今游客如流、熙熙攘攘。微风吹来,阳光纤纤玉指轻弹，洁白的包袱打开，一嘟嘟、一串串的槐花，叽叽喳喳地挤在一起，挂在五月的额头，串起说不尽的思恋，像纯情的少女羞答答，娇滴滴，一朵朵，脸贴脸，聊不完的情话；像玛瑙像珍珠，晶莹剔透，似脂似玉；像一盏盏明灯，点亮了荒原的一条条小路。既无桃花的艳丽、玫瑰的妩媚、荷花的清雅，更无牡丹的娇贵……有的只是洁白无瑕和毫无矫饰的清香，像这座年轻城镇的性情。一个个洁白的小喇叭，播放着五月芬芳的秘密，棵棵挺拔的槐树竖着耳朵，像静候的忠实听众。片片绿叶托负着、点缀着、拥抱着美丽的仙子。这纯纯的绿哟，嫩得要流出汁液，是刚从娘胎里一点点挣脱出来的绿，是生命的绿，是原始的绿。这绿叶伟大啊，把舞台让给鲜花，他们的使命就是为了成就圣洁！

绿荫之下，蜜蜂来来往往，轻声吟唱着劳作的歌谣。淡淡的清香在林中飘荡，阳光通过几道缝隙射下来，柔柔的、软软的，像母亲慈爱的眼神，使人精神倍爽，感受到回归大自然的愉悦与解脱。

躺在柔软的土地上，花瓣飘飘，飘进了我的梦里：林中有一座属于自己的小房，与槐花为伴，与鸟儿为伍，拿起一根笛子，歌曲悠悠扬扬、跳跳跃跃……欣赏着洁白，品尝着清香，看蝶虫飞舞，听鸟蜂吟唱，释放一下心灵，感悟自然，感悟人生，悠哉乐哉！于是，我的脑海里便有了"世外槐园"的画面……

其实，她们都是天空的星星下凡而来。每年五月，你数数孤岛天上的星星，会少了许多。

绿色的孤岛、芬芳的孤岛、文化的孤岛，像油城一只明亮的眼睛。

二

前面是大海，右边是黄河，孤岛的槐花是海河的女儿。

滔滔黄河不远万里,怀着对爱情的执著,携带黄土高原馈赠的嫁妆,披着日月、披着星光,饮风吞雨、沐浴风霜,终于在太阳初升的地方,投入到渤海的怀抱,诞生了黄河三角洲这片年轻的土地。

孤岛很孤。她北依渤海,四围茫茫荒原,地处东营的"北大荒",偏僻荒凉。"人过不停步,鸟过不搭窝,荒草成片,蚊虻成群"。70年代前期,这儿渺无人烟,野风吹起,黄沙遮天蔽日。只有星星点点的农民开荒的土屋子,和一个几户人家的东方红小镇,在鬼哭狼嚎的狂风之中,摇摇欲坠,瑟瑟发抖。

关于这片槐林,我曾听到一个美丽的传说。

从前,有一对母女逃荒来到孤岛,恰遇暴风骤雨,海潮滚滚而来,眼看两人马上要被海水吞没,情急之下女儿把母亲举在自己肩上,艰难地靠近一块堤坝,但上面仅能站一人,女儿和母亲互相推让,把生的机会让给对方,一个浪头打来,两人双双落水而亡。这个场景被王母娘娘看到,于是,派出天兵天将一把树种播撒在孤岛,长出一片槐林。每年五月,母女化作蜜蜂来到孤岛相见……

哦,这"万亩槐林"竟是上天的使者!那么,这一朵朵槐花就是仙子!

孤岛的槐花是希望之花。其实,这片槐林来源于人工种植。起初,黄河日夜奔流,上中游树木的种子伴随而来,扎根而生,逐渐繁衍出几万亩的柳林,荒凉寂寞的孤岛从此有了绿色,荒滩变绿洲成为孤岛的梦想。

1960年1月,孤岛林场更名为共青团林场。共青团山东省委动员济宁、青岛、惠民、菏泽7个地市3507名团员青年开赴孤岛地区,进行植树造林大会战。

"青年干得欢,大战渤海滩,造起万顷林,木材堆成山","黄河万里送沃土,渤海健儿奋双手。劈开荆棘建新舍,定教荒岛变绿洲"。这是时任共青团中央第一书记的胡耀邦在亲临植树造林工地时,饶有兴致地写下了两首脍炙人口的诗。不到两个月的时间,开荒造林近万亩。

槐花闪烁着军魂。1963年12月,济南军区军马场成立。一批批军垦战士扎根于此,用青春和汗水甚至生命开荒植树、建设家园,誓为"山东北大荒"披上绿装。随后,由于黄河改道,槐林受到冲击。"春风扬沙遮人面,秋雨三日又汪洋。"

决不能任由风沙侵袭!

1976年至1985年的十年间,数千名官兵、油田职工、家属、子女战天斗地,吹响"植树造林,守护家园"的号角,采用人工植苗与机械播种相结合,建起刺槐林10余万亩,成为华东地区最大的人工刺槐防护林。一棵棵幼苗,在几代人汗水的浇灌下,终于长成一株株参天大树、一道道绿色屏障,遮风挡沙。

有了槐树,孤岛不孤;有了槐花,孤岛就有了灵气。孤岛槐林伴随着一座年轻的城市成长。

三

孤岛的槐花飘洒着浓浓的油香。

自从一场声势浩大的孤岛石油大会战打响,5000多名会战大军来到荒草成片、蚊虻成群的沼泽地上安营扎寨,住窝棚、吃粗粮、喝咸水。以"脚踏大庆路,肩挑千斤担,踢开万重难,拿下孤岛大油田"的英雄气概,人拉肩扛,爬冰卧雪、吞风饮沙,顶风冒雨建井站、废寝忘食保投产。1968年5月17日,第一口探井——渤二井喷出13.2吨的工业油流,孤岛油田诞生。1971年后,6年间全面开发投产了孤岛、垦利两个油田。先后建起了以孤岛基地为中心的若干生活点,形成了配套的石油基地。1977年孤岛原油日产达到1万吨,原油年产量由1970年的2万吨上升到341.5万吨。80年代,孤岛油田先后6次被评为全国高效开发油田。

走着走着,我眼前一亮:竟有一片紫槐花,红红似火、紫紫艳丽,十分令人惊奇。

关于这紫槐花的来历,还有一个凄美的故事。

那是孤岛石油会战时期,一位西藏小伙扎西推迟了婚期,不远万里来到黄河口参加战斗。一个月过去,待嫁的新娘颖儿盼星星、盼月亮,却杳无心上人的音信。那天,她从乌鲁木齐坐上了赶往山东的列车,经过几天几夜的奔波,终于找到荒原上扎西所在的钻井队。然而,前天油井发生了一场井喷,扎西为了掩护战友,自己冲到钻台,手握刹把提钻杆,却被天然气熏倒,壮烈牺牲。看到扎西冰冷的尸体,颖儿悲痛欲绝。第二天早上,天公挥洒着淅淅沥沥的眼泪,孤岛黄河故道旁一片槐树林里,几百名钻井职工、家属肃立在雨中。有认识的,也有不认识的……雨水湿透了他们的衣服,也湿透了他们的心。颖儿披红戴花,在槐林举办了一场特殊的婚礼。随后,扎西的骨灰撒在棵棵流泪的槐树根下。没想到,时光刚刚迈进五月,这片槐树林竟开出了紫色的槐花,越开越艳,越开越多,似一团团燃烧的火焰,烧红了孤岛的天,烧红了孤岛的云……

前面一棵粗大的老槐树腰弯了,却男子汉般站立,顶着天、踏着地。黝黑黝黑的身上,风雨涌动,坚硬的骨骼碰撞出春天的火花。苍老的树皮皱褶里,裹着时光的风雨,头顶的枝桠早已枯萎,但枝干又举着新的枝叶,花朵没有迟到,相约绽放。有的老槐树已经倒伏,但根部又繁殖出新叶,努力绽放着生命的精彩——为了神圣的使命!黑色,哦,那是石油的颜色,是钢铁的颜色。

是啊,岁月无情,槐树老了,骨骼还硬朗,支撑着五月的天,却支撑不住厚重的阳光,一些光阴跌落在小草的怀抱;槐树老了,他习惯了这儿的风,这儿的雨，这儿的寂寞。他说死也死在孤岛！

时隔半个世纪，一代又一代孤岛石油人砥砺前行、为油奉献。油越打越多，花越开越艳。槐树和铁树相依相拥，花香和油香相交相融。孤岛成为油地军三方相存相依的集聚地、一座现代化油城重镇，宽敞的马路、林立的楼房、繁华的商场、穿梭的车辆、闪烁的霓虹灯、碧波荡漾的湖水……孤岛变金岛、荒原成乐园，像一颗璀璨的明珠，镶嵌在黄河、大海之间。

四

我崇敬孤岛的槐花，崇敬她的平凡和伟大。她不择不挑、随遇而安，尤其在这芦苇和红柳统治的世界里，傲然屹立，驱走了荒凉，撑起这方蓝天，为盐碱滩披上生命的绿装，为生于斯长于斯的孤岛人送来了生活的清香。看到了槐树林就想到了一茬又一茬石油人。

我崇敬孤岛的槐花，崇敬她的圣洁和不凡。出身普通之家、荒野之外，却孤芳自赏，自得其乐，不逐名利，不随世俗，出杂草纷乱之中而不污染，独留一份干净的灵魂。

我崇敬孤岛的槐花，崇敬她的无私和奉献。虽然生命短暂，一年之中只有短短几天，但把有限的生命绽放了无限的美丽。不仅为人们饭桌上增加了一道可口饭菜，而且还为人类酿造出清甜的槐花蜜，把自己的一切全部奉献了人类。

有人叫你大孤岛啊，是说你天地大，能容下万亩槐林、千棵铁树，还能装下一天的星星；是说你个子大，顶着天、窜破云；是说你嗓门大，喊一声就会刮起一阵风，一刮就是一年。我却叫你小孤岛，名字小，如同一朵小小的槐花；小站小，小站内的那朵黄花小，孤独的眼神小，穿红工衣的采油姑娘身影小,一支芦苇就会吞没。你不该叫孤岛,叫骏马、叫井架。

这是油地军第28届槐花笔会。会场是在一片茂密的槐林。一个个精彩的节目,都是孤岛石油人自创自演的,就和清香的槐花一样甜美。红绿浓妆之下,我突然隐隐约约看到覆盖的皱纹、青丝之间埋藏着一缕缕月光。他们和老槐树一样,老了,但老树开花分外香,花朵更为圣洁!

舞台的大屏幕上,突然有一张黑白巨幅照片———一把黑伞下,一个襁褓中是一张孩子的稚脸,远处的油井旁,一位女采油工正在转动着阀门。这是25年之前一口夫妻井的场景,也是孤岛石油人的一个工作写照,像槐花的清香,直击人的灵魂。

春风老了,一条河流的古道老了,岸上的槐树老了,月光未老,星星的眼神未老,铁树未老,槐花未老,孤岛的采油姑娘笑声未老,只是红工衣老了,有几缕月光藏在黑发……

"槐林漾琼花,芬芳醉天涯。碧波荡漾处,飘落鸟叽喳。" 越来越多的人走进槐林赏识槐花,天南海北的放蜂人争相来孤岛安营扎寨;油地军文化部门组织的黄河口槐花笔会吸引天南海北的文人墨客相聚孤岛,释放久违的惬意心境和浪漫情怀。"槐花笔会"已成为全国知名的金色文化品牌,孤岛槐花已成为东营一张亮丽的名片。

夕阳西下,槐树轻挽着我的臂膀恋恋不舍。我采摘了一些槐花,踏上了归程。今晚,我定会做一个甜甜的美梦……

梦中的喀秋莎

谢素军

在父亲的世界里,历史的长河就是大通河,历史的浪花就是喀秋莎。

父亲说,喀秋莎,就是大通河上的秋沙鸭,它见证了这片土地的硝烟纷飞,也见证了这条河流的激流勇进。

坦白说,我对父亲的说辞不以为然,大通河遇见湟水河之后,悄悄隐去了黄河的气势磅礴,也藏起了长江的源远流长,日复一日地在河边游走,嬉戏,呼喊,从来没有觉得这条河有什么不同,不过是水时清时浊,不过是偶有渔翁,偶有大鱼。

我对鱼不感兴趣,所以对大通河也没什么感觉,直到有一天,喀秋莎真的来了。

那就是秋沙鸭,大人们颇有指点江山,挥斥方遒的气势,说,今年又多了不少，这大通河是块福地啊！

　　书上说，动物迁徙栖息的地方，就是好地方，就是福地。这句话深深刻在我的脑海里，只不过，过去的十多年，从来没有飞禽走兽，哪怕一根羽毛都不曾在大通河边飘过。这也是我对大通河不感冒最重要的原因，鸟都看不上的地方，河再宽，也不过是一潭死水。

　　其实，所有人都知道，大通河不受动物待见，根本原因就在于我们自己，不知是哪一年，哪一月，哪一天开始，大规模的开发矿产，无止境的砍伐树木，再加上可以来快钱的重工业，大通河一度变得一点也不青，一阵风吹来，隐隐有股恶心的异味，狗都不愿意靠近，更何况骄傲的喀秋莎？

　　我之所以还愿意关注大通河，并乐此不疲地把这条河的点点滴滴记录下来，只是因为，大通河又变青了，清澈见底的青，鱼翔浅底的青，毕竟，大通河是我的母亲河。

　　如果你来兰州，来石湾，来大通河，在河的不远处，会发现一块青石头，上面写着一条颇具文艺范的宣传语：爱护大通河，就像爱你的母亲一样。这些年，有多少人，花了多少时间，流了多少汗水，我不清楚，我只知道，为了大通河，这座城市就像在打仗一样，付出了太多太多。

　　保卫大通河之战，持续了十多年，至今仍未结束。我常常想，河边的古战场，也会为这场生态保卫战而惊叹，当年发生在这里的一场场史诗级碰撞，较之大通河沿岸全民参与的保护母亲河行动，也不过如此。

　　喀秋莎终于回来了，我不知道，自己是因为大通河才关注喀秋莎，还是因为喀秋莎才关注大通河。不管是何种因果关系，我都必须承认，这辈子，我都会对这个地方魂牵梦萦，念念不忘。

　　念念不忘的并不一定是好事，记忆的深处，我始终不愿意去提及的是，当夕阳将大通河盖上一层金黄的色彩，当大人们背着农具稀稀疏疏地离开，我们兴奋地摸到喀秋莎的身后，疯狂地去猎取这难得的野味，尽管双手空空，但终究是用渔网兜住了一只，两只，三只。

这是我在大通河干过最坏的事，这也是我重新认识秋沙鸭，重新定位大通河的转折点。父亲几乎是双手颤抖着将受伤的秋沙鸭放回河里，然后举起手要打我，却终究是没有下去手。良久，才意味深长地告诫我，秋沙鸭是国家珍稀保护动物，我们欠它们的。

那个时候，我并没有将父亲的告诫当做一回事儿，也完全不明白欠是什么意思。在看到喀秋莎的时候，我从不关注它们是否珍贵，我只想知道，这些野鸭子好不好吃。

我发誓，我从没有吃过秋沙鸭，但父亲吃过。而且，父亲还说，很多人吃过。

大通河是一条有故事的河，生活在河边的人，总会想起很多故事，关于喀秋莎，我那天才知道，原来在很久之前，在父亲还是我这般年纪的时候，在大通河比青天还青的那个秋天，或者是冬天，秋沙鸭像往年一样飞到这里，想休息一阵子，再往南飞。

因为饥荒，饥饿，因为那段难以启齿的岁月，村民们为了活下去，成千上万的秋沙鸭成了盘中餐，来一批，便被捕食干净一批，以至于往后的许多年，再也没有飞鸟在这里栖息。大通河，就是喀秋莎的噩梦。

所以，在后来的保卫母亲河行动中，在推动整个大通河湿地公园建设过程中，仍有一些老人在感叹，就算河水清了，鱼儿多了，空气好了，喀秋莎估计也不会再来了。即便是一群野鸭子，它们也会记仇的。

万幸的是，喀秋莎原谅了我们，大概是看到了大通河的真诚，面对这片土地,这条河流,我们是真心思过,并用尽全身力气去修复、再塑了喀秋莎深爱着的大通河。黄河之滨也很美!如今,每到晚秋,喀秋莎便会一批又一批地降落在大通河,没有一丝丝恐惧,没有一丝丝防备,它们一定是感受到了,这片土地的温情,这条河流的友好。

我喜欢站在大通河畔,看着一只只喀秋莎展开双翅,离开水面,往南飞去,一只,两只,三只,像诗歌一般在吟唱,在飞舞,轻轻的我走了,正如我轻轻的来。

一条河的秘密

梁慧君

> 我的体内藏着一条河,一条和我融为一体的河,我们流动,我们歇息。但从没有断流,永远不会断流。
>
> ——题记

传说,水是先人类而在地球上。创世之初,地球上到底有多少江河湖海,不得而知,那时也许它们都没有被命名。但因了水,生活温润起来,生命活泛起来。

那些远古的水,经过上亿年、万年、千年,在地球的沟沟壑壑里,在广袤的纵横交错里,流啊流。从大洪荒到人类安居乐业,从高处到低处,从磅礴到每一处细小,水滋养万物,滋养生命。长江、黄河、尼罗河,等等。它们不仅仅是一袭流动的水的代名词,更加是人类发展、生命繁衍的代名词。

从小生活的地方缺水,很羡慕那些沿河而居的人们。没有机井和自来水的时候，取水很远。一家人的吃水，全凭父亲去沟里的山泉挑回。人还好说，喝得不多，关键那几头大黄牛喝起水来颇有鲸吞海纳的气势，真正的豪饮，得好几大桶。夏天好，就在涝坝解决了。冬季是枯水期，涝坝没水，牛就得人赶到山泉去饮，每天一趟，风雪无阻。洗衣服啥的更加不敢放开，洗脸洗手，也是多人用同一盆水。

有一年干旱，玉米长得细细弱弱，麦子倒是勉强收回了些，可玉米大部分没有长下棒子，最后当成饲料处理了。本来玉米收了是要粜了换钱的，换了钱才能给我当学费。而隔壁川区就不一样，气候同样干旱，但他们有河，所有庄稼都灌溉度过了危机。那段时间父亲一直说，塬上好是好，就是要靠天吃饭。

从那时起，梦里一直有一条河，我和它融为一体。梦境里，女人在河边洗衣洗菜，孩子尽情嬉水，牛羊也涉水而来，麦子、玉米等植物在赶往水边的路上。水在村庄沸腾，水和村庄一起生机盎然。

后来打了机井，再后来通了自来水。

有自来水的时候，用水方便了、畅快了，但那条河仍然在梦里。

从小就在地理课本上知道，长江和黄河是中国最大的江河。第一次见到黄河，是在外出上大学的日子。学校就在黄河边，河水穿城而过。进城时候，坐在长途大巴上，第一次睹到黄河风采，那气势和力量着实唬住了我这个从小在塬上长大的人。

不过除气势恢宏，确实翻滚着泥沙，看上去黄浪滚滚。当我终于在学校安定下来，适应了新生活，学习之余，最令人愉悦的就是周末去河边玩。近距离观察，才发现，黄河有好多种性格，就像一个多变的女人。水流比较缓慢水位较深的地方，水面看起来安安静静，也是清澈的，像一个有经历有故事的人，丝毫不为一切所动，即使有风，也只是打起一圈一圈的涟漪，没有大的波澜。

有的地段流速不但快，还由于水位浅的缘故，带起大量黄色泥沙，像一个正在发脾气的人。但有水的地域，一切看起来都生机勃勃，各种生命力量充沛旺盛。因了水，植被分布茂盛，庄稼也长势优良。

待久了，发现那个城，城里的人都空灵、敏锐，也许是水沁润的缘故吧。每个黄昏，当风带着水汽从河面过来，似乎总带着某种消息，那些流水带着远方的故事，带着本地所没有的新鲜事物，缓慢渗透在当地人的生活里。

毕业离开的时候。除了对校园的不舍，对城市的不舍，更主要的是对这条河的不舍。我知道这条河早已和我息息相关，过去的那些个黄昏或清晨，并没有消失，而是融入了我的生命，也融入河的生命，我们互相影响了彼此。从此，我这个塬上人有了水的气息，有了水样的特征。当我步入社会，我知道我应该像一条河那样去生存，该静水深流的时候，就不要锋芒毕露，该显山露水的时候，就不能畏首畏尾。

而且，我深深知道，我离开河边那座城市的时候，我其实并没有离开那条河，它一直在流动，有时在大地，有时在我体内。

果然，辗转，我从黄河边的城市到了泾河边一座小城。说到底，它们是灵魂气息相融的。泾河是渭河的支流，而渭河又是黄河的支流。

我算正式地沿河而居了。

泾河相对黄河，它是娟秀的、温柔的。它细细缓缓，日夜不停地流淌。比起它的母亲黄河，它显得更加温和。

顺着泾河，坐落着许多村庄。人们依河而居。无论种地、建房还是修路，都依着河流的走势。一条河决定了周围人的走势，而人也决定了河的命运。从什么时候起，人们不再往河里倾倒污水，不再乱扔垃圾。人鱼类开始重新生长们发现，一条河流就是一个村庄的血液。曾经牛羊饮了黑色的河水，不好好长身体，甚至生病，被污染河水灌溉的蔬菜也危害着人们身体的健康。现在，污水已经严格从污水管道按照标准排放。河流又恢复了水清色碧的模样；孩子们又开始在水里摸鱼捉虾；河底清淤，河床沙场关停，河流生态系统恢复如初；清晨河边放歌，有妇女在洗菜，黄昏五颜六色的布料摊在绿草滩上，那些人体的汗味和泥土都被流水带走；月亮上升，有女子蹲坐河边冲脚，劳作了一天的疲惫顺水而去。

麦子、玉米列队吮吸，能听到嘶嘶声从土壤内部传出，它们的根系深入地下，深入河流。吃饱喝足，它们开花结果，年复一年。一个村庄的物事通过一条河进行生命转换，以生命喂养生命。

从远古，人类就依河流而居，因为水就是人的第二生命。和平期、战争期、繁荣期，任何时候，人都不能缺水。一条河的命运就是一个村庄的命运，是一村庄人的命运。

即使有一天，你离开村庄，离开河流，你还是无法离开水。你的脾性里早已融入了水的特性。

在水边生活久了，人们说话学会了温柔，遇事学会了冷静，不再那么大声吼叫，不再那么直来直去。所有的人都学会了隐忍，学会了拐弯。这是一条河给人的现实启示。20世纪60年代那场饥饿灾难发生时，塬上颗粒无收，连树皮都没有了。祖父只好打发十六岁的父亲去姑奶奶家借粮食，姑奶奶当时嫁到了川里，生活在一条名为黑河所在流域的小村子。就因为有河，河里有水，水那坚韧旺盛的生命力，给了土壤以力量，姑奶奶那年还打了点粮食，父亲借回的两升高粱，延续住了全家人的生命。得以度过了最严酷的冬季，挺到了春天。一条河从一个地域通过粮食流到了另一个地域，它的血液也贯穿到了这个村庄，以及这个村庄的人身上，在一粒粮食一粒种子上河流和生命发生转化。

后来，我去了很多地方，也看到了很多河流，很多水。那年去四川都江堰，雨雾里站在鱼嘴的堤岸上，让人如此感叹，感叹人的智慧，更感叹水的力量。都江堰灌溉工程，养活了千百万人的性命，千百万亩土地受益。

现在，交通发达，商品流通，蜀地蔬菜、水果也一一到了泾河岸边居民的生活里，于是隔着几千里路程，隔着诸多山川，一条河和另一条河，另一个地域人的生活、生命又融入一体。那些远道而来的蔬菜水果里，我尝到了岷江水的清甜和芬芳。

自从毕业离开黄河边那座城市，后来我不止一次前去，每一次总要去看河，那是和我的青春、我其中一段的生命期相关联的。每每，总是血液沸腾，情不能自已，我知道它就在我的血液里一直流着流着。

想起黄河边的梨花，它们简直开到了极致，那么大朵，那么凄美。当年那些梨花和我们的学校还在郊区，除过村民，没有多少人看到它们的美。秋天重重叠叠的梨子挂在枝头，每一个枝子都弯了腰，向生命致敬。如此大如此多的梨子我真的第一次见，好多都掉到了地里，农人们忙得来不及捡拾。

想想我家乡塬边边的梨树，因为缺水，每年梨花不是很多，梨子也不是很大。可是我们依然当宝贝一样珍爱。那些花一直就在我心灵深处，从来不曾缺席。

而黄河边这些梨花，因了黄河水的浸润，多么受宠，它们开的时候，水灵灵的。我有个念想，我要把家乡塬边边的梨树移栽到这里就好了。正当我这样惦念的时候，那一年雨水充沛，家乡梨花旺盛，它们被蜜蜂携带到远方。我想，万物归一，所有的根系在地下也一定能寻到属于自己的恩宠。

让人惊讶的是，后来见到的黄河一次比一次清澈，一次比一次温柔。静静晴日里，滑动羊皮筏子，水声柔曼，时光似乎穿越千年而来，它的金戈铁马、刀光剑影时代真的隐入历史了吗？

我一直在思索，万物其实比人伟大多了。只要有光，草木不会停止生长，而河水任何时候，它都日复一日，年复一年，不停歇地流着、流着，它真正是人类的生命源泉，也是地球的生命源泉。

只是，水怎么会有如此大的力量，如此旺盛的生命力。水到底有着怎样的秘密，一条河到底有着怎样的秘密。

某一个夏天，驱车去老龙潭。顺着泾河，溯源而上。如果说，刚开始还是迷茫，滚滚红尘随心境而走，那么越走越清爽，越走越有深入大地中央，深入地质腹心的感觉。似乎是生命在往下沉，非但力量没有减弱，反而越来越强。人由先前的懵懂变得越来越耳聪目明，心灵感应强烈。人似乎不是一个人，是万物里的一朵花、一棵草或其他什么。此次，我们朝着生命源头而去，但绝不是为了夺取，恰是为了隐藏，为了获得祝福，是为了敬畏。

近了近了，云在变淡变轻，天似乎打开了另一个层次，能将人升上去。路似乎不是路，是万物归在一处的一条通畅之地。到了，面对那些浓厚深情的绿，面对那些严肃神秘的岩石壁，人会一下子被凝固。你只有默立肃然的份，连思考都来不及，是有东西震慑住了心神，那是自然的力量，那么静，静的让人忘记了自我，它们已和我的身体、我的血液、我的灵魂强烈融为一体。

水的力量到底是有多大！从细细的一股开始，它们一旦开始流动，无论什么都不能阻挡。会穿过土壤、淌过岩石、流过沙漠。一条河说到底就是一条长长的、无限循环的血管，它们循环在地球上，循环在大地上，通过植物、粮食和人类的生命转换，循环在人的体内，循环在牛羊的体内，循环在植物体内。

通过一条河，生命交叠，生命和生命依存，互相喂养。于是，一条河的秘密，就是一段旅程的秘密，是它流过的村庄的秘密，是粮食的秘密，植物的秘密，牛羊的秘密，更加是人类的秘密。

古镇依旧词韵里

余显斌

一

很多地方都很老，很旧，如一件陶瓷，如一件古董，让人走近，就如走进一段竖行的文字里，就如走进一段典雅的历史中。人的心中，就无来由地泛出一种翰墨气息，一种诗词韵味。

青城古镇就是这样的地方。

青城古镇的古，已经有一千多年了。当年，李元昊建立西夏，点燃狼烟，带着麾下铁鹞子军，披着冷锻甲，马蹄如鼓，一路号角长鸣，打得宋军丢盔弃甲，最终，遇见一个强劲的对手。此人戴着铁面具，一声大喝，奔驰而出。从此，战场形势得以改变。从此，李元昊不再风驰电掣，所向披靡。

此人就是宋代名将狄青。

狄青出身小卒，"前后大小二十五战，中流矢者八"，一路喋血，一路奋战，最终跻身于名将之列。青城古镇，在其征战生涯中，是起着很大作用的。

二

兰州整体上说，仍属于黄土大原的一部分，这儿高天无极，厚土无边，人站在高天厚土间，身边，是千年如斯凝重浑浩的黄河，从遥远的天际而来，在千山万壑而来，然后汤汤荡荡流过兰州，流过兰州大桥，带着斜阳，带着塞外气韵，给人一种雄浑，一种浩大。

黄河流过兰州，就如一声铜板铁琶的高歌，如一声响彻云天的号子。

人站在黄河岸边，风吹衣衫猎猎作响，竟小如一蚁。

兰州是一首边塞诗，是王昌龄诗歌中的一声芦管，是李白笔下那轮边塞的明月。虽然，今天它已彻底抛弃荒凉，已经绿色荡漾，花红如颊，鸟鸣如珠了；虽然现在它已经如一片青瓷世界，洁净如洗了。可是，高山、大原、黄河组合在一起，仍带着一种雄浑，一种粗犷。

兰州如是一首唐诗，那么，隶属兰州的青城古镇则例外，则如一阕词。

因为它多了几分精致，多了几分典雅，多了几分翰墨，多了几分幽约。人从兰州城走过，从皋兰山走过，从黄河大桥走过，一步步走向青城古镇，就如听歌女的音乐，突然之间，由唐诗的刚健，滑向宋朝小令的清新。

如果以人作比，兰州城是雄壮威武的项羽，那么，青城古镇就有点如美丽的虞姬。

如果以音乐作比，兰州城如果是一声边塞的号角，那么，青城古镇有点如红牙檀板下的清唱。

如果以古董作比，兰州城如一尊青铜器，那么，青城古镇就是一尊青花瓷。

凡是古镇都少不了水。水如果是母亲，那么，古镇就是女儿，就是这位母亲养在深闺的小家碧玉，如清溪浣纱的西施，如渡头撑船的江南采莲女，有一天，突然轻拂珠帘翠幕，走上前台，团扇掩映，轻轻一笑，倾国倾城。

黄河如果是母亲，青城古镇就是它养育的女儿，当然，不是唯一的。

当年，狄青选择这儿修筑城池，抵挡西夏铁骑的时候，毫无疑问是想到了黄河的。那时，这儿一定有护城河，一定需要引水灌入护城河中，于是，黄河一线水，就进入镇子，就为镇子供给水源，就为护城河供给水源。也正是有黄河水滋润，这儿时时出现一片水塘，有的近于湖泊，荷叶田田，接天而绿，荷花朵朵，亭亭玉立，一副"倚门回首，却把青梅嗅"的样子，将古镇摇曳出无限风情，无限水韵，也将古镇晕染成一幅微型江南的风情。

也因此，古镇被润泽得一尘不染，洁净如玉石雕琢的艺术品。

一座城门楼高高地矗立在时光里，古砖垒就，显得古朴，庄重，雉堞仍在，城楼高耸。下面，是拱形的城门洞，深深的，给人一种深邃一种厚实的感觉。人走在这儿，耳畔仿佛听到了鼙鼓声，听到了喊杀声，听到了马蹄奔腾的声音，听到了刀枪撞击的声音……

古地，能给人以荒怀古之情。

古地，更能让我们回望过去，回望我们的来路，回望我们文化的根。千年过去，无论西夏勇士，无论大宋健儿，都是我们的祖先，他们曾在这块土地上厮杀过，在这儿流过血，献出过生命，他们都是为了他们的国家，为了他们心中的梦，因此，都值得我们敬重。

走青城古镇，是对历史的尊重，更是对祖先的怀念。

他们在这儿留下了传说，留下了痕迹，我们应当来看看，来走走，来捡拾一些历史的碎片和记忆。

三

古镇的街道铺着方砖，一片庄重的灰色，这是宋朝的，还是今天的，这些都已经不重要了，重要的是，这儿曾记载着我们的一段历史。

两边是房子，多是四合院，依然粉墙黛瓦，依然台阁高耸，雕花镂纹的墙砖仍在岁月里典雅着，精美着；门窗户扇仍陈旧着，精细着。当年，这儿一定有马蹄哒哒的书生走在街道上，有高楼女子在窗扉后面悄悄看着，见到书生抬头仰望，一定会带着羞涩，微微一笑，躲到窗帘后面去了。

那时，一定有一个个士子在这儿漫步，木屐声声，走向市井；有仕女如柳，走过雨丝翠色中。

这是一处书香习习的地方。

翰墨浮荡的青城书院就在镇子的东街，木制板墙，陈旧的橡梁，优美的雕花，一切都如在古诗词里凸显出来的。两盏红灯笼在风中轻轻飘摇着，当年，可曾照亮一个个学子的行程，可曾照亮他们踏月归来的脚步？

当年，皋兰县、榆中县、靖远县的学子，都负笈而来，长袍大袖走向这里，走向一片书香流洒的地方。月亮升起时，这儿一定有洞箫声伴着月光，一直飘向远处，飘向那边的高楼吧。高楼上，一定有女孩在静静地听着吧。女孩的相思，也一定洁净如一片天空的云朵吧。白日里，这里一定有琅琅的书声，有平平仄仄的吟哦声吧。

这些都早已远去了，随着岁月，随着时光，随着镇外的黄河水，流向了远方。只有这座书院还保存着，保存了一段古镇的历史，也保存了一段风流才韵。

一座不大的书院，竟然走出二十三名进士。

二十三名进士走出科场，走向社会，走出自己清风明月般的风神，走出自己一路的潇洒风采。

这些，都是因为有这座书院，有这座小镇。

四

狄青雕塑，毫无疑问应当成为古镇的标志建筑，成为古镇的点睛之笔。

青城古镇之所以叫青城，就是因为它诞生在这位名将的手里，出现在他的战争视野里。

历史对青城古镇的记载很少，甚至它的作用，都没有用文字加以评说，只是说，狄青巡边的时候，相中此处，于是马鞭一指，就在这儿建造了这样一处古镇。毫无疑问，开始的时候，这一定是一处战略要地，是阻遏西夏大军马蹄的地方。

狄青此时担任着秦州刺史，《宋史·狄青传》记载，"宝元初，赵元昊反，诏择卫士从边，以青为三班差使、殿侍、延州指使。……以功累迁西上阁门副使，擢秦州刺史、泾原路副都总管、经略招讨副使"，大概也就是此时，他曾在这儿建府办公。

今天的青城城隍庙，据说，就是狄青当年的府邸。

整个城隍庙的建筑面积达一千平方米左右，由大厅、门楼、戏楼等组成。门楼立柱浑圆，上面层楼叠起，翘角飞扬，十分壮观。

狄青的雕像，就矗立于城隍庙前。

将军长须飞飞，战袍随风，手持铁枪，身披战甲，望着远方，脸上一派祥和，甚至还透出一种儒雅和淡定。将军胯下的骏马，昂首嘶鸣，骨骼铮铮，极具力量和劲道，好像一踹马镫，就可以腾空飞驰一般，给人一种栩栩如生的感觉。

千年易过，岁月如水。

将军的功业没有消失，将军的身影也没有消失。这儿的人，用一尊雕塑将将军留在这儿，将一个民族的铁血风神凸显在这儿。我们的民族有柔情如水的一面，有铁骨铮铮的一面；有温情儒雅的一面，也有喋血悲歌的一面，这些，都在狄青的雕像中得到了很好的体现。

这尊雕塑，与其说是雕塑将军的风神，不如说是在雕塑一个民族的风神，一个民族的精神形象。

五

很多时候，铁血是为了和平服务，战争是为了繁荣奠基。

青城古镇是为烽烟而起，为鼙鼓而生，为了防御或者进攻而建的。可是，战争毕竟是短暂的，和平才是长期的，团期才是长期的。西夏最终和宋朝坐在了谈判桌前，进行磋商，进行谈话，握手言和。几十年的硝烟，最终消散，几十年的鼓角争鸣也最终消失。

化剑为犁，笙歌处处。

从此，边塞再也没有了哭声，没有了生离死别，有的是如花的笑声；再也没有了战伐，没有了干戈，有的是琅琅的书声；再也没有了仇恨，没有了流血，有的是相思和爱情。

一切，都美如这儿池塘水陂中的荷花。更美如荷花的，是这个古镇。

古镇此后变得繁盛，变得富足。这儿有了酒店，随风飘摇着，有当垆女子双颊带着微笑，迎接着远来的客人；有乘船而来的商旅，带着疲劳，走向这儿的茶馆，借一杯茶洗涤满身的征尘。当然，也有远走西域的驼队马队，吁地一声停下马蹄，走进客栈，要上一壶酒，几碟菜，慢慢地品着吃着，看着窗外的风景，第二天再次鞭哨一声，喊一声走了，走向更遥远的地方。

这儿的水烟也成为天下名品，远销各处，包括天津、太原，还有北京。那时，这儿的黄河边一定有渡口，一定有船停泊在那儿，等到水烟，还有其他货物上船了，船家扯起船帆，借着一帆风，一直走向远处，走出青城人视线的尽头，走出青城女子视线的尽头，走向白云的尽头。

那时，"梳洗罢，独倚望江楼，过尽千帆皆不是，斜晖脉脉水悠悠，肠断白蘋洲"的思念，不只是江南高楼的情形，在青城古镇也一定出现过。

那时，"孤帆远影碧空尽"的画面，不只是在李白的诗中出现过，也一定在青城出现过。

和平如春风春雨，滋生万物，包括笑声，包括歌声，包括月夜的歌舞，包括书斋的长吟，也包括这里的建筑。

青城初次出现历史中，本名"一条城"，约二里许，东西长、南北狭，故得此名。

而今，走在这儿，则如走入一座真正的城。整个古镇街巷交织，犹如棋盘。主街有商铺、粮店、药店、餐馆等。住宅则顺着小巷建造着，尤其现存的五十多处四合院古建筑，更是处处点缀。古宅的门前，都有石雕狮子，或双面石鼓；有的矗立着一块黄河巨石，给人一种朴实，一种浑厚之感。古宅无论大门，无论照壁，无论堂屋、厦房，都有精美砖雕和木雕图案：福禄寿、十二生肖、吉庆有余，还有盛开的牡丹，飞舞的凤凰等雕刻，使得古镇成为艺术的长廊，成为固体的诗词，和立体的绘画。

行走小巷，有时，有高跟鞋声一声声从深巷那畔响起，走来一个细眉长眼的女子，在身边缓缓走过。人，一时感觉到如走在江南诗中，如走在戴望舒的《雨巷》里。

人走古镇，得缓缓地走，慢慢地看。这儿是市井，可又远离市井；这儿是红尘，却又隔离了红尘。

这儿是黄河之滨的一个古镇，更是历史的一页翰墨风景。

古风古韵的汭河

原野

一条弯弯曲曲的汭河,从黄土高坡流过数千年,岸上的村庄里,古树、旧宅、山泉、鸟鸣、犬吠、阡陌、炊烟,倒映在河水的清波里,显现出一副古风悠悠、时光曼妙的山河岁月画卷。时光碎片,留在岁月深处,在汭河的浪波上捡起来,便是一段历史,一阕诗经,一部古老的神话!

走在汭河湾的村庄,你便走向远古,走进邈远的岁月,走进历史烟云、人间烟火的更深处。"无论魏晋,不知有汉"。徜徉在山情水韵中,恍若寻觅到了万水千山中的武陵之源,你亦会成为世外桃源中的一粒人儿!

古树如故人

在汭河湾,那些千年古槐老榆,躯干沧桑而枝繁叶茂,覆盖着人间烟火中的旧情新境,让人有恍若隔世之感。古风灌满隐隐的屋舍和宽窄不同的巷子,徜徉之中，走走停停，一停脚一抬头间，就会遇到一棵又一棵千年古槐或老榆树，抑或枝干斑驳面目沧桑的老枣树，站到了你的面前，像一个个故人，沧桑却慈眉善目，微风轻拂，如颔首问候，洒下阴凉，让你与久远的故人在此相逢。

赵湾村坐落于汭河南岸，五龙山脚下，属于唐关古道之要塞，与汭河北岸的庙台古村隔河相望，如铜城峡口的两扇大门，静守着汭河的悠悠时光。

这是一座有着千年历史和民俗文化绵延的古村落，1000多人的小山村，因为人与自然的和谐相处，也因为从前的相对闭塞，更是由于人对大自然和草木的敬畏，让这一棵棵古树，在这里站立了上千年之久而依然葳蕤于大地之上，迎风纳雨，托日容月，站成时间亘古的守望。

汭河湾的古树，似村庄的一尊尊神。走过一棵棵古树之下，总会看到，树的枝干上，有一条条红色绸缎披在树上，像一朵朵盛开的红色鲜花，喜庆祥和，浓墨重彩。村民们每逢初一十五，来到树下，上香拜谒，祭奠祖先，多少年来，敬畏之心，从未改变。

处于村庄西面的最高处崖畔上，屹立着两棵三千年的古槐，走在村庄的任何一个位置，仰首就会看到两棵大树，站在那间从前的山神庙旁，如华盖，又如村庄的两座碑，守望着村庄的四季时光，看花开花落，佑岁月安详，人间安康。更大的那一棵，人称"望归槐"，里面蕴藏着许多活灵活现的传奇故事，枝干上有久远的锯齿，被时光抚平，但依然痕迹可见，有被岁月扭曲的枝干，呈曲线环绕状，但依然顶天立地，曾经被风霜雨雪劈裂的枝条，又被春风雨露发出了新枝嫩芽，时光的影子、人间烟火的履痕，都如一页页古老的《诗经》，一年年，唱出一座村庄的风雅颂辞。

对村庄古树的敬畏，有许多轶事典故。大炼钢铁和生活饥荒年代，村民们曾几次欲将那几棵大树砍伐用作木料或柴火，有几次，大树锯到一半，人在休息时，锯口一会儿就长住了，有时锯口流出鲜红的液体，如鲜血一般。还有几次，人在砍伐树木时，总是频频出事，不是手被夹伤，就是胳膊或腿被弄伤，村民们再也不敢轻举妄动了。

在村庄的各个地方，都有千年树龄的古树，像一个个老者，分布在村子里。在老村庄北面的入口处，有两棵1800年树龄的古槐，对称屹立，人称槐门，像村庄的大门，高耸挺拔，门楣沧桑而枝繁叶茂。传说很久以前，这两棵树就是赵湾村的守护树神，它们被神化成青龙白马的化身，保护着村庄人畜兴旺，平安安详。甚至有老人说，每当深夜月光下，会看到一条青龙、一匹白马在槐树下，仰首或左右张望，唯恐妖魔混入村庄。在村子里，还有被人们称作蟒树、卧龙树者，都有着传奇的轶事。

据村里的老人说，赵湾村祖祖辈辈，没有发生过什么大的天灾人祸，几千年来，都是人丁兴旺，五谷丰登，岁月静好。如今的赵湾村，在古树之下，美丽着、兴旺着，日子富庶，村子里在外做官公干的人员，在本地是最多的。冥冥之中，槐荫村庄，家兴业旺。

我深信万物有灵，那么多的古树，随着年岁久远，看尽春花秋月、人事代谢，看穿世事纷纭，也看透天地无限之事。像一个个已逾耄耋之年的老人，什么都经历过了，什么也都释然了，什么事情也都有了先见之明。这些古树和人一样，超然物外，在天地之间，修炼成一尊尊神灵，见证着一座小小的古村落的前世今生，也荫护着一座村庄的世世代代。

赵湾村的一棵棵古树，是这个村庄的一个个故人，它们是那些曾经教民稼穑的先祖，它们是唐关古道上一个个在烽火狼烟中曾经守望的战士。在与天地共存中，成为村庄的一部史诗，山河大地的一尊尊神。

汭河弹奏山村岁月

没有人能够说得清楚,这眼山泉,到底从什么时间、哪个朝代就有的,更没有人能够说出,这眼从赵湾村庄南山根下流淌出的山泉,到底滋养了多少代人,沐浴了多少茬庄稼草木和牛羊畜禽。

古典的汭河,古老的山泉,淙淙流淌,偶尔有村民慢悠悠地来到泉边取水,让人恍若走进世外桃源,此种境界,多像陶渊明笔下的武陵源一般。

谜一样的山泉,更似一把古琴,在这座小村庄里,弹拨着岁月的旋律。养育了一代代村庄儿女,几千年来,村庄五谷丰登,户户儿孙满堂,人寿年丰。

村民将这眼泉叫作老泉或龙涎泉,老泉说明它的时间久远,龙涎泉之说,有着更为形象的诠释。站在南山或北山的更高处,俯瞰赵湾村落,形似一条张着大口的腾龙,在汭河南岸呈腾飞之势,泉眼就在龙口之中,叮叮淙淙,日夜流淌着一股清澈的水系,几千年或者更远,从未干涸过,也未断流过。

过往的岁月,黄土高坡十年九旱,许多村庄里庄稼枯死,四野荒芜,常常遭受年馑,甚至颗粒无收,一些村庄里,因为饥饿,连榆树皮都剥着吃光了。而在赵湾村,因为这眼清泉,多少年来让村民都未受到过太多饥荒。

龙涎泉,就是赵湾的生命线,从南面山中流出,贯穿全村,浇灌了庄稼,保证了人畜饮水。像一把古老的琴,弹奏着村庄的四季日月,滋养着人们的幸福生活。

人们在探访、寻找赵湾村为什么有那么多长寿的老人,我想与这眼山泉会有着很大的关系吧!

随着小康住宅的建设,自来水已通到了家家户户,但是赵湾人,依然坚守着,人吃的水,还是来到这眼清泉中,一桶桶拉回家,滋养着一日三餐,煮茶烧饭。据有关专家化验,泉水富含近30种对人体有益的矿物质元素。

赵湾人把这个泉中的水，也叫作黄瓜水，的确如此，走到泉边，会有一缕淡淡的黄瓜甜香飘入鼻中，清新、淡雅，流入肺腑，那种惬意，只可意会不可言传。

泉水不是很大，却日夜流淌，宛如一首岁月长歌，畅响着一座小村庄的春花秋月。像一把古老的琴，弹拨着、滋养着千古岁月。

赵湾人的日子，在这把古琴的弹奏中，细水长流，幸福绵远。

老宅里装满旧时愿景

在汭河的拐弯处，沿着那些弯弯曲曲的石板路走，走入一座座老宅，带你进入人间烟火的深处。石板路的缝隙里，长出一簇簇小草，像故人走过的脚印，踩在上面，能感觉到岁月的旷古中，有历史深处人间烟火绵软的温度。

柴门虚掩，斑斑驳驳，院内无人，故人不再，新人搬去不远处平坦地带的新住宅安居乐业。风轻轻一吹，院门就会吱嘎一声开来，一片沉寂中，静静聆听，似有故人轻声细语说话，进得屋中，只有那旧物件，静静的，在每一个角落里，落满岁月的尘埃，好似有一双双眼睛，看着来人。

院墙和屋顶上，千年苔藓，长成了灰褐色，像岁月里写下的铭文，记录着天地之间从这里逝去的岁月。院墙像豁口的门牙，走漏着遥远的故事。

这样的院落，在赵湾有多处。那些明清时期的建筑，依然站着，见证着岁月的过往，多少代人在这里居住，发生过多少人间故事，已难以说清楚。

典型的四合院落，风格古朴，门窗雕刻精美，窗棂楔铆紧密，土坯、青砖青瓦、木材兼有，沧桑而不失古朴典雅之原貌，斑驳而又坚固挺拔。挂在墙上的连枷、犁铧、锯子、镰刀、木叉、木锨等旧物件，像停泊在岁月深处的一叶叶小船，野渡无人，静观风雨世事。

一个个故人，从这儿出生、长大、慢慢变老，养儿育女，留下了许多难以抹去的印记，烟熏火燎过的墙壁、土炕、灶头，如一幅幅褪色的水墨画，演绎着曾经这方水土上，春种秋收、悲欢离合，一代代人的一生一世，从这儿走过，只留下这一座座老宅，在回忆中守望，在守望中看新的一代人重新踏着故人的足迹，立于世上，创造属于他们新的人生。

一代人有一代人的生活，一代人有一代人的追求和向往。新的生活不断代替了旧的日子，而新的时代依然蕴含着古典的情怀，老宅里装满人间美好的愿景。

如今的赵湾人，都已从这一座座老宅中搬迁而出，另辟蹊径，建成了小康住宅，朝着故人们做梦都未想象到的更加幸福美好的生活迈进。

新的生活是更加美好更加幸福的日子，但随着岁月的更加久远，乡愁在一座座老宅里更加缱绻，人生的回望与怀念，终有这一座座老宅，留住了深深的根，留住了人生代代无穷已的情怀。

"人事有代谢，往来成古今。江山流胜迹，我辈复登临……羊公碑尚在，读罢泪沾襟。"徜徉在这古风古韵的巷子老宅中，蓦然想起唐孟浩然的《与诸子登岘山》的诗句。

这儿曾经的人已化作一抔黄土，而那些散落在山村角落里、荒野中、墓地上的一块块墓碑，依然留住了这一座座老宅里生活过人们的往事。在村庄里，有近二十多块碑，有嘉靖年间的，有民国时期的，他们站着或者作院墙、铺山路，依稀可见的那一粒粒字迹，述写着岁月的过往，述写着一座老宅主人的人生脉络和对未来的向往。

这是岁月久远的记忆，也将是人间乡愁永恒的守望之根！

汭河岸上满怀古风古韵的长寿老人

在汭河南岸，一千多人的小村庄，有20多位耄耋老人，幸福地生活在青山绿水、古风古韵的村庄里，不得不为山村因生态自然的养生长寿而叹服。

和村民们聊天谈起关于村庄里的老人时，村民们说，去年有一位99岁的老人，无疾而终，否则村庄里就有百岁老人了。那种自豪之情，溢于言表。让一座村庄有了更加神秘的内容。

是自然生态、地理环境，还是因为那股千年流淌的老泉之水，使得赵湾村成为一座长寿之村，尚且没有定论。而正是那么多长寿老人，绵延了一座村庄的历史文脉，见证了一座村庄的发展变化，为赵湾村的古老写照，增添了这座千年老村的古风古韵。

俗话说："家有一老，如有一宝"。在赵湾村，那么多长寿老人，就是赵湾村的宝贵财富。他们从旧时光里一路走来，把一座村庄走得安详静美。在往来成古今中，经历风雨艳阳，看尽花开花落，悟彻人情世故。村中的耄耋老人，大多数精神矍铄，身体硬朗，或做家务、领孩子，或喂牛羊、种菜园。须发冉冉，一个个仙风道骨的模样，让来到赵湾村的人，恍若走进世外桃源。

我用镜头拍下了好多个老者生活、劳作、休闲、树下打盹的场景，那种超然红尘之外的境界，那种幸福安详的表情，那种大隐者的情境，总会使人眼前浮现出采菊东篱下，悠然见南山的画面。他们一个个似从古代走来，似从武陵源走来，他们不紧不慢的生活，安然的表情，慢条斯理的言语，让时光在这里升华，岁月成为烟云过往。我蓦然明了，幸福就是安详，美好就是时间的悠长。

他们一个个慈眉善目的模样，时光已把他们修行成一个个大隐者的形象。许许多多的历史过往、传说故事、岁月轶事、人间风云，他们娓娓道来，把一座村庄的前世今生，慢慢打开，还山村岁月成一首诗、一幅画、一部悠长曼妙的历史长卷。

这些老人，他们重礼仪，见人和蔼可亲，走过他们的门口，他们会很客气地邀你进家中喝茶小坐。当你在村庄中遇上一个老者，他一定会问你，找谁啊！来自哪儿？你若聊一会家常，他会为你讲述这座村庄的过去，讲述发生在这座古村落里的大小之事。他们讲那些邈远的岁月，一代代口口相传的玄幻故事，讲饥荒年代的困窘，讲这儿都出过些什么人儿，像你慈祥的父母或爷爷奶奶，家长里短，娓娓道来。

在方圆几十里，多少年来，人们将赵湾村称作"礼行窝窝"，也就是说，这儿的人们重礼仪，待人真诚和善，代代传承，一直延续着古人的家风庄风。

仁者寿也。我想，为什么会有那么多长寿老者，这应是其中最贴切的答案吧！

人生代代无穷已！在敬畏天地，敬畏自然，敬畏苍生中！人绵延了一座村庄的历史，赓续了一座村庄的血脉，绵延了一座村庄的礼仪之光，而村庄里的人，亦得到了天地日月的普泽，让人间烟火千年不断，儿孙满堂，五谷丰登。

这便是大自然的相携相生之缘，让立于尘世间的人们，健康长寿，幸福绵远。让千年赵湾，飘荡古风，绵延新韵，富庶安宁！

卷二

小说 影视解说

XIAOSHUO YINGSHIJIESHUO

三集纪录片《青绿甘南》解说词

王登渤 滕飞

第一集 有无相生

1925年初春，一位名叫洛克的美国植物学家，走进了一片生态绝佳、梦幻般的山川，深深地感慨道，"我平生未见过如此绚丽的景色"。

他将关注的目光，放在一种名叫云杉的珍贵树种上。

当时，全中国所统计的云杉种类只有17种，而洛克在这里就发现了至少10种，是名副其实的"植物天国"。

这片被洛克称为"遗落伊甸园"的地方，名叫甘南。

在此后的岁月，这里经历了人与自然相互博弈又和谐共生的起伏跌宕，见证了古老大地与现代文明相互碰撞又并行不悖的非凡历程。

如今的甘南,作为黄河、长江上游水源涵养和补给地,国家生态主题功能区和生态文明先行示范区。所有慕名抵达并驻足停留的人,都会切身感受到,十多年来,这片天地间所激荡起的华彩蝶变,以及中国生态理念的生动实践。

这一切的背后,究竟隐藏着怎样的文化密码?又发生着怎样的深刻变革和艰难转折?以及不为人知的动人故事。

甘南草原的故事,正在江河澎湃中,娓娓道来。

甘南藏族自治州,位于甘肃南部,青藏高原东部边缘。这是一片古老而神秘的土地,是举世瞩目的古人类生存活动的家园。

2019年,陈发虎教授领衔,兰州大学环境考古团队的研究成果,在《Nature》杂志在线发表,研究揭示一件发现于中国甘南夏河县的古人类下颌骨化石,距今已有16万年。这是除西伯利亚阿尔泰山地区丹尼索瓦洞以外,发现的首例丹尼索瓦人化石,也是目前青藏高原的最早人类活动证据。该成果得到全球全覆盖式报道,荣登美国《考古学》杂志"2019世界十大考古发现"。一次石破天惊的考古发现,将甘南藏族自治州夏河县甘加镇白石崖洞,推向世界学术前沿,随着夏河遗址和文化内涵信息的进一步研究,丹尼索瓦人的神秘面纱,正在被层层揭开。

伴随青藏高原的不断隆升,拂去历史的尘烟,新一代的甘南人,正在以自己的智慧和方式,回应着草原深处的深切呼唤。

玛曲,在藏语中,就是"黄河"的意思。位于青藏高原东端的玛曲县平均海拔达3700米,黄河自青藏高原巴颜喀拉山脉发源后,在玛曲境内流程长达433千米,黄河的水量在这里增加108亿立方米,占黄河总径流量的58.7%,被誉为"黄河蓄水池"。

黄河从发源地到这里绕了一个大弯,也随之成长、壮大、奔涌向前。

在玛曲县欧拉镇,这天早晨,56岁的卓玛加布又带着自己的员工来到草原上种草。

在草原上种草,这件事情听起来近乎荒诞,但在玛曲,势在必行。

从20世纪八九十年代开始,玛曲草原沙化的问题开始日益突出,水源涵养能力不断下降。

卓玛加布从小就生活在玛曲黄河边,他记忆里的家乡,如田园牧歌一般,清爽,美好。

目睹着记忆中的美好逐渐消失,卓玛加布开始焦虑起来。

【藏语采访】卓玛加布:2012年、2013年那两年,黄河水位下降得厉害,经常看着黄河,生怕它会干涸,有些忐忑和不安。

草场退化了,那就重新再种草。

【采访】卓玛加布:自己摸索,土办法,我在这个上面撒黑土,撒那个牛粪羊粪。

然而,生态的改善不能只凭满腔的热情,还要有科学的方法。卓玛加布在黄河边种的草,很快就枯干了。他不断地试验,不断地请教专家,最终找到了一个行之有效的办法。

先将披碱草、燕麦和高原柳间种、混种在一起。柳树是本地最易成活的品种,且带着完整的根系,燕麦是克沙高手。保活的柳树给麦、草遮阴,避免了艳阳和沙土的灼烧;燕麦又可以给披碱草打掩护,让它们顺利度过生命中的脆弱期,一旦披碱草成活,成长起来,就可以对付最难对付的风沙和干旱。

卓玛加布的试验获得了成功,曾经光秃的沙丘开始变得郁郁葱葱。

于是他加大投入,扩大种草的面积,期望通过自己的努力改变沙化的土壤。

其实，为了改善生态而自掏腰包，卓玛加布并不是第一次。

十几年前，一直埋头做生意的卓玛加布，忽然意识到，曾经美丽的草原上遍布垃圾，而人们对这一切似乎熟视无睹。

执拗的卓玛加布决定靠自己的努力，还家园以美丽。这也开启了他十几年孤独捡垃圾的历程，并带上了自己的家人和员工。

几年的时间，尽管用尽了全力，也无法触摸这浩瀚草原的边界。卓玛加布陷入孤立无援的苦闷中。

绝望之际，从2015年开始，他看到了一些变化。一些机关干部开始捡垃圾，陆续有人挨家挨户进门宣传无垃圾的理念。在甘南党政部门的强力推动下，一场轰轰烈烈的"环境革命"，点燃了燎原的大火。

卓玛加布不再孤单。

经过三四年的坚持，躬身捡垃圾，不乱扔垃圾，渐渐成了所有甘南人的共识。从熟视无睹和习以为常中，一场脱胎换骨般的变革正在悄然发生，对于生活在甘南这片土地上的人们而言，或许是一场生活习惯的重塑。

生态的破坏总是"横扫千军"，要重新恢复就得有"绣花"的功夫。因为艰难，所以珍惜。

2022年，甘南系统开展山水林田湖草沙保护治理工程，已有成熟治沙经验的卓玛加布，立即参与其中。这让他不仅无需再自掏腰包，还能从中获得一笔收益。他将用三年的时间，让曼日玛镇1980亩的河边沙化地，全部转化为优良绿色的生态系统。

如今，充满信心的卓玛加布，喜欢带着孙辈们，来到自己出生的地方，一起欣赏家园的美景，给孩子们讲述着敬畏自然的道理。

党的十八大以来，甘南通过退牧还草奖补、黄河河堤的护坡、流域的绿化固化、河道乱采乱挖治理和鼠害防治等措施，让近三百万亩脆弱草场得到恢复，上千万亩草原实现了畜草平衡，百万亩的沙化草地和退化草地生态得以恢复。

为了家园的美丽，卓玛加布已经花费了不少的时间和积蓄，他说，这是在还债。

当人们肆无忌惮地透支自然后，自然会以自己的方式给出警示，而有些"还债"，会以残酷的方式让人们刻骨铭心。

舟曲县的杨润海，便已经历了十几年的切肤之痛。

刺骨的寒风里，杨润海早早就和志愿队员们一起，来到了舟曲特大山洪泥石流抢险救援纪念馆，清扫垃圾，整理杂物。

这已经成为杨润海生活的日常，除了纪念馆，他们还会定期到县城街道、社区中间，所有需要的地方去捡垃圾和帮助他人。在许多熟悉他的人眼中，他仿佛变了一个人。

群山静默、岁月无声，带给他无法抹去伤痛和改变的，正是周围这些高大、亲近、而又令人恐惧的群山。

2010年8月7日深夜，舟曲泥石流灾害共造成6万多人受灾，1557人遇难、284人失踪。

遇难和失踪者中，就有杨润海的17位亲人，包括他的父母、两个孩子和四个兄弟姐妹。他和妻子因为外出，才得以幸免。

曾经美满和坚固的一切，都随着那场泥石流，而随之淹没。

在此后漫长的日子里，杨润海和妻子都走不出这令人窒息的苦痛和阴影。

【采访】杨润海：全家人都没了，当时自己都不想活了，当时我走到哪里，几个亲戚就跟到哪里，怕我寻短见呢。当时真的有这个想法，全家十几口人都没有了，光把我丢下了。到2016年以后，就想开了事情，也过去四五年了，咱也要正常地过呢。

2016年，随着两个孩子的相继出生，杨润海住进政府安置的新房，并创办了一家家政服务公司，他的生活也慢慢开始改变。

也许是经历过生离死别、人生无常，杨润海对一切事情都充满耐心，更看淡了利益，开始主动去帮助他人。

他所居住的安置小区，大部分住户都有着和杨润海相似的经历。在杨润海的号召下，很快就成立了志愿服务队，无论是护送病人，还是搬运物件，只要有需要，服务队就会出现。大家相互帮助，也相互温暖、相互点亮。

在这个过程中，杨润海将目光和反思，逐渐聚焦在了生态上。他感觉，这场灾难，是大自然对人类的警示。

【采访】杨润海：就想起泥石流那么大，肯定就是生态破坏太严重了，生态环境如果能保护好的话，以后可能这种事情都是发生的几率少得很。

如果附近山上的植被足够茂盛，根系足够牢固，如果河道足够通畅，即使发生自然灾害，后果也不至于如此惨烈。

他希望能少一些"如果"。

三眼峪就是当年泥石流爆发的地方，每逢雨季来临之前，杨润海和志愿队就要去三眼峪看看，看看才安心。

【采访】妻子：咱明知道不愿意，实际上是支持的，你也一把年纪了，你喜欢做的事情你就去做，想做的事情做了，哪怕是再忙，心里面都是舒服的。

很多时候，杨润海会带着妻子和两个孩子，来到这里。

一家人和逝去的亲人在一起，晒晒太阳，谈谈心。

妻子明白丈夫心中的苦，丈夫也理解妻子心中的忧，坐忘之间，也就浑然忘忧了。

对许多人来说，生态环境也许只是美好的愿景，但在杨润海的心中，这关乎生死，如果不及时改变，会有生命作为代价，会让人间有更多的生离死别。

经历过阵痛，也在阵痛中崛起。懂得爱与珍惜的杨润海，正以全新的眼光看待人与自然，倾尽全力。

大自然不会总是顺从人意，不会容忍人们无节制的索取。索取，更需要补偿。

吃够了因植被破坏而频繁暴发地质灾害的苦，从种草治沙到植树护林，也如全域无垃圾一样，正汇聚成新的洪流。

舟曲和迭部都是著名的林区，群山绵延、层峦叠嶂，是树木生长的好归属。

这天上午，护林员杨安生和魏永安和过去的每一天一样，带着树苗来到林区栽种。

【同期】今天的这个树栽下，差不多能活呢吧，昨天这雨下得好。

人们很难想象，如今郁郁葱葱的树林，曾因为无节制的砍伐，面临消失殆尽的危险。

20世纪下半叶，全国掀起建设高潮，这里千百年成长起来的粗壮树木，成为了优质的木材，被从迭部运往全国各地。

当时，在迭部林场工作的杨安生，每天的任务就是伐木。

【采访】杨安生：当时说你是为了生活，我们是伐多少给多少工资，五六百年的树三个小时左右就砍倒了，全部加工成木料了。现在觉得那树太可惜了。

如今，在茂密的林下，仍然依稀可以看到当年疯狂砍伐留下的痕迹。

【采访】杨安生：几百年的大树你看，都抱不住，现在朽完了。

就这样，曾以绿色而著名的迭部，渐渐失去了森林的庇护，一度变得黄沙肆虐。

【采访】杨安生：以前的老百姓盗伐，对自然影响大，气候也干燥，到处也发洪水。

到了1998年，国家启动天然林资源保护工程，迭部也正式开始"封山育林"，全面禁止砍伐树木。

杨安生等曾经的伐木工，纷纷正式转变为护林员。

也正是在这一年，魏永安来到林场工作，两人从此成为了一同护林种树的好伙伴。

除了日常的进林巡护，护林员最重要的工作便是补栽树苗。

【采访】我们的目标是把当年砍伐的全部都栽回来，给子孙后代一个青山绿水的环境。

用今天的努力弥补曾经的过失，然而，这一切又谈何容易。

【采访】你看，这是前几年栽的，长势好着呢，这个雨水充沛的话能长20厘米，雨水不充足，你看它就长这么一点。

如今，这片60多人的林场，平均每年要栽种15万棵左右的树木。

环境的明显改善，不仅有效止住了滑坡等危险，也让这里再次成为"植物天国"和动物的乐园。

如今，迭部县的植被覆盖率已达87%，森林覆盖率则达64%以上，有1671种高等级植物和大熊猫等183种野生珍稀动物，以及一百三十余种野生食用菌类和127种药用植物。

洛克心中"遗落伊甸园"的美誉，当之无愧。

长期以来,受逐水草而居、人畜混居等传统生产生活方式的影响,环境"脏乱差"引发的"破窗效应"严重制约着甘南高质量发展和社会治理现代化。2015年以来,甘南从开展城乡环境综合整治入手,在全州范围内开展了一场声势浩大的"环境革命"。"环境革命"不仅直接改变了生态环境,也革新了甘南的整体形象和气质内涵,让"整洁、卫生、富裕、自信、绿色"成为新甘南的代名词,"全域无垃圾"目前已成为享誉全国的"响亮品牌"。

要实现这一切,不仅需要多点开花,还需要统筹管理和持之以恒,全域办应运而生。

全域办是全域无垃圾专项治理领导小组办公室的简称,风风火火的周龙,便是碌曲县全域办专职副主任。

【同期】到乡镇督查的过程当中,一定把督查地点写清楚,全域无垃圾的这个一定要保持咱们的常态化。

2020年,他上任之时,甘南全州掀起的全域旅游无垃圾行动,已经成效显著,从那时起,周龙最大的愿望就是如何让行动常态化进行下去,并确保这项工作无死角。

【采访】周龙:我这两年还关注抖音,关注快手这些旅游博主,过来对咱们县上的评价,都特别好,当听到说碌曲很干净,就相当自豪。

周龙在延续前些年网格化管理的同时,还想了许多小妙招,如无人机巡查。

【同期】你往那边飞一下,那个看台下面,慢慢飞,看仔细一点。嗯,栈道底下,它就是个卫生死角。我们在栈道上走的时候看不到底下,然后用无人机可以用侧面飞,一览无余。

周龙还喜欢和游客们交流,一方面提醒不要随手扔垃圾,一方面也从他们口中了解些真实的感受。

【同期】里面环境怎么样；不错；我们主要就是检查环境卫生的；哦；干干净净的；好的。

在周龙看来，甘南草原真干净的评价，更能使他和队友们获得满满的成就感。

随着旅游旺季的到来，这项工作变得复杂起来，要保证每时每刻，城区、景区、停车区以及草原上任何地方都没有垃圾，就需要全县各职能部门和乡镇村都行动起来，而且必须日复一日，与打扫自家卫生一样。

【同期】其他地方怎么样；干净；继续保持。

此时，周龙就变成了一个令碌曲许多单位、乡镇头疼的黑脸人。

【采访】周龙：从2021年元月份开始，我们就是说有奖有罚，有表彰先进的，也有鞭策后进的，所以说我们就设置了一个每月评比红黑榜的制度，我们在督查的过程当中，7个乡镇所有的这个24个行政村、95个自然村也是全覆盖，总共七个乡镇最好的两个乡镇就是红榜，最不好的两个乡镇就是黑榜。

很快红黑榜就发出去了。

【同期】喂，我们七月份是不是放到黑榜里了；对，你们是黑榜，今天网上发的通报。嗯。

时间不长，周龙就接到某黑榜单位负责人的电话。

【同期】你这样说就没意思了，什么我拿鸡毛当令箭了，我们全域办每次的这个红黑榜都是有程序的，不是说是我一个人说了算，我们也有我们自己的巡查组，还有你的平时的环境卫生的这个表现，像你们乡的话是到现在为止，牲畜搬迁的问题到现在没有解决，你还给我打这个电话，我们俩再不要打这个电话了，也没有必要，现在打这个电话，我们俩也无非是矛盾上升了，挂了，再不要说了。

本来两人很熟悉，但这次他的单位上了黑榜。

【同期】骂了，没事。垃圾那么脏的都自己捡着呢，对吧，有时候语言上面的，怎么说呢，过了就忘了，咱们不提了。

虽然被骂了，内心隐忍着委屈，但同时也证明红黑榜有震慑力。

【采访】周龙：我们碌曲县，它是一个旅游业和畜牧业，两大首位产业，这两大首位产业都离不开环境保护，比如说咱们《躬身》书里面提到的一样，我们能做到的就是躬下腰板捡垃圾、保护环境，这是最简单的一个举动，当然也是最难的，难就难在坚持，珍贵也贵在坚持。

这一点一滴的坚持，改变的不仅是环境卫生和生态系统，还有不良的生活习惯和生活方式。

在玛曲的草原上，盛夏的激情与赛马节上的欢聚，融合在一体。除了比赛和观赛的牧民，还有一群人，正在利用赛马节的机会，向牧民们进行健康知识的宣讲和普及。

【同期】它以千克为单位，一个是你的身高，你把体重跟身高对在一起，下面就会产生一个指数。这个指数的高低就是代表着你是消瘦还是正常，还是超重，还是肥胖。

他叫王加辉，是玛曲县健康教育所的副所长。将健康生活方式的新风，吹进牧民家里，是他和他的同事们非常重要的一项工作。为此，除了利用节会在草原上宣讲之外，他们还时常挨家挨户走进牧民家里。

【采访】王加辉：让他们从知识中获得一种新的行为方式，比方说合理膳食，然后咱们要适量运动，然后做到心理平衡，然后戒烟限酒。

为了让牧民们更好的接受健康教育的知识，王家辉想出了很多别出心裁的小点子。

【采访】王加辉：按照咱们科普的理论来说，每个人每天的这个盐的摄入量是小于5克，我们单位特别定做一批控盐盒，然后这个控盐盒里面有一个勺子，一个勺子是定量的，一个人做饭就那么一勺，刚好，这样的话群众也好操作，他就算不理解这个盐的摄入量，他就记不住这每天5克，但是他的这个行动中已经接纳了这个健康的生活方式了。

王加辉的努力，一方面是自己的职责所在，另一方面，也是在延续自己父亲的事业。在玛曲，提起王加辉的父亲王万青，草原上的牧民们都会肃然起敬。

【同期】你父母还好吧；还好；听说这几年你父亲病着呢；嗯，是的，有些小病。（现在）怎么样？

20世纪60年代，王万青从当时的上海第一医学院毕业，自愿来到条件极为艰苦的甘南玛曲工作。此后的近半个世纪，王万青坚守高原，为玛曲的老百姓解除病痛，被评为2010年感动中国年度十大人物。

【采访】王加辉：我父亲给我的最大的鼓励就是，人活在世上总是要做些事情，能影响到别人或者对别人有益的话，那是最好不过了。

从小到大，目睹了太多草原上的牧民，因为不健康的生活习惯而患病甚至死亡。

在乡镇卫生院工作几年后，王加辉重新思考了自己的人生方向。

【采访】王加辉：因为医这个东西你学得再好，投入再大也好，只能治疗已经发生的病，所以的话换个思维考虑一下，我们人类能不能少生病，这个方面刚好我觉得健康教育就能帮上忙。

从救治到预防，王加辉知道，提高牧民的健康素养，不是一蹴而就的事情，但有些改变是看得到的。据统计，甘南人均寿命已经达到了全国的平均水平。

【采访】王加辉：我们甘南（藏族自治州）这几年开展全域无垃圾，我们的环境变美丽了，我们的一些致病因素也减少了。

阿万仓是王加辉出生和成长的地方，也是父亲王万青工作了20年的地方，王加辉每隔一段时间就会来到这里走一走，从而找到前行的动力。

【采访】王加辉：我觉得我这个工作非常有意义，我觉得也很有信心。因为有意义所以干得也起劲。

一片更加清新健康的草原，正在王加辉的眼前，自信舒展。

从为了美丽家园的朴素躬身，到经历生死的深切领悟，从全域治理的久久为功，到文明新风的明朗健康，以及随之而来的生活方式的清朗蜕变。

在甘南大地上，人们日益感受到生活环境发出的红色警报，并以各自不同的方式和维度，走向环境革命的内在源起。

当人与自然以全新的方式相互对视，在当地党委、政府的规划带动下，所有渴望改变的愿望与行动，正不断汇聚成美丽中国的甘南经验和动人实践。

对甘南人来说，这不亚于一场革命。

为了这一切，有多少人默默书写着令人动容的青春故事？一个生态多样、民俗绚烂的甘南，又将以怎样惊艳的方式，华彩绽放？

照亮未来的光，正不息闪耀在蜿蜒的河面上。

第二集　天地仁心

蓝天之下，草原之上，是如风般驰骋的骏马和追风的汉子。

对于世代逐水草而生的牧民而言，马，是最亲密的伙伴。

在藏族文献中,甘南素有"安多马区"之誉。位于黄河河曲一带的玛曲,盛产河曲马,与蒙古马、西域马并称中国三大名马。

藏族同胞心中的英雄格萨尔,就曾凭赛马而称王。

对马的热爱,就如同甘南同胞对自然生灵的敬畏一般,早已融入血脉之中。

玛曲被国家体育总局认定为"中国赛马之乡",每年夏天都会举办国际赛马大会,各乡镇也都会举办自己的赛马会。

尼玛镇,因为坐落在县城,前来参赛的选手自然也就多了一些。

在暴雨中,第一场比赛正式开始。

奔腾的骏马仿佛就是他们狂野内心的外化,安多汉子们如风般飞驰,迎着雨、顶着风。

澎湃,驰骋,热爱。

人与自然如何和谐共生?

山水林田湖草沙的命运共同体中,生态文明新形态在甘南大地将以怎样的样式精彩呈现?

万马奔腾的节拍,如同在草原上敲击着铿锵的鼓点。

天地仁心,生生不息,成为新时代甘南的绿色密码。

夏河甘加八角古城,这里是安多文化的重镇,日益升温的旅游热土。

不同于中国大部分的方形城墙,八角古城的城墙呈十字形,城墙之下,所有地方都在城墙弓箭手的射程之内,防御上没有死角,设计十分精妙。曾是中央王朝、吐谷浑、吐蕃、西夏、唃厮啰政权激烈争夺的军事重镇。

这天一大早,桑吉东知便开始忙活起来。

26岁的桑吉东知世代都住在夏河甘加一带,今天,他要和村里一百多户人家的小伙子一起,参加一年一度的插箭节。

这是藏族同胞对山神的敬拜仪式,以祈求家园平安。

箭插齐、心愿许。颂赞山神的欢呼声,与心情一起放飞。

这一次,处在人生的十字路口的东知,却有些心事重重。

东知的母亲常年生病,父亲也在前几年做木工时左手伤残,他成了家里唯一的重劳力和顶梁柱。家里的400多只羊,就是全家人重要的经济来源。

而最近村委会建议牧民们尽量减少养羊数量,给草原几年修复期。这让祖祖辈辈靠牧羊为生的桑吉一家,对于未来的生活充满了困惑。转型,关乎一家人的生计。在人生的十字路口,桑吉东知无所适从。

插箭结束后,听着村民们都在一起讨论减少放牧的事情,东知也决定和父亲聊一聊。

【同期】桑吉东知:他们是这样说的,草原上也没草了。

东知父亲:草没有了,但也没办法。先把羊都养好了,慢慢只能转型了。你自己要想好到底要做啥。你现在去做是不行的。到了秋天,羊肥起来以后,等你卖了些羊,减少了之后,你冬天要出去的话,家里爸爸是可以的。

未来的日子何去何从,桑吉东知并没有从父亲那里得到一个确切的答案。相比年轻的东知,中年的父亲似乎更加难以接受生活的改变。

在喜欢吃羊肉的北方,甘加羊肥而不膻,绝对是羊之上品。

前一二十年,人们对甘加羊的需求越来越大,于是,放牧牛羊的数量迅速倍增,严重超过了草场的承受力,导致草场光秃和退化,急需给草原留出足够的修复期。

东知家的草场似乎更严重,已经无法承载。

他只能将这400多只羊转场到临近的青海省,租借当地的夏季牧场。

对于东知和他的父辈而言，世代依靠放牧为生，如果要做出改变，那么，前方的路，又在何方呢？

村委会针对这一现实，鼓励大家发展牧家乐等旅游业。

幸运的是，这里的旅游资源着实丰富，来参观的人越来越多，旅游业前景广阔。

村里组织有定期的厨艺培训班，管理培训班，为村民免费提供技能培训，以便他们更好转型。

就连一些外出务工的村民，也回到家中，开启了新的人生道路。

这就是东知的人生十字路。转型的路，谈何容易？

在转场出发前，东知找到了村主任，自己的小学同学，详详细细地咨询了相关的政策和问题。

【同期】村主任：每年我们对这个草原禁牧的补助是一亩地21块6角7分，可以放牧的草原上一亩地的补助是3块5角5分，以后你自己有了钱呢，你们可以加到第二轮，这样也没什么经济压力，再挣钱也很方便，也不辛苦。

甘南实行"禁牧不禁养、减畜不减收"政策，村主任耐心地为他算了一笔经济账和生态账，在减少放牧的同时，依靠禁牧补贴足以养活全家，还可以腾出手来创业。

东知的心，被说热了。

但在下定决心前，转场的日子到了。

默默收拾好行囊，在夏日的清晨出发。

穿过白石崖的峡谷口，他与羊群一起，沿着先辈千百年来的足迹，开始转场之路。

经过两天的跋涉，桑吉东知赶到了遥远的夏季牧场。

放牧之余，桑吉东知已经通过手机认真学习做饭，他的脑海里，已经浮现出几样招牌菜的雏形了。

而帐篷外的月亮，也已悄然照亮了他的心。

甘南的大地，和已经延续千百年的生活方式一样，都将以不可逆的潮流，走向绿色现代化的进程中。

桑吉东知正在经历着这一切，有不适、迷茫，甚至阵痛，但更多的，是新的可能与希望。

一个月后，桑吉东知接到了村委会同学的电话，一期免费的厨师培训班正在村里举办。东知把牛羊交给朋友看管，回到村里开始全新的技能培训。

东知也更加深切地看到，这母亲一般的草原，不可能无限过度地索取。人与自然之间的平衡一旦打破，就会受到惩罚，这是现实，也是这里流传久远的朴素道理。

对东知而言，这是生产方式的巨大转变，是无限可能的开阔未来。

幸运的是，他赶上了好时候，可以从容和舒展地走向未来。看得见美丽，也留得住乡愁。

当桑吉东知在人与生态之间如何取舍而苦恼抉择的时候，距离他一百多千米的尕海湖，已经经历了十几年的探索与收获。

每年春夏时节，位于甘南藏族自治州碌曲县境内的尕海，便成为各种鸟类生息繁衍、起舞翱翔的理想家园。

怡然自得间，一派生机盎然。

为了这一切，有人倾注了青春，也安静了内心。

他叫张勇，曾经是尕海保护区的工作人员，现在虽然已经不在这里工作了，但他仍然时常来到尕海，看看这些动物伙伴们。

2003年，作为尕海保护站第一批工作人员之一的张勇，初次来到这里。他至今都忘不了初到尕海时的所见所闻。

【采访】张勇：刚开始真苦，啥都没有。租的老百姓房子，像这个冬天的时候，你想想这零下二十多（摄氏）度。春天刮大风那时候，就刮得漫天都是黑土，二十米以外就看不清了。

尕海是天鹅越冬的佳所，每当天气转冷，它们都会穿越广袤的天际，从寒冷的西伯利亚抵达这里。

【采访】张勇：二零零几年的时候，我们看到这个大天鹅的数量不多，零零散散的就是个三十多只。那么从2010年开始的时候，在我们这边越冬的大天鹅逐年在增加，最多的时候，我们监测到要三百多只，那么到现在，基本上保持住一百多只的这个数量。

但这几年，一对特殊的天鹅，引起了张勇的浓厚兴趣。

【采访】张勇：2011年、2012年的这个过程当中，我们就偶尔地发现，怎么有两只它一直不走。它冬候鸟嘛，越完冬以后，它就会迁飞北上到它的繁殖地。为什么有两只它会留到这儿，这引起了我们的关注。那么紧接着，这两只大天鹅在郭莽湿地筑巢产卵了，我们的理解是它在这生小孩安家了。

这对天鹅的选择，也许是尕海生态变化的缩影。

十多年来，尕海经历了脱胎换骨式的巨变，张勇和他的同事们，正是参与者和见证者。

在长达17年的时间里，他的青春记忆，就是不断地环绕着这片湖。一方面要防止偷盗者的靠近，一方面要详细观察和记录这里水文、气候、鸟群的变化。

由于长时间、近距离地观察尕海的鸟群，它们的习性、喜好，他都摸得透透彻彻。

【采访】张勇：这个雄鸟在求偶的过程当中，它会把这个水里边的水草衔起来，就像现在咱们的男生向女生求爱的样儿，献一束花。它的那个水草就是代表的那个花。

上万只鸟儿，都仿佛他的亲人一般熟稔，充满感情。

这一组照片，穿越近二十年的岁月，见证着一个青年到中年的人生历程，也见证着这方水土的日渐动人。

此前，有160多户人家住在尕海湿地，他们长期在此放牧牛羊，直接影响了尕海湖面面积和鸟类栖居的空间。为此，当地决定对尕海村民进行生态搬迁，从湖边搬到国道旁。

【采访】张勇：保护区成立以后，国家拿国有的草场和老百姓的以前承包的这个草场要置换，置换出去以后，保护区才把这一片围起来了。慢慢这十多年的这个恢复、整治，就现在的这种效果。

让人给鸟让道，并为了它们而搬离世代居住的地方，这让当地居民难以理解。张勇在内的工作人员，前前后后做了多年的思想工作，才最终还了尕海一片洁净。

当地政府考虑到牧民的利益，采取禁牧补偿等措施，每年5月到10月为禁牧期，在此期间，对牧民给予补偿，给草场留出宝贵的修复期，也为鸟类的生息繁衍，留出了空间。

给鸟类搬出生存空间的同时，生态的理念也搬进了人们心里。

这样的努力和付出，换来了巨大且长远的回报。

在21世纪初，尕海的湖面面积只有585公顷，如今已经达到2700公顷，还有一万两千多公顷的沼泽湿地。

尕海湖面积增加的意义是重大的，洮河水流随之增加，不断为黄河注入澎湃的源流，有效防止了因水位下降而导致的河边土地沙化，也让这里的动植物种类极大丰富。

【采访】张勇：尕海湖的水鸟的话是七十多种，目前来说，加上整个这个山地鸟来说的话就是八十多种。最早我们监测到这个鸟类的话是有个四十多种。一级保护的水鸟，现在的话是有黑颈鹤、黑鹳，主要是这两种。猛禽类的话是，比如说是金雕、白尾海雕、猎隼、秃鹫。这是我们国家一级保护动物。

除了鸟类的种类和数量成倍增加，连猛兽们也爱上了这片美丽的地方，其中就包括了被誉为"雪山之王"的雪豹。

【采访】张勇：动物专家和动物学者们，他们认为这边没有雪豹的分布，青藏高原这边的话是它太靠南了，理论上是没有，现在几个点位上这几年（发现雪豹）都很正常。

事实上，在这片大的保护区域内，还有许多像张勇一样，默默奉献青春和热忱的保护者。其中一项漫长、艰苦且繁重的工作，便是红外线监测仪器的布控。

他们需要通过布控信息，来判断尕海生态的变化趋势。

又是新的一天，监测人员开始了他们的必修课——爬山。

他们已经成功布控了32台红外线监测仪，今天，便要在这片广袤的密林中，找寻到其中的8台，为其更换电池和储存卡。

查看到仪器里野生动物的憨态萌样，便是他们一整天爬山的最好回报。

这里海拔很高，来回都只能步行，因此，早上6点他们就得出发，一直到晚上8点才能返回。

下一步，他们还将继续扩大红外相机监测的工作，从而更好和精准地收集周围野生动物的数据和活动轨迹。

对于许多人来说，看群鸟翱翔、百花怒放，是一种浪漫。但对于张勇和他的同事们来说，这是人生的价值。他们最绚烂的青春时光，都与这里的生命联系在一起。

山水林田湖草沙，是与人们命运与共的整体。

在洱海边，张勇用二十年的时间，记录下令人动容的变迁，西合道老人则用了三十年，守护着不变的初心。

已经70岁的西合道老人，世代住在洱海边。

三十年前，洱海保护机制尚不完善，一些人就试图通过鸟枪等工具来洱海打鸟捕鱼。

出于纯粹的一种人生态度和信仰，他认为，人不应该为了满足一时之快，而肆意残杀这些珍稀的鸟类。

为此，他专门在郭莽湿地盖了一间房子，窗口正好可以看到湿地。

面对各路"不速之客"，他并没有什么可以依靠的力量，唯一的利器，就是诚心和耐心，他反复劝说，反复唠叨，反复地软磨硬泡，成功劝退了很多人。

【采访】西合道：他们说就这个老头黑得很，不让打，不让抓，还骂仗，还不让走。

后来，保护站的人送给他一个望远镜，他也靠着这个望远镜守望着这片美丽之地。

这一守，就是三十年。

如今，保护站的工作日益完善，但他还是希望能尽一份绵薄之力。

十步之泽，必有芳草。他的这份情感和执着，打动了自己孙女。

总有令人感佩的开拓者，也总有前赴后继的传承者。

随着管理体系的完善，洱海保护观测日益完备完善起来，并走上系统化的道路。

但西合道老人的故事，一直感动和激励着保护站的每一个人。

这份守望的初心，源于爱，贵于行。

随着尕海周边鸟类和兽类的不断增多，生物多样性不断增强，这片众生云集的天地，也日益变得活跃起来。而这一切，正是西合道老人最乐于看到的，他常常会拿着望远镜，陶醉于自然界物竞天择背后的无限活力，以及动植物之间不断变换的悲欢。

在他心中，万物有灵，众生平等。生死循环中，饱含着真正的慈悲与热情。

西合道最近发现，几只呆萌的旱獭，正变得烦恼起来。

如果说翱翔的候鸟，是尕海外来的租客或移民，那么，旱獭一定是这里世代厮守的定居者，绝对的土著。

遗憾的是，随着迁徙至此的鸟儿们越来越多，自信满满的旱獭，正遭遇着"强龙压过地头蛇"的至暗时刻。

黑颈鹤，是尕海中最常见的候鸟，总是一副衔食水草的优雅姿态。但它们和旱獭一样，都以食草为主，在有限的地盘里，一场关于新鲜草资源的争夺战，就免不了打响。

事实上，黑颈鹤性情凶猛，一旦有对手要抢夺心爱的嫩草，它们锋利的长喙，便如同出鞘的利刃。

几番较量下来，旱獭颇识时务地逃进了洞里，尽管有些不甘和遗憾，但天地辽阔，大不了从头再来。

熟稔动物习性的西合道知道，在竞争激烈的草原，旱獭才是隐形的王者，而它们成功的利器是体重。

一旦增肥养膘成功，无论飞禽猛兽，都难以将它们捕获猎杀。

在日益奔涌的黄河中央，有一个形如鸭蛋的小岛，当地人称之为鸭蛋岛。又有一群斑头雁在鸭蛋岛安家。不甘心的旱獭开始发起了新一轮的地盘争夺战。

面对这群领地的侵入者，旱獭自然心不甘。它知道，斑头雁的喙自己也难以忍受，但它似乎已有办法。旱獭决定避其锋芒、迂回出击。

斑头雁是夏候鸟，每到春暖花开，它们都会如约而至，开始为繁衍下一代而忙碌。正当它们在这个漂亮的新家孵好蛋，准备美美地过上小日子的时候，旱獭便开始发起攻击。

斑头雁脆弱的新家，自然禁不起这个大家伙的粗暴强拆。旱獭的行为引起了斑头雁群的公愤，纷纷站出来发起反击。

旱獭似乎早已想好了退路，头也不回地一路狂奔，赶紧逃回到不远处的"安全地带"。

毫无疑问，这场战斗的胜利方，已经属于旱獭。

很显然，这一只旱獭并不想重蹈被鸟喙攻击的尴尬，它决定先在洞穴周围，为妻儿探索出一片安全的进食区。

这本来是男子汉气概爆棚的伟岸时刻，但遗憾的是，这只公旱獭是位贪吃的"直男"，面对美食便不可自拔。

很快，公旱獭发现了自己的失态，赶紧转身回来，跑到母旱獭身边解释。但这一刻，一切都变得苍白起来。

一场旱獭夫妻的冲突，拉开了序幕。

果然都是暴脾气，一旦开打，双方都没有丝毫的谦让。

旁边两个小家伙的心中，一定升起了一个个大大的问号。果然，成人的世界，总是这么地莫名其妙和不可思议。

但对于心宽体胖的旱獭"直男"来说，世界上没有什么烦恼是一顿饱餐所无法解决的。毕竟，青草的香，会拂去所有的伤。

西合道喜欢用望远镜欣赏这一幕幕，并会心一笑，生灵之美，令人心醉。

从生态移民搬迁到布控红外线摄像仪，从一点点观测数据变化和鸟类动物迁徙轨迹，到每天"朝圣"般绕湖观察。

一点一滴的琐碎工作中，一代人老去，又一代人接续，天地之间的故事，才会更加生动地讲述下去。

在这片草原，物竞天择从来都不意味着弱肉强食。每个生命都以自己的方式奇迹绽放，直到回归大地深处，滋养万物，浩荡不衰。

做出巨大改变的甘南，正以自己的探索实践，创造一个美丽和谐、多样共生的斑斓世界。

一个生态多样性的甘南，对世界又具有怎样的科研意义？告别农牧生活的新时代甘南人，又将走上怎样全新而丰富的生活道路？

天地无言，百花自开。

第三集　音声相和

青藏高原，世界海拔最高、最年轻的高原。

从两千万年前的喜马拉雅运动，到距今一万年前高原冰川范围的缩小。

地球，一直在以我们难以察觉的方式成长和巨变着，从未停止。

2022年盛夏时节，兰州大学的聂军胜教授，正在甘南临潭冶力关的红石崖一带，从事国家青藏高原第二次科考，这次科考是国家战略规划的重要一环。

取样，是本次科考的关键。聂军胜要凭借丰富的经验，仔细观察岩石特征，小心翼翼地提取出记录"隆升"的石样，然后通过多种科技手段来判断其年代。

这样的科考研究，可以更加完整清晰地回溯青藏高原隆升的过程和时间，还可由此推断出高原下一步的走势和规律，进而探索大气、生态的变化趋势。

聂军胜将甘南作为取样的重点,因为这里正处于青藏高原向黄土高原过渡的关键节点,最能反映"隆升"的过程,格外具有科考价值。

甘南在自然科考等方面所具有的独特价值,也注定了这一方水土在生态方面的特殊属性。不仅鲜活见证了地球变迁,还正在亲历着一场轰轰烈烈的生态巨变。

当绿色成为这里的底色,广袤大地,格桑盛开,那是"万类霜天竞自由"的最美协奏曲。

和聂军胜一样,正在甘南地区开展科考研究的,还有他兰州大学的同事和学生们。

【一组纪实、同期:胡国瑞和同学们在草原上数草】

这是胡国瑞在甘南玛曲草原上数草的第四年。

【采访同期】胡国瑞:看着叫数草啊,其实学术上叫地上植被调查,就看一下我们这个地方到底长了什么植物,就是我们叫丰富度,一个是看一下每一种草有多少个,叫多度,那么这两个指标就是说能够反映这个生态系统的一些功能的变化。

26岁的胡国瑞,是兰州大学生态学专业一年级的博士生。从上硕士开始,他每年都会来这里,度过五个月左右的时间。

每天早上9点,胡国瑞就会和同学们一起,从位于两千米外的玛曲县采日玛镇麦克村的研究站出发,来到这个超大露天实验室,开始一天的数据采集。

科学研究听起来高深莫测,实则枯燥乏味。如果说聂军胜是在用脚丈量地球,那么胡国瑞和他的伙伴们就是在用手数遍山头。他们日复一日、年复一年的工作,就是为了数清这座山头的植物数目和种类,以此数据作为样本,预测地球生态的走向。

【采访同期】胡国瑞：我们这个草有多少种，有多少个，那么这个就直接能够反映出这个地方的这个植物群落的多样性，它是非常重要的一个数据。

这些近乎琐碎的工作，与胡国瑞之前想象的高大上的科研工作并不吻合。

【采访】胡国瑞：像我们的马老师，之前他的一些介绍里说他会做一些气候变化的实验，确实是比较高大上，来以后看到这些，相对比较简陋的这种仪器来说会有一些，有点失望吧，觉得好像我们这个活大家都能干。

随着研究的深入，胡国瑞也渐渐发现了这些重复、枯燥、琐碎、持久工作的意义，热爱与荣耀感随之升腾。

在这位年轻的梦想家心中，他所做的一切，关乎着地球未来。

【采访】胡国瑞：这是我们站的位置，这是麦克村的位置，有一条路，它是沿着麦克村一直下来，按照这个地图上显示的话是没啥问题。只要这个路还可以，我们的车能够进去。

胡国瑞从小就对人与自然类的电视节目感兴趣，后来又经常看到一些动植物灭绝的报道，而无限惋惜。他就忖度着，自己应该做一些什么。于是，他选择了生态学研究，也就来到了玛曲的这片草原，追随一段超过三十年的科研情缘。

三十年前，甘南第一位藏族博士、兰州大学的杜国祯教授，敏锐地认识到，甘南拥有世界上面积最大的高寒沼泽湿地，也是整个青藏高原上拥有初级生产力、物种多样性最高的高寒草甸生态系统，具有巨大的科研价值。和隆升地质研究的选择相似，甘南处于青藏高原向黄土高原的过渡地带，生态系统十分敏感而多样，也就十分脆弱。如果说全球有一只蝴蝶扇动了翅膀，这里一定是最先感受到并产生反应的地方之一。

因此,这里的观测数据,对全球气候变化有着巨大的前瞻价值。甘南还是著名的中华水塔,这里的沼泽、湿地、湖泊直接关系到黄河的水量和水质,对中国生态和当地发展,都有着重要的现实意义。

杜国祯最终选择在玛曲这个名叫麦克的村子里,建起了甘南草原生态系统国家野外科学观测研究站,人们习惯简称它为"甘南站"。

杜国祯的学生马妙君接过了接力棒,成为这里的站长,也成为了胡国瑞、郭增鹏等人的导师。

三十年来,这里的科研观测从未间断过,成为预测全球气候变化极为完整和珍贵的超级数据库。

【采访】胡国瑞:这是一个EM60(土壤水分水势测量系统), 它是测量土壤温湿度的一个仪器,每一次我们实验结束以后要看一下它这个探头。

如今,胡国瑞已经是这个研究站蹲守时间较长的"老人"了。

被人看起来枯燥乏味的草原青春,他们却甘之若饴,沉醉在科研的讨论之中,乐此不疲。

【同期】胡国瑞:芨芨草,一百零五。

久而久之,这里的一草一木,甚至每一只昆虫,他们了如指掌,充满感情。

【采访(配合野外实验方格的画面)】胡国瑞:目前我们采到的这个数据发现50(厘米)×50(厘米)的这个样方框里面数到最多有将近50个物种吧,近五十个物种。这个数据来说,在整个青藏高原来说的话,它是生物多样性最高的一个区域,放在全球的生态系统来说的话,它也是一个生物多样性的一个热点的地区。

今天，他们在迎来新的一批师弟师妹时，也迎来了端午佳节。

简单寒暄问候之后，他们便继续一天的科研工作，观察，记录，一丝不苟……这是他们过节的习惯打开方式。

事实上，三十年来，从这里走出去的年轻人，许多已经成为国际知名的草学大家，这里的研究成果也不断被世界所关注。

【采访】胡国瑞：虽然我们在西北的一个角落在做实验，在青藏高原的一个角落做实验，在海拔3500米的一个可能就没有人问津的一个地方在做实验，但是对于我来说这就是我生活中非常重要的一部分，这个地方算是你生命中已经和你分不开的一个地方。这片草原，这片湿地，这片生态系统就是和你联系在一起了。这里就是我的精神家园，我的宇宙中心。

在为之奋斗的事业中专注投入、承受孤寂，再偏远的地方都是世界跳动的中心，是心值得托付的方向。

胡国瑞最喜欢的一首歌，名叫《生命中最美丽的一天》，因为高湿多雨，这里经常能看到彩虹。

他心中青春的彩虹，就闪耀在这静谧的玛曲山川之上。

"你迷失的身影冉冉升起，在分裂的天空中留下足迹。在生命中最美丽的一天。"

甘南同时是长江和黄河的水源地，这里的生态环境，直接关系到两大流域的水量和水质，也关系着青藏高原到黄土高原的生态安全。正是因为这里独特、独一生态和地理特征，是世界气候、地质、草学研究的宝库。

对于新时代的甘南人，他们努力守护的不仅是自己的家园，还是世界的明天。

生态的显著改善，让甘南成为各种动植物的天堂，也成为无数藏族同胞开创全新生活和未来的沃土。

在距离迭部县城十几分钟车程的地方，矗立着一排排十分漂亮的藏式民居，名叫赛雍藏寨。这里正是朱曼草工作的地方。

2016年前，朱曼草还是当地一名普通的农民，随着迭部生态改善，旅游业日渐兴旺起来，赛雍藏寨也就建了起来。于是经人介绍，朱曼草就开始在藏寨里学厨、帮厨，并成长为一名优秀的厨师。由于朱曼草认真心细，厨艺进步大，如今的她已经从普通农民成为备受尊重的面点师。

【采访】她刚开始从一个小工，什么都不懂入门开始，现在是我们藏餐的主厨，主要在藏寨负责藏餐这一块，整个管理都是她来负责，包括新菜品研发这些都是她来负责的。

而她的丈夫也在藏寨工作，并有了两个孩子。通过一个产业，一家人其乐融融，获得了新的人生可能。

朱曼草的拿手绝活就是让许多人慕名前来的网红美食——酸奶馍馍。

【采访】现在她做的这个酸奶馍馍，成了一个网红菜，到我们藏寨的天南海北的游客都喜欢点这个酸奶馍馍，也是我们当地的青稞、传统的这种酸奶，当地的手法来做的，来到藏寨的人都是必点的一个餐，也有人带走，也有外卖的。

生活巨大改变的，不仅是朱曼草一家，事实上，在赛雍藏寨里面有80名的员工，基本都来自本村或者邻村。由于藏寨生意越来越好，以此为中心基本带动了当地劳动力的就业。

【采访】基本上现在70%的是当地人，当地群众、周边的群众，我请了外面的老师，请了外面优秀的团队进入藏寨来培养他们。

其实20世纪90年代，卫启龙正是靠运输木头和做建筑工程而发家，但当封山育林政策出来后，他一直在苦苦寻找出路。

直到国家提倡绿色发展理念，甘南又开展生态革命后，他便认准了甘南旅游业的巨大潜力。

于是，他决定修建一个藏寨，一个有着浓郁藏族韵味又充满现代气息的藏寨。

他从艺术学校招来了十几个毕业生，组建起了一个颇具规模的歌舞队。一方面，他希望客人们能获得更好的入住体验；另一方面，他也希望将藏族歌舞传播给更多来旅游的人们，让他们真正爱上这一片热土。

每到晚上月升半空，来此旅游的人们在品尝藏族美食之后，还会在歌舞队的带领下，围着篝火，明月当空，在锅庄舞的节拍中感受着山明水静的美好。

卫启龙很喜欢和各地来的游客融成一片，而爱折腾的他，还请来了一位藏族歌手，准备创作一首推广藏寨和本地文化的歌曲。

创作一首能传唱开来的歌曲并不容易，几稿下来，他并不满意。

【同期】卫启龙：咱们要做的初心是把这个做好，要做到让每一个到甘南，到我们这里旅游的，到少数民族地方旅游的，能耳熟能详的一首，能传唱的一首歌曲，我希望是这样做。

卫启龙没有失去热情。与此同时，他将目光瞄准了迭部的红色文化。

在藏寨的不远处，便是著名腊子口战役的发生地。红军在最为艰难的时候冲破腊子口，迎来北上曙光的故事，一直激励和感动着他，特别是红军战士和藏族同胞之间的深情厚谊,让他下定决心,自己掏钱创排一部歌舞剧。

【采访】我想通过这两个剧,最终就想把当地长征路上的一些值得去传承的、可歌可泣的这种事情想源远流长下去,也想介绍每个来到迭部的游客了解迭部的红色文化。

不忘来时路,他希望将这部剧,打造成藏寨的长期驻场演出。

如今,在赛雍藏寨的带动下,整个谢协村都打造成了全域旅游的民俗村,也通过藏寨带动了全村的脱贫奔小康。

【同期】卫总您好,这个是做的新版的音乐,编曲老师刚刚发过来,您这边听听。

修改版的歌曲让卫启龙找到了久违的感觉,同时也让他找到了信心和希望。

【同期】非常好,我们抓紧开始录音。你也辛苦了。

他不仅对新时代的政策充满着感激,也希望通过自己的努力,宣传好红军经过迭部的故事,让红色与绿色共同交织成文旅发展的美好未来。

当甘肃因良好生态带动旅游业越走越敞亮的时候,绿水青山就是金山银山的甘南实践,在优质蔬菜和道地药材等方面闯出了新路。

卓尼的位置和气候,在甘南地区都十分优越。

八月的清晨,卓尼县农技站的高级农艺师赵志强便来到了这片木耳基地查看长势。

【同期】赵志强:地摆的这个好不好摘;好摘着呢;这面都可以啊,你看下面跟地接触的这一块,赶快摘掉,要不然通风不良的时候,后面会污染。

这里大棚已经实现了全产业化和智能化种植,在温度、灌水、采摘等环节都做到了精细调控和全程无污染。

严谨且精细的赵志强，对这里的木耳基地早已了然于胸，一点一滴地关心着它们的生长情况。

赵志强的认真，让梁国亮也更具底气。

【采访】梁国亮（木耳种植技术员）：我们这一块地，其他的地方我不敢确保，但是就这一块地来讲，一个是水源，一个是咱们的这个气候，就非常适合这个木耳的种植。

当甘南提出全域无垃圾、无化肥、无塑料、无污染、无公害的"五无甘南"绿色发展理念时，卓尼便成为了排头兵，特别是在无化肥方面做到了极致。

虽然短期增加了投入，但几年坚持下来，卓尼的生态环境和土壤质量都获得了极大的改善，更为绿色产业提供了绝佳空间。

【采访】赵志强：我们现在脚下种的这个试验田，主要就是黄芪的试验田，再往过走一点的话，这个药材试验田是一个当归的试验田，再往前面是党参的试验田，这都是我们甘肃省主要的这个主打产品。

【同期】赵志强：这个已经抽薹的，咱们后期就得拔掉。

在赵志强看来，药材安全和疗效，关乎着治病救人。卓尼在清洁空气、无污染水源、优质土壤等方面，拥有了无可比拟的优势，其前景就如同这十里鲜花长廊一样绚烂。

卓尼在生态问题上的率先突围和久久为功，让越来越多的著名医药企业，将目光转向了这里。

【采访】现在这个切片车间也起来了，切片起来就，完了可以给我们直接供切片了，我们选用这些优质的药材，这样能造出更好的药。老百姓才能吃上放心药。

高原夏菜和道地中药材,是甘肃著名的绿色产业。坚定走绿色高质量发展之路的卓尼,打造了五个万亩绿色基地,其中就包括两万亩高原夏菜和一万亩当归种植基地,切实带动了洮河沿线十几个乡镇的百姓致富。

当生态之花盛开在这片高原,香飘万里的馨香里,正勃发着青春的朝气。年青一代的甘南人,正在描绘新时代的人生图景。

近一百年前,美国植物学家洛克在甘南做了深入的探寻,也走出了一条风景绝佳、引人入胜的秘径。

如今,它已经成为全国自驾游爱好者心中的黄金路线,被称为"洛克之路"。

又一个准备穿越洛克之路的车队,已经从卓尼县扎古录镇启程。

一路美景,一路驰骋,那仿佛触手可碰的白云,就是要去的方向。

云朵栖息处,便是"天上的扎尕那"。

扎尕那,是石匣子的意思,这座石林环绕的古朴村庄,吸引了无数旅行者的脚步。

车队的人早早联系了扎尕那一家民宿的老板班代次力。车队抵达之时,藏族歌舞和美食随之扑面而来。

这是让人迷醉的洛克之路,更是让人迷醉的心灵故乡。

班代次力以前是牧羊人,扎尕那景区开发后,他父母便开办了这家民宿。但他父母普通话说得不好,与客人交流也困难,于是,班代次力便将牧场承包给别人,担起了经营的重任。

【采访】班代次力:2015年那会儿,我爸在经营,感觉他很累,很紧张似的,就来了个游客,这个房价什么的要跟他说,感觉交流很难。去年在这边忙的时候，我爸说现在我没有那么辛苦了，已经很轻松了，这个他不用管了，基本上都是我管着呢。

辽阔的草原给了班代次力最美的儿时记忆，也赋予了他一副好嗓子。闲暇时的歌舞展示，让客人们纷纷赞赏不已，都劝他搞直播、成网红，他也因此积攒了不少"粉丝"。

但他并不满足于此，等这一批客人安顿好后，他便去发小扎西家，准备一起去迭部县城，参加"寻找迭部最美形象大使"的选拔比赛。

【采访】班代次力：说不定我明天就被淘汰了。以前也没参加过这种场面，我这也是第一次参加。

班代次力准备利用到县城比赛的机会，去办理一张银行卡。

【同期】班代次力：因为现在到旺季了，我想在吧台放个二维码，游客就是那边扫码，我妈还有我爸他们不识字，那个数字他们还是能听得懂的，然后游客就一发钱，然后在那他们能听到。

班代次力很重视这次的比赛，专门理了发，清爽的发型让心情也轻松了不少。一切准备好，就等一展歌喉了。

【同期】第九名班代次力，最终得分7.10分

经过几轮比赛，班代次力闯进了前十名，这让他很满意。他还年轻，对一切都充满着憧憬和梦想，下一步，他希望能上一个成人大学。

面对这么美的家乡，这么美的前景，他也希望自己的人生更加绚烂。年轻，就意味着无限可能，亦如这青翠蓬勃的草原。

和班代次力一样，舟曲的王磊，也在充满期待地谋划着未来。

舟曲县曲瓦乡城马村的达尕坪，茂密的核桃树下，不仅有随地走动的鸡

群,还有飘出的歌声和琴声。

90后的藏族小伙王磊,从小就学习音乐,并考入了武汉一所大学的音乐学专业。如果不出意外,音乐,就是他的人生。

【采访】王磊: 我将来就想着走这个创作歌曲,还有录音制作这一块。

但命运似乎跟他开了一个玩笑,曾经长期与琴为伴的他,很快就变成了常年与鸡群为伴。

2017年,还在上大学的他,突然收到父亲生重病的消息。在接下来接近一年的时间里,孝顺的他只能放弃学业,带着父亲到处看病。遗憾的是,在2018年,他的父亲还是不幸病逝。

留给这位青年的,便是这片基地,以及满身的债务和满脸的迷茫。

【采访】王磊: 我当时回来接手这一块之后,我是一头雾水,我根本就不知道每件事情该如何处理,但是我也就在2018年、2019年两年的时间,我差不多出去求学,我听过好多老师的课,然后我就去学习,我现在就把外面我学到的,现在全部运用到我们自己的这个场子,自己的这个基地来。

为了还债,他放弃了音乐梦想,在这个农业基地,一边学习摸索,一边负重前行。慢慢地,他找到了弯道超车的路,也找到了产品的稀缺性。

【同期】 这样的就是标准,又干净又大。这个你看又是颜色不一样,每天的这个鸡蛋你们都要去看一下。

这里散养的舟曲丛岭藏鸡,因为生长海拔高、体形小、肉质紧致且营养丰富,而备受欢迎。

【采访】王磊: 就是我们公司在做一个认领的项目,丛岭藏鸡、黑土猪的认领,你可以认领丛岭藏鸡,那么我们这只丛岭藏鸡下的鸡蛋都是你的,这个鸡最后宰杀了也会是你的。我们最原先农村的那种手法来把它制作成产品，臊子、腊肠、血肠、腊肉，也有新鲜肉。

舟曲电子商务服务中心，是官方为他们搭建的重要销售平台。

王磊便专门吸收直播专业的大学生，更广泛地拓宽销售渠道。

如今的王磊已经成长为一个头脑敏锐且充满勇气和魄力的青年企业家。

【采访】王磊：我们是不是要把父母辛辛苦苦的成果把它卖出去，把它变成商品？所以我们从大学毕业回来了。

他对这一方水土充满着底气，也对自己优质且稀缺的产品充满信心。

【采访】王磊：我们就要实现他们的梦想，把他们的产品发扬光大，让外面的人吃到我们甘南（藏族自治）州真正的好东西。因为我们整个"五无甘南"的一个打造，才有干净的土地，才有了更好的环境去做这些农产品。就是我们生产出来的东西，包括鸡蛋呀、养的鸡呀，核桃呀，种的羊肚菌呀，它就已经是无化肥、无污染的一个东西，这两年一直属于供不应求的状态。而且我觉得"五无甘南"成就了我们整个企业。

如今，王磊不仅还清了父亲看病所欠的债务，还带领村民们分得了红利，已成为一名成功的返乡创业大学生。

绿意盎然的甘南，也正在吸引更多年轻人返乡，在家乡书写新的传奇。对于王磊而言，生态变好了，未来就无限可能。

青春的姿态，正是这片大地的姿态。

从厕所革命、卫生革命到全域无垃圾、无污染在内的"五无甘南"，千百年依靠农牧为生的人们，在改善生态、留住乡愁的同时，也改变了落后、贫穷、脏乱的旧面貌，以更加自信从容的姿态，开创着无限可能的精彩人生，以及多种产业高质量发展的全新篇章。

在中国生态理念的生动实践中，甘南，正与美丽中国一起，奔涌向前，浩浩汤汤。

（中央电视台科教频道、4K高清频道播出）

所有的开始就是结束

王火火

夏雨轩在黄河畔买下来这个新铺面。

这个铺面与当年租的巷子里那个铺面相比,可是有着天壤之别。铺面朝南,面对着黄河。不光是一楼铺面,还买了二楼。

黄河边热闹,总有人伴着滔滔黄河水吼秦腔的,实在多得很。老人们每天中午吃过饭,急急忙忙往滨河路赶,赶去吼上几嗓子,要是去晚了,没有轮到,就会浑身不自在。

过了艰难的还贷期,铺面成了自己的,母亲变得散淡起来。房子先前租的时候,有压力。每个月母亲总是算呀算的,要先把房租挣出来。现在铺面是自己的,没有了交房租的压力,便随心所欲起来。

再后来有了孙子夏小龙,母亲成天带着孙子在诊所里看书,教孙子背诗。

来了病人招呼一声，要打针的、要输液的自然去处理，并不刻意接待。

夏雨轩招了前台，让前台负责接待初诊病人，恭恭敬敬地留下病人信息，然后是分诊。是什么问题就引导到那个区域去看，又雇了专门的护士和口腔医生。

周到的服务工作，是前台要做的。

招进来的这个女孩叫小梅，小梅个子很高，是学机械的。小梅来了，夏雨轩对她很好。小梅很是欣喜，她说她没有见过对待员工这么好的老板，她感恩戴德，她很负责任。

母亲很喜欢她，母亲对小梅像对待自己的女儿。小梅跟她的父母亲关系不好，当年因为婚姻的原因和父母闹翻了，后来离婚了，但是和父母的关系一直没能修复。

一个离了婚的女孩，夏雨轩对她很关照，谁都有走窄了的时候，能照顾一些就照顾一些吧。小梅这个前台干得很细心、周到，也很可靠，再后来夏雨轩把收账打款的事也交给了小梅。

再后来店里又聘了新员工，建立了新制度。制度的建立是一个漫长的过程，来来去去，总有不合适的地方，都说婚姻的双方是磨合，员工的成长更是要磨合的。合适的留下，不合适的要走，铁打的营盘流水的兵，培养一个好店员不容易，培养一个好医生更不容易。

春来了，秋去了，日子一天天的过去，这个店一点点的成长，店里的员工也一点点的成熟，日子总不是白过的。

一转眼到了二十五周年，店里要做一个二十五周年店庆活动，大家准备了很久很久，这是一个节日，也是一个新的起点，所有人都喜气洋洋的。店面重新装修了，员工都入了股。

白送的股别人是不珍惜的。

夏雨轩让他所有的骨干员工以买一送一的形式入股。五年内如退股只退还本金，五年以上退股就可以三倍赎回。

从这一刻起，这个店是大家的了。大家的投资是未来，店会变成大家的家，大家的好日子。每个人都充满了期待，期待这个店能有一个好的收成，能有一个好的回报。

实行股份化那时候诊所只有十几个人，如今发展到几十个人，并不是说没有机会飞速扩张，而是夏雨轩一直强调精品理念。他会让脚步慢下来，稳妥一些，再稳妥一些。

对于医院的扩张，夏雨轩是收敛的。医者，以人为本。不是普普通通的商业机构。你面对的是患者。你不能有错，哪怕只是百分之一，落在患者身上，就会是百分之百。所以，他坚持将百分之三十的收入用于人员的培训。这么多年来，雅雅口腔更像是一个培训机构。

不光是夏雨轩每个月有日程表，每个员工都有。每个月都会送大家外出培训。黄河波涛汹涌，一浪又一浪，他们要永远奔走在浪头的前面，最新的技术，最好的材料，最优质的服务。夏雨轩常常会给医生们打比方，比如得病的是你，那么你想要什么样的诊疗服务？

家人般的诊疗服务。

那个早晨扮萌宠小惠惠的医生，一大早就穿好玩偶的衣服，在院里走来走去。他摇摇晃晃着大脑袋，看每一个路过的人，向他们打着招呼，路过的小孩儿都开心地围着他转。摸小惠惠萌萌的手，拽拽他褐色毛皮的衣服。小惠惠是一个猴子的样子，可是他又穿着医生的衣服。也就是说小惠惠有褐色的毛皮，身上穿着一件白大褂。那个白大褂有点紧，所以看起来小惠惠更显得呆萌可爱。

谁叫他小猴子的时候,他就会一本正经地告诉人家,我叫小惠惠,我可不是猴子。这个萌宠形象是夏雨轩设计的,因为夏雨轩属猴,所以他把这个雏雏口腔形象徽标设计成了猴子的样子。设计之初他的要求就是要可爱,要让人过目不忘。现在看起来他的目的达到了。而小惠惠的名字是雏雏口腔用了价值几千块钱的进口化妆品当奖品,征集点赞得来的。这个征集活动有好几千个人来投票,并取名字,他们给这个猴子取了各种各样的名字。夏雨轩在其中挑了"小惠惠"这个名字,是投票的人相对多的,而且很好记。

小惠惠,像是这个店的孩子,也像是这个店的灵魂人物。人有瞬间的思维,人的记忆也不会太久。夏雨轩希望别人对他的品牌过目不忘,那么小惠惠应该不光可爱,名字还要非常的好记才对。

"早上好,hello!"小惠惠和过往的人们打着招呼。越来越多的人进入会场。他们跟小惠惠合完影,或者跟小惠惠握过手之后神色郑重地进入了会场。这一天是雏雏口腔成立二十五周年的日子,二十五年的时间是多么的漫长,又是多么的短促。二十五年,一眨眼就过去了。现在雏雏口腔已经初具规模。从一家小小的诊所,发展成口腔医院,再到一字开花般开出一家家分店。

出席庆典活动的人们穿过长长的走廊,进入会议室。会议室里有着大大的显示屏。原本的会议桌被清空,只有密密麻麻的椅子摆着,摆了三四百张。

来宾们被划分了区域就座。他们被引领的小护士们带到了指定的区域。就座的人很多,但是看起来秩序井然。会议室的旁边有一个休息室,夏雨轩年近八十岁的母亲在里面休息。他的妹妹夏雨燕正在听老母亲的讲话,她让母亲最后再讲给她一遍。

可是母亲一开口忽然讲成了长篇。她从当年的大学毕业开始讲起,说起和她父亲是大学同学,后来他们退休了,开了这个诊所。这个诊所,一开始是个综合性门诊，后来改成了口腔门诊。这故事听起来冗长得让人打不起精神，可是她却说得津津有味。

夏雨燕急了，不是说好的只说三句话吗？什么时候变这么长了？

母亲说不长啊，我说的都是事实啊。

夏雨燕忽然明白了，过去在母亲心里生长，一夜之间，就可以长得这么长，长成一个长篇也说不清楚。

她着急地对母亲说，你只说重点，要短，只要三句话，要简明扼要。

母亲忽然没了重点，语无伦次起来，哪句该说哪句不该说呢？她反复地从开头说起，一次和一次说得不一样。她说我是兰州医学院六六级的毕业生，夏雨燕立刻打断，她说没有人想知道你是哪年毕业的，你就说重点，你直接说医院是哪年成立的。

母亲说不说我是哪年毕业的，怎么能开始说我退休了才开的诊所呢？怎么能说明我是科班出身呢？

夏雨燕说，我们要说的是开业二十五周年，所以我们要从你退休了开始说起。你就说你是哪年开的口腔门诊，到现在已经二十五年了，这样就重点突出了。

可是母亲不干，母亲很执着，她就要从她大学毕业开始说起。夏雨燕的父亲和母亲是同学，后来他们成了同事，再后来他们退休一起开了诊所。

夏雨燕急得直跺脚，她说你一定要听我的，从退休说起。两个人正掰扯的时候迎宾走了过来，说，你母亲是致辞嘉宾，她该上场了。

夏雨燕急了，她不知道母亲会不会着急。她看到母亲和要坐在主席台上的贵宾们一起排成长长的一队，雄赳赳气昂昂地走向主席台。母亲看起来趾高气扬、深思熟虑、神色镇定，没有什么惊慌失措的表现。反而是夏雨燕张皇起来。她的心提到了嗓子眼，她不知道母亲会在台上说些什么，她是不是又会从她大学毕业开始？说到大学毕业后和她一起共事了多年的父亲，说到他已经去世了。讲起父亲就有可能说到他们当年的细节，那一切都会变得不可控，台下的四百多个人，不知道会不会听到中午去。而在会议的流程里，所有的一切都是按分钟计算的，每一个人说话的时长都被精确到了秒。他们给母亲的时间是三分钟，这三分钟里，母亲能把她那段长长的话全部都说完吗？

夏雨燕忽然慌张起来，好像要讲话的是她。

台上主持人宣布庆典活动开始，隆重介绍着来参加活动的人，各色的领导长长的一大串名单。然后第一个上台讲话的人就是母亲。因为她是雒雒这个口腔品牌的创始人。

夏雨轩递给母亲一张红色的打印着字的纸，那上面是他们提前写好的讲话稿。他让母亲照着讲话稿念。母亲看了一眼就还给了他，她没有戴老花镜，根本看不清纸上的字，何况是一张大红纸，印着黑字比白纸上还要更不清楚。

她说我看不见，我自己随便说几句，可以吧？她说得很一本正经，说可以吧？可是她的口气却毫不含糊。

她拿过话筒说，我今年80岁了。现场一片惊呼声。她说我退休了，才开了这个家诊所，现在已经二十五年了，是我的儿子把它改成了口腔门诊，于是，我就彻底退休了。今年呢，我的孙子考到了华西口腔医学院，这是全国排名第一的学院，我很欣慰！现场再一次响起了一片惊呼声。人们欢快地鼓起了掌。母亲说感谢二十五年来团队同仁的支持，感谢二十五年来病患对我们的信任，期待孩子们越做越好，期待我们能更好地为更多的患者服务！底下的欢呼声再一次响起。

夏雨燕在台下由衷地为母亲鼓起了掌。母亲讲得很精彩，如同她精彩的人生般无可挑剔，她给了大家惊喜，这么多年，她一直给孩子们惊喜。她是个好母亲，是个当之无愧的好医生，无可挑剔，独一无二。她的人生有着特殊的光芒，现在大家鼓掌，向她致敬，向她欢呼，这是她应该得到的荣誉，是她的高光时刻。

接下来是领导讲话和看牙可以贷款的协议签订仪式，也就是说有信用卡也可以零首付看牙。看牙原本就是一个费钱的事情，其中大量的环节还未被纳入医保。这着实不应该。看牙被人们当成一件可有可无的事，并不像看其他病一样刻不容缓。老年人常常说我都老了，还看什么牙呀，凑合着吃吧。殊不知不能充分咀嚼，会严重影响身体状况。

接下来还有些什么环节呢？是各种来宾讲话，还有牙齿普及讲座，最后是医生团队穿着白大褂，到了台上，他们庄严的将手举在耳边，向大家宣示，我将为你们服务，鞠躬尽瘁，死而后已。他们说的是医生的誓言，说的也是他们的决心，还有他们努力的方向。他们还在现场展示了几个病例。

这个会议室平时更多地被他们当作课堂来使用，可以让大家坐在这里，通过大屏幕来观看医生的诊治直播，从而被普及，知道种植牙什么样，矫正牙又是什么样，这真是直观了很多。

宣誓是最后一个环节，所有的医疗团队将他们的旗帜高高举了起来，然后挥舞，一时间会议室里旗帜飘扬。在夏雨燕的眼睛里，这些旗帜仿佛是很久很久的岁月，在这些旗帜的晃动里，飘落了一个季节又一个季节，一片叶子又一片叶子。

最后大家一起去一间一间参观诊室。

新装修的雒雒口腔医院有近两千个平方米。有几十个诊疗室，有会议室，走廊里放着长长的沙发，靠着墙，这是患者的等候区域。一个一个的手术室，用脚一踩手术室的门，就缓缓打开。医生通道，患者通道，还有消毒通道，走的不是同一条通道，而是各有各的通道。

有专门拍片时的X光室，还有拍照片的摄影室。做牙之前和做牙之后，都要各拍一组照片。展现在你面前的是一个专业的摄影棚。夏雨燕陪着母亲一路看过去，墙上挂着母亲和父亲的照片，夏雨轩站在他们的身后。这是两代人的传承，现在，第三代也在华西口腔医学院学习，这是这个家族的梦想，不可复制。

真好。

参观完口腔医院，人们并没有立刻离去，他们坐在像客厅一样的接诊区域诉说着他们的想法，现在他们由参加活动的人变成了患者。他们预约了初诊或者复诊的时间，然后才姗姗离去。

二十五年来，雒雒口腔收获的是他们的信任，这是最宝贵的财富。雒雒口腔医院在人们的信任里茁壮成长，如青草一般欣欣向荣。

一切都喜气洋洋的，没有丝毫的征兆，到了晚上，忽然有人问小梅哪里去了，是呀，搞了一天的活动，小梅是在下午的时候不见了踪影。

接下来吃晚饭，可是没有人看到她。有谁知道她去了哪里？大伙互相问着，谁也不知道，她好像离开已经很久了。

另一个前台说小梅走的时候说是去银行。

今天的活动有冲一万送三千的活动，这是有史以来最优惠的一次。许多老病号因为种植的价格问题一直没有做的，今天都落了地。

夏雨轩说，大家辛苦了，我们先吃饭吧。

吃完了饭还是没有见小梅，夏雨轩拿起手机拨了一下小梅的电话，忽然发现小梅的手机是关机的状态，他再打还是关机，说你所拨打的电话暂时停止服务。

夏雨轩忽然后背凉了一下，把电话打给了财务，他说你查一下账号，今天总共收了多少流水。

他又交代另一位前台说，你马上算一下账，看今天总共收了多少钱？刷卡多少现金是多少？这些钱现在在哪里？

前台说，现金都在小梅姐那里，是她管着，平时都是她管着的。

财务的电话来了，她说今天没有现金进账。

柜台的抽屉是锁着的。夏雨轩让前台找来一个改锥撬开，半天打不开，夏雨轩夺了过来，用劲一下就撬开了，里面空空如也，平时放在里面的零钱一分都不剩。

他问小梅去了哪里？没有人知道。小梅带着搞活动收来的所有现金，一起不见了。她就这样突然离开了，没有留下一个口信，没有丝毫的征兆。

怎么办？报警吗？前台问夏雨轩。

夏雨轩下意识默默地摇了摇头，他说等等，明天再说吧，现在大家全部回家。

这是一个虎头蛇尾的结局，一整天的美好，在这一刻化为子虚乌有。所有的人都沮丧极了，大家又七嘴八舌地说要报警。夏雨轩声音沉闷，他说明天吧，明天再说。

大家散开了，员工们去了员工宿舍，其他人也纷纷散开回家了。

夏雨轩一遍一遍拨打着小梅的电话，里面始终是一个人机械地说您所拨打的电话暂时无法接通。再打一遍，还是你所拨打的电话暂时无法接通。

夏雨轩反反复复地想，小梅似乎并没有什么反常。

对了，上个星期她还说她要买房子，要借钱，紫青似乎打给了她十四万，夏雨轩连忙打电话回家，落实了一下。现在可以确定，小梅带着今天活动收的将近五十万现金,加上之前借的十多万,一起不见了。

夏雨轩烦恼地反复想,要不要报警?报警会怎么样?款能不能追回来?小梅会不会进去?到了这个时候,他第一个想的还是小梅会不会进去?他都恨自己,他不是更应该关注大家的利益和店里的利益吗?

小梅进不进去又有什么要紧?

这个时候停下来回想,过往的蛛丝马迹,一点一点地显现,自从夏雨轩招了另一个前台,小梅和那个前台就矛盾不断。那个前台比小梅的能力强,和大家相处的也比小梅更好,小梅觉得受了排挤,她没有之前那么受店里其他员工尊重。

小梅来发过几次牢骚,夏雨轩做了一些疏导,可是他并没有太过在意小梅的情绪,他更没有想到,小梅有一天会携款而逃。还有,就是她好像交了个新男朋友,大家远远看到过,却并没有介绍给大家认识。

小梅怎么能走到这一步?而现在夏雨轩要把她送进监狱吗?

小梅瘦高,看上去舒服,但是并不漂亮。她刚来店里的时候,是那样的质朴、踏实。她没有底线,他还要不要给她一次机会?

八年的时间,小梅来店里将近八年了。她和父亲相处得如同亲生父女,夏雨轩怎么都想不到她有一天会用这样的方式不告而别,背叛离去,她将自己在这里的路走绝了,变成了一条断头路。

夏雨轩反反复复想了一夜,小梅就算进去,不能是他亲手送进去的。八年的时光,不应该只有仇恨,这样不对。天亮了,夏雨轩一夜都没有睡,他做了一个决定,早晨,他让紫青把家里的钱打到店里,要保证店里的正常运转。

他冲了个澡,换了件衣服,打上领带,精神抖擞地去了店里。每一个清晨都是新的一天,都是一个新的开始,今天也不例外。

所有的背叛都将遭到报应，如果暴雨还没有到，那是因为时间没到，在这之前，我们要做的只有忍耐。夏雨轩给大家开了一个会，他告诉大家店里要正常运转，大家抓紧找人，先找到人，找到人了再说，要把不良影响降到最低。

大家窃窃私语，但是没有人反对，夏雨轩在店里一向是说一不二，有着极高的威信。他带的团队一向为他马首是瞻，他说暂时这样，那么大家只能认为暂时这样了，气氛渐渐转松弛起来，大家开始各忙各的，一切渐渐进入了正轨，一切像是没有发生过。

夏雨轩让大家帮忙找找小梅的下落，大家答应着，但是小梅像是一滴水滴，落地就没了踪迹。她没有丝毫音讯，她就这样消失得无影无踪。

店里有另外一个前台，工作按部就班，一切都很正常，并不因为少了她而有丝毫的变化。从这一点上说，小梅在这个店不知道从什么时候起变得可有可无了，她的确该走了。

小梅是拿到钱的当天离开兰州的，她和她新认识的男朋友杜威，一起飞到三亚。三亚的阳光真好，一下飞机，毛衣什么都穿不住了，立刻脱成T恤。兰州此时还穿着羽绒服呢。暖暖的阳光，照在身上。驱走了一路的担惊受怕，真好。

虽然之前杜威一直给小梅做心理建设，给她分析报警后的各种利弊，劝她说夏雨轩不会报警。但是，杜威心里却对这套说辞完全没底。是啊，夏雨轩有什么理由不报警啊？

杜威一路都在担心，反复给小梅诉说他的担心。小梅反复地劝他，一方面自己却也担心。决断在别人手里，差之毫厘，谬之千里，谁又能说得准呢？人心是最难测的。

临上飞机，小梅扔掉了她的电话卡。夏雨轩没有杜威的电话，所以他们现在用杜威的电话向外界联系。当然如果夏雨轩报了警，他们这样做，就没有了意义。他们走到哪里警察都可以找到他们。

杜威是个背包客，没有正式工作。他似乎永远停不下他流浪的脚步。他和小梅相识是在一次自驾游。去刘家峡。在黄河畔，拐弯处露营扎了帐篷。一群刚刚认识的朋友，矜持而客气。

小梅和杜威在月光下聊了起来。夜深了，他们还没有歇息，有点相见恨晚的意思。再聊下去，夜冷啊，杜威把衣服脱了下来披在小梅身上。没过一会儿，小梅能听到他牙齿打颤的声音。

小梅连忙说我们休息吧。于是，他们各自恋恋不舍地回了帐篷。

第二天晚上篝火晚会，小梅嘻嘻哈哈地跟大家舞成一团，杜威拿着一个长镜头的相机，镜头追着小梅拍。一大堆柴火燃出浪漫的篝火，映得小梅的脸通红。舞着舞着，小梅被闹哄哄地挤到了杜威的身上，她的胳膊挨到了杜威的胳膊，肌肤接触的那一瞬间，她觉得自己颤栗了一下。

杜威敏锐地捕捉到了她的颤栗，他把相机挂在脖子上，牵起了她的手，跟她一起舞起来。整个晚上杜威都没有再松开过她的手。

成年男女的爱情，出奇地简单。当天晚上，杜威拿着一个避孕套，摸进了小梅的帐篷。

露营的帐篷一个和一个离得很近。每个人支着一个单人帐篷。小梅原本是拒绝他的，上一段婚姻已经过去很久，她很久没有男朋友了。她也没有这么快就跟别人亲近的经验。她是喜欢杜威，但是她没有做好要接受他的准备。

在她的眼里，爱情原本应该像打太极，你来我往，缠绵悱恻。一切都应该是缓慢而有秩序的，水顺着河道流淌，山顺着山势起伏。一切都可以预料，她可以掌控她自己的未来。但其实很多时候你要打太极，还是要打拳击，或者要打散打，是由你的对手决定的，当你的对手是个散打高手，想要短平快解决问题,那么就算你是太极传人,似乎也没有太大的用处。

很明显杜威完全没有耐心。他摸进帐篷的那一刻充满笃定,没有丝毫的退缩。他很强势地拥抱小梅,他的怀抱结实有力,仿佛想要宣扬主权一般告诉小梅,我将是你的男人。猝不及防的小梅仿佛误入围场的小鹿,在他的怀里,四处奔突。他用炙热的唇搜索寻找小梅,他用双手在小梅身后合拢。他的手和唇,织成一张炙热的网,让小梅触电一般,融化在他的沸腾中。

他忽然缩回一只手,从口袋里摸索着,拿出一张银行卡,还有一串钥匙,放在小梅的枕边。这是让小梅放弃抵抗的最后的武器,小梅关掉了放在帐篷一角的应急灯。

这对小梅来说像是个意外。

三天的自助游回来,杜威和小梅就成了情侣。

杜威有一双带电的手,他解锁了小梅身体的密码,令她战栗不已。

上一次的婚姻带给小梅的只有伤害。小梅单身已经很久了,久到她似乎已经忘记了自己曾经结过婚,曾经有一个人,与她结伴同行过一段路。

一个人上班,一个人下班,一个人逛街,一个人出行。这次也是同样,一个人参加这次自驾游。她是在网上看到了这次自驾游的招募,她不会开车,于是她就报名乘车。杜威也没有开车,他说他喜欢摩托车。他背了一个似乎看起来比人身高都要高的包。说他是个背包客,真是名不虚传,他的人生看起来就是一场说走就走的旅行。

他们在一起了之后,杜威喜欢听小梅说话,小梅将自己从小到大的事情,一桩桩一件件细细讲给他听。他偶尔插句嘴,小梅就接着他的话头往下讲。小梅很久没有说过这么多的话了,她似乎要把她这么多年存在肚子里的话统统说出。

杜威有着男人惯常的沉默。他不怎么喜欢说话，小梅问她什么，他总是嗯嗯啊啊的，能不说的就不说。要说的他也总是用最简练的话语表达清楚，让他多说一个字也很难。

于是他俩在一起总是小梅絮絮叨叨说个不停。杜威时不时地嗯一声，有时候并不接茬。可是跟他待在一起小梅觉得舒服。什么话都可以说，就好像对着山洞，装得下你所有的烦恼。

小梅将她从小到大经历的事情，能想得起来的通通给他说了个遍。他是最好的听众。有时候说过了忘记了就再说一遍。他也会继续听下去，并没有什么不耐烦的表示。

小梅把自己上一次不幸的婚姻说给他听。说着说着，小梅把自己说得泪流满面。小梅的父亲是得了癌症去世的，他哥哥始终在全家人面前喋喋不休。说是因为小梅忤逆着父亲的意愿，找了一个家里并不同意的人，并非他不嫁，把父亲气得要绝食。后来，父亲得了癌症。

小梅曾经非他不嫁的爱情，并没有像她想象的那样，带她走上一条生活的康庄大道。他们的日子过得并不好，他喝了酒就会动手打小梅。一次一次的伤害，忍无可忍的小梅只好离婚。

父亲的癌症发现以后恶化很快，没等她离婚，父亲就去世了。离婚后的她不能回家，只好开始租房子，在外面独自居住。哥哥的话语是一个巨大的心理暗示。虽然父亲得了癌症和小梅离婚并没有直接的联系。但是这么多年来，这是一个巨大的帽子，压得小梅透不过气来，少不更事，识人不准，让家人生气，父亲过世，这些都是小梅的良心债。

小梅一边说一边痛哭流涕。杜威就把小梅揽在怀里，温柔地抱着她，并不说话，让她哭完，慢慢平静下来。小梅把鼻涕眼泪通通留在了他胸前的那块衣服上。

就这样，小梅觉得他就是那个最懂自己、最值得依赖的人。

他们尽可能地厮守在一起，夜夜笙歌。情到浓处杜威给小梅拍下各种各样的照片放在电脑上，有时他也会录下他们亲热的小视频回放给小梅看。小梅捂着眼睛不敢看，他说你看你看你多么的美。他们哈哈笑着，一边喝着红酒，一边相拥着从房间里看月亮。月亮洒下一片银光，挂在天的角落。

他给了一把小梅他住的房子的钥匙，让小梅可以自由出入。他把银行卡留在了小梅那儿，就好像把一百个放心放在了小梅那儿。他每天会有一个固定的时间段操纵股票基金。他的钱基本都在股市和基金上，所以银行卡上反而没有多少钱。

他不时地背着他那个长长的大包出行。今天去这里，明天去那里，似乎小梅也并没有影响到他，能让他停留下脚步。他总是这样。他说他的钱够他过日子，所以他要过跟别人不一样的生活。他可以俭朴，但是他要自由。

如果人可以不考虑收入的问题，那么他这种生活方式应该是大多数人向往，最起码是小梅向往的。小梅整天过着朝九晚五的日子。常常晚上五点他们下不了班。医院很忙，一周只能倒休一天。过去小梅并不在乎，可是现在，她有了家的感觉。尤其是杜威回来，不外出的时候。她一点儿也不想上班，她希望有更多的时间留在家里。

医院二十五周年店庆，筹备工作千头万绪。这一切都得在处理完病人之外做。所有的人都忙得焦头烂额。小梅也不例外。杜威最近一直没有出门。他煲汤煮饭，不管小梅几点回来，他一定会陪她一起吃饭。端着那碗热乎乎的红枣枸杞或者桂圆山药汤。小梅潸然落泪。从来没有人这样对待过她。让她觉得自己是个公主。

杜威坐在她的对面,捏捏她的鼻子宠溺地说,傻丫头,好日子还在后面。

小梅窝在床上不想起床,她抱着杜威说,我想辞职。

杜威说好,你辞职我养你。

小梅一骨碌翻身坐了起来,她说我真的想辞职。

杜威说,我也说的是真的,你辞职我来养你。不过我们得挣笔钱再走。

小梅说,我们怎么挣?

杜威说出来一个计划,小梅吓了一跳。她说这怎么可以,这是犯罪。抓到了是要去坐牢的。

杜威说这点钱没事,你们老板不会为了这些钱,让你去坐牢的。你跟了他八年,八年的感情,他不会忍心把你送进牢里的。就算真的到了那一步。我替你坐牢,你就把责任全部推到我身上,这事跟你没有关系,是我让你做的。

小梅说你去坐牢跟我坐牢有什么区别?我不要这样。

杜威说,可是只有这样我们才有好日子过。为了我们的好日子,为了我们能自由的活着,这件事我们得做。不入虎穴,焉得虎子,只有走得了钢丝,面前才是平坦大道。你见过赌博吗?我们得赌一把。赌赢了,我们就有了下半生的幸福生活,赌输了我去坐牢,你在外面等我。我们的胜算很大。你们的老板,做不出那样的事情。你放心好了,事情是可控的,不会到那个地步。

小梅将信将疑,她说你怎么能算准了夏雨轩不会报警。

杜威说你们老板刚刚做了店庆活动,报了警对店里会有影响,也会人心浮动,再说你跟了他八年,他不会忍心的。这才是问题最关键症结所在。

这是店庆前一天夜里的事情。这天白天,是店庆彩排前最后一次走台。店庆活动是一家文化传媒公司负责。店里的员工都聚在提前租好的场地,他们要在这里把流程整个走一遍,看一下时间。

传媒公司的经理喊得很卖力。他操控着大家,让大家依次按照秩序登场。

他喊了好几遍小梅的名字。小梅恍恍惚惚,老是心不在焉的样子。

第二天就是正式店庆典礼了。早晨临出门的时候,杜威拿出来两张机票,给小梅看。他说,我在门口等你。六点四十分的飞机,你四点出来。这套房子我已经退租了,你的东西我会给你全部打包带走。我们会有一个新家。从今天开始就是我们的蜜月旅行了。

小梅点点头出了门。

她带了一只大大的手提包,今天医院做活动要收现金,而这些现金将由她全部存入银行。二十五年,这是医院仅有的做的一次回馈顾客的活动。折扣力度很大。

从小梅来这家医院,这么久,医院基本上从来没有做过这样的促销活动。好多因为价位落不了地的顾客,今天都有可能充值。这几天大家差不多给这么多年所有有做牙意向的患者挨个打了电话,通知了一遍。让他们这三天来充值,活动只有三天时间,要抓紧这次机会。

小梅反复给大家强调,要烘托气氛,能今天充值的都让今天充值。因为今天是正式活动启动的时间。今天充得好可以拉动人气。

出门的那一刻,她手里提的那只手提包变得无比沉重。回过头看看,她看作是家的地方,今天出了门,她就再也回不来了。

在杜威的描述下,她的眼前展开一幅绚烂多彩的新生活的画卷。她的眼前是另一条路,另一条她从来没有走过的未知的康庄大道。今天她将迈出第一步,无论对错,她都不可能再回头。回头她也永远回不到她曾经有的、平凡的生活中去。

她的脚步变得沉重起来,可是她依然一步一步地走到了医院去,她没有坐车，那条路显得格外长。先到会场，今天店庆一共准备了十七个节目，每一个节目都按照预定，划定好了用时几分几秒。三个半小时，活动必须结束，然后立刻返回店里，开始专家坐诊。

请了那么多的专家，今天他们都会在这里为患者诊疗。各种疑难杂症也被同时约到了今天，请从各地请来的专家诊治。诊疗方案制定出来，能够做的今天当天就可以安排手术，专家来做。三个手术室今天应该是满负荷运转，光从全省各地请来的专家就有七位。

活动现场很热烈，流程一个一个顺利地进行下去，小梅像是一个傀儡，按部就班地操作着，而她自己的灵魂仿佛在高处，看着自己像一个木偶人一样，该干什么干什么。

她没有出什么差错，按照预定的流程在往下进行。三个半小时后活动准时结束，没有延迟。所有的环节都流畅而精准，像是一台完美的可以用来直播的手术，无可挑剔。

活动结束后，所有的医生和专家转到医院。她待在前台，和另一个前台一起，开始忙碌。诊疗咨询手术，按部就班地进行，所有的这一切最终归结到了她这里，由她收费。充值有充几千的，有充几万的。这是人们预存的诊疗费，今天预存，加上折扣金额，将来任何一天诊疗都可以。

有些老患者存一次钱是为了以后全家用。二十五年的口碑，是二十五年来积攒的信任。在今天统统变现。人们交费交得很踊跃，也很热烈。大多数人都是选择刷卡或者微信支付，但是也有一部分人选择交现金。

小梅把一笔一笔账记得清清楚楚，她把所有的现金都直接装进她的包里。医院今天看起来像个菜市场。人来人往水泄不通，出出进进的人都是挤来挤去。午饭的时候，大家都没有出去吃，盒饭是送上来的。大家倒着班匆匆忙忙去餐厅潦草地吃完盒饭，做卫生的阿姨默默地把空盒子收掉。

小梅忙得压根就没有去吃饭，她就没有离开前台。今天的现金流不断，没有人替换她，她走不开。她要是走了只剩一个前台，她根本就忙不过来。

要负责咨询，还要给安排对接专家，最后收费。今天是异常忙碌的一天。但是大家都忙碌得喜气洋洋，活动做得很好，这直接关系到每个人的收益，医院是每个人的家，大家都很开心。

夏院长将医院股份化，每一个职工都有了股份。现在医院是大家的，不是谁自己的，人人都是老板。

小梅也有医院的股份，这次活动做完她会有提成，到了年底她还会有分红，原本一切都是欣欣向荣的。这一瞬间，小梅忽然又有了几分恍惚，她真的要这么做吗？

杜威的身影在前面晃动，她又想起了杜威拿出来的那两张飞机票，那是她通往新生活的机票，她必须得跟着杜威一起走。

小梅一边收钱一边看着表，马上就要四点了，交钱的人还不断。她把手头所有的现金装进包里，她收了将近100万的现金。还有几个交费的，她必须把这几个费也收了。接着又有交费的，她继续在收，就这样四点过了。必须得停下来。

小梅起身，拎起包，对另一位前台说，你盯着，接着收，我先把这些钱存了，不然银行要关门了。

她指了指本子上写的截至现在收的金额。她说从下一批开始由你记账，那位前台说好的。她提起包就往楼下走，出了大门，杜威在门口等着她。

他们打了车，一路往机场疾驰而去。检票、进站、候机。飞机冲上蓝天的那一瞬间，小梅忽然有一种强烈的失重感。眩晕耳鸣。脚挨不到地面，这种感觉是多么可怕。

杜威伸出手来握住她的手。她的身体瑟瑟发抖，像是刚经历过寒风的树叶。温度从杜威的手传递到她的身上，抚慰着她，温暖着她。

她一点点地安静下来，她望着窗外，炫目刺眼的白。所有的响动都让她陷入巨大的惊恐中，就连飞机播报的声音，也让她惊悸不安。她盯着窗外，杜威将飞机舷窗的拉板拉了下来。飞机上开始例行送饮料，送盒饭。杜威为她要了温热的纯净水，又为她要了一份饭，温柔地跟她说，先吃一口吧，下了飞机我带你去吃好吃的。

她不停地吃东西、喝水，飞机上不能说话。她不知道这时候什么该说什么不该说。她只好沉默。杜威也始终保持沉默，不说话。

她吃了很久，她空虚的胃，怎么都填不满。直到杜威替她收掉了所有的东西。他握住她的手，把她的头靠在自己的肩膀上，他说你躺一会儿吧。他招手要来了一条毯子给她盖住。她还是有一点瑟瑟发抖。

小梅昏昏沉沉的，她没有睡着，但是她一直闭着眼睛靠在杜威的肩头。以后的日子大概就是这样过了吧，她对自己说，这样也没什么不好。她觉得欣慰起来。

杜威早早从网上订好了宾馆，下了飞机，他们打车直奔宾馆。小梅徘徊在宾馆的门口，等杜威做好登记，房间号发到她手机上的那一刻，她立即急匆匆走进电梯直奔房间。房间门虚掩着，杜威在门口等着为她开门。房门在她的身后合拢，他张开手臂，迎接她飞蛾扑火般，投进他的怀抱，这一刻这里就是她的天堂。

他们带了两只箱子，一只箱子里是现金，另一只箱子装着他们的衣服。现在箱子里已经装不下他们脱下来的厚重衣物，丢了一地。他们从箱子里取出T恤短裤，吊带裙子。他们去洗澡，然后换上轻薄的衣服，立刻觉得，整个人也轻松了许多。

小梅换上真丝长裙，杜威着一身白色睡衣。从镜子里看上去，他们郎才女貌，异常般配。他们不出房门不下楼。一日三餐通通让服务员送进房里。吃完了再让服务员收走。这样的日子真是太好了，不为生计发愁，也不用再操心工作。没有人打扰，他们只有对方。杜威体贴地帮她推好椅子，帮她剥去虾壳，剔除鱼刺。还会把牛排切成一小块一小块，用叉子叉了，送到她的嘴边。他会把牛奶滴在手背上，试过温度之后递给她喝。吃饱了喝足了，他们就盘桓在床上。他们缠绵悱恻，他们不眠不休。

就这样，她在他的臂弯里睡得格外踏实，她没有做梦，睡眠就是一个黑黑的固体，踏踏实实的。她已经连续好多天，做各种噩梦，睡不好觉。

店里甚至没有人知道杜威，只知道小梅谈了新男朋友。杜威不喜欢张扬。他总说这是我们的私事，为什么要让别人知道？和别人有什么关系呢？他一向就是特立独行的一个人，小梅理解他。

他不喜欢说就不说。他喜欢什么，就让他做什么。你做的不合他的意愿，他并不说什么，只是眉宇间流露出一些焦躁，如果你做得合乎他的心意，他满脸都会绽放出开心。只要看到他的笑容，小梅觉得比什么奖赏都让她高兴。她就愿意顺着他的心意，让他开开心心的。

小梅和杜威商量，我们去什么景点玩，杜威说，先等等看。我们先要找房子，从现在开始我们要安下家了。他把他的基金和股票，还有存折上所有的余额给小梅看。他说我们先在这里买套房子吧。你还有多少钱？

小梅把她所有的存款，都转到了杜威的银行卡上。杜威说房子暂时不能买在你的名下，免得节外生枝。等到风平浪静了，再转到你名下。小梅说没有关系，你说了算。

杜威说可以写你母亲的名字，不过你得把你母亲的证件要来。还有签协议的时候你母亲要在。现在我们先去看房子吧。

三亚真好，有着蓝天碧海，太阳火辣辣的，烤着裸露在外面的肌肤。在三亚和心爱的人闲逛，小梅觉得他们的距离也近了很多。

杜威带着小梅，看了好几套房子。他们看中了一套新房，跃层，有着大大的阳台，阳台外面铺着土，可以种花。这种阳台是景观式的阳台。每层五十多个平方米，合起来一百平方米过一点。两个人住大小也合适。客厅餐厅厨房，在楼下。书房，卧室在楼上。楼上楼下各有一个卫生间，很方便。

说好再考虑考虑。烛光晚餐，两个人坐在餐厅里畅想未来，畅想将来阳台上要种什么花，说起要种的植物，杜威破天荒热心了很多。他说他喜欢向日葵，喜欢仙人球，还喜欢丝瓜。

他俩喝了一瓶红酒。晚上回到房间，杜威给小梅倒了一杯牛奶。他说喝杯牛奶会舒服一点。

杜威去洗澡的时候，小梅喝下了那杯牛奶。

小梅第二天醒来，大概已经临近中午了。她起身，房间里只有他一个人，没有看到杜威。她去卫生间洗漱。洗完出来还是没有看到杜威。

她开始找手机，想要给杜威打个电话，咦，手机怎么找不到？杜威的手机也不在。紧接着她发现杜威的长长的大背包不在了。她冲到衣柜跟前拉开衣柜，她没有看到行李箱，从他俩一入住这里，他就把行李箱放进了这个衣柜，行李箱里有她装满现金的手提包。那个装了将近一百万现金的手提包。

小梅昏昏沉沉，头痛欲裂。行李箱的衣物，被掏出来堆在衣柜里。她开始找自己的证件。身份证、银行卡、手机通通都不在。

房间里没有一样杜威的东西，卫生间里也是。他的剃须刀、护肤水、擦脸油、牙刷，他的衣服。房间里所有他的痕迹和他一起消失得无影无踪，连昨天那个夜晚也变得虚幻，他真的存在过吗？还是他就是一个幻影？

小梅抱着脑袋使劲想，她怎么都想不通。电话铃响了，她冲过去接起电话。里面是服务员礼貌而冰冷的声音，您的房间即将到时，请问您什么时间退房？

小梅问，我爱人呢？

服务员说他一大早大概七点多就走了，他没告诉你吗？他把房费结到了今天中午。请问您什么时间退房？

小梅去翻衣服，看看里面有没有他留下的东西。衣柜里面有一张纸条，放在衣服的上面，好像生怕她看不见似的。那是一张酒店便笺纸，没有折叠，就那样平铺着放在衣服上。

我忘不了你，我会留着我们的小视频，留着你的照片，如果警察来找我，那坏了，也许警察会等我一会儿，让我把这些东西放到网上。

信的末尾歪歪斜斜地画了一个笑脸。

这笑脸像极了一个鬼脸，小梅怎么也不能把这个鬼脸和杜威联系到一起。她想起杜威电脑里那些激情四射的小视频和照片。

她抱着那堆衣服离开了宾馆。他甚至没有给自己留下一只包。她避开派出所的位置，她也不知道她该去向哪里。

没有了身份证、手机、银行卡，她能去哪里？她像只狗一样在街上东游西逛，在公园里，在车站随处栖息。最后她被送去了救助站。救助站为她买了一张返回家乡兰州的火车票，又替她联系了她的家人接站。

被盗、遗弃，她的遭遇大概是救助站的人告诉了她母亲。她母亲哭哭啼啼地从车站接上了她，一路带她回家。

这一次小梅比上一次离婚还惨，这次她甚至没有了租的房子。

小梅发高烧，不明原因的高烧。到医院去，什么都检查不出来。没有炎症，也没有感染，她也没有感冒。可是她就是一波又一波，没完没了的发烧，像撞着鬼了似的。每天清晨好一些，到了下午就隐隐地开始烧了起来，到了晚上就变成了高烧，烧一夜，到早上又好一些了。高烧令她昏昏沉沉，昏睡不已。她重新去派出所补办了身份证。就算是加急也用了将近半个月的时间。

如果不报警，她发现，她对杜威完全一无所知。他的电话号码变成了空号。他住的地方已经退租。她去房东那里查到了杜威的身份证号码。可是当她从派出所查的时候，却发现是个假身份证。身份证的主人并不叫杜威，杜威只是盗用了别人的身份证号。

小梅不知道杜威是哪里人，没有他的工作单位，不知道他的家人。他的电话号码变成空号以后，他和她之间便没有了任何的联系。

他像突然出现的那样，突然消失了。小梅仔细回忆起他们的过去，杜威滴水不漏，他什么都没有说过，他没有透露任何对现在来说有用的信息。

他是如此的处心积虑，在他们相识的那一刻起就开始做着离开的准备。小梅那样地配合他，让他收获满满地离自己而去。如果小梅没那么早让他有收获，那么他一定会在小梅的身边待更久。他像是一个伺机收网的猎人，目光灼灼地盯着他的猎物，而小梅就是世上最笨的那头小鹿，主动把脖子放进套子里。

在一个清晨，小梅走回雒雒口腔医院，众人惊诧的目光下，她远远地跪倒在院长的面前。夏院长丝毫不为之所动，他说你起来，走吧，离开这里。然后他转身离去，去忙自己的事儿了。小梅只好起身，离开了这里。她知道没有人同情和原谅她，是她自己把路走绝了。走绝了的路，她怎么能期待变成一条活路呢？

她从地上爬起来,给夏院长发了一条微信。对不起,我去打工,我一定把欠店里的都还给店里。

那天回去后,她渐渐好了起来,不再发高烧了。她也渐渐地不用吃药了。

她拿着那张补办的身份证,重新去找工作。每个月除了生活费,其他的钱,她都打回店里。她知道店里的账号。过去店里账上的钱一直是她在倒来倒去。她在汇款的留言上无一例外都写上归还欠款。

虽然这一切和她带走的钱相比只是杯水车薪,她努力打钱打得多一点,多打一点她的愧疚就轻一点。是她自己把自己的人生过得状如车祸现场,七零八落,一无所有。

有时候她回想起跟杜威在一起的点点滴滴,如果那时候的她知道那片刻的欢愉要付出如此艰辛的代价,那么她绝对不会碰。可惜人世间没有后悔药卖,做过就是做过。

卷三

诗歌

SHIGE

黄河过兰州

叶舟

最深的一段河流,就在那儿;

在那儿,一段

最深的黄河

带着高原的烈日、滚石和神仙

匹马走过

形单影只;

黄河最深的一段,埋伏着

心事、爱和脚印

像一个人从失败中

站起;

最深的黄河的一段,比历史

警觉,

比时间迅疾,

比天空深沉;

万物花开的季节,在那儿

鳞甲烁闪

波光潋滟

一段百转千回的最深的河流

破冰怒醒，收拾残局；

黄河，最深的一段，就在那里，

深埋尊严

默然前行；

拐弯时，黄河碰见了我，

一怔，

就把最深的一段，留在了兰州。

甘南的雪（组诗）

王正茂

阿米贡洪草原

一眼望不到边的辽阔啊

极目处有雪线隐显
四月的午后
阿米贡洪空无一物

只有风
久坐之下
驰骋的冲动经久不息
但马几近绝迹
最后一匹好马已被塑成雕像
金光闪闪，表情夸张

牦牛仿佛巨大的黑菌

从草丛中生发

眼神狡黠又闪烁

他们低头向大地倾诉

偶尔也会抬头倾听

草原上的物象总是这样

来得快，去得也倏

雪在夜半营造空灵仙景

黎明时分却隐入混沌

太阳收敛羽翅

闪电亲吻远山云雾

雷声空旷

风搅动雪

牛群忽然就了无踪影

甘加秘境

从某一个拐弯处

不知不觉就进入你的领地

村寨里唱了百年的英雄传说

佛爷即将圆寂转世的秘密

牛羊与春草芽的唇语

暴雪席卷阿米贡洪的消息

所有的一切俗世

从四方鼓翼策驰而来

在到达之前

收敛翅羽　滚鞍下马

匍匐趋前　摩顶受戒

粗砺的墙体　八个钝角

仿佛外星人的飞船遗落

八角城收藏大汉　吐蕃　西夏

老阿妈也记不清了

城外鹰隼高旋

风雪撕扯经幡箭旗

城内一片寂静

新屋正在立木

风一阵紧过一阵

传诵客人即将到来的消息

赛姆措明眸皓齿

风掠过湖面

掀起白帐篷的门脸

今夜这里将燃起篝火

相隔十万山峦

姐姐尕海会祝福吗

甘南的雪

没有任何前奏

入城的一瞬间

十万白衣仙女翩翩降临

群山渐次隐退

暮色迅速合围

白色箭阵破空而来

大地凌乱

天空不怒自威

我甚至有一缕绝望的颤栗

拉毛当智粲然一笑

洁白的牙齿

和雪地浑然一体

马

从油画中见过你的忧郁

到美仁草原上四目相对

仿佛过了几个世纪

正午时分,高原静默

我内心为你云卷波涌

你沉静如海

那一刻我豁然开朗

我只是一个过客

你才是这里的主人

黄河故事

牛庆国

渭河源

有人找到河的源头　看见蕨菜
河找到他们的故乡　烟雨出没

有人站在高高的鸟鼠山
望见河的背影
像一片巨大的甲骨

有人为了等一条河回家
一直在河边上劳作
准备了足够的粮食和蔬菜

祖厉河

源头上放着一把马勺

马勺已锈出了洞

河坡上下来的脚步

像几只空空的水桶　磕磕碰碰

寂寞时　咕咚一声

再寂寞时　再咕咚一声

阳光里晒出盐

月光下渗出碱

这些　都是带给黄河的礼物

忽然　鸟盘旋　草喧嚣

大雪来临前　一条小小的河流

加紧了脚步

黄河穿过大峡谷

是山走进了黄河

还是黄河走进了山

苍茫还在朝这边奔涌

时间还在往河里倾泻

一支旷世的毛笔

沿着峡谷写下闪电

巨大的水声

也是巨大的寂静

宽阔是水的宽阔

狭窄是水的狭窄

远看那么浑浊

捧起却如此清冽

石头的种子

在河滩上结满果实

九月的苔衣

做好了御寒的准备

白天的路长

夜里的路更长

打着灯笼的红枣树

给途经的浪花照亮

草地诗篇

从石头上升起的白云

往上　是鹰筑巢的地方

往下　是一条河流远去的方向

青稞还没有成熟

有人正在修建房子

我从寨子里经过　没有人察觉

一个人在草原上走得久了

就会有一棵树跟了过来

给你打着伞

那天　白云高大　势如雪崩

所有的草都奔跑起来

但雪山依然安静

忽然的一场雨中

草地上跑过几个红衣僧人

寺院是他们避雨的地方

想起跑在时间前面的那个人

他能否丢下沉重

追赶上惊喜呢

夜真好　在传说中有人相爱的地方

燃起舞蹈的篝火

靠近是温暖　离开是光亮

在山高水长的甘南

每遇见一条河　我都要问问名字

问它是黄河　还是白龙江

黄河谣

有人打问河的源头

有人寻找河的出路

有人去大海边等候

习惯于逐水草而居的人

追上河的那天

就被河留在了那里

人往高处走　水往低处流

但有人在冬天往高处背冰

把一条河背到了山上

有人告诉我

雪山下有一块石头

它就是万河之源

曾有个名字叫禹的人

给河当过向导

被河一直记着

几条鱼抱走一只陶罐

鱼想在陶罐上的波纹之间

再画上几朵浪花

装满河水的青铜鼎

里面游着阴阳鱼

一条是白天　一条是夜

那个说逝者如斯夫的人

一句话就是一个漩涡

他是河床上的一个坎

当石头在河里沉思的时候

水就在石头上刻下纹路

有些是鱼尾纹

一条河的浑浊

并不全因为泥沙

有时是因为疼痛

一条从针眼里流出的河

一条从马的缰绳里流出的河

一条从姑娘的红头绳里流出的河

从书里流出来的那条河

带着文字的水草

落水的人在里面挣扎

当一个人波浪缠身

露出水面的那颗头颅

就是一条小船

诗曰　长河落日圆

那圆圆的落日

其实是悬在长河上的一口钟

落日看见

每个人的头顶上

都有一个漩涡

不管是酝酿已久　还是突发奇想

河流另辟蹊径

都是土地上的一件大事

我们多么爱一条河啊

但有时候也多么恨

河是知道的

河把人呛出眼泪时

人才明白

河在给人提醒什么

当一个人在河边感到晕眩

河就伸出一条胳膊

把他从腰里揽住

想起这么多年

喝过那么多河水

忽然觉得自己就是大海

当一个人把自己当成一块礁石

就只想遇见更多的浪花

和亲人的脚步

好多事

好多人

河只是一笑而过

每一个朝代

都有各自河流的声音

听不懂的　不配做泥沙

群鸟飞过悲喜交加的河流

严英秀

它们是四年前来到这里的,也许更早

总之,当很多人还没发现这段河流

变得越来越美时,它们就来了

我和它们的惊鸿初遇发生在一个冬日下午

从此每到此时,我总是想望着逃脱人事藩篱

仿若它们就是我的诗和远方

事实上,它们只是一群鸟。我甚至不知道

它们的名字,鹭?鹳?雕?还是鹈鹕?

我只是沉陷于那盛大的雪白,那壮阔的舞蹈

事实上,我离它们那么近,只须穿过

一条车流如梭的马路,黄河就在眼中

而它们,在河中

没错,一场豪奢的白鸟之约就在前方2000米处

但我还得依次走过长的石板路、台阶、小木桥和

花事绵延的园囿。春天是碧桃和丁香，五月里

鸢尾花会染蓝整片花地，秋菊碎金般的明艳要坚持到

冬天的第一场雪。尽管这样，四季花开从来算不上

华丽盛典，大河边的C位只属于沿河而生的——

芦苇。该用怎样的形容词讲述它的无边无际

和扑面而来的磅礴气势？其实，一般情况下

用不着费这个脑子，从遥远的初中语文课

一路滋生而来的记忆，会让你由此及彼想起

那些现成的譬喻：层层排比句包裹的

"北方的青纱帐，南方的甘蔗林"，以及

水生嫂的荷花淀，九儿的红高粱地，诸如此类

一天中的晨练和晚饭后的散步

是这片湿地的人潮高峰。所以，就算不是为了

那群鸟，我也倾向于在午后走向这里

我奢望享有哪怕一小片芦苇荡的清静

但情况并非这样——

总是人。哪里的时间都挤满了人

一群红衣大妈在跳"爱情着了火"，她们是

"坐着火车去拉萨"的那支队伍，还是另一拨？

一个中年男躺在拴在树上的吊床上刷抖音

另一个在亭子边抽陀螺，冲天的嗖哨

劈开了风的方向。比这稍显悦耳的是

永远卡在G调的萨克斯曲。已经一年了

整整一年,那个站在河岸高坎上的男人

从C、D吹到了E、F,却一直上不去G

任何曲子,逢G必退。但他一直吹

一直吹。偶尔有一次,我才看到他

把脑袋伏在萨克斯管巨大的光影里

定格出一幅略显悲壮的构图

再走下去是放风筝的人。他们一律保持着

仰望蓝天的姿势,却突然有人莫名地仆地

再走下去是树林。满目葱茏中有两棵桦树

被活生生剥了皮,一棵已经凋萎,一棵还在

挣扎着从高处发出新芽。赤裸裸的大伤口下

两个光膀男在蹬腿,舞拳。我严重怀疑他们就是

罪恶者。我的心跳骤然过百

现在,我终于来到了遥望鸟群的最佳位置

但它们还没有结束午休,它们不急

青葱高大的苇丛隔开了人声喧腾,我也不急

我可以坐下来,独对长河寂荡了

我喜欢河流,而河边一般说来适宜抒情——

尤其是被蒹葭苍苍环绕的河边。多年前

我写下这样的句子:怀念故乡的人要栖水而居

后来,母亲远逝了。父亲紧跟着

故乡终成他乡。如今,打开后窗便是

黄河,我却习惯了从不指涉自我

我只让自己想起那些美好的事物:譬如《诗经》

那些河之洲的雎鸠和伊人。譬如河流边的

离别,从踏歌折柳到汽笛声声

那些绵延不绝的浪漫和错误。譬如

"黄河在咆哮",风吼马叫的岁月中那些

激情燃烧的青春。有时,另一类往事

也难免在水光潋滟中浮现,譬如

一个叫伍尔芙的女人。在更大的破坏时代

降临之前,她在自己身上装满石头

她一步步走进河水,没有回头

群鸟欢舞的情景突然发生。明明

前一秒它们还沉睡在河中心凸起的浅滩上

而有些直接就栖在水面。载浮载沉的梦幻白

我起初讶异于这样高难度的动作,后来才

如梦初醒:它们是一群水鸟

水是唯一的宿命

如同此刻。它们兀地离开了水

它们就像被蒙太奇剪到了半空

它们高翔,低徊。它们长鸣,呢喃

它们舞出精妙绝伦的弧线。它们把天空变成了

精灵翩跹的大画布。它们雪也似的翅羽声呼啦啦

淋透了我。然而,当我想:除了鸟,谁还能是

天空最佳的阐释者?

——它们却集体终止了

飞翔,落到了河流上

在我猝不及防的视线中,它们就那样

回到了河流中。它们把翅膀和长颈伸进了

黄河的水中,它们臣服于水,安眠于水,好像

它们和水之间,从不曾有过分离的故事

但今天,事情起了变化。它们中的一只

离开了河流,再一次飞向天空

一只鸟,像一支白色箭射出了鸟群,溶于

淡淡的云影。万籁俱寂,它是唯一的高音

只是,不一会儿,它又回来。它回来

沉沉盘旋在那些酣睡的同类上空

在我3402的微信步数里,这样的去而复返

它进行了五次。它飞去了哪里?又为什么

回来?它是否像风一样,飞到哪里都

无家可归?它是否和我一样,大步赶路或者

停步不前,都总是不开心,难以安眠?

也或者,它只是在健身,像广场舞者们
在单调的乐曲里一遍遍从头再来?

为重复的人生赋予太多象征,却又逃不出
被"重复"围困的命运,这是人类才有的
疾患吧?

一只白鸟,在黄河上空,在空空荡荡的
蓝天下,飞过来又飞过去
多好

露水带走的诗歌

唐翰存

兰州十四行

这是流动之城,无法寄托之城
我把所有的举念献给黄河
似乎都打了水漂
人无至交,花不常开

黄河拐弯的地方
一个人也拐了个弯
很平常地,不见了
只有白塔还在
一天比一天矮

我也一天比一天老
——我把年龄搁浅了

这是黄河不想带走的,相反

它特意留给我

一天天加重着我的希望或悲哀

黄河边

狗在河边舔水

在石头和草丛间,嗅一嗅

它嗅到一条鱼

鱼的旁边

坐着一个有腥味的人

天空的高处,一架飞机乘暮色

往东南方向飞去

低处,一群野鸭煽动翅膀

也向东南方向飞去

没入西关的雾霭里

一只野鸭落单

逆着河流向上游疾飞

那个人抖落薄暮

忽然起身

狗在芦苇边翘腿

它不经意瞥见

那人长着蹼状的脚

月光谣

月亮光光

把牛吆到梁上

梁上没有草

拾了个青核桃

砸开没有面

兔子妈妈拉住还愿

雨茶

茶刚沏好

山上就起了云雾

人坐在耳屋

不紧不慢，咬着茶点

小火炉里的松枝

一端滋滋冒油

虽盛夏,早晨却还冷

床板潮气洇开

他的鞋

半夜里让露水借走了

他听见森林深处

野菌生长的声音,药草沸腾的声音

以及某个树洞里

小鸟不依人的声音

山上起了云雾

茶已喝完

他带上镰刀和草绳

转到屋后,一闪身

入了深林

下雪记

下雪啦

我想告诉远方的你

仿佛你就能看见

比上一场更大,更丰盛

当我迟起,推开窗户

世界已是灰蒙蒙的白

楼下是雪花转步的声音

这寻常事物,于我

却又产生此刻的惊奇

别人惊奇过的

我刚刚惊奇

我已漠视某些繁华

我太渴望某种自由

破碎然后自由

覆盖然后干净

经历过——

然后再白

牛是一种不需要怀念的动物

牛没有上牙,上唇是刺牙,软软的

它吃草,一口挨着一口

吃得那么响,那么齐整,把一个草坡往前赶

它的髋骨拃起,四蹄宽大,等后胯两侧的腹窝

由深陷而鼓出,你可以判断,它吃饱了

它会站着一动不动,出神看远方

或者卧在地上反刍,半眯眼睛,唇边浮一点白沫

很享受的样子

周围全是发酵的青草的气味

有时它就舔你的手,舔得缓慢、认真

舌头像大卷子一样

也舔小孩的头发,舔得油亮

苍蝇在上面打滑

有一次它舔别人家的庄稼,被我拽着尾巴,抽了几棍子

舔过年的新衣裳,被人家嗔骂了几句

舔得最多的,当然还是它自己生的小牛

它是黑牛,有一次生的竟然是黄牛犊

它想把它舔黑,直到小牛

从胎衣里站起来,干干净净,活蹦乱跳

还是黄牛犊,它就认了,深情地

哞了一声，垂下硕大乳房

垂下它的年纪，垂下田野
直到死
它的两只犄角，除了栓牛绳
没有派上其他用场

动物招架

在马拉河，为迁徙的角马大军
搭一座浮桥
我会得罪鳄鱼

在黄石公园，为同一天出生的五百只麋鹿
建立庇护所
我会得罪熊和灰狼

在坦桑尼亚，为斑马和瞪羚放哨
会得罪色盲的非洲狮
反过来纵容狮子
又将得罪丢失牛群的土著

在印度，大象踩平庄稼

老鼠住满寺庙

眼镜蛇在大街上翩翩起舞

我的手里攥紧一把快刀

在中国，我呼吁起草《动物保护法》

但是我爱吃肉

我冒着痛风的危险

既得罪海鲜和牛羊

又得罪产业屠夫

最后，在世上

将所有的行为加起来

我可能会得罪上帝

一个美洲狮家庭的一年

初冬，山林大雪

雌性美洲狮生下四只幼崽

四只小美洲狮毛墩墩的

在洞穴里吃奶

第65日：带幼崽外出，零下20多度

寒风扑打，全身沾满雪粒

一只在路上冻死

第87日：外出觅食

造狼群攻击，母狮护着孩子逃离

一只跑丢

失踪于山谷

第204日：遭遇另一只更强壮的美洲狮

为地盘争斗，下死手

雪坑中散落皮毛

母狮妈妈头部受伤

眼睁睁倒地

两个孩子成了孤儿

相依为命，四处游荡，找寻腐肉

其他猛兽在丛林周边出没

危险重重

第256日：其中较瘦弱的一只饿死

四肢伸开，龇牙咧嘴

卫星项圈还在脖子上

发出讯号

剩下最后一只，独自生存

学会捕捉小羚羊、野兔

休息时

在一棵松树下发呆

第352日：狩猎未遂

头部、面部中刺

一周后伤口恶化

死于豪猪之手

沐雾甲虫

沙漠起雾，这甲虫

黎明从沙粒中钻出

爬向高丘

它在雾气缭绕的丘顶

迎风倒立，舒展后肢

蜡质的黑色背壳

一点一点

凝起晶亮水滴

晶亮的收集，顺着

甲壳上的凹槽，输向嘴部

腿毛的轮廓

水雾玲珑

下山时，它顺着沙丘的斜层

慢吞吞往回走

大西洋在它身后，变成

尾部的一滴海

蟋蟀

蟋蟀鸣叫两声　然后沉默

又叫了两声

秋夜　在黑暗的墙角

有一种心事

顺着草叶

透露给夜游人了

蛐蛐又叫

它的翅膀

振动星群

振动即将坦白的

一茎寒露

枣花，或迟到者

细腻一点的

是叶子

还有它的香

然而一切尚未开始

它是迟到者

等众花盛开　　直至绚烂

它夹在中间

仍旧无动于衷

仍旧粗糙　　冷硬

那树皮

令春天切齿

不经意　　将花开成

淡淡的绿

那香　　淡绿

蝴蝶　　可以来

也可以　　不来

梅花与铁器

树　　静静的

新翻过的泥土　　静静的

梅花干净地往下落

潮湿的泥土里　　有生锈的铁

暗红　锈得厉害　看不清

是刀是犁

还是别的什么

梅花往下落

梅花　　已有了某种

铁锈的气息

轻的构述

蝴蝶在飞，你不用说了

无需再用秋收的语言

增加

厚重感

已经到了受不起某种心意的时候了
轻盈的恋慕就好,叫人释然
阳光也很释然
它的光线移到公园
草尖挑着寒气

什么都不用说了
你看,蝴蝶在暖处
飞

黄河之上，或者更远（组诗）

刚杰·索木东

马家窑，一尊陶罐的往事

听到洮水解冻，浪花喜悦

就可以走出地穴，收紧渔网了

讨论丰衣足食，为时尚早

抟泥成器，就能盛满春夏秋冬

血脉涌动的夜晚，以水为邻

人世间的第一盏灯

就被母亲点亮

绘上鸟啼，绘上蛙鸣，再绘上狗吠

漫长的日子，就多出来了温暖的色彩

一条绳，开始打上成串的结

一些井口，就留下了瓦罐磕破的记忆

狩猎的男子，会是后来的王吗？

汲水的女孩儿，细心磨利一根骨刺

跃动在林间的那支谣曲

开始变得，羞羞答答

窖藏的谷粒散发出醉人的酒香

一匹马撞进家园，是很久以后的事儿了

第一个离乡的人，顺流而下

就发现了另一条大河

一只燕子飞过白衣寺塔

皋兰，贺兰，或者祁连

都是同一条山脉的名字

古老的语言早已消散在风烟中了

留下五眼清泉的少年英雄也已远去

元代的浮屠，伫立在迎风的山头

俯瞰着如蚁众生的忙忙碌碌

一只燕子飞过闹市里的白衣寺塔

金城锁钥，四通八达

如果往时光的更隐秘处漫溯

甚至还能找到，禹王治水的传说

层叠的关隘和高大的城墙荡然无存

名叫山子石的小巷尽头

深陷群楼缝隙里的文殊禅院

晨昏之间，梵音阵阵

栖居这座城市三十年了

依旧无法参悟，身旁的这条大河

浑浊的缄默里蠕动的深意

兰州大街上，面容清晰的人们

自东向西一遍遍穿梭

不知道去处，模糊了来路

午后

阳光正好，沿着黄河走了走

闹市停歇处，半爿小院里

青狮背上端坐的智慧大师

轻轻打开手中的书函

莲花灯下，一只叫大饼的肥猫

在梦中诵经。春天的孩子

跑来跑去，用眼神代替着言语

山子石，是一条街的名字

留着小辫儿的咖啡师，用心磨着

时光里的所有余味

喜鹊

能乘舟的码头早已关闭了

黑黝黝的水车，立在岸边

尚能把浑浊的黄河提到半空

需要灌溉的土地深藏于水泥之下

犹如我们的表情，故步自封

不愿披上过于鲜艳的衣衫

这杯茶早已寡淡无味了

那只喜鹊还在草地上跳来跳去

似乎就可以这样安谧下去了——

水流在水里，无声无息

风吹在风中，无痕无迹

春天，或者举重若轻

无意书写太多的喜悦

比如，一株新绿探出头颅

一声春雷惊醒蛰虫，抑或是

你从远方寄来明亮的书信

这些都是目力能及的事情

一如我们不能回避的生老病死

午后,沿着黄河走了走

阳光明媚,正是盛世需要的色彩

万众伏身的大地上,有一缕风

虚空一样安静

黄河之上,或者更远

还能说出一些什么呢?

黄河之上,中年之境总是满满当当

余生的日子如此漫长

总让我们想起一些归去,或者离开

所有的赞许,挂在霓虹之上

能陪你走过这座百年铁桥的人

都已经很老了,试图用一些影子

捂热所有的年轮

归于风中,我的兄弟

所有的预言正被一一应验

谁的骄傲，还能让我们拥抱彼此

谁的过往，又能让我们交出

年轻的利器？！

冰冷的雨滴，突然就落了下来

初春，路过湿地公园

向阳的地皮已经有了浅淡的绿色

歇阴的角落，污浊的惨雪

宛若大地难愈的顽疾——

两只洁白的肥鹅肆无忌惮地大打出手

三尾虚弱的锦鲤挣扎于搁浅的泥潭

这些，似乎都不该是春天的样子

绿化室，维修室，治安室，盥洗室……

能够目及的一间间屋子门锁紧闭

讳莫如深，仿佛深藏着最后的秘密

我们的愤怒和悲悯，仍旧如此无力

河道

大水早已漫涸过最宽广的河道了

大水漫涸过，夏日最宽广的忍耐

黑色的土地深陷于阴雨之中

不敢面对，宛若醍醐的那声惊雷

在一场夜雨里送别兄弟的母亲

晨曦微明时，又得把古老的祝福

送给诞生已满十天的婴孩

北方的秋天正在昭示下一个轮回

我们都得这样顽强地活着

人间

铁质的时间上停着几只小鸟

只有悬挂的那个才能往复摆动

黄河两岸甚至等不来一场雪

北方，并没有你想看到的冰凌

量天尺是一种植物，长在屋内

搬到阳台上才能见到蓝天

整个冬天只有长寿花还开着

整个世间，能说话的又少了一个

雨水

一场又一场大雪落在黄河两岸
你所说的春暖花开依旧遥不可及

草木萌动的日子
总会让人感到困顿

更大的困顿，来自北方大地
和大地上尚未解封的灵魂

黄河

云压得很低，那些高傲的楼宇
矮了许多。那个低头走过桥上的
中年男人，矮了许多

远处的雨将至未至——
你的忧伤又来自哪里呢？
曾经深爱着碎花裙子的姑娘
深陷于这个午后，深陷于
生活的所有细枝末节

云压得很低,经过黄河

贴着河面呜咽了几千年的

那些风,也矮了许多

藏地诗篇（组诗）

刘　山

冷暖自知

丰盈这个词，在秋天就走到了尽头

一些温暖的字眼从身上纷纷跌落

几天前我就翻出了旧袄

它人形地空着，让我想起一个远行的人

逆着秋风的背影决绝，而秋风毫无察觉

兀自吹着这大道如弦

他如一个音符，跳跃着

落叶般的，有几次几乎滑出了乐曲之外

一曲未终，一曲又起，仿佛听见了悲壮

雨点准确打在残存的树叶上

今夜过后，明早一定路有薄冰

但这个世界，从来挡不住早行的人

在甘南草原追着落日行走

走五里会看见黄沙
走十里会看见白骨和蛇

一直走——
就有了鹰的思想和翅膀

牧羊的扎西说,只有飞翔
才能看见后山的全貌

虎背一样的山脊
开着胆怯的花

因为芦苇白了又青
风才一直吹

落日酡红,最小的草也会发光
因为星星就要出现,我才一直追着走

冬季牧场

一夜风雪，牦牛白背
一座座更小的，移动的雪山

阿金在捡牛粪，那些牦牛
喷出的白雾包围了他
牛粪硬如石头，但这些石头
能燃起火焰，煮出的酥油茶
也有好看的白雾
氤氲中，爷爷在无声地咀嚼
像反刍的牛，望着远处的雪山
和冬季的牧场

石经墙被白雪覆盖，但有彩色的
经文，和鲜艳的经幡摇曳
牛粪墙也被雪覆盖，只剩黑与白
这更像是经文本身
像是每个藏民脱口而出的
纯朴和赞美

高原上寂静，寒冷

今夜过后,明早牧场一定有薄冰

心底的事

我在心底一直藏着家乡的北山

不是蒿草藏着坟墓
不是老榆树藏着空巢
不是风里藏着呜咽
也不是雨里藏着闪电

……都不是

是那些黄沙发出的微光
是那些草生出来的每一个
鲜亮的春天,是——
是一只羊咩咩咩地走出我的
黑夜,它
不会遭受到饥饿和宰杀,它
怕我孤独
一直陪着我老去

独行的牦牛

在高原上,一切都在抵消尖锐

一朵云悠然,牦牛低下头

吻了一下草地,转身而去

狂放却不焦急

河水一个拐弯,激起了浪花

草地四周,风一遍遍地过

野花纷纷

我忍不住把它想成一棵树

枝叶茂盛

如果没有一阵阵风,它应该

根植于草原腹地深处

但它正在靠近,让我觉得

一棵树是可以移动的

那么多的风雪,就是被它们赶走

赶到雪山之上

我无法看到它湖水般的眼睛

只看到天空澄澈,阳光透明

两角之间,刚好一座雪山耸立

在这高原上,没有尖锐

一切从从容容

拉萨河

拉萨河意为快乐河、幸福河

仿佛世上所有的爱都在这儿

风停了,波光粼粼

把手指伸入水中,伸入

那些光的缝隙

感受着流动的时光之慢

所有的喜悦都在水面漂浮

所有的悲伤都沉入了河底

哦——

这条古老的河流多么值得信赖

这成群的野鸭,摇晃的芦苇

这被擦亮的岸上的灯火

……这神话般流淌的河

黄河跋（组诗）

惠永臣

黄河岸边

河水不断地向行人推送波澜
时光只是晚霞的一部分

我在岸边散步
我的影子一次次被河水索取
唯有鸟是自由的
它们一会儿此岸，一会儿彼岸
我只能靠瞭望
才能领略彼岸那逐渐模糊的事物
但我的瞭望
非常有限和狭隘

水里不断传来声音

大概是水底沉睡的石头

醒过来了。时光只是一个模糊的事物

水面暂时还不能呈现

是谁打开了水底的藏宝箱

水面有了斑驳的慌乱的光影

但很快就被夕阳收走

那站在对岸的人

她挥动的手臂还没有来得及放下

有人在此岸，双手插入水中

他却摸到了时间的冰凉

和辽远星空送过来的虚无的问候

黄河湿地

我只是在火车上

问候了那一片片的苇草

我只是在火车上，照了一下那面镜子

深秋里，胡杨抛洒着黄金

秋风吹送着时光，在黄河湿地

一群麻鸭顺着铁路在飞，棉田里

低矮的棉枝上,白云蓄积雨水

将会下在去远方的路上

麻鸭落过的地方

庄稼已经收割,归拢在一起的秸秆

点燃的那一家炕洞

是我单薄身体,今夜的宿处

明长城照看着一面面镜子

长城坍塌了,而镜子却没有被打碎

让我照见了自己的中年

和一无所获的愧疚感

河湾

是优美的弧线,是决绝的一弯

流水改变了方向

湾前的风景与湾后的

截然不同。它们存在着歧义

又相互为一体

恩情与仇恨,瞬间与永恒

前一步与后一步

谁也不欠谁，谁也

离不开谁

前湾的叫芦苇后湾的叫菖蒲

前湾走着男人，后湾跟着女人

日子就这么一天天过去了

一条古老的河，在努力地维持固有的秩序

而一座桥上

同时走来的今天和明天

而昨天的灰烬

轻飘而荡漾

站在黄河浅滩

站在黄河边，看流水远去

看水鸟一遍遍的提着河水

飞向高处

却从不飞远

看见小鱼一生都把自己的房间

建在水里

随着波涛颠簸

它们也有流离之苦

一群鱼儿游过

接着另一群游过

背井离乡的它们，要在这个

即将远去的春天

产下自己的后代

在上游

有茂盛的苇草，有民歌的源头

那里是育雏的好地方

它们以赴死的心

逆流而上

而我只能站在水边

和那些石头一起

接受着流水的冲刷

这一刻，我距自己很近

距人间很远

遗憾

旷野有低树

也有云游的人

背负着青稞的种子

衣服上淌下的河流

没有照亮洗衣人的影子

没有溺水者,突然复活过来

游上岸,与他问安

"被河床抬高的一切,危险

又赏心悦目"

他来回走动,没有一棵低树

跟着他

也没有一块土地,让他安心地

放下种子。他将离开

让一条河流,孤独地留在这里

替他喊疼

引文为胡弦老师诗句

黄河入夜

黄流入夜。城市的上空

繁忙的星群突然炸开,一些漏网的鱼

落在柿子树上。秋风的记忆苍白

唯有树下的阴影,慢慢移动

慢慢地滑过一个人

细微的喘息

我看见河里,倒满了星星点点的光斑

城市还没有来得及收走的繁华

仍在水面晃动

这是多么眩晕,又是多么安适

我的到来,也不会打扰

她始终没有动,她的喘息

那么恍惚

这个城市,不会注意到一个人的去向

秋雨过后,柿子树像一本古旧的经书

翻动它的人

仿佛患有臆想症

黄河入夜,城市的一角

仍有未回家的人

玛曲（外一首）

王安民

在这天下黄河第一曲的地方

扎着十七根辫子的格桑公主

受自己体香的诱惑

骑着太阳下的影子

四处游荡

风用手指梳理着大地的鬃毛

一列等距的牦牛

犄角朝天

像是肉体废墟上的吹奏者

天堂之音

唯有死亡斜坡对面的居住者

才能够听见

而我在某个有着祭祀气氛的黄昏中

想念黄河第一曲

想念背转过身去的公主的脸

并且又一次看见

一只有着英雄徽记的鹰

从氏族部落英雄的血液中冲天而起

一座城市

这是一座西北城市

西出的驼铃

系在车站大钟后面

在月亮失眠之夜越敲越响

曾在某条街道上见面不见面的人们

陆陆续续免开尊口躺到地下去了

有许多面孔就这样永远消失了

不会被更多的面孔记住

这个城市

总是年轻人最多

爱情最受欢迎

娶亲送葬全燃放鞭炮

黄河从父辈的父辈就没改道了

今天依然面带皱纹地留过

外地人来了

都要激动地去看看黄河

本地人淡淡地说道

又有一个姑娘跳进了黄河

我依然邀请远方的朋友来玩玩

不知真来了会不会失望

我生活在这个城市的一个旮旯

好比一棵围着自己转圈的树

世界如此之大

唯独这儿日复一日重复着我的脚印

不知是悲戚还是亲切

这座城市

在我的身体里

比骨骼更硬

比灵魂

离我更近

从未见过你

凉城虚词

我的儿子从未见过你,

但他知道,

你曾捧过最纯净的雪莲。

我的女儿从未见过你,

但她知道,

你愿为东南铁臂挽狂澜。

所以,我知道。

断雁孤鸿曾在你的呼唤中扬鞭而下,

山河风月曾在你的臂弯里竭力嘶喊,

你是英魂烈骨愿以天地为棺细绣河山的彩线,

是儿女们的长生酒,

是五千个春秋的浑浊一梦,

是百年沧桑的杏花吹满头,

是我魂牵梦绕的河畔。

是你,黄河,只有你。

我脊梁和灵魂的祖先!

913公里

王以刚

从青稞、浆水，到牛肉面和麻辣烫

从扎木聂、花儿，再到野孩子和低苦艾

九曲安澜，总有酒和歌。

从大地湾、马家窑，到伏羲八卦和黄帝内经

从周祖、秦先，再到飞天舞和凉州词

九曲安澜，留下的何止史和诗。

从哈达铺、会宁，到两当和南梁

从甘南、临夏，再到兰州和白银

九曲安澜，蝶变的不光是绿水和青山。

以母亲为名的河

在陇原奔涌913公里

清了

在黄河岸边(组诗)

庄苓

夜晚,大河迎过

或许是面对山河的哑语

我再次起身踏破贺兰

这个羁绊的词语应该还原真相

无法在恒久的时空里野蛮

面对大河,我长久地叹息

包装设计不了山水的深度

解析这一生隐秘的历史

再多的空间都被打上标签

夜晚,再也没有说下去的动机

我手持荷叶,在原地

一颗天珠和一段黄河的几个片段

我独坐高楼最低处，离河最近

洗净一层油脂，春天就来了

春色在我眼中，也在他人的眼中

同楼，同春，同一种病

我盘玩着这颗春天的珠子，画地为牢

它的工痕是多年前的岁月静好

它的包浆是一种悲悯和无奈

而眼前奔腾的黄河究竟有多宽呢

写完这一行的句子，春天彻底来了

我们开始计算应该用多少朵鲜花

才能让离我们而去的人安息

这一切真实可靠，这一切不是数据

河流只是白云拂过一晚城

晚来秋，没有多余的思绪

这山河啊，是人间不能商量的事

绕过白塔，我总是抒写不下少年心事

这一片黯然失色的山中光阴

白鹭过,寒鸦去

与时间争了又散,字字皆过往

望着满胸的流年在白云里

既要登高,又要后退

福源新城黄河古道捡玉

抬头,低头

抬头时是意境

低头时是美玉

在石头间,黄沙里

在高处,低处,泥中

在正午,黄昏

再浇一些水吧

洗净一万年的疲惫

甲辰春夜听雨

叙述的时候

山水明净

山，黄土堆积的八字命理

水，黄河挥洒的万年朱迹

而我，紧紧包裹住年岁

是雨打芭蕉的最后美学

苍穹如珠，落地即散

庚子白露后二日，天阴焦躁，宋盏饮南方绿茶

河水漫过岸头，窗户竟成了光明

阴晴不定，任它是一杯秋风

倒映在茶里，由此凝固

轻轻吹拂，不需要语言了

黑暗总会在午后来临

只不过是摸索着再开一块墨

这人间就是一笔一画的插图

暗下来吧，暗下来的天空

终究是痛苦的根据地

和所有即将枯黄的草一样

穿透大地的命门呐喊

我这样爱上秦州区（组诗）

杨玉林

我这样爱上秦州区

让古老的风在这里驻留

让最美的歌覆盖山川、草木、河流

让牛羊肥壮　　大地安康

让翰林院的读书声，春天一样打开

让一个人金戈铁马的一生在历史中永恒

让家家户户的日子　如崛起的新楼

如沁入心底的一瓣椒香

之后，再重新走进它

再动用千尺湖水，万顷良田，去兑换

一座古城的千年月光

一个朝代的前生今世

一只从汉诗中飞出的鸟儿隐入的天空

把它们一个不剩地，都算上

我才有资格把一首诗

写在秦州区的大地上，才能

对你悄悄说一声，我爱过她

吃过了花牛苹果、喝过了罐罐茶

最后，到南郭寺看过了杜甫

拜过了佛

上泉沟

清冽的水从大山深处流出

不分昼夜，养活了半村的人和牲畜

把它当成乡下的神，不过分

当年挑水的老人大多没了

挑水的孩子大多都外出打工了

泉水已被自来水代替，这样说，不过分

上泉沟喷出的水，灵魂般闪现而出

那种特别的清澈和干净

是我行走红尘，与另一个我反复博弈后

密封心底的水。如此说，也不过分

我有时在梦里，能看见一只盛满水的木桶

装着太阳和月亮，可就是

看不见白发苍苍的你，这太过分了

野狐沟

记忆先钩沉出来一座村庄

挎着猪笼的孩子们，是后面紧跟而来的

沟边的土台子上，风吹着一间旧庵房

崖上的松鼠洞、蛇洞、狼洞，一个也不缺

大片大片的树林，出现的迟些

哦，是成千上万棵槐树，长在一道沟渠中

阳光被遮蔽，一群少年，钻进钻出

任性着三十年前的时光

可是，传说中的狐狸，一只都没有看见

它们应该看见了我们，却没有走出来

绿色的眼睛，在暗处，一直盯着

马家湾

好多年前，父亲在公社

抓阄抓来了两亩山地

种上的小麦要比葵花多一些

穗儿绿呀,穗儿黄,春播夏收簸箕扬

金黄的麦秆,扎成几百个麦捆

被我们用打颤的青春

从高高的山坡,背到了山下

夏天被一把把镰刀,从头砍到尾

我们离开时,伸直了压弯的腰

对着一座大山喊:

马家湾,马家湾

粗犷响亮的回声,反复环绕在

广阔无垠的山坳里

雪是人间的药

说好了,要在雪地里走走

雪下了一会儿,又停了

像刚说出的话,意思并不明显

未下的那些雪,可能

落在了秦州城外的其它地方

故乡的山野,河流或越来越少的麦地

更需要一场场像样的雪

被雪包裹起来的世界,一模一样

像一味药，它拿走大地的伤痛

再要下时，人间会一夜白头

你我围坐小红炉，坐入唐诗

把欠下的这杯酒

再慢慢喝下去

也不迟

碾场

拆倒一座座麦垛

是先从拆开一捆捆麦秆开始的

刚直的麦穗，以集体倒下的方式

接受一辆拖拉机的反复碾压

麦粒在疼痛中亮出金色

一年的庄稼两年务

那些年，一群人出现在大队场里

打下的粮食，就是过日子的资本

多年以后，我回到老家

碾麦的大队场已不在

一间牛圈房里

木叉、木锨、扫帚、簸箕、架子车

还都在，已很老旧了

积蓄的力量　还都在

杨家湾

无人居住的老家

我以砍刀，铁锹，扫帚，井水

为它整容。到了春节

贴上春联，放响一串鞭炮

在陈旧的炉膛加一把柴火

让炊烟袅袅，家才更像家

这些年，行走天涯

把父母安放城市的经适房

他们想家了，会回到杨湾村转转

亲房家的张爷爷

一辈子住在村上

守着村学的大门和几个孩子

直到几天前去世，唢呐吹起

我却没回去

送他最后一程

回老家

把城里的日子放下

老家的日子，就近了

把楼房里的爹娘放下

叫一声爹娘，老家无人答应

为什么还要回去，绕着

美丽的村庄转转

富饶的土地转转

徒步才能抵达的那面山洼

祖先们已是风，吹着田野

吹着一个出门多年的人未改的乡音

山下的老房，不看也朴素

地震时，房檐边上的几块黑瓦片

砸进一只旧铁桶里

我把它们捡起来

和墙角剪下来的月季花枝

摆放一起

看起来，那么和谐

你站立门口的这户人家

你来的时候

我刚熄灭了炉膛里的半截柴火

赶上了一辆开往北方城市的列车

没有把老家的院门打开

没有把门口石块铺砌的小路打扫干净

没有迎接你进门，沏上一杯热茶

这让我心生愧意

你站立门口这户人家

属于杨湾村几百户人家中的一户

我在这里，完整地生活了十八年

那年，当乡愁移植、身份置换

更多的人为了好日子去远方打拼

家园野草荒芜，烟火稀少

翻过墙头的那一树蔷薇

在我们离开以后，活在寂寞中

开了又败，败了又开

你来的时候我不在，如果我在

我会给你介绍

你脚底下的石板下面

是一口深井，门口是一大片竹林

推开大门，南面是三间土房子

如果要见上一面

最好选择一个阳光灿烂的下午

我们坐在院子里

把故乡置身其中

心里压着的那一抹乡愁的分量

是不是就会慢慢　减轻

母亲呼叫乳名,也会轻轻地

答应一声

看莫渡去

那时,秋天已变瘦

我要看的人

已经把八千余斤产量的苹果

以箱打包,运输到或远或近的他乡

风中的果园,柴门已紧锁

被砍掉的第十一棵老树

咬着他的诗不放

我要看的人,也要沿着我上来的路线回去

绕过几道弯,翻过一座山梁

山下的城市高楼里

有一盏灯光

陪着两个读书的儿子

饭香从厨房里面飘到外面

在秋天,我要看的一个人

有时,被夜色包围

弹着一把旧吉他

兰州的蓝（组诗）

万有文

兰州，是一座与黄河有关的城市

依傍黄河

靠黄河渡金渡色

当浑身金光时

城非城，已成一座佛经里的塔

金城，金铁非属

却成水名

一只羊皮筏子

绑缚温柔和刚烈

一只水车轮回往复

让黄河有了更多的秘密

携洪流

兰州,已然被黄河濯洗成

一轮金月亮

藏在岁月深处

黄河

早年,它在神话里长着翅膀

飞升盘旋在大地之上

后来,她母性大发

做了人世的一位母亲

养育众多子女

沧桑入鬓

慈爱是心疼孩子们的饥饱

和冷暖

再后来,机船、轮渡往来

缝补过往的忧伤

那些撒网之人

把生活

——打捞上来

粘腻、湿滑里

透着幸福

可作永世的念想

黄河谣

黄河谣唱在黄河上

羊皮筏子驮走的时光

臃肿而陈旧

中山桥让人回想起一段历史

历史的流逝正如桥下的河水

只听哗哗之声，不见黄河尽头

白塔山是一面白象裹着的鼓

鼓身里藏着佛陀的舍利

五百多年前的战乱，扰乱了山中寂静

一个念经的和尚走出尘世

止息了袭攘

黄河也终于平静了

从最初的狂怒泛滥，到今天的谦谦君子

终于有了自己的律动和乐谱

它唱信天游，也唱花儿

已成了我们爱听的一首谣曲

黄河之上

那奔腾的情调

是黄河之上机船突突的轰鸣声

斜插进浑黄的远方，将一个人的人生

唱成黄土高原上的信天游

被历史阉割的羊皮筏子

垂挂在黄昏胸前成两只垂乳

哺育冷漠的现代文明

实际上那两只干瘪的乳袋

早已是城市恓惶的心病

百无聊赖地游荡在黄河岸边

黄河之水天上来

九曲黄河本应有九个掉转的音符

让这天上之水，如隔河的瞭望

用这恬淡的黄昏

编织起如梦三秋的炊烟

黄河穿过兰州

兰州挂在黄河的胸前，已许久

那把宝刀日渐擦亮

穿膛而过的夕阳

一次次用鲜血的教训

总结了人生经验

那掉落的月光碎片

以及狠厉的目光，全数掉进黄河

狂暴的性情中

兰州，乖僻地扭曲着柔弱的身形

用依恋，表达着对黄河的渴慕

一个用信天游唱述爱情的歌手

站在黄土高原，这个三面环山低洼的城市中

声音嘶哑地，撕裂着高原最原始的宁静

迷茫和记忆的希望

我在兰州的大街上迷茫,像找不到回家的路
在一站又一站的马路旁,徘徊
怎么这样转瞬间溜走,记忆

我怎么记不起它身上的伤疤
在黄河边,在皋兰山旁,在五泉山下
哦——
我像仍看到了那个羊皮筏子和九曲回肠

记起来了,记起来了……
那里是东岗,那里是小西湖,那里是雁滩的
家具市场

贫穷的房屋还在向外挣扎
高高的楼房还在上升
还有,阴沟变成了河谷
污水臭气变成了清香
是黄河
让这座城市实现了花的梦想

迷茫的心灵，不再迷茫

我像找到了家的孩子在马路上

我找到了东方红广场，像找到了希望

找到了多年前一个身影在这里留下的彷徨

兰州的蓝

兰州的蓝

是在黄河

黄河里的湾

嵌入天空

一把清冽的干草

一座泊在岸边的城

在黄河失去它的黄以前

开始变得清澈

变成那片天空的颜色

兰州

兰州的山，像一个西北女人

山上的绿，是裹在女人脖项的绿围巾

和围在腰间的绿裙子

风沙一吹就把它吹成了沙眼
吹红了黄河,两眼的
婆娑

远望兰州,更像一个古时战场
遗落的剑柄
剑触河流的冰霜,和
寒冷

兰州的春天

从兰州西站下车,我们已经有了一丝急缓
四个小时的车程,已大大缩短了那种等待
与上一个春天的距离
其实兰州的春天在列车的运载中
已有些仓皇,也有些缺乏颜色
只有一些迎春花将上一个春天的距离拉近

我们步履于西太华,穿过西关什字
人流还在兰大二院的门口拥挤
像那些上帝的门口永远不缺的常客

挤破头往里挤

人间便显得那样狭窄

而路上的车流,一直有一种近乎逼人的焦急

上错车,或误入路途

这是以前常有的事

以前每坐一车,都要问几问

打听清兰州春天的出处

是居东岗,还是段家滩

此后,又搭乘车去了西固,还是安宁

车流总是在不经意处拉长了身影

像噩梦般捏了一把汗

楼层遮天蔽日

城市有了阴影

这是现代城市发展的焦虑

兰州的春天在这楼层中便显得

无头无脑,但犹似春漫山岗

它要跨过那一座座山才能

最终到达春天的黄河码头

至此,中山桥会浮影连篇

白塔山、五泉山、臬兰山会口吐芳华

身披绿衣,挪出盈盈小步

浅笑兮,妩媚;苍翠兮,繁盛

黄河兮,已影斜日长苍茫远

轮渡无人归,春声无去处

因此,此次来看兰州的春天

繁华脱尽处,忆前时

有一丝喜悦,又有一丝忧伤

只是今非昔比,物是人非

兰州的春天早已在换乘的站台前

翘首以望。下一站

是繁花似锦,还是千里黄河空浩渺

是兴隆山远望,还是鸟声林间空旷,如梦游

只是,只是仅仅多了一丝遐想

人间便繁华,兰州正美兮

兰州的春天早已开在梧桐花下

黄河三峡湿地，一个时代的生态传奇（组诗）

孙庆丰

黄河三峡湿地晨曦

一切都是那么安静，疲惫的黄河水
到了这里，就像一个被母爱
突然抱紧的婴儿，瞬间就停止了哭声

虽是晨曦，鸟儿们的翅膀却很慵懒
那长久滑翔、一成不变的姿势
像是悬挂于某一处凝固的时空

黄河三峡湿地晨曦，其实就是一幅
静止的油画，朝阳，霞光，飞鸟
流水，都是这画中最美的风景

谁是这幅油画的创作者？

如果有人想收藏它，这独一无二的

旷世之作，每平尺将该用多大的

价值来估算？一位当地的环保志愿者

语重心长地告诉我，生态决不能

用经济来衡量，再美的风景

一旦沾上铜臭，也终将黯然失色

在临夏，每个人都是这世上

最出色的画家，只要心中装着绿色低碳

再平凡的生活中

也能捕捉到最伟大的创作灵感

黄河三峡湿地，人与鸟共居的天堂

这些鸟一定来自天上，我说的天上

不是指它们飞翔的区域

而是指神仙居住的地方

它们有勇气下凡到黄河三峡湿地

和这些外地人来到临夏

渴望在临夏安家落户，其实并无两样

只是这些鸟不会说话，否则

它们一定会争先恐后地告诉你

天上的生活究竟有多烦闷，这片生态湿地

才是它们最理想的天堂

其实它们无需说话，其实鸟和人

也有共性，那就是生活得是否幸福

都会把表情写在脸上

现在，你看它们那陶醉的模样

或眉飞色舞，或闭目养神，一只只表情

有多么安详，就像这些在临夏生活多年的

外来务工人员，通过自己的诚实劳动

终于都住进了宽敞明亮的新房

在黄河三峡湿地，聆听美丽中国的乐章

那是温柔与激情的碰撞

那是心与心和谐的交响

当一只水鸟恋上另一只水鸟

当一个外地人爱上临夏这座城市

黄河三峡湿地，每一滴灵动的水

都是一首悠美的乐章

时而低沉，时而高亢

有宋词的婉约，也有唐诗的豪放

而这些与水为邻的人们

都是这天地间最伟大的诗人

抑或杰出的歌唱家，一株草

就能让他们灵感奔涌，出口成章

一片洁白的云彩，也能让他们

放开喉咙，纵情歌唱

向善而居，才能通往美好的生活

一片水洗亮了一群人的心灵

一群人呵护着一片水的光芒

在人与水和谐相处的氛围里

我听到生态安然的黄河三峡湿地

正在奏响美丽中国最雄浑的乐章

黄河三峡湿地，一个时代的生态传奇

树有树的葱郁，草有草的清香

花有花的妩媚，水有水的明亮

就连那些被湿地宠坏的鸟儿

也是一脸幸福的模样

就连那些看似不起眼的泥沙

也被水滋润得心花荡漾

良好的生态本应如此

万物都有存在的尊严和荣光

在黄河三峡湿地,你千万不要小视

任何一种生命,不要小视它们在心底

那种暗藏的强大力量

就像临夏人从不小视,每一个外来的

农民工,如果没有这些新鲜的血液

今天的临夏,政治、经济、生态等

各种惊艳的花束,何以能遍地雄姿怒放

而黄河三峡湿地,注定要以一个时代的

生态传奇,成为构建美丽中国

最优秀的榜样

黄河在上（组诗）

王志彦

黄河春澜

这浩大的永恒
来自信仰，或者，一位诗人的灵感

九百九十九道湾
刚好把黄土地的脸擦洗一次

昨夜，春风在兰州发了一会儿呆
反穿羊皮的人，就误入桃花的闺房

一位姑娘，站在春天的门槛外
用宋体的槐根，为一个振兴中的乡村写实

长风，落日，冰霜

怎能拆走一位母亲灵魂深处刻下的愿景

只有大海懂得
一条黄河，为什么在春天喊出刻不容缓的号子

兰州，水车有鹤的雄姿

现在，水车已亮出最后的歌喉
像戏水的鹤，灵魂就要席卷整个兰州

它们展开翅膀，要从黄河水中找到时间的尽头
要从白塔山的记忆中找到兰州的第一块门牌

这一切，从黄河水敲击桥墩的回声中
我们看到了皱纹深处的黄金，散发着尖锐的光

在光的深处，每一辆水车都有鹤的雄姿
它们把夕光打捞回来又把多余的暮色倾倒出去

在兰州湿地看芦花铺排的雪意

1

在文须雀飞临之前,芦花已铺排了辽阔的雪意
像落日的盛大,复述着一个人内心的虚无

芦花与光芒交融的一瞬。大地欢鸣
我看到了尘世的寒凉在余晖中东躲西藏

有一刻,我也背负心中的芦苇荡
扇动看不见的翅膀,在烟火之上小小地飞翔一下

幸福是创造的。原来也可以浅浅地虚拟
就像活着,我以微笑代替流泪

2

又是秋天,风书月吟
一场盛唐的雨,洗亮兰州的另一个侧面

芦花朴素,风打扫着物与物之间的空白

在视线的背面，一只鸟剔除着多余的背负

那些乐观主义的蚊虫，季节暗藏的火焰
把我们心里的阴暗，做了一次小小的复辟

在兰州湿地，就想看看芦花铺排的雪意
看着看着，一些乡愁就有了归宿

黄河母亲雕像

1

一直以来，我想写下的黄河母亲是这样的：

"在兰州的顶点，她生生不息的身影渐渐缓慢
星空低垂，她嶙峋的脊梁消失在光里"

"她就是贯穿《论语》中盛大的余晖
莲花般的心灵，有着大海般的澄明"

"青铜是历史的声音，花开是大地的
声音，母亲叫着我的乳名，是爱的声音"

"把生命的钥匙交给我们,又给了我们意志

和方向,有黄河母亲就有莽莽大地和闪电"

2

或者是这样的:

"5464千米,她筑起的生命长堤

像来自温善的回馈,仿佛松柏泼向了大地"

"除了她,谁会熟知这安静的苹果园

和一枝百合,在彩陶的纹理中藏着多少乡愁"

"她的体内生长着一双双翅膀,我和兄弟姐妹

每一次患疾,都能重新获得飞翔的力量"

"她的乳汁漫过十月的晨曦,在我们身前

仿佛启示,永无尽头"

3

我希望这首诗来自灵魂,不是来自语言

"脊梁持续从光线中挺起,闪电绕膝
一只雄鹰与一株大槐树是肉体溢出的一小部分"

"黄河母亲说,肉体可以归还尘土
从肉体中抽出的一粒粮食一定要成为种子"

"仁心远未到来,雨水落进国学的最后一课
忠孝没有神谕,但对每个人都有入口"

"黄河母亲,你就是宇宙中一条有着永恒之光的轨道
我和大海、山川、明月将紧紧贴近你生息"

黄河在上

1

黄河之水天上来。万念俱灰的卡日曲
一阕黄水,漫过白骨的噩梦。太阳的喉咙
有了《诗经》以外的滋润,雄鹰和黎明
给冰凉的巴颜喀拉山脉带来翅膀和色彩
落日在孤烟中诵读着一个民族脆弱的小令

一条河的成长需要照耀和赞美,一万里的盛情

孕育了汉赋散韵、魏晋风骨，也给唐月宋瓷元柳

一个温润的意境。光芒和波澜之外

撕心裂肺的深处是暗伤、屈辱和生离死别

伸着懒腰的是红尘、野渡，墨吏一支醉眼惺忪的笔

2

不能回头。水面上的鱼纹给了生活一个方向

苟且没有远方。在壶口，仅有雄浑是不够的

时光是葬礼，而深渊并非谬误。一条河流

要在一朵桃花中永存芳踪，就要忽略肉身

在精神的丛林播种悔意，让灵魂接受雪的洗礼

当每一朵浪花都呈现鸟鸣的善良

杨柳的新枝在沙漠如悔的崩溃中依次到来

呼应这嘈杂世界的，终将是母亲般的襟怀

而一只鹤即将燃尽，从桃花峪一路东下

渤海删繁就简，新的秩序将在东营书写

3

她要坚持咆哮，在岁月遗弃的骨头上

她要辽阔，一泻千里。她要撕碎那些冰封的裂纹

铺张的荒芜，她要渗入每一寸皮肤

泅渡那些孤立的决绝，她要坚持黄金的厚重

慈爱的浩荡，她要每一滴泪水

有奶水的滋润，血浆的肥美

她要五谷丰登，丰衣足食，让每一只鸟

不再饥啼。她要龙门敞开

期待碧绿和蔚蓝，她要在时光的隧道

捡拾离弃的盐粒，愈合遥远的屈辱

她要矜持，清风明月柳笛细

她要隐忍，风吹草低孤烟直

她要在黄昏祭祀落日的破碎，让寓言

放下暗涌，她要坚持一份长久的理想

在每一个旭日升起时，要把那份湿润

沁入黄土的心脾

4

在石楼，黄河铺开宣纸，拓下天下第一湾

淡墨下，天鹅、丹顶鹤、金雕、黑嘴鸥

栖息于古意粘稠的水边，老翁垂钓群山之空

一片片槐林临水照影，湿地中的亭台

招安了长河落日，沧桑宿命

一条大河的美学被灿烂了千万年

是黄土地给了它大海般至尊的召唤

面对大海,它如猛然觉醒的图腾至于新诗经

每一朵浪花都有了诗意的偏旁,时时关照着

两个名词之间一头雄狮的境遇和诗篇

5

白云之下,一阕黄河水唤醒远古的星辰

一缕澄明,打开人间的美酒和爱情

她天然的浪潮超越了水的流向

并传递了万物复活的讯息

在宗教般的修辞中,一粒词

掩盖不住河水的肉身,仿佛抱璞而眠的

水滴,在美学外制造了天涯

并虚构了长夜里倚窗翘望的伊人

渤海以南,大风带走的

是四季体内喑哑的忧郁,每一滴黄河水

都将排列出新的秩序,在大海的典籍中

洋溢出新的风韵

就像清歌一阕,落入泥土

每一滴黄河水,都存向善之美

她生生不息,一浪倾城,再一浪倾国

在澄明中饱满,是黄河贯穿了华夏

上下五千年的辉煌和灿烂

黄河故道

1

黄河故道倒卷着奇、秀、幽、雅的花瓣

群鸟欢腾,流水静默。绿色夏津在河水溢出的

澄澈中,删繁就简,修炼成古桑树般的意志

辞藻的锦绣江山,倾泻着黄河故道的仁爱

水墨交辉,一只野鹤的思考,像一朵出浴的阳光

为故道的波澜孕育出惊艳的蓝图

2

以词象生物,黄河故道的森林、果香

让夏津的山水均衡。一团来自古桑树的幽思

在时代的浪潮中,过滤出多少良知与敬意

黄河故道不再空悬于泥沙和卵石之上

阳光在骨髓中渗透,河水的澄明瓷器

正在长出旭日的翅膀,舒展岁月脉搏中的另一种光影

3

到黄河故道寻找诗意,就像去墨里提取言辞

意象和隐喻已找到精准的仄韵,水光掩映的襟怀

是一滴水回到它自己的呈现中

面对沧桑雾霭、锦屏落玉、茫沙烟雨

浪花和古树,哪一个更接近于时代的音符

哪一个能引领我回到黄河的合唱中

4

生态给出的黄金,在黄河故道慢慢移动

千年果林曼妙地起舞,将生机溢出年轮的边界

仿佛古黄河的一朵朵浪花,找到了美学的墨

梨、杏、桃、枣、椹、柿子……果实已抵达故道两岸

时代的元音,溢出歌者的襟怀,成为生命的灵魂

在黄河故道美艳的肌肤上，留下一团团澄澈的波纹

5

当暗夜抖落雪花般的羽毛，与辽阔的澄明相遇
一条故道，超出了横流湍急的沉思
它更像岁月的柔肠，超出了诗学意义上的注解

一切混沌和梦想，将悸动于初心和诺言
当人间放下心中的泥沙，梳理出春天的纹理
在这绵延不止的潮涌中，一条古老的河流为命运预言

黄河之滨，写一首绿色之诗给兰州（组诗）

周维强

一

绿色之笔，从皋兰山起笔

至白塔山落笔，凝望、俯视，郁郁葱葱处

有蝴蝶在花香里写意

有蜻蜓在苍翠处歌吟

更有蜜蜂，停留在流水的源头，嗅到

生活蜜的芬芳

黄河蜿蜒，流淌梦一样的诗画

金城的金色，是阳光的颜色，也是

梦的颜色，赐我以星光、月色

还有生态之美的秀色，去阅读

兰州生态建设的诗章，恍若能看见

皋兰山和白塔山，南北二山的对话

是的，植树造林的传承，绿色生态的规划

如果你愿意，我会从黄河的水流

开始讲述浪花里奔腾的黄河治理故事

二

水韵兰州，是黄河之滨的一道美学

打造经济长廊，也打造生态长廊

那美，从人们的心底开始畅想

你看，以生态的名义

和绿色美学挂钩，借助水流的蓝图，勾勒诗卷

治理荒山吧，让绿树占领山石的高地

绿意盎然，风沙也会在林中歇息

然后布局绿道，建设公园

打造兰州新的生态平台，亭台、楼阁

熟悉的江南水乡，移动到兰州

就是金城的美感，这个时候

叠加上拉面的风味，《读者》杂志的书香

大美兰州的灵动诗画

就有了新的写意形式，我在兰州行走

更像是在斑斓的册页里

沐浴光和绿的灵感，不想写诗

诗歌的灵动意象，已然，在脑海中奔涌

三

黄河之滨，绿色之滨，秀色之滨

水环绿绕，一颗爱美的心，洋溢在风水宝地

城因河而美，河因城而靓

黄河和兰州，在现今，以美美共存的形式

展示古典和现代交融的芳韵

生态好了，城市绿了，鲜花盛开的地方

开始长出鸟鸣的乐音

开始有灵动的词汇，借助水流的形式

在诗行里汇集，成为诗人笔下的阳光词牌

我看见，黄河铁桥，联动着历史深处

那看不见的岁月和葱茏

而今，铁桥，更是把绿色串联起来，站在桥上

眺望河景，左边，是苍山如梦

右边，是生态如镜

兰州是一本绿色的诗集啊

黄河、铁桥、黄河母亲塑像，都是诗集的封面

皋兰山和白塔山，皆是封底

风和雨都来翻阅,伸出梦的手指

就能读到时光深处,喜人的诗

四

坐上冲锋舟,或者坐上观景船

在黄河之上,浏览兰州城景,这一刻,黄河

化身为导游,解说岁月的变迁

让它讲述皋兰山和白塔山,是如何变绿的

讲述兰州城,是如何变美的

还有九州台、大兰山、金城公园、

大青山、仁寿山等大景区,是如何让兰州人

引以为傲的

这一刻,我仿佛看见时光的修辞

叠加如梦的动态图

把兰州迷离的街景,用妙笔的形式,勾勒

秀美灵动的画卷

看见蓝天更蓝,白云更白

鸟儿们,聚在一起,商讨,该用何种修辞

才能把想说的话

用美的定义,写出靓丽辞章

五

在兰州，真正的主人，就是大河、绿树

就是鸟鸣、花香，就是水草晃动的泥香

就是家园的绿韵，就是人们心中

对美的向往，一颗蓬勃的心脏，也会指点诗词涛声

就是黄河开路，兰州人隐在花园中

感受着翠色的心胸，濡染水韵

就是城市变美了，变绿了

兰州人的心情，开始像歌声音符一样

跳跃在生态的五线谱上

当我写到"黄河之滨"，就写到了

金城的夜色，金城的灯火，黄河的夜色

更加富有纯情，河水的清气

城市的美感，在这一刻，让我不思归途

我多想，让美上升到一个高度

成为皋兰山上的一棵松树

或者成为白塔山上的一朵野花

凝望着梦境的兰州，凝望着秀色的金城

就这样，在美的蓝图中，成为永恒的绿色

长河密语

木夕（甘肃）

卡日曲

阳光打开冰雪的记忆，泉水释放

岩石的温柔。那是怎样的一场相遇啊

于群山之巅，盛开如此高洁的爱情

没有一个世俗的灵魂，可望企及

星宿海

无需献媚。每一簇繁花，都灿若星辰

无需表白。每一眼甘泉，都盛满阳光

牦牛静卧山坡，黄鸭拂动清波

斑头雁从孔雀河下来，就是你的新娘

麦朵湖

云朵之下，是众鸟的天堂；云影之上
是黑颈鹤的顾盼。红衣僧人像一片
苇叶，飘落栈桥尽头。无端锦瑟
如雨倾泄：一半成白河，一半成黑河

龙羊峡

海纳百川，赋予细流以形体，以力量
壁立千仞，赋予弱水以堤岸，以方向
如果春天终究不能抵达，就让我
飞流直下，让生命，绽放成一树琼花

临津渡

层岩峭举，静水流深。法显身披残阳
肃立河关。在他身后，双龙交会
众鸟回旋。但这一切，都与远方无关
此刻，他只想借一叶扁舟，横渡苍茫

沙坡头

一切本源，都清澈见底——仿若初遇
一切过程，都泥沙俱下——就像后来
在你转身的那一刻，花儿撕裂山川
腾格里的内心，狂风大作，烟尘斗乱

敕勒川

马头琴跌落的地方，耸立着你的脊梁
哈素海忧伤的夜晚，涌动着你的柔情
牛羊没入草丛。弓箭没入石棱。星辰
寥落，我们饮着酒与黑暗，没入篝火

08. 壶口

收起你的酒壶。乾坤未定，不妨让我
向死而生。收起你廉价的布舍。不妨
让所有激情虎啸龙吟，飞崩成瀑
四海倾倒。群峰凸起。谁在浪底打坐

龙门

逆流而上，只为穿越云海，逐梦成龙
纵身一跃，何惧天火断尾，点额曝鳃
孟津不可久居。凡鱼不可久伴。向上
向上——远方的远方，才是灵魂归处

三门峡

人门。神门。鬼门。斧落之处，三门
洞开。白天鹅。黑天鹅。褐色鸳鸯
寂灭之前，万物分明。怀抱陶罐的
女子，默念着道德经，遁入黄天后土

桃花峪

夹岸桃花，恍若红云——恍若鲲之背
阡陌流瀑，恍若白驹——恍若鹏之翼
在时间和空间之外，我们终被那些
飞翔的事物卷入一涧湍流，不复再生

入海口

九九归一。百转千回,终归渤海一隅
一生万物。几番轮回,不负山川万里
在你奔腾的记忆里,我只是一沙一石
在你缠绵的怀抱里,我愿做一花一木

云朵像牦牛驮过的雪（组诗）

黑小白

留下来的理由

这一生，我要赶很长的路
这一生，我要路过很多村庄

尕秀，在我将要离开的时候
用白云留住我的脚步

我不必说出尕秀的美
慕名而来的人们
早已准备了最好的诗句

我只需，慢慢地走过街道
面对一张张幸福的笑容
收下真诚的祝福

抑或，在帐篷城云雀般的歌声中

跳起欢乐的锅庄

而这些，在我看到——

云朵开始奔波

那些洁白在巨大的湛蓝中

渐渐散去，又渐渐归来

风终于歇息在广袤的草地上时

云端上的尕秀落在了心间

它不再是我匆匆路过的村庄

它挽留住一个人的归途

小城盛夏

本意是去看洮河的

却被鸟鸣引去了月牙湖

在湖边走着

渐渐像小城一样，安静下来

虽已错过了阿米贡洪的落日

但湖面上的余晖依旧让我沉迷

阳光抚慰草木之后

即将把天空让给月亮

石阶上，写作业的小女孩

眸子里闪耀着星星般的光芒

身后，林中的云雀

正在歌唱万物蓬勃的盛夏

迎着夜色，走到洮河身旁

它看上去波澜不惊

像我刚刚路过的月牙湖

但我深知，一条大河从未停下

奔流千里的脚步

尕海

当我看到你时

终于可以放下这一生的奔波了

就像那些南迁北返的鸟

把自己托付给你

蓄集重新出发的勇气和力量

我在等一群白天鹅掠过水面

它们是你从未失约的朋友

在青草的呼吸里

它们一次次擦亮梦想的翅膀

但我无法识断定

从远处传来的啼鸣属于谁

这是阳光最好的日子

那么多清亮的声音响彻在云层中

直到，我在杏树旁

听到麻雀唤醒小院的清晨

尕海，我又一次想起

你把那么多的鸟鸣

送给了远道而来的人们

云朵像牦牛驮过的雪

在阿米贡洪，我不得不说到

颜色的生动和鲜明

比如云朵像牦牛驮过的雪

牦牛像大雪铺过的夜

而深月宛若明净的溪水

我驾驭枣红色的骏马

向更远处的青草和羊群奔去

在我未到来之前

它们在阿米贡洪的土地已生活了多年

阳光炽热

帐篷里传来欢声笑语

我想静静地守在一头牦牛

或一只绵羊的身边

这些年,我与牛羊的距离

就像我和昼夜

看似亲近,却很少促膝长谈

我默默许下简单而真诚的心愿

——阿米贡洪,请你接纳我

允许我像年少时那样

在草丛中酣睡

在酣睡中梦到曾经的家园

听溪水说起过往

雪山从草原深处走来
它们是阿米贡洪牧场上
一座座洁白的帐篷

而木屋,是帐篷之外的夜空
它们与星星之间
只隔着一个虔诚的仰望

溪水不请自来
它见过闲庭阔步的牛羊
也看过山中的鸟雀

无论是落定的帐篷
还是精致的木屋
都是溪流眼睛里的苍穹

我只是路过,但我想留下来
留在满天的星光里
今夜,阿米贡洪是我的故乡

我不羡慕风，我不惧怕雪

我只想在这里

听一条溪水说起它的过往

青草没有尽头

雪来了。来得很快

刹那间就落满了阿米贡洪的寂静

天地之间，只有茫茫的白

目光无处可放，可似乎每个地方

都能盛下一个人全部的凝望

没有鸟鸣，没有鹰唳

只有一群牦牛在雪地里悄然前行

它们要去的地方

是不是还有更大的雪

我见过真正的大雪

像陈年旧事无休止地扑向我

而没有雪的日子

阿米贡洪的青草也是没有尽头的

此刻，青草苍白

我是孤独的放牧者，远离尘世

不需高歌，不需辨认方向

牦牛穿过白雪覆盖的阿米贡洪

仿佛黑夜缓缓穿过白昼

赛钦湖

遇见你

就如遇见山中的溪流

或者河边的树林

没有曲折的木栈道

没有彩色的路

没有刻意将我引向你的标识

仿佛你是云朵落下的眼泪

只要我仰望蓝天

必将与你相见

却并不会感到陌生和遥远

你放牧的羊群

和我喜欢的雪一样洁白

而你蓝色的衣衫

像一首被风反复吟诵的长诗

即使我只记得一部分

那是草丛中久久回荡的歌声

在我离开的背影上

描摹出湖水中落定的天空

在湖边

你如蓝天的眸子

看到了群山，草地，牛羊

和风尘仆仆的我，却依旧风平浪静

我相信你的淡定

这是我们之间早已拥有的默契

虽然我未曾见过你身披月色的模样

但被星辰宠爱过的云朵

替你遮去盛夏的阳光

仿佛昼夜只是风和雨的旅途

并不曾浸染你内心的澄澈

我度地而坐

像你熟悉的牧羊人。但我们沉默着

谁也没有说出

初次相见，我们就胜似久别重逢

白石崖

你有多高，天空就有多低

你有多重，云朵就有多轻

但你并没有让甘加草原失去辽阔

你把青草带在身上

仿佛汉子把清风绾于长袍之上

你提缰勒马

阳光照亮你的骄傲

额头的汗水，有小溪的清澈

也有大海的荣耀

在你身后，还有更多的花草，鸟雀

它们和我一样

将你视为"人间最后的伊甸园"

雪在路上

离开你,不是因为

那些玉带云不够美丽

它们缠绕在你身上

久久不去

我要去的地方,你听风说过

那里也有苏鲁花

也有白色的绵羊和黑色的牦牛

只是,我不曾得知

雪已经在路上

它并没有给我们一点提示

当大片的雪花飘落

我不安于自己的不告而别

那么多的雪,蓦然褪去了夏日的热情

而你,依旧说着让我温暖的话

——七月,我们再见

八角城

我站在观景台上

和你隔着千年彼此凝望

说不出那一刻

是我错过了你,还是你远离了你

我应该走近你

像你身边的一株草,一粒尘埃

或者像鹰那样

用翅膀感受你的烟尘

青色青青

像所有关于你的文字

充满让我心潮澎湃的力量

但我无力穷尽

就像我始终走不出无垠的时间

我终究要与你擦肩而过

八角城,当我再次读到你的名字

只能在深夜里

一点一点默数你的与众不同

风从城上过

只有风

大声而急切地诉说着

你一言不发

我没有穿过城门

我把全部的目光放在了

城外青稞和油菜花上

那些质朴的金黄,与诚实的草木

从未抛弃孤独的你

白石崖是另一个沉默者

它把记忆一分为二

一半给风,一半给往来的人

我尝试着带走风

风却更大了。像云中的长啸

白石崖溶洞

我用这样的方式靠近你

先是步行

然后俯身前行，最后爬行

我相信，你和高原上的草木一样

越接近云端，越垂爱人间

而我，也需保持足够的谦逊

来认识你的胸怀

光是你胸膛上的星星

我在影子中看到流泪的岩石

但你并没有说出全部的夜空和秘密

我借助于绳索抵达的地方

一株青稞正在发芽

看着它，我不由想起

在你的眺望里

大片的庄稼就要成熟了

悬崖和夕阳

那只带我走向你的旱獭，去了哪里

我找寻着它的身影

但我在草地上，只看到了余晖

大多数分离都会选择傍晚

不匆忙，也不慌张

我抬头看向你

夕阳正从云端落下，五彩的光深裹着你

但天空仍见湛蓝

溪水绕过我们，奔向村庄

它比我幸运。从一开始，它就遇见了你

而我，要独自离去

我不知道，在黑夜里

你是否会像夕阳一样放下悬空的心

黄河之滨（组诗）

魏志刚

萃取敦煌壁画的，兰州蓝

绿色崛起的南北两山推高天幕

兰州，一把巨大的琵琶

被穿城而过的黄河挂上金色琴弦

夹岸而立的人们在天地舞台弹奏着

并用蓬勃的乐章，重新定义

丝路花雨返场的新经典

绿云扰扰，是兰山和徐家山在带领

盈千累万青衫女子，操练飞天舞

翠带飘动，拉着穿裙子的云

把天空的玻璃幕墙，擦得湛蓝清透

而太阳的面光灯，已亮灿灿打出

城市明媚生动的表情

河水翻动着天空的倒影

以柔软心铺开锦缎般现世安澜

我看到城市森林和黄河风情线

收尽了天光的蔚蓝，如大海温柔地

泊在我的心渚。在蓝色的凝视中，

你就是两岸花海间，一帆淡蓝色的船

黄河之滨

当那闪耀于河面的鸥鸟

正挥舞银子般的翅膀

众鸟如天空撒落的花籽

在近水广场、湿地公园和风情线上

灵动绽放，啼啭花香

清脆的嗓音拨动水车，敲打着

黄河楼和华夏始祖园的门

临窗于午后，我看见岸柳缠绕鸟鸣

泼下百合花似的声音

一如此夏四野涌动

白兰瓜的清甜。顺着风的方向

河滨茂密挺拔的芦苇

顶着红褐色花穗摇曳思想

灵魂中没有一茎白发

云的鼠标刷新时代的天空

九曲黄河泛着微笑波纹，把最美

青春段落和最稳健步履，留驻金城

兰州以最平阔河谷、第一铁桥和

五泉白塔，倾城相迎

你若点墨山川，我必落笔成金

在践行互不缺席的千年约定中

将山的豪迈、水的温婉

融入城市骨血

黄河大桥和市区立交桥凌空展翅

钢铁之蝶把自己筑入人世，又

飞越红尘。更像是城市的眼睛

在时间的流动中，它们能看到

山河错落，烟火如常的不变

也将无数次看到车辆如鲫、行人如织

玻璃门自动感应门开阖颤动

如后浪推波的新变。就像

水清岸绿刷新城市的颜值

云的鼠标在刷新时代的天空

沿着黄河走（组诗）

七夕

沿着黄河走

我把穿了多年的草鞋，

归还给甘南草原，踩了两脚黄泥，

来到晋陕大峡谷的壶口瀑布。

轻轻地叹息一声，就让大地的回声，

震荡寰宇。

跃过龙门之后，我便是一条腾云驾雾的龙了，

把千年的火焰化为普天而降的甘露。

沿着黄河走，穿越一座座石窟，

我便是那个衣帽破旧，落拓不羁的仙人了。

身后的雪山越来越远，

草原和戈壁越来越远，

离雪山最远的地方，距离大海最近。

近得如同一滴捧在手心的蓝。

林荫大道

想起树木，在阳光初照的早晨

我想起那些高大的

耸立在路旁的白杨树。

想起那条林荫道，贯穿东西的绿荫道，

送走了多少车辆和马匹，

多少行囊背负肩上。

多少回眸的夕阳在放声歌唱，

树叶的沙沙声为之伴唱，为之鼓掌。

它们替代了当年的风声和雨声，

替代了席卷大地和天空的雷鸣。

行走在河边的林荫道，

赶过一个又一个丰收的季节，

我匆匆的脚印被落叶收藏。

在枝头歌唱

告诉你,我会成为一棵小树的朋友,
为它修枝,打杈,为它施肥浇水。
还会做一些日常工作,譬如喷洒农药,
譬如在树干上刷上白石灰,以防被啃食。

我会成一百棵小树,一千棵小树的朋友,
成为一片树林,一座森林的朋友。
我会把浑身的热量像阳光洒满林间,
像雨水,在叶子上孕育珍珠,
像风,在树尖上舞蹈,像小鸟,在枝头歌唱。

我会成为一棵小树的朋友,把梦想变为新芽,
把花蕾开成花朵,把花朵变为果实。
以树的姿态存在于世,以树的语言与生活对话。
以树的向往构筑明天的梦想并获得美感。

森林

森林在远方。
墨绿色的散发着松香味儿的森林在远方。

一棵无名小树，在丰盈的雨水里，
打开一条通往森林的小路。

一百棵小树凿开岩崖上的栈道，
走完一千级台阶就是那片森林。

一千棵小树的拐杖，
搀扶着春天翻过那座巍峨的大山就是那片森林。

森林在远方。
在梦的边缘徘徊，山岚踟蹰不前。

大地的掌声，一片雷动。
涛声阵阵，涛声距离我们并不遥远。

潮湿的岩石

站在源头眺望大河，
透过一滴水眺望大河。

用山泉清澈的眸子眺望大河。
远处的大河云烟苍茫。

山谷里流淌的溪水，潺潺的水声

如我不倦的目光，一边流淌一边眺望。

远处的大河是小河命运的丛林，

生长着千千万万小树的年轮与树龄。

远处的大河一派繁忙的景象，

船舶穿梭，码头辉煌。

小河的水声越来越响，流去匆匆的时光，

流来山花、流来绿荫、流来果实。

站在源头眺望大河，大河的一朵浪花，

绽开多少山泉的相思？潮湿的岩石。

与阳光撞个满怀

野花的杯盏盛满阳光。

小小的野花盛满醉人的芬芳。

小小的野花在阳光下打开它的百宝箱，

取出色彩艳丽的记忆和沾满芳香的首饰。

取出一个个忆念,取出音乐,取出马,

取出传说,取出峰峦,取出白云。

篝火熄灭后的回忆比火焰更绵长,更旺盛,

热烈的时光总觉得有些短暂,转眼花季到来。

小小的野花,倾斜了青峰和阳光,

让一个远道而来的人,赤裸而卧。

草地之外还是草地,野花之外还是野花。

野花在草地上梦想,跟我一样。

我的到来比一场夜雨晚了一步,

与一缕炊烟的升起正好合拍,与阳光撞个满怀。

我的到来正好是七月,鲜花盛开,

源头雨水充足,草木生长茂盛,如我所言。

小草与荒原

我与荒原相距甚远。

与那棵孤独的小草,相距甚远。

小草用明亮的钥匙,打开春天的门。

透明的雨水,从天而降。

那棵小草,让一朵徘徊的白云扎下根来,

炊烟系住毡房和犬吠。

从此,草地和野花连绵不断。

牛群和羊群连绵不断。

痛失孤独的荒原,相距甚远。

生命的欢乐,与孤独和死亡相去甚远。

河边的柳树

柳丝低垂,随风摆动。

低垂的柳丝俯身于河水。

河水流淌,日夜不息,

河水悄无声息地流向远方。

远方的远方一片苍茫。

远方的远方无言以对。

河水川流不息，树木寸步不移。

逆水而来的春天，根扎在泥土中。

河边的柳树是一道风景，

守住故土，守住日月星辰。

风中的姐妹散开长发，

风中的姐妹风姿绰约。

沉沦的残月重新挂在树梢，

散落的鸟鸣聚集在枝头。

张掖,行走在河西走廊的绿洲

黄爱国

一

在河西走廊,千万匹马从身体内冲出
沿着古老的唇语、星辰、记事,和黄河的指纹
直抵神圣的国度,一个住在边塞曲上的家园
祁连山和黑河把不绝的金涛传颂,并构架新局
是的,我们内心的绿洲早烧到了张掖
必要的前程和远方在它血管里驻扎、扩展
无比亲和且具张力,羽化温润的丝绸
细腻的葱茏、鼻息、烟雨,筑建别样的江南
怀揣与之全等的山水,我们在张掖沙漠的深处
用母语和乡云牵出一封家书里丰饶的鱼米

二

在张掖，明秀的山水导入我们的乡愁、村镇

以及对号入座的风物。宽阔的丝路有强烈的主体意识

从我们落定的尘埃里引起共鸣，聆听黄河滔滔

顺势而为的太阳和人民在张掖绿洲的胸腔里

用一根根肋骨接力火炬，照亮肺腑的沙漠之洲

近四万平方公里的焰火在青翠的组章里主张、宣泄、把握

黑河之水采撷张掖的蓝穹，以雄浑的傲姿

提炼祁连山甘州乐曲妙不可言的词牌或曲牌

最大认同的精神和脉搏诠释大地殷实的掌纹、嘱托

愿景和日子彤彤，祁连山在甘州天与地两极的深长

三

在这风情别致的塞上江南，我们歇斯底里

异域重生般，把张掖从古至今都亲历一遍

华夏家谱根须到树冠的深刻领悟，让勃勃生机的万物

透明的容易被了解被恩泽而加倍回馈。沙漠之洲

是行吟于河西走廊的孤烟、笛声或是诗词

风暴的中心，声誉功名彻拂身心的尘埃和浑浊

并蓄边塞诗的绝句、辞藻。塞上江南浩荡

万匹军马驰骋,翻越甘州千重万叠的清明和笑意

一条丝路的复兴梦,在新的征程里踏歌而行

张掖屹立的里程碑,预提着下一个百年的光辉

四

在河西走廊,我们推崇张掖的非凡和荣耀

绿洲沿着铮铮的丝路布置满园的春色、希望、叮嘱

美丽的修辞引祁连山之弓,绝唱千古

黑河用黄河褒奖的金子般的蜜,孕育、描绘、塑造

属于我们的沙漠在爱的最深处获得密码

破译一粒粒黄沙征途里高亢的蹄声和凯歌

所有寺庙的钟声和经声垂直于清澈见底的大草原

所有的时光灌入一条丝绸的丝语和情怀

灌入一个故国忠贞的属性和要塞。歌舞沙漠之洲

像某种旨意下的振兴和复辟,所有事物以己为炬

五

心灵栖息这一方水土,我们重启另一个自己

到过张掖的人,都被张掖打了一个圆满的结

甘泉古老的誓言,漫过属于一只鹰或一匹马的地平线

明媚的绿洲和心跳过滤沙尘、苍茫、虚无

七彩丹霞之火滚滚,预言洞察张掖的爱和真谛

从山丹马场射出的火箭,问候满城的芦苇和塔影

张掖大草原辽阔的高音区滋润成群的牛羊

甘州曲在祁连玉里黄金分割山水的段落

装满驼铃和日月的丝路用最锋利的呼吸,呵出辽阔和恢宏

大地在灌满赞美词的咽喉,挑明多彩又敞亮的骨骼

在黄河之滨,听从美的召唤

瘦石别园

一

到了兰州黄河之滨,才不枉来过人世一遭

这里是水的祖国,这里是美的摇篮

九曲柔肠,在《说文解字》《山海经》《水经注》里缓缓流淌

在《汉书》《尚书》《史记》中迤逦漫行

古老的大地之魂,慈悲着慈悲

穿城而过的黄河,替水做的兰州站起来

在传说和故事簇拥着奔腾的白塔,幻化诗的腰身

顺势将乡愁中的乡愁,陡然喊停

供秋风了悟宿命,迫乱石长跪不起

令万物回家的密码,在黄之所以黄的气度里

哺育热泪盈眶的生命歌谣

来到了兰州黄河之滨

一切的孤独寂寞是可笑的

所有的悲欢离合是轻贱的

只有当你亲眼目睹了浩浩荡荡的坚韧与才情

以及宠爱中的宁静与舒缓

你才知道生活在兰州，是多么的幸福与珍贵

而一切的美，才刚刚开始

二

走吧，听从美的召唤

黄河之滨在等待，一生都在接纳

熟读《二十四史》的你

听过《黄河大合唱》的你

寻着涛声认祖归宗的你

如果说黄河的每一滴水是母性的

那么风生水起的黄河之滨，就是一位清秀婉约的少女

你此刻抵达的滨河路，像安稳的线性叙事

亿万年生生不息的歌谣，从慈悲的乳房里奔涌放飞

那俊逸，那清丽，那舒展

慷慨滋养着金城的历史与人文，诗情和画意

恢弘的归恢弘，长叹的归长叹

厚重的归厚重，灵动的归灵动

图腾此间的雄与秀、朴与奇、动与静、真与幻的美学

而站在天下黄河第一桥上的你，则像母亲唇边极富质感的一粒应答

就连你夺眶而出的一滴泪珠，都美轮美奂

三

黄河之滨的万种风情

只有黄河水才能注解

所有美的著名

在于岩抱水、水环山的自然大气，嶙峋相依

更多的是因了一只陶罐的智慧，善良和纯真

至于皋兰山和白塔山的南北相拥

那是古琴弦上的纷纷音符，多了绿色的律动

印证一水护田将绿绕，两山排闼送青来的亘古柔情更将粮食和美景供奉在上

让祖辈躬身在下，以及试图取悦如画江山的我

向深沉作揖，对舒缓礼拜

谁都知道黄河活着，水就会长出最美妙的磅礴

黄河之滨唤来水车，古渡，汲水洗衣的女人

淹没史册中伤痕累累的刀光和剑影

唤出羊皮筏子，摆渡离别、聚散、悲欢

许滩涂吐出野花和民谣，任由牛羊白云般烂漫

更许你我，与赵钱孙李一起用来恸哭

之后沉思，赞美

四

静流雄浑，涛声逸远

时代的恩光在黄河之滨熠熠生辉

总有人面朝雷霆万钧后的曲折，和纯金的缄默经卷

参天，悟地

将匡时济世的方略，看得见青山绿水的乡愁

吩咐一壶大酒

此刻的黄河之滨是一截硬诗

呼啸逶迤的，都是远上白云间的分行

一朵浪花就是一段传奇

一滴水就是一场风景

丝路古道，霍去病主题公园，水上清真寺

兰州水车博览园，黄河母亲雕像，筏客搏浪雕塑

黄河索道，绿色希望，马拉松主题公园

百合公园，徐家山森林公园，芳洲思雁

50公里奔腾，50公里旖旎

这是兰州外滩，这是盛世的清明上河图

习近平总书记也来了，深情地说：

"黄河之滨也很美"

这是指点江山的人，一再注目的慰藉

这是一代伟人，馈赠给兰州黄河之滨的千古绝唱

五

此刻，黄河之滨是抒情的

只有将自己框进画卷里的人，胸怀才足够广袤只有含着热泪看黄河的人

才能心怀金城，眺望世界，装点诗意远方

也只有兰州黄河泼出的水墨

才叫海晏河清的绝版华美

兰州黄河风情线，无疑是活泼生动的妙笔

黄河之滨是幸运的

越砥砺，越光洁

南北滨河路，平仄古老的慢时光，押着时代的新韵

背诵春光，摇响鸟鸣，撩拨乡愁

不慌不忙的从容

胜过咏叹,大于感慨

闲适两岸淳厚纯净的心跳,风雅恬然金城

自此,黄河之滨便归入了湛蓝的词章

不是所有的蓝,都可以肆无忌惮

唯独兰州的蓝,有野性,有形状

有寄托,有信仰,有未来

国家园林城市,中国优秀旅游城市,中国特色魅力城市

那么多的蓝,不顾一切扑过来

就连雪的芬芳也从蓝里提出来

率领着一座城的馥郁清香,自带盛世之光

让磅礴的更磅礴,辽阔的更辽阔

六

在兰州黄河之滨,我相信所有阳光下的事物

都得到了神的接引

比如每一片蓝,都会运送历史、现实和憧憬

每一卷阳光,也像一道道别出心裁的密旨

而一道蓝就是一片醍醐,提醒所有的兰州人

必须向红了又红的太阳行注目礼,对层层叠叠的蓝说

出爱

    告诉普天之下的所有人

    开放的兰州，大美的金城

    是蓝天下妙不可言的神祇

    比如此刻，我看见另外一个自己

    和有许多人一样，波光粼粼

七

    如是，我不再相信春风不度玉门关

    因此在黄河之滨，不写诗是有罪的

    尽管我写不出她美的万分之一

    写不了她静宁时的隐寓

    也写不了立起来的气吞山河

    但一碗兰州牛肉面告诉我

    谁获得一滴水的青睐，谁就将获得满足

八

    阳光有旷世绝学，黄河有蹁跹之美

    在兰州黄河之滨，落日也有无限仁慈

    一滴靛蓝翻滚千册经卷

    一粒黄沙饱含万顷钟声

这不是神话，也不是传说

这是亲水平台旁一棵柳树的诺言

这是音乐喷泉边一朵兰花的优雅

而刚刚开始的中国梦，兰州梦

正以万马奔腾的壮观，通往人间天堂

九

由阳光沸腾的城池是幸福的

被蔚蓝铺陈的黄河之滨是安逸的

每一个爱兰州，被兰州爱的人

都可以诗歌的名义在这里亲切相遇

没有人能够抗拒兰州泡馍的鲜美

没有人忘得了糜面疙瘩的香悠

更没有吃着手抓羊肉及黄焖羊肉的人，愿意割舍豢养的乡愁

倒上一碗牛奶鸡蛋醪糟，或者盛满甜醅子

抑或可以与黄河母亲，以及兰州的蓝慢慢商谈

将心跳与感恩刻进丝路遗址，摁进黄河风情线

至于许愿的声音，大可交给白云观的钟声壮阔

十

此刻,黄河之滨直抒胸臆

碧绿的风吹我,深邃的蓝佑我

黄河持续操琴,把美还给了美

唤回我久久的漂泊之心

择水而居（组诗）

王唐银

护林人

黄河几道弯，挽住群山的脊背

三北防护林挺直了春天的肉身

被风不断裁剪的黄杨林，栾树林，安顿着

亚热带季风的祥和。黄昏就要来临了

群山铺出一张褶皱的宣纸，红尘的墓志铭，只有

提灯的护林人，来回走动

绿叶越来越多，虫鸣低吟

祖先的铁锹，这些年，一直种植在

沿途的绿叶和繁花间，夜晚

他们才会回到交谈

它们一生寄居于此，择水而居

那个在命运里铺满绿叶的人

整个夜晚,黄河会一直为他们亮一盏灯

在站立成一棵阔大的乔木之前

他曾放下今生的孤独和

来世的温暖

祖先在脚下

面对黄河,请像枯叶一样放轻脚步

一尺厚的地下,植树的祖先还保持着弯曲的睡姿

在此之前,他们曾用大部分时间行走

他们信赖绿色,信赖黄河

一棵草木,白银成熟的梦

就是护林人一件永不褪色的袈裟

他们的一生,都在追赶黄河水

命运的荒漠,全部加起来

只够用来怀念一个人

等到最高的枝丫返青,等到青翠的绿色相拥

等到黄河水,照亮千里明月

他们依然,一次次挖坑,种树

最后一棵,填埋自己

这些钢铁般不朽的草木

每一片叶子，都是三北防护林的墓碑

只有停下来的风沙和季风，像光

印证了他们

后来

必须在十月，最后一片河水封冻

在风中完成祷告

绿色，开始在时间的箭矢

停顿。那个背负荆棘的少年，伸手可摘

林间的云朵。他在一座水边的木屋下

参悟梦中的蝴蝶

旷野都是秘密花园，那些青涩的鸟鸣

叫不出什么是水，什么是梦的入口

一条通往黄河花园的路

也不媚俗，也不鲜艳

但那些绿色，扶植了群山的脊梁

葱茏的树木，不息的黄河水

都是白银的先人

穿过防护林,看滔滔黄河水

消磨的野性,已慢慢打磨出月亮的光芒

黄昏

需要一席怎样的笔墨,才能抵达

三北林场这样阔大的画卷

起风了,黄河渡口,坐标依然清晰

林场才有那些无声的神灵

让河水垂青

白银在岸,落入黄昏之前

也要在锦绣之城秀上一回

风有吹不走的忧伤

林场里每一棵熟知秋天的树木

摁下一轮新的指纹

风一吹,就成为护林人

额上深刻的死结

哦,那也可以看作是一行行诗意的文字

他在今夜一定有一封绿色生态的信件

寄往春天

如果黄河水封冻,那就让一片叶子认路

黄河首曲（外一首）

徐 捷

一夜河水淘洗着月亮的惆怅

日出之后，从头再来

我还惦记那轮思念之月

像一滴更大的泪珠，挂在

黄河首曲的眼眶

风霜雨雪都不存在，甚至

也没有半点诗意的云朵

天地毫无阻隔和遮蔽

如此通透，反倒令人隐隐不安

仿佛是一种假象

四周充满未知的暗物质

日月轮换，如同顺从

内心的信徒，总是那么平静

"多情应笑我",东坡

早看透岁月沧桑

他的华发已长在我的鬓角

而我漫步在这黄河首曲

第一桥上。两岸的玛曲草原

曾令人彻夜不眠

流经兰州的黄河充满抒情之手

我看见血管贲张的高原,在流血

流血的高原上有兀鹰之翅

我看见鹰翅下流经兰州的黄河充满抒情之手

它抚摸着我!像一首歌溅开的音符

甚至抚慰了天空永恒的哑

岁月的群马不吭一声,正在洗脸

它抚慰着月光——我们用旧了的毛巾

那天空永恒的脏。第二天

就用崭新的太阳把它洗得干净、明亮

哪怕黄河就是大地的一条伤痕

它的存在让我们有一种说不出的爱,和隐痛
然而浪花让岸边的每一粒黄土

都成了大河的选民!看着夕阳下
滔滔河水像鲜血一样奔腾,高举手臂
选举自己心中的那个永恒之王

这时我们才知道自己有多么坚忍、多么卑微
我们一生,无数次走过黄河铁桥
有几个人能把浪花的眼泪擦干?
我们无数次告别,但有几次离别
能让人感到天地有大爱而不言
在河上点灯,重温旧梦,唯我独尊?

有几个人随水逝去时,会有那种大地如盖的
悲伤?白塔山下,有几个人
变成河底卵石之后还会仰望苍穹?

扪心自问:我们这些并不够格的选民
是否选出了那个永恒之王?
是否还能赞美,这充满抒情之手的强大的河?

黄 河

桑云飞

一

水的聚居地，水分子的狂欢、呐喊、低回
波平如镜，浑黄的移动不舍昼夜
脚下有些震颤，仿佛站在悬崖边

高楼不语，高楼里的人不语
高楼缝隙里泻下的光默然不语
而我的歌唱、我的话语几近失音

老子出关而青牛不语
孔子临川而江河不语
只有一片白云飘然而过

水开始聚集，开始争斗，开始倾泻

浑黄的话语，不含泪水

水流动着历史的悲欢

水流动着今天的繁华

水载不动我的一腔欣喜

日渐抬高的河床

留下一点点扩张的痕迹

桥，架在河流上

遮蔽了河的狂野河的光华

河更加沉默，日复一日

聚集，流泻，或者渗入

千帆竞发，对岸的高楼也欢欣不已

颤动，在水波中颤动

一叶漂舟，我可以占领对岸

可以让思想驰骋过陌生的地域

也许好客的主人捧上一碗米酒

可以半饮半洒对着夕阳大笑

而激流中的水默然不语

小鸟扇动翅膀，像一堆洒落的标点符号

而河流不可删改

它是王者，可以君临万象而面不更色

它是智者，可以贯穿历史而不失贞洁

二

水流着，走向光明的脚步

坚定不移，这是大军汇集后的壮观

一小时，两小时

水碰撞着，回旋着

一条河哺育了一大片土地

可人们依然脚步匆匆

只有我默然伫立，不肯离去

远处的灯火充满诱惑般的亮色

而我胸中的激流依然浩荡不休

我的胸中也有一条支流，清澈见底

它流入一大片浑黄中

使我惶然而又欣欣然

命运的扇子，打开上千年的褶皱

水的浪花，卷起五千年的悲欢

河边繁衍的水草，缠住惶惑与繁盛

缠住千万条路，还有路上蠕动的车流

站在河边，我似乎停留在草原上

空气洁净，纤尘不染

缓慢的脚步，缓慢的时光

而发黄的历史，墨迹斑斑

任我一页页翻过

这是前世的感动，降下来一地繁盛

一点一点，地球缓慢地转动

三

一片飘零的黄叶，落到水面

随波而去，走上九曲十八弯的远途

水面上的大船，像哲人的白发

它不沉的命运，飘荡在水上

在喧嚣的边缘，孤寂地流动

水的脚，已深入到黄土地

看着烂漫的春色，扫荡内心的尘埃

如镜的水面，荡起一片波纹

微风鼓荡起它长长的裙裾

它是苦行的世外高人

流淌在命运的边缘

七彩的光，钟钹的喧嚣

打湿了竹简的引线，我捡拾

历史的黄叶，偶然翻开了

你光彩照人的扉页

流动的水，停在我的面前

检阅军队般，我不肯背过身去

想象中的利剑，已经出鞘，闪电划过

俯下身去，我泪洒脸颊，而又仰天长啸

森林中的老虎，声震山岳

而默默的流水，使我不肯迈步

它是我前世的姻缘，绵延不绝

唤起我内心无边的惆怅

四

水车转动着，灌溉着游客的欣喜

也灌溉着五千年饥渴的土壤

时间也转动着,不疾不徐

穿越历史的长廊,穿越城市和乡村

穿越昏暗的黎明

浑黄的河水,流入高架水槽

流入饥渴,流入满天星斗的夜幕中

晦暗的过去,已掉入了历史的尘埃

而水车转动着,比地球更快,或者更慢

它像一个星系,带动了水和水分子

沿着固定的弧线,转动,或者飞溅

黄河之滨，青铜的词汇或者本身（组诗）

李佁英

青铜的词汇或者本身

时间到渭水流域泊下来，委身某个青铜器遗址

柔软的腰身在一件青铜，彩陶

成为一个符号，猜测，解读

文字的图腾和寓意

现在，这些青铜在东乡林扎根

长出了茂密的根须

探究时间的多寡，长短

马家窑遗址

代替我活着，看向千年之后的人间

如何接过手中的接力棒

规划设计一座城市，一条桀骜不驯的黄河水

青铜短刀还残留着远古的气息

主人握起刀柄时

是气拔山河的将军，还是身披铠甲的战士

青铜的词汇被铸造成某个人的掌纹

很多秘密从此被雪藏

或者和彩陶上神秘的符号

交换身体中的秘密

奔腾不息的黄河水，读懂了青铜的坚韧

也照见历史的无穷无尽

站在岸边望向黄河水的目光

一下子变得宽阔无边，无限深邃

丝绸之路

接中原，携手西域，交汇的词性动荡

有万金油的圆滑

说起风骨，月光的梯子飞起来

仙女长出翅膀

从壁画上起身，飞到苍鹰的故居

融合是一种美，文化，历史的融合宽阔

足以让深藏在历史断句中的足迹

暴露出粗犷的美

驼铃叮叮当当的声音

唤醒一滴水，唤醒了一条传世的路

驿站，酒肆

时间在这条道路是上洒下种子

沿着丝绸之路前行的人

看到了艰辛，脚印，和行吟者孤独的琴音

伸出手，缓缓擦拭去悲伤和忧郁

和我并排站在黄河边

落日沐浴在彩色的河水中

洗去浮华和泡沫

走出来的时候，是那只托在掌心的月亮

背井离乡的人

已经和青铜一样，在黄河岸边

有时是一粒砂石

有时是一棵年年发芽，年年洒出白云的柳树

朗诵和书写，都是黄河人满满的底蕴

我承认，此刻的自己已经被这儿的美俘获

彻底缴械投诚

交出勤快的脚步

跟随着黄河水漂流

跟海浪一样起伏的麦浪认领亲人

六月的稻谷

正在点兵，在麦芒上训练武艺

七星瓢虫寄宿的人家

有无限的魅力

我和麦浪互为影子，捧出黄河水

酿制故事，传说

从古至今跟黄河水相克相生的词汇

被雕刻过的伏羲，俯瞰着这片土地

捧出陈年老酒的人

把自己安到一杯酒，每一滴醇香的美酒

都是黄河人的后裔

说着同样铿锵有力的诗句

朗诵和书写，都是黄河人满满的底蕴

2